COMING UP FOR AIR

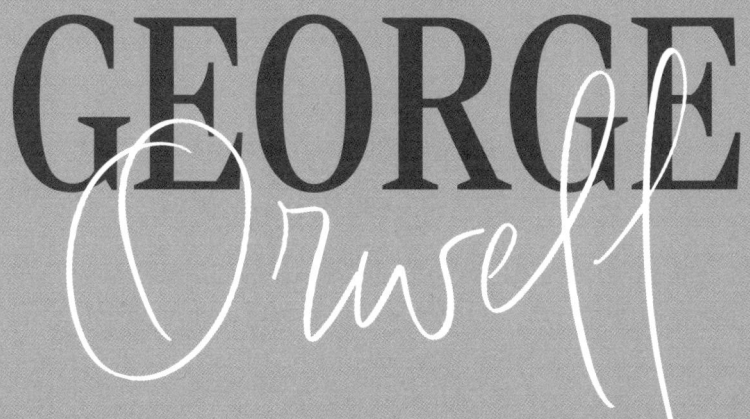

COMING UP FOR AIR

숨 쉬러 나가다

조지 오웰 장편소설 | 이한중 옮김

"그는 죽었네. 하지만 누워 있지 않으려 하네."
― 어느 대중가요

차례

1부	9
2부	57
3부	225
4부	275
옮긴이의 말	369

1부

1

그 생각이 딱 떠오른 건 새 틀니를 하던 날이었다.

그날 아침을 나는 잘 기억하고 있다. 7시 45분쯤, 나는 깨자마자 욕실로 달려가 가까스로 아이들보다 먼저 욕실을 차지할 수 있었다. 징글맞은 1월의 어느 아침, 하늘은 누리끼리한 잿빛이었다. 욕실 작은 창밖으로 우리가 뒤뜰이라 부르는, 가로 10야드 세로 5야드의 풀밭이 보였다. 둘레엔 쥐똥나무 울타리가 있고 가운데엔 맨땅이 있다. 엘즈미어로드Ellesmere Road에 있는 어느 집 뒤편에서나 볼 수 있는 똑같은 뒤뜰과 울타리와 풀밭이다. 차이가 있다면 아이들이 없는 집에는 뜰 가운데에 맨땅이 없다는 점뿐이다.

나는 무딘 면도날로 수염을 밀어보려 애쓰며 욕조에 물을 받고 있었다. 거울 속 내 얼굴이 나를, 그리고 세면기 위 작은 선반에 놓인 물 가득한 컵에 든 틀니를 바라보고 있었다. 내 얼굴의 일부인 이 틀니는 담당 치과의사인 워너가 새 틀니를 만드는 동안 하고 다니라고 준 임시용이었다. 내 얼굴은 딱히 못난 편은 아니다. 불그레한 낯빛이, 버터빛 머리카락이며 창백한 푸른 눈과 제법 어울리는 그런 얼굴인 것이다. 게다가 감사하게도 머리가 세거나 벗어지지 않아서, 틀니를 하고 있으면 마흔다섯 내 나이로 안 보일지도 모른다.

 면도날을 꼭 사리라 다짐하면서, 나는 욕조에 들어가 비누칠을 하기 시작했다. 나는 팔에 비누칠을 한 다음(통통하고 팔꿈치까지 주근깨가 있는 그런 팔이다) 등밀이솔로 어깨 끝부분에 비누를 묻혔다. 웬만하면 손이 닿지 않는 데기 때문이다. 불편한 노릇이지만 요즘 내 몸엔 손이 닿지 않는 부분이 여러 군데 있다. 약간 비만인 편인 것이다. 그렇다고 무슨 장날 구경판의 뚱뚱보 같다는 건 아니다. 내 체중은 14스톤을 크게 넘지 않고, 마지막으로 잰 허리둘레는 48인치 아니면 49인치였다.[1] 나는 흔히 말하듯 "징그럽게" 뚱뚱하지도 않고, 뱃살이 반쯤 아래로 처지는 것도 아니다. 엉덩이 둘레가 좀 불룩해서 술통 같아 보이는 경향이 있을 뿐이다. 뚱뚱하면서 활달하고 발랄한, 패티Fatty나 터비Tubby[2]라는 별칭으로 불리면서 어딜 가나 자리 분위기를 주도하는 유형을 아시는지? 내가 바로 그런 타입이다. 사

---

[1] 1스톤stone은 6.35킬로그램이므로 14스톤은 약 89킬로그램. 체중 90킬로그램에 허리가 48인치 이상인 것은 불가능해 보이므로, 오웰이 체중이나 허리 치수를 잘못 썼을 가능성이 있다(오웰은 장신에 마른 체형이었다).

[2] 둘 다 뚱보라는 뜻.

람들은 주로 나를 "패티"라 부른다. 패티 볼링. 내 본명은 조지 볼링George Bowling이다.

하지만 그 순간, 나는 자리 분위기를 주도하는 유형다운 기분이 아니었다. 요즘엔 이른 아침이면 거의 항상 시무룩해진다는 생각도 들었다. 잠을 잘 자고 소화가 잘되더라도 말이다. 왜 그런지는 물론 알고 있다. 빌어먹을 틀니 때문이었다. 물 가득한 컵에 담겨 있어 확대되어 보이는 틀니가, 해골 이빨처럼 싱긋 웃으며 날 바라보고 있었던 것이다. 그러면 잇몸이 맞닿는 듯 불쾌한 기분이 든다. 시큼한 사과를 깨물었을 때처럼 꼬집혀서 움찔하는 기분도 든다. 게다가 누가 뭐라고 하든, 틀니는 하나의 경계표다. 마지막 자연치아가 빠지고 나면, 자신을 할리우드의 매력남으로 착각할 수 있는 시절도 확실히 끝나버리는 것이다. 더구나 나는 마흔다섯 살인 데다 뚱뚱하기까지 했다. 가랑이에 비누칠을 하려고 일어섰다가 내 몸을 내려다보게 되었다. 뚱뚱해서 자기 발이 안 보인다는 건 참 딱한 노릇인데, 나 자신 서 있으면 발이 반밖에 안 보이는 처지다. 나는 불룩한 배에 비누칠을 하면서 생각했다. 어떤 여자도 나를 두 번 쳐다보지는 않을 거라고. 돈 주고 산 여자가 아닌 한 말이다. 그렇다고 그 순간 어떤 여자든 나를 두 번 쳐다봐주길 딱히 바란 건 아니었다.

그러나 이날 아침엔 기분이 더 좋아야 할 이유가 있다는 생각이 문득 들었다. 우선 그날은 일을 하지 않아도 되었다. 내 담당 지역을 '커버'하는 데 필요한 자동차가 잠시 수리에 들어갔고(여기서 내가 보험업계에 몸담고 있으며, 생명·화재·상해·난파를 비롯한 모든 분야를 취급하는 '플라잉 샐러맨더'[3]라는 회사에 다니고 있다는 걸 밝힐 필요가 있겠다), 서류를 좀 가져다주러 런던 본사에 잠깐 들러야 하긴 했지만 틀니를 찾으러 가야 하기에 사실상 하루 휴무였던 것이다. 그뿐만 아니라, 얼마 전부터 내 마음을 자꾸 설레게 하던 일도 있었다. 나 말고 아무도 모르는(가족들 중에서 그렇다는 말이다) 돈 17파운드가 생겼던 것이다. 자초지종은 이렇다. 우리 회사의 멜러스라는 친구가 『점성술을 응용한 경마』라는 책을 입수했는데, 기수가 입은 옷 색깔에 별들이 어떤 영향을 미치느냐에 따라 모든 승부가 갈린다는 걸 증명한 책이었다. 그런데 어떤 경주엔가 '코세어스 브라이드'[4]라는 암말이 출전하게 되었는데, 완전 무명이지만 기수의 옷이 녹색이었고, 녹색은 마침 상승세인 별들의 색이다 싶었던 것이다. 점성술 경마에 푹 빠져 있던 멜러스는 그 말에 몇 파운드를 걸고는 나한테도 그러라며 무릎 꿇고 빌다시피 했다. 나는 도박을 잘 안 하는 사람이지만, 무엇보다 그 친구의 입을 다물게 하기 위해 결국 10파운드를 걸고 말았다. 과연 '코세어스 브라이드'는 가볍게 경주를 마쳤고, 배당률이 정확히 얼마였는지는 기억나지 않지만 내 몫으로 17파운드가 떨어졌다. 나는 거의 본능적으로(이게 내 인생에서 또 하나의 경계표가 될지도 모른다는 좀 야릇한 기분이 들었다) 그 돈을 조용히 은행에 넣어두었고, 누

---

3 Flying Salamander. '날아다니는 도롱뇽'이란 뜻.
4 Corsair's Bride. '해적의 새색시'라는 뜻.

구에게도 말하지 않았다. 그런 식으로 뭔가를 처리해본 건 처음이었다. 좋은 남편이자 아빠라면 그 돈으로 힐다(내 아내다)에겐 옷을 사주고 아이들에겐 부츠를 사줬을 것이다. 하지만 나는 15년 동안 좋은 남편이자 아빠였다가, 싫증이 나기 시작하던 터였다.

온몸에 비누칠을 하고 나자 기분이 나아졌다. 나는 욕조에 누워 17파운드와 그 용처에 대해 생각해보았다. 여자와 주말을 함께 보내는 데, 아니면 시가나 위스키 큰 잔술 같은 자잘한 것들을 야금야금 소비하는 데, 둘 중 하나일 듯했다. 뜨거운 물을 좀 더 틀고서 여자와 시가 생각을 하던 찰나, 들소 떼 몰려오듯 우당탕거리는 소리가 욕실로 이어진 계단을 울렸다. 물론 아이들이 내는 소리였다. 우리 집만 한 공간에서 아이 둘을 기른다는 건 파인트pint 머그잔에 맥주 한 쿼트quart를 담는 격이다.[5] 욕실 문밖에서 다급히 발 구르는 소리에 이어 고통에 찬 외침이 들려왔다.

"아빠! 나 들어가야 돼!"

"어, 안 돼. 이따가 와."

"안 돼, 아빠! 나 어디 가야 해!"

"그럼 어디 가. 가버리면 되잖아. 아빠 지금 목욕하고 있다."

"**아~빠~**! 나 지금 **어디~가야~** 한다니까!"

소용없는 일! 나는 그게 어떤 위험신호인지 알았다. 우리 집

---

5 1파인트는 0.57리터 정도이고, 1쿼터는 2파인트 분량이다.

같은 곳이 다 그렇듯, 변기가 욕실에 있으니 어쩔 수 없다(하기야 우리 집처럼 좁으면 그럴 수밖에). 나는 욕조 물마개를 뽑아낸 뒤 황급히 물기를 대충 닦아냈다. 문을 열자 빌리 녀석이(일곱 살 먹은 작은 놈이다) 한 대 쥐어박으려는 내 손을 잽싸게 피하며 획 지나갔다. 내 목에 비누가 아직 묻어 있다는 걸 안 것은 옷을 거의 다 입고서 넥타이를 찾을 때였다.

목에 비누가 묻어 있으면 참으로 불쾌하다. 끈적끈적 역겨운 느낌이 들기 때문이다. 게다가 묘한 것은, 목에 비누 자국이 남은 것을 나중에 발견하고서 아무리 잘 닦아낸다 해도, 그 끈적끈적한 느낌이 하루 종일 간다는 점이다. 기분이 상해서 아래층으로 내려간 나는 이미 까다롭게 굴 태세가 되어 있었다.

우리 집 주방은 엘즈미어로드의 다른 집들과 마찬가지로 가로세로가 10피트 남짓한 좁은 공간이다. 일본산 참나무로 만든 찬장까지 있으니(위에는 포도주 담는 빈 유리병 두 개와 힐다의 어머니가 우리 결혼 선물로 준 은제 계란 받침대가 있다) 더 비좁다. 친애하는 힐다는 찻주전자 뒤에서 어두운 표정을 하고 있었다. 대개 그랬듯, 〈뉴스 크로니클〉[6]에서 버터값인지 뭔지가 올랐다고 해서 낙담하고 있는 상태였다. 힐다가 난로를 켜놓지 않아 창문이 다 닫혀 있는데도 지독하게 추웠다. 나는 몸을 숙여 성냥불을 댕겼다. 콧숨소리를 좀 크게 낸 것은(몸을 숙이면 언제나 헐떡이게 된다) 힐다에게 보내는 은근한 신호였다. 그녀는 내가

---

6 1930년에 〈데일리 뉴스〉와 〈데일리 크로니클〉이 통합되어 창간된 진보 성향의 일간신문으로, 1960년에 보수지인 〈데일리 메일〉에 흡수되었다.

무얼 낭비한다고 여길 때마다 보내는 곁눈질을 슬쩍 했다.

올해 서른아홉인 힐다는, 나와 처음 알았을 때는 꼭 산토끼 같은 인상이었다. 지금도 그렇긴 한데 많이 여위었고 좀 시들었으며, 언제나 걱정 근심 많은 눈빛을 하고 있다. 평소보다 언짢을 때는 어깨를 굽히며 팔짱을 끼는데, 그 모습이 흡사 불을 쬐는 늙은 집시 여인 같다. 그녀는 주로 재앙을 내다보는 것에서 살아갈 힘을 얻는 타입이다. 그 재앙이란 물론 시시한 것들이다. 전쟁이나 지진, 전염병, 기근, 혁명 같은 것에는 아무 관심도 없다. 버터값이 오른다거나 가스 요금이 엄청나게 나오는 것, 아이들 부츠가 많이 닳았다거나 라디오 할부금이 한 번 더 남았다는 것—이런 게 힐다의 연도連禱[7] 주제인 것이다. 그녀는 팔짱 낀 몸을 앞뒤로 흔들어가며 어두운 표정으로 내게 말하곤 한다(그걸 그녀가 확실히 즐긴다는 게 내가 내린 결론이다).

"조지, 이건 아주 **심각한** 일이야! 앞으로 우리 식구는 **어쩌란** 말이야! 돈이 **어디서** 나오냐구! 당신은 이게 **얼마나** 심각한 일인지 모르는 것 같아!"

뭐 그런 식이다. 그녀는 우리가 결국 구빈원 신세를 지고 말 것이라 믿고 있다. 재밌는 건 우리가 정말 구빈원으로 가게 된다고 하더라도 힐다는 나의 4분의 1만큼도 개의치 않으리라는 점이다. 거기선 안심하고 살 수 있게 된 걸 제법 즐길지도 모른다.

---

7 litany. 성공회에서 인도자가 읊는 기원기도에 회중이 간단하게 응답하는 형식의 기도. 가톨릭에서는 호칭기도라 부른다.

아이들은 번개처럼 씻고 옷을 입은 다음 벌써 아래층에 내려와 있었다. 누군가를 욕실 밖으로 몰아낼 기회가 더 이상 없을 때는 언제나 그렇게 빠르다. 아침이 차려진 식탁으로 가보니 두 녀석은 오전 내내 계속될 듯 입씨름을 하고 있었다. "니가 그랬잖아!" "아냐, 난 안 그랬어!" "니가 그랬어!" "아냐, 내가 안 그랬다니까!" 내가 관두라고 해서야 겨우 끝이 났다. 아이는 일곱 살 된 아들 빌리와 열한 살 난 딸 로나 둘뿐이다. 아이들에 대한 나의 감정은 참 묘한 것이다. 꼴도 보기 싫을 때가 많고, 둘이 주고받는 소리는 도저히 못 참아줄 정도다. 우리 아이들은 자나 연필통, 누가 프랑스어 최고 점수를 받았나 따위의 지겹고 실용적인 것들에 마음을 쓰기 시작하는 나이가 되었다. 다른 때, 특히 아이들이 잠들어 있을 때의 내 감정은 사뭇 다르다. 아직 밝은 여름날 저녁 같은 때엔 작은 침대 앞에 서서 아이들이 자는 모습을 지켜보곤 했다. 아이들의 보동보동한 얼굴과 나보다 훨씬 옅은 금발을 보고 있노라면, "애틋한 정이 복받친다"[8]는 성경 구절의 감정을 느끼곤 했다. 그럴 때면 나는 단 두 푼의 가치도 없는 말라비틀어진 콩깍지가 된 기분이며, 나라는 존재의 유일한 의의는 이 어린 것들을 이 세상에 오게 하여 자라는 동안 먹여주는 것뿐이라고 느끼게 된다. 하지만 그때뿐이다. 개인으로서의 나라는 존재가 꽤 중요해 보이는 대

---

8 bowels did yearn. 창세기의 '요셉과 열두 형제' 이야기(37~50장) 중 형들의 손에 의해 노예로 팔려 갔다가 고생 끝에 이집트 총리가 된 요셉이 같은 어머니에게서 난 동생 베냐민을 보고 울컥해져 황급히 자기 방으로 들어가 우는 극적인 장면에 나오는 구절(창세기 43:30).

부분의 순간, 나는 늙은 개에게도 아직 누릴 생이 있으며 좋은 때가 많이 남아 있는지도 모른다는 느낌으로 산다. 여자와 아이들이 늘 쫓아다니는 온순한 젖소로서의 내 이미지는 나로서는 달가운 게 아니다.

그날 아침 식탁에서 우린 별 대화를 나누지 않았다. 힐다는 예의 "앞으로 우리 식구는 **어쩌란** 말야!" 분위기였다. 버터값 때문이기도 했고, 크리스마스 방학이 거의 끝나 마지막 학기 수업료가 아직 5파운드 남아 있기 때문이기도 했다. 나는 삶은 계란을 먹고 식빵에다 '골든 크라운' 마멀레이드[9]를 발랐다. 힐다는 이따위 식품을 계속해서 사려고 할 것이다. 값은 한 파운드에 5페니 반이고, 라벨에는 법이 허용하는 한도 내에서 가장 작은 글자로 "일정 분량의 중성 과일주스"를 함유하고 있다고 되어 있다. 이 표현 때문에 나는 종종 그랬듯 좀 짜증스러운 투로 한마디 하기 시작했다. 중성neutral 과일나무란 게 어떻게 생겼는지 어느 나라에서 기르는지 모르겠다는 식이었고, 결국 힐다를 화나게 만들고 말았다. 그녀가 화난 건 내가 빈정거려서가 아니라, 그저 돈 아끼자는 얘기를 조롱하는 건 너무하지 않느냐는 생각 때문이었다.

신문을 봤는데 별 뉴스는 없었다. 멀리 스페인과 중국에서는 전처럼 서로들 죽이고 있었고, 어느 기차역 대합실에서는 어떤 여자의 다리가 발견되었고, 조그 왕[10]의 결혼이 갈팡질팡하는

---

9 marmalade. 주로 감귤류의 과육과 껍질로 만든 잼.

상태였다. 마침내 생각보다 좀 빠른 10시쯤, 나는 런던으로 가려고 집을 나섰다. 아이들은 공원에 놀러 나간 뒤였다. 몹시도 으슬으슬한 아침이었다. 현관문을 막 나서는데 작은 돌풍이 일어 비누 자국이 남아 있던 목을 때렸다. 갑자기 옷이 맞지 않으며 온몸이 끈적끈적하다는 느낌이 밀려왔다.

---

10 King Zog(1895~1961). 그리스 서북부에 있는 알바니아의 국왕(재위 1928~1939). 총리 및 대통령을 지내다 국왕이 된 인물로, 1938년에 헝가리 출신의 젊은 귀족 여성과 결혼했다. 1939년에 무솔리니가 알바니아를 침공하자 망명하여 영국, 미국, 프랑스에서 여생을 보냈다.

2

 내가 사는 곳, 웨스트블레츨리West Bletchley의 엘즈미어로드를 아시는지? 그곳을 모른다 해도, 매한가지인 다른 곳을 오십 군데는 아실 것이다.
 교외 주택단지 어디나 이런 길들이 얼마나 흉물스럽게 뻗어 있는지도 아실 것이다. 어디나 똑같다. 반쯤 붙어 있다시피 한 작은 주택들이 끝없이 늘어서 있고(엘즈미어로드에는 212호까지 있으며 우리집은 191호다) 집 모양은 공영주택 비슷하면서도 대체로 더 흉하다. 치장 벽토로 마감한 외벽, 방부 기름을 칠한 현관문, 쥐똥나무 울타리, 녹색 현관문. 단지 이름은 로럴, 머틀, 호손, 몽 아브리, 몽 레포, 벨르 뷔 등등이다.[11] 오십 채 중

---

11 순서대로 월계수the Laurels, 은매화the Myrtles, 산사나무the Hawthorns, 내 보금자리Mon Abri, 내 안식처Mon Repos, 좋은 전망Belle Vue이란 뜻.

한 채꼴로, 결국엔 구빈원 신세를 질 만한 반사회적 타입의 주인이 현관문을 녹색 대신 파랑으로 칠해놓았다.

목이 끈적끈적한 느낌 때문에 나는 풀이 좀 죽었다. 그런 끈적한 느낌 때문에 기분이 그토록 가라앉을 수 있다니 모를 일이었다. 생기발랄함이 확 빠져나가는 듯한 게, 마치 공공장소에서 갑자기 구두 밑창이 쑥 빠져나가는 꼴을 당할 때와 같았다. 그런 아침이니 자신에 대한 환상을 가질 수 없었다. 걸어오는 내 모습을 좀 떨어진 데서 보고 있기라도 하는 기분이었다. 통통하고 붉은 얼굴에 틀니를 하고 세련되지 못한 옷차림을 한 내 모습 말이다. 나 같은 사람은 신사처럼 보일 리가 없다. 당신은 200야드 떨어진 곳에서도 나를 당장 알아볼 것이다. 보험업계에 종사하는 사람은 아닌 듯하고, 무슨 외판원일 것이라고 말이다. 내가 입은 옷은 사실상 그런 부류의 유니폼이라 할 만했다. 헤링본 무늬의 회색 신사복은 닳아서 더 딱해 보이고, 50실링짜리 파란 오버코트에 중산모를 쓰고, 장갑은 안 낀 차림 말이다. 더구나 내 용모는 커미션을 받고 물건 파는 사람들 특유의, 세련미 없고 낯 두꺼워 뵈는 그런 모습이었다. 제일 나아 보일 때, 이를테면 새 옷을 입었거나 시가를 피울 때면 마권업자나 주점 주인으로 통할지도 모르고, 최악일 때는 진공청소기 외판원으로 보일지도 모르는데, 보통 때는 아마 정확히 판단될 것이다. 누구든 나를 보자마자 '한 주에 5에서 10파운드 벌이'[12]를 하는 사람이라고 말할 것이다. 경제적으로도 사회적으로도 나는 엘즈미어로드의 평균 수준 남자인 셈이다.

길에는 거의 나밖에 없었다. 남자들은 다들 8시 21분 기차를 허겁지겁 타고 가버린 뒤였고, 여자들은 가스레인지를 만지작거리고 있을 터였다. 주변을 둘러볼 겨를이 있고 어쩌다 그럴 만한 기분이 될 경우, 교외 주택단지의 길을 걸으며 이런 곳에 산다는 것에 대해 생각해보면 실소失笑를 하게 된다. 엘즈미어로드 같은 곳의 본질이 과연 무엇인가 하는 의문이 드는 것이다. 이곳은 감방들이 줄줄이 늘어서 있는 감옥일 뿐이다. 한 주에 5에서 10파운드 벌이인 가련한 인생들이 덜덜 떨며 지내는, 거의 붙어 있다시피 한 고문실들이 줄지어 있는 감옥 말이다. 그들은 하나같이 못되게 구는 상사가 있고, 악몽처럼 괴롭히는 마누라가 있고, 거머리처럼 피를 빠는 아이들이 있는 가장이다. 노동계급의 고통에 대해서는 이런저런 헛소리들이 많았다. 나는 프롤레타리아를 그리 딱하게 여기는 사람이 아니다. 잠자리에 누워 해고 걱정을 하는 막일꾼을 본 적이 있는가? 프롤레타리아는 몸은 고생을 해도 일하지 않는 동안엔 자유인이다. 그에 비해 치장 벽토를 바른, 획일적이고 작은 교외 주택에는 집집마다 '언제나' 자유롭지 못한 가련한 가장이 있다. 예외적인 순간이라곤 깊이 잠들어 있거나, 상사를 우물에 처박고 석탄 덩어리를 마구 던져 넣어 메워버리는 꿈을 꿀 때뿐이다.

---

12 이 소설을 집필한 1938년과 지금의 파운드(약 2000원) 시세를 비교해보면 2023년 소비자물가 기준으로 80배쯤이라고 한다(화폐단위 비교 사이트인 http://www.measuringworth.com/ukcompare/ 참조). 따라서 이 계층의 평균 주 수입을 7.5파운드로 잡을 경우, 지금 (2023년 기준) 우리 돈으로 120만 원 정도라 할 수 있다(월급으로 환산하면 500만 원, 연봉은 6000만 원인 셈이다).

물론 우리 같은 사람의 근본적인 문제는 하나같이 잃을 게 있다고 상상하는 데 있는 게 아닐까, 그런 생각이 들었다. 무엇보다 엘즈미어로드 주민의 9할은 자신들이 집을 소유하고 있다는 착각을 하고 있다. 그런데 엘즈미어로드와 그 주변 단지 전체(하이스트리트에 이르기까지의 구역)는 사실상 '헤스페리데스[13] 주택단지'라는 거대한 사기판의 일부이며, 이 단지는 '명랑 신용 주택금융조합'의 소유다. 주택금융조합은 아마 현대의 가장 영악한 사기 집단일 것이다. 내가 종사하는 보험업도 협잡이긴 하지만, 그건 그래도 테이블에 카드를 펼쳐놓고 벌이는 공개 협잡이다. 그런데 주택금융조합의 협잡이 놀라운 것은, 당하는 사람들이 협잡꾼이 자기들한테 무얼 베푼다고 생각한다는 점이다. 사기꾼한테 한 대 얻어맞고도 그의 손을 핥는 격이다. 나는 '헤스페리데스 주택단지' 둘레에다 주택금융조합들의 신을 모시는 거대한 신상神像을 세우게 하면 좋겠다는 생각을 하곤 한다. 그것은 좀 독특한 신상이 될 것이다. 무엇보다 양성兩性인 신일 것이다. 상반신은 최고경영자고 하반신은 임신한 아내인 형상 말이다. 그리고 한 손에는 거대한 열쇠(물론 구빈원 열쇠다)를, 다른 손에는 풍요의 뿔(과일이나 꽃이나 곡식 같은 게 아니라 휴대용 라디오나 생명보험 증서, 틀니, 아스피린, 콘돔, 잔디밭 다지는 콘크리트 롤러 같은 게 마구 쏟아져 나오는 것 말이다)을 쥐고 있는 모습이 되지 않을까?

[13] Hesperides. 그리스 신화에서 황금사과가 열리는 복된 정원을 지키는 요정들.

엘즈미어로드에 사는 우리 같은 사람들은 집값을 다 치렀다 해도 사실상 집을 소유한 게 아니다. 부동산 소유권이 자유보유권freehold 아닌 임차권leasehold이기 때문이다.[14] 16년에 걸쳐 총 550파운드를 불입하면 소유권을 얻게 되는데, 같은 수준의 주택을 일시불로 산다면 380파운드 정도가 들 것이다. 이 말은 '명랑 신용'이 집 한 채에 170파운드의 이익을 남긴다는 뜻인데, 말할 것도 없이 실은 그보다 훨씬 많은 이익을 올린다. 380파운드에는 건축업자의 이익도 포함되어 있는데, 이 조합은 '윌슨 앤드 블룸'이라는 이름의 자회사를 통해 집을 직접 지으며, 그만큼 건축업자 몫의 이익을 거두는 것이다. 따라서 이 조합이 지불해야 할 것은 건자재값뿐인데, 조합은 건자재로 벌 수 있는 이익까지 거둔다. '브룩스 앤드 스캐터비'라는 자회사를 통해 직접 벽돌과 타일, 문과 창틀, 모래와 시멘트, 그리고 아마도 유리까지 직접 팔기 때문이다. 또다른 이름의 자회사를 통해 문과 창틀을 만드는 목재까지 직접 판다는 걸 알게 되어도 나는 크게 놀라지 않을 것이다. 또한 이 '명랑 신용 주택금융조합'은 약속을 항상 지키는 것도 아니다(사실 예견할 수도 있는 일이었지만 실제 그 사실을 알고 나서는 우리 모두 충격을 받았다). 엘즈미어로드 단지가 건설될 당시 바로 곁에는 '플래츠 메도스Platt's Meadows'라고 하는 너른 공터가 있었다. 별로 훌륭

---

14 자유보유권은 단독주택의 일반적인 소유권으로서 주택 및 토지 등을 무기한 소유하는 권리이며, 임차권은 아파트 같은 공동주택의 주된 소유권으로서 일정 기간 동안 거주할 수 있는 권리다.

하진 않았지만 아이들이 뛰어놀기에는 좋았던 이 공터는 명시된 바는 없어도, 다들 건물이 들어서지 않을 것으로 여기던 땅이었다. 하지만 웨스트블레츨리는 팽창 중인 교외였다. 1928년에는 로스웰 잼 공장이 문을 열었고, 1933년에는 '앵글로-아메리칸 올-스틸 자전거' 공장이 가동되기 시작했으며, 인구는 자꾸 늘어나고 집세는 마냥 오르고 있었다. 나는 허버트 크럼 경이나 '명랑 신용'의 다른 고위 인사들을 면전에서 본 적은 없지만, 그들의 입에서 군침이 흐르는 것을 마음의 눈으로 볼 수 있었다. 갑자기 건축업자들이 나타나더니 '플래츠 메도스'에 집들이 세워지기 시작했다. '헤스페리데스' 단지에서는 고통의 아우성이 들리더니 주민대책모임이 결성되었다. 소용없는 일! 크럼의 변호사들은 5분 만에 우리를 무장해제해버렸고, '플래츠 메도스'엔 집들이 빼곡히 들어서고 말았다. 그런데 그들의 사기술이 정말 교묘한 것은(친애하는 크럼이 준남작 작위를 받을 만하다 싶게 만드는 실력이다) 심리적인 데 있었다. 단지 집을 소유하고 있으며 "조국에 대한 지분"이란 것을 갖고 있다는 착각 때문에, '헤스페리데스'나 비슷한 다른 모든 곳의 가련한 백치 같은 우리는 영영 크럼의 헌신적인 노예가 되어버린 것이다. 우리는 모두 존경받아 마땅한 주택 보유자들이니, 곧 보수주의자이자 예스맨이자 남의 밑이나 핥아주는 사람이 되어버린다. 황금알 낳는 거위를 감히 어찌 죽이랴! 그리고 우리가 실은 소유주가 아니라는 사실, 우리 모두 집값을 지불하고 있는 중인데 마지막 할부금을 내기 전에 무슨 일이 날지도 모른다는 섬뜩한 두려움에 사로잡혀 있다는 사실, 이 두 가지는 그런 심리를 더욱 부채질한다. 우리는 모두 매수된 것이며, 더 딱한 점은 우리 자신의 돈으로 매수됐다는 것이다. 그리고 이런 가련하고 짓눌리는 작자들 모두가, '벨르 뷔'라 불리는(전망도 없고 벨도 울리지 않는다고 그렇게 부른다) 조그만 벽돌집[15]의 값을 적정가의 두 배나 치르느라 뼈 빠지게 일하는 저 불쌍하고 어리석은 자들 모두가, 억압받는 자들의 혁명으로부터 조국을 지키기 위해 전장에 나가 목숨을 걸고 싸울 사람이라는 것이다.

나는 월폴로드를 따라 걷다가 하이스트리트로 접어들었다. 런던행 기차는 10시 14분에 있었다. '식스페니 바자 Sixpenny Bazaar'를 막 지나치려다 아침에 면도날 한 상자를 사리라 다짐했던 게 생각났다. 비누 계산대로 갔더니 플로어 매니저인지 뭔지 하는 사람이 그곳 담당인 아가씨에게 한바탕 퍼붓고 있었다. 아침 그 무렵에는 '식스페니'에 손님이 많지 않은 게 보통이다. 그래서인지 이따금 개점 직후에 가보면 종업원 아가씨들을 모두 일렬로 세워놓고 아침 욕지거리를 퍼붓는 모습을 볼 수 있다. 아침부터 정신 바짝 차리고 있으란 것이다. 이런 대형 체인점에는 빈정대고 모욕 주는 데 특별한 재주가 있어서 지점마다 다니며 어린 여종업원들에게 활기를 불어넣어주는 사내들이 있다고 한다. 플로어 매니저는 못생기고 작달막한 몸집에, 어깨가 딱 벌어지고 반백의 콧수염을 뾰족하게 기른 자였

---

[15] 'Belle Vue'는 불어로 '좋은 전망'이란 뜻인데, 전망view도 벨bell도 엉망이라고 오웰이 살짝 비튼 것이다.

다. 그는 방금 막 그 여종업원에게 달려들어 무언가에 대해 퍼붓기 시작한 참이었다. 그녀가 잔돈을 잘못 내어준 것인지, 기계톱 소리 같은 음성으로 마구 몰아붙이고 있었다.

"나 원! 계산도 못한단 말이지! **단순** 계산도 못해! 이거 보통 문제가 아닌걸. 나 원!"

나는 제어할 겨를도 없이 여종업원의 시선과 마주치고 말았다. 그녀로서는 욕을 먹는 동안 불그레한 얼굴의 뚱뚱한 중년 남자가 지켜보고 있다는 게 별로 달가운 일이 아니었다. 나는 황급히 고개를 돌려 옆 계산대에 있는 커튼 고리 같은 물건에 관심을 두는 척했다. 그는 다시 그녀를 들볶기 시작했다. 그는 잠자리처럼, 갈 듯하다 갑자기 돌아서 다시 달려드는 그런 유형의 인간이었다.

"**단순** 계산도 못한단 말이지! 2실링쯤 더 내줘도 너한텐 상관없겠지. 아무 상관도 없을 거야. **까짓** 2실링쯤이야 싶겠지. 그런 너한테 계산 똑바로 하란 소리는 실례인지 모르겠다. 나 원! 너 편한 것 말고는 아무것도 중요한 게 없겠지. 남 생각 같은 건 할 줄 모르지, 그렇지?"

매장 반대편에서도 들릴 만한 목소리로 이런 식의 질타가 5분쯤 계속되었다. 할 만큼 했나 보다 싶기 무섭게 돌아섰다가는 되돌아와 퍼붓기를 반복했다. 나는 조금 더 떨어진 곳으로 이동하여 그들을 슬쩍슬쩍 훔쳐보았다. 어린 여종업원은 열여덟 살쯤 됐을까 한 좀 뚱뚱하고 멍해 보이는, 아무리 뭐라고 해도 잔돈 교환을 제대로 못할 유형 같았다. 그녀는 얼굴이 빨개진 채, 말 그대로 괴로움에 몸을 뒤틀고 있었다. 그의 잔소리는 채찍으로 그녀의 살갗을 에는 것이나 마찬가지였다. 다른 계산대에 있는 아가씨들은 못 들은 체했다. 못생기고 작달막하고 자세 꼿꼿한 그는, 가슴을 쑥 내밀고 손을 저고리 뒷자락 밑에 대고서 따지는 모습이 꼭 참새 수컷 같았다. 키가 너무 작지만 않았더라면 주임상사가 되었을 타입이었다. 이런 못된 임무를 맡기기 위해 키 작은 남자를 고용하는 경우가 많다는 걸 아시는지. 그는 더 악을 쓰기 위해 그녀에게 얼굴을(콧수염이고 뭐고 다 포함해서) 파묻다시피 했다. 여종업원은 계속해서 얼굴이 빨개진 채 몸을 뒤틀었다.

　마침내 그는 할 만큼 했다고 판단했는지 뒷갑판을 활보하는 제독처럼 으쓱대며 걸었고, 나는 면도날이 있는 계산대로 갔다. 그는 내가 다 들었다는 걸 알았고, 그 사실을 그녀도 알았고, 내가 그렇게 알고 있다는 것을 두 사람이 다 알았다. 그런데 더 고약한 것은, 그녀가 나에 대한 배려로 아무 일도 없던 체해야 하며, 가게 여점원이 남성 고객에게 지키는 게 원칙인, 적당히 거리를 두는 절제된 태도를 보여야 한다는 점이었다. 하녀처럼 욕먹는 꼴을 보인 지 30초밖에 안 되어 어엿한 젊은 숙녀처럼 처신해야 하다니! 그녀는 얼굴이 여전히 빨갰고 손도 계속 떨고 있었다. 내가 면도날을 달라고 하자 그녀는 3페니짜리 물건이 담긴 함을 더듬기 시작했다. 그러자 그 작은 플로어 매니저 녀석이 우리 쪽을 바라보았고, 순간 우리는 그가 돌아와 또 시작하려나 싶었다. 그녀는 채찍을 본 개처럼 움찔하더니 곁눈질로 나를 노려보았다. 나는 그녀가 욕먹는 꼴을 내게 보였기 때문에 나를 지독히 미워하게 되었다는 것을 알 수 있었다. 사람의 마음이란!

　나는 면도날값을 치르고 바로 나와버렸다. 왜 그런 꼴을 가만히 당하고만 있을까? 곰곰이 생각해보았다. 물론 두렵기 때문일 것이다. 한마디라도 대꾸를 했다간 당장 해고당하고 말테니까. 어디나 마찬가지다. 내가 주로 이용하는 식품 체인점에서 종종 마주하게 되는 청년 생각을 해보았다. 스무 살쯤 되며 볼이 장밋빛이고 팔뚝이 우람한 이 육중한 청년은 대장간에서 일하고 있어야 마땅해 보인다. 그런 그가 새하얀 저고리를 입은 채 계산대 너머로 납작 엎드리고 손바닥을 비비며 이런 말이나 하고 있다. "예예, 손님! 여부가 있겠습니까, 손님! 날씨가 이렇게 좋을 수가 있습니까, 손님! 오늘은 무얼 드리면 좋을까요, 손님?" 제 엉덩이를 걷어차달라는 것이나 마찬가지다. 물론 위에서 시키니까 하는 일이다. 고객은 언제나 옳다고 하니 말이다. 그의 얼굴에서 볼 수 있는 것은, 자신을 건방지게 본 고객이 위에다 일러바치면 해고당할지도 모른다며 몹시 불안해하는 마음이다. 더구나 그의 입장에서, 내가 본사에서 보낸 끄나풀이 아니라고 어떻게 안심할 수 있으랴? 불안! 우리는 그 속에서 허우적거리고 있다. 불안은 인간 존재의 기본 요소와도 같다. 실직의 공포에 시달리지 않는 사람은 전쟁이나 파시즘이나 공산주의 같은 것 때문에 시달릴 것이다. 히틀러 생각을 하면 식은땀이 나는 유대인들처럼 말이다. 그러자 문득,

뾰족 콧수염을 기른 그 쪼끄만 작자가 느끼는 실직에 대한 두려움이 여종업원보다 훨씬 큰 게 아닌가 하는 생각이 스치고 지나갔다. 아마 그에겐 부양할 가족이 있을 것이다. 그리고 혹시 아는가. 가정에서 그는 온화하고 너그러우며, 뒤뜰에서 오이를 기르고, 처자식이 무릎에 앉아 콧수염을 잡아당기도록 해주는 사람인지도 모른다. 마찬가지로 악명 높았던 스페인 종교재판관이나 러시아 비밀경찰 고위간부에 대해 읽다 보면, 그들이 사생활에선 집에서 기르는 카나리아를 헌신적으로 돌보는 유형의 이상적인 남편이자 아버지였다는 얘기가 반드시 나온다.

비누 계산대의 그 아가씨는 가게 문을 나서는 나를 주시하고 있었다. 그녀는 할 수만 있다면 나를 살해했을 것이다. 그녀는 내가 그 모든 것을 보았다는 이유로 나를 얼마나 미워했는가! 플로어 매니저보다 내가 훨씬 더 미웠던 것이다.

3

머리 위로 폭격기 한 대가 저공비행을 하고 있었다. 폭격기는 1분 남짓 기차와 보조를 맞추듯 날았다.

내 맞은편에는 허름한 오버코트를 입은 보잘것없는 남자 둘이 앉아 있었다. 신문 방문 판매원쯤일 듯했고, 제일 미천한 외판원인 건 확실해 보였다. 둘 중 하나는 〈메일〉지를, 또 하나는 〈익스프레스〉지를 읽고 있었다.[16] 거동으로 보건대, 그들은 이미 나를 자신들과 같은 등급으로 봐둔 뒤였다. 같은 열차 안 반대편 끝에는 검은 가방을 가진 변호사 사무원 둘이 있었다. 그들은 못 알아먹을 전문어투성이의 대화를 나누고 있었는데, 우

---

[16] 둘 다 창간된 지 100년이 넘었고(1886년 및 1900년 창간) 서로 경쟁해왔으며 지금도 건재한 보수 일간지로, 〈메일〉은 〈Daily Mail〉의, 〈익스프레스〉는 〈Daily Express〉의 약칭이다.

리 같은 사람들에게 자신들은 범속한 무리에 속하지 않는다는 인상을 심어주겠다는 뜻이었다.

창밖으로 주택들의 뒷마당이 줄줄이 미끄러져갔다. 웨스트 블레츨리를 벗어나면 기찻길은 주로 빈민가인 구역을 지나가는데, 그 풍경은 평화롭다 할 만하다. 상자 화분에 핀 꽃이 있는 뒤뜰이, 여인들이 빨래를 널고 있는 납작한 지붕이, 새장이 걸려 있는 벽이 언뜻언뜻 보이는 것이다. 커다랗고 시커먼 폭격기는 조금 들썩이다가 우르릉 소리를 내며 앞으로 돌진하더니 내 시야에서 사라져버렸다. 나는 기관실 쪽으로 등을 기대고 앉아 있었다. 외판원 한 사람이 폭격기가 날아간 쪽을 잠시 노려봤다. 나는 그가 무슨 생각을 하는지 알았다. 누구나 생각하고 있는 문제일 터였다. 이제는 지식인이라야 그런 생각을 할 수 있는 게 아니다. 앞으로 2년 안에, 아니면 1년 안에 일이 난다면 우리는 어떻게 될까? 무서워서 오줌을 지리며 지하실로 뛰어들 것이다.

그 외판원이 〈데일리 메일〉을 내려놓으며 말했다.

"템플게이트[17]가 우승했네."

변호사 사무원들은 절대소유권fee simple이니 후추낱알peppercorn[18]이니 해가며 박식한 헛소리를 지껄이고 있었다. 다른 외판원은 조끼 주머니 속을 더듬더니 구깃구깃한 담뱃갑을 꺼냈다. 그는 다른 쪽 주머니를 더듬다가 내 쪽으로 몸을 숙이며

---

17 Templegate. 경마에 출전한 말의 이름으로 보인다.
18 계약 성사를 위한 최소한의 명목 지불금을 비유하는 말.

말했다.

"성냥 있소, 터비?"

나는 성냥을 더듬어 찾기 시작했다. "터비"라고 하지 않는가. 참 흥미로운 일이다. 나는 몇 분 동안 폭격 생각은 잊고서, 아침에 욕조에서 관찰하던 내 몸뚱이에 대해 생각하기 시작했다.

내가 뚱보tubby인 건 사실이다. 실제로 내 상반신은 불룩한 나무통tub을 영락없이 닮았다. 그런데 흥미로운 것은, 내가 단지 좀 뚱뚱하다는 이유만으로 거의 아무나, 심지어 전혀 모르는 사람도, 내 외모를 모욕적으로 평하는 별칭으로 부르는 것을 당연시한다는 점이다. 누가 꼽추이거나 사팔뜨기이거나 언청이라고 해도, 그런 사실을 연상시키는 별칭으로 그 사람을 부르겠는가? 하지만 뚱뚱한 남자에게는 누구나 당연한 것처럼 그런 별칭으로 부른다. 사람들은 자동적으로 내 등을 철썩 때리고 갈빗대를 쥐어박으며, 거의 다 내가 그걸 좋아하는 줄 안다. 나는 그러고 싶게 만드는 타입인 것이다. 내가 퍼들리에 있는 크라운 펍의 살롱 바[19]에 갈 때마다(일 때문에 1주일에 한 번은 그쪽에 가게 된다) 워터스 녀석은(시폼 비누회사의 출장 외판원인데 크라운 펍 살롱 바의 붙박이나 마찬가지다) 내 갈빗대를 쑤시며 "여기 이 거대한 덩치 속에 가련한 톰 볼링 잠들다!" 하고 소리친다. 바에 있는 바보 녀석들은 그런 농담이 지겹지도 않

---

[19] 영국의 주점인 펍('퍼블릭 하우스'의 준말이다)은 보통 두 가지 이상의 바를 운영했는데, 그 중에 '살롱 바'는 '퍼블릭 바'보다 고급스러운 공간이다.

은 모양이다. 워터스의 손가락은 쇠꼬챙이 같다. 사람들은 뚱보는 아무 감각도 못 느끼는 줄로 아는 것이다.

  그 외판원은 내 성냥을 한 개비 더 꺼내어 이쑤시개 삼아 물고는, 성냥갑을 내게 던져주었다. 기차가 휭 소리를 내며 어느 철교로 접어들었다. 다리 아래로 빵 파는 밴 자동차 한 대와 시멘트를 실은 트럭들의 긴 행렬이 언뜻 보였다. 묘한 것은 뚱뚱한 남성에 대한 사람들의 태도가 한편으로는 옳다는 점이다. 뚱뚱한 남자, 특히 어릴 때부터 뚱뚱한 남자는 다른 남자들과 사뭇 다른 데가 있다. 그의 삶은 다른 차원, 말하자면 가벼운 희극이라 할 만한 차원에서 전개된다. 장날 구경판의 사내, 혹은 20스톤(127킬로그램)을 초과하는 사내인 경우에는 가벼운 희극이라기보다는 저급한 익살극이라고 해야겠지만 말이다. 나는 살아오면서 뚱뚱한 적도 홀쭉한 적도 있었기에, 뚱뚱해지면서 당사자의 관점이 어떻게 달라지는지에 대해서도 알고 있다. 뚱뚱한 남자는 심각해지기도 어렵다. 나는 뚱뚱하기만 했던 남자가, 걷기 시작할 때부터 줄곧 패티라 불려온 남자가, 정말 진지한 감격 같은 게 존재하는지를 알기나 할는지 의심스럽다. 어떻게 그게 가능하겠는가? 그에겐 그런 경험 자체가 없는 것이다. 그는 비극적인 장면에는 등장할 수도 없다. 뚱뚱한 남자가 있는 장면은 비극이 아니라 희극이 되어버리기 때문이다. 이를테면 뚱뚱한 햄릿을 상상해보라! 아니면 올리버 하디[20]

---

20 Oliver Hardy(1892~1957). 미국의 유명한 코미디언. '홀쭉이와 뚱뚱이'의 원조라 할 2인조 코미디 스타 '로렐과 하디'의 뚱뚱이로 오랫동안 인기를 끌었다.

가 로미오 역을 맡는다고 해보라. 우습게도 나는 며칠 전에 '부츠'[21]에서 빌린 소설을 읽다가 그 비슷한 생각을 하고 있던 차였다. 『헛된 정념 Wasted Passion』이란 제목의 소설이었다. 이야기의 남자주인공은 자기 애인이 다른 남자와 도망쳐버렸다는 것을 알게 된다. 그는 소설에 흔히 등장하는 유형으로, 창백하고 섬세한 얼굴에 머리색이 짙고 불로소득을 꽤 올리는 사람이다. 내가 대충 기억하고 있는 대목은 이렇다.

데이비드는 양손으로 이마를 짚고서 방을 왔다 갔다 했다. 소식이 준 충격으로 아직도 멍했다. 그는 오랫동안 사실을 믿을 수 없었다. 쉴라가 부정不貞을 저지르다니! 있을 수 없는 일이다! 그러다 그는 문득 깨닫는 바가 있었고, 너무나 혐오스럽지만, 사실을 직시하게 되었다. 너무 엄청난 일이었다. 그는 울컥 솟구치는 눈물을 주체하지 못해 풀썩 주저앉고 말았다.

아무튼 그런 식인 대목이었는데, 나는 그때 이미 비슷한 생각을 하게 되었던 것이다. 정말 그렇지 않은가. 사람들은 누가 그런 상황에 처하면 그렇게 행동하리라 기대한다. 하지만 나 같은 인간은 어떤가? 힐다가 외간남자와 주말에 어딜 갔다고 하자. 나야 전혀 마음 쓰지 않을 것이고, 그녀에게 그만한 생기

---

[21] Boots Library. 사업가이자 자선가인 제시 부트 Jesse Boot(1850~1931)가 19세기 말에 세운 순회문고(이동도서관). 시골과 교외에 많은 가입자가 있었다.

가 남아 있다는 걸 오히려 반길 테지만, 아무튼 내가 상심했다고 치자. 내가 울컥하는 눈물을 주체하지 못해 풀썩 주저앉을 수 있겠는가? 아니면 내가 그러기를 기대할 사람이 있겠는가? 몸집이 나 같은 사람은 그래선 안 된다. 그것은 원칙을 완전히 벗어나는 짓이다.

 기차는 둑을 따라 달리고 있었다. 조금 아래로 집들의 지붕이 끝없이 뻗어 있는 게 보였다. 폭탄이 떨어질 작고 빨간 지붕들이 한 줄기 햇살을 받아 한동안 좀 더 밝아 보였다. 우리가 계속해서 폭격 생각을 한다는 건 우스꽝스러운 일이다. 물론 폭격은 분명히 곧 닥쳐올 것이다. 얼마나 가까이 다가왔는지는, 신문에서 사기를 북돋우느라 써대는 기사들을 보면 알 수 있다. 일전에 본 〈뉴스 크로니클〉의 어느 글에서는, 요즘은 폭격기가 전혀 위협적이지 않다는 소리를 했다. 대공포가 워낙 좋아져서 폭격기가 2만 피트 상공 아래로 내려올 수 없다는 것이다. 그 글을 쓴 작자는 폭격기가 그보다 높은 데서 떨어뜨린 폭탄은 땅에 떨어지지 않는다고 생각하는 것이다. 아니면 폭탄이 울리치Woolwich에 있는 병기창은 비켜 가고 엘즈미어로드 같은 곳에만 떨어질 것이라는 뜻이었는지 모른다.

 그런가 하면 뚱뚱한 게 크게 보면 그리 나쁜 게 아니라는 생각도 들었다. 뚱뚱한 남자들의 공통점 하나는 언제나 인기가 많다는 것이다. 뚱뚱한 남자가 끼어서 편치 않을 자리는 사실상 없다. 마권업자에서부터 성공회 주교에 이르기까지, 어떤 부류든 상관없다. 여성과의 관계에서, 뚱뚱한 남자는 사람들이 생각하는 것보다는 누리는 게 많다. 여성은 뚱뚱한 남자를 웃음거리로만 여긴다고 생각하는 사람들이 있는데, 터무니없는 상상이다. 실상은 여성이 남자한테 속아 그 남자가 자신을 사랑한다고 착각하게 되면, '어떤' 남자라도 웃음거리로 보지 않는다는 것이다.

내가 뚱뚱하기만 했던 건 아니라는 점을 기억하시기 바란다. 나는 뚱뚱해진 지 8~9년이 되었으며, 뚱보의 특징 대부분을 후천적으로 습득했다고 생각한다. 그렇다고 내가 내면까지 완전히 뚱보인 것은 아니다! 결코 그렇지 않다! 날 잘못 보시지 말기 바란다. 그렇다고 내가 연약한 꽃 같은 사람이라는, 겉으로는 웃지만 속으로는 앓는 사람이라는 인상을 심어주려는 건 아니다. 그랬다가는 보험업계에서 살아남지 못한다. 나는 속되고 둔감하며, 환경에 잘 적응하는 사람이다. 이 세상 어디든 커미션 받는 거래가 있고, 낯이 두껍고 섬세한 감정이 부족한 치들에게 적격인 벌이가 있는 한, 나 같은 사람은 그 일을 할 것이다. 나는 어떠한 조건에서도 어찌어찌 먹고살 수는 있을 것이다(겨우 생활은 한다는 뜻이다). 전쟁이나 혁명, 역병이나 기근이 닥친다 해도, 나는 대부분의 사람들보다 오래 살아남을 것이다. 하지만 내 안에는 다른 일면도 있다. 그것은 과거의 잔영이라 할 만한 것인데, 그 점에 대해서는 나중에 이야기하도록 하겠다. 요컨대 나는 겉으로 뚱뚱하되 속으로는 가녀린 구석이 있다는 것이다. 모든 뚱뚱한 남자들 속에 야윈 남자가 있다는 생각을 혹시나 해보신 적이 있는지? 모든 돌덩이 안에 조각상이 있다고 하듯 말이다.

나한테 성냥을 빌렸던 사내는 시원하게 이빨을 쑤시며 〈익스프레스〉를 읽고 있었다.

"여자 다리 사건은 해결하기 참 어렵겠어." 그가 말했다.

"절대 못 잡을걸." 다른 외판원이 말했다. "다리 주인을 어떻게 찾아? 빨간 피 흘리는 거야 다 마찬가지 아냐, 안 그래?"

"다리 싸놓은 종이를 가지고 찾아낼지도 모르지."

철길 아래로 주택 지붕들이 끝없이 펼쳐져 있었다. 길을 따라 이리저리 굽이치면서 끝도 없이 펼쳐졌다. 지붕들의 행렬이 사방으로 뻗은 모습이, 마치 말을 타고 달려도 될 거대한 평원 같기도 했다. 런던을 어느 쪽으로 지나가든, 주택가는 거의 끊김 없이 20마일씩 펼쳐진다. 젠장할! 그런 데를 폭격기가 어찌 놓칠 수 있단 말인가! 우리는 표적의 거대한 중심인 것이다. 더구나 사전 경고도 없을 것이다. 요즘 같은 세상에 선전포고를 할 바보 멍청이가 어디 있겠는가? 내가 히틀러라면 군축회담을 하는 도중에 폭격기를 출격시키겠다. 어느 고요한 아침, 사무원들이 물결을 이루어 런던브리지를 건너가고, 카나리아가 노래를 하고, 노부인들이 빨랫줄에 속바지를 널 때―우르릉, 슈슈슝, 콰광쾅! 집들은 박살 나고, 속바지는 피로 물들고, 카나리아는 시체 위에서 계속 노래를 부를 것이다.

아무튼 딱해 보이는 광경이었다. 지붕들이 바다처럼 끝없이 펼쳐져 있다니. 도로와 생선튀김 가게, 볼품없는 예배당, 영화관, 뒷골목 인쇄소, 공장, 아파트 단지, 이런저런 구멍가게, 발전소 등등이 끝도 없이 펼쳐져 있었다. 이 방대함이란! 그리고 그 평온함이란! 마치 야생동물 하나 없는 거대한 야생지 같다. 총성 한번 울리지 않고, 수류탄을 내던지는 이도 없고, 경찰봉으로 누굴 패는 일도 없다. 지금 이 순간 영국 전역 그 어디에도 침실 창밖으로 기관총을 갈겨대는 일이 벌어지고 있는 곳은 없을 것이다.

그러나 앞으로 5년 뒤에는 어떻게 될까? 아니면 2년 뒤에는? 당장 내년에는?

4

본사에 들러 서류를 주고 나왔다. 워너는 흔히 볼 수 있는, 진료비가 싼 미국인 치과의사다. 그의 진료실은(그는 "시술실"이라 부르는 걸 더 좋아한다) 우리 사무실에서 한 블록 위, 사진관과 고무 제품 도매상 사이에 있다. 약속시간보다 일찍 도착했는데, 마침 요기를 좀 해야 할 시간이었다. 무슨 생각으로 '밀크 바'[22] 같은 곳에 갔는지는 모르겠다. 평소에는 거의 안 가는 곳이기 때문이다. 한 주에 '5에서 10파운드 벌이'인 나 같은 사람은, 런던에서 음식점 고르기가 영 마땅찮다. 한 끼에 쓸 수 있는 돈이 1실링 3페니라고 한다면, '리옹'이나 '익스프레스 데어리'나 'A. B. C.' 같은 데밖에 갈 곳이 없다.[23] 아니면 살롱 바

---

22 milk-bar. 우유나 아이스크림 등의 간식을 파는 간이식당.

에 가서 장례식장 음식 같은 걸 먹어야 하는데, 대개 쓴 맥주 한 조끼와 맥주보다 찬 파이 한 조각이 나온다. 밀크 바 앞에서는 소년들이 석간신문 초판을 파느라 소리치고 있었다.

새빨간 카운터 뒤로 높고 하얀 주방 모자를 쓴 아가씨가 아이스박스를 만지작거리고 있었고, 그 뒤 어디선가는 라디오가 투당탕탕 깡통 두드리는 듯한 소리를 내고 있었다. 내가 도대체 왜 이런 델 가는 거지? 안으로 들어서며 나는 생각했다. 내 기분을 처지게 만드는 분위기 같은 게 있는 곳인 것이다. 모든 게 매끈매끈하고 반짝반짝하고 유선형이다. 어딜 보나 거울이나 에나멜이나 크롬으로 마감되어 있으니 그렇다. 음식이 아니라 장식에만 공을 들인 것 같다. 음식은 물론 진짜배기가 아니다. 미국식 이름들이 나열되어 있는데, 음미를 할 수도 없고 그런 게 정말 있기나 한 건지 믿기도 어려운 허깨비 같은 것들이다. 모든 게 무슨 상자나 깡통에서 꺼내거나, 냉장고에서 내오거나, 꼭지에서 따르거나, 튜브에서 짜낸 것들이다. 편안하지도 오붓하지도 않다. 앉을 데라곤 높다란 걸상뿐이고, 좁은 선반 같은 탁자에서 서둘러 먹어치워야 하며, 사방이 거울이다. 곳곳에 걸려 있는 선전문구 같은 것들이 라디오 소음과 뒤섞여, 음식도 편안함도 중요한 게 아니라는, 매끈매끈하고 반짝반짝하고 유선형인 것만 중요하다는 인상을 준다. 요즘은 무엇이든 유선형인 게, 히틀러가 우리를 위해 간수해둔 총알까지 그러하

---

23 셋 다(Lyons, Express Dairy, Aerated Bread Company) 패스트푸드점 형태의 대형 레스토랑을 거느린 체인이다.

다. 나는 커피 큰 잔과 프랑크푸르터 소시지[24] 몇 개를 주문했다. 하얀 모자를 쓴 아가씨가 커피와 소시지를 털썩 내려놓는데, 금붕어에게 개미 알 던져줄 때만큼의 관심을 보일 뿐이다.

문밖에서는 신문팔이 소년 하나가 "신문이요! **스탠더드요!**"라고 외치고 있었다. 소년의 무릎에 닿아 팔랑이는 신문 광고 포스터엔 다리, 새로 발견된 사실들이라 적혀 있었다.[25] 그냥 "다리"였다. 이제 이 사건은 그 정도까지 발전된 것이었다. 이틀 전 기차역 대합실에서 한 여인의 다리가 누런 종이에 싸여 있는 게 발견되었고, 신문들이 연이어 사건을 다루다 보니, 온 나라가 이 다리 토막에 열렬한 관심을 쏟을 수밖에 없고, 이젠 더 설명할 필요도 없어져버린 것이다. 그 시점에 뉴스가 되는 다리는 그것뿐이었다. 나는 딸려 나온 롤빵을 베어 물며 요즘은 살인도 참 투박해졌다는 생각을 했다. 전부 사람을 토막 내어 시골에 갖다버리는 식이다. 크리폰이나 세든이나 미시스 메이브릭 같은 전통 영국식 독살극 비슷한 것이라곤 아예 찾아볼 수 없다.[26] 살인도 품위 있게 하려면 지옥에 가서 화형을 당하게 된다는 것을 믿는 시대여야 하는 게 아닌가 싶기도 하다.

24 frankfurter. 잘게 썬 쇠고기나 돼지고기를 훈제하여 만든 부드러운 소시지.
25 이 무렵 신문팔이 소년들은 신문은 한쪽 팔에 끼고, 다른 한 손으로 큰 기사를 홍보하는 큼직한 신문 광고 포스터를 무릎까지 늘어뜨리고서 팔러 다녔다.
26 Crippen은 영국에 거주하던 미국인 의사로, 1910년에 아내를 살해하고서 흔적을 거의 남기지 않은 뒤 소년으로 변장한 애인과 함께 캐나다로 달아나다 선상에서 검거되어 영국으로 송환된 뒤 교수형을 당했다. Seddon은 보험회사 직원으로, 보험금을 노리고 이웃집 여인을 교묘히 독살했다가 1912년에 교수형을 당했다. Mrs. Maybrick은 영국인 남편을 독살한 미국인으로, 14년을 복역한 뒤 1904년에 방면되어 미국으로 돌아갔다.

그 순간 나는 소시지를 한 입 물었다. 제기랄!

솔직히 맛이 괜찮으리라 기대한 건 아니었다. 그저 방금 한 입 먹었던 롤빵처럼 아무 맛도 아니겠거니 했던 것이다. 그런데 이건—자못 진귀한 체험이었다. 약간의 설명이 필요할 것 같다.

물론 프랑크푸르터 소시지는 껍질이 고무 같았고, 임시 틀니는 나한테 잘 맞지 않았다. 그래서 소시지 껍질에 이를 밀어 넣자면 일종의 톱질 운동이 필요했는데, 그것이 갑자기 탁! 입 속에서 썩은 배처럼 터지는 것이었다. 그리고 아주 기분 나쁘게 연한 것이 혀를 스멀스멀 감쌌다. 그 맛이란! 한동안 나는 도무지 믿을 수가 없었다. 그래서 그것을 혀로 더듬고 또 더듬어보았다. 그건 '생선'이었다! 명색이 '프랑크푸르터'라고 하는 소시지에 생선이 꽉 차 있었던 것이다! 나는 커피엔 손도 대지 않고 곧장 밖으로 나와버렸다. 커피 맛이 어떨지는 하느님만 아실 터였다.

밖에 나가니 신문팔이 소년이 〈스탠더드〉지를 내 면전에 디밀며 외쳤다. "다리요! 섬찟한 새 소식요! 경마 우승마요! 다리요! 다리!" 나는 그 느글느글한 것을 어디다 뱉을지 몰라 아직도 혀로 더듬고 있었다. 모든 걸 엉뚱한 무엇인가로 만들어낸다는 독일의 식품공장에 대한 기사를 어디서 본 기억이 났다. 그걸 '에르자츠'[27]라고 하던가. 거기선 정말 생선으로 소시

---

27 ersatz. 독일어로 열등한 다른 무엇으로 만든 대용품이란 뜻.

지를 만들고, 생선은 물론 다른 무엇으로 만든다고 했다. 덕분에 나는 현대 세계를 깨물어보고 그게 정말 무엇으로 만들어져 있는지 알게 된 느낌이었다. 요즘 우리 사는 꼴이 그런 식이다. 모든 게 매끈매끈하고 유선형이며, 모든 게 엉뚱한 무엇인가로 만들어지는 것이다. 어디나 셀룰로이드며 고무며 크롬강 칠갑이고, 밤새 아크등이 빛나고, 머리 위로 유리 지붕이 덮여 있고, 라디오는 모두 똑같은 음악을 울려대고, 녹지는 남아나지 않고, 어디나 시멘트로 덮이고, 중성 과일나무 아래 모조 거북이가 풀을 뜯는다. 하지만 본질에 다가가 단단한 그것을 깨물어볼 때(이를테면 소시지 같은 것 말이다) 느껴지는 것, 그건 다른 무엇이다. 고무 같은 껍질에 든 썩은 생선이요, 입속에서 터지는 오물인 것이다.

새 틀니를 끼고 나니 느낌이 훨씬 좋아졌다. 그것은 내 잇몸에 반듯하게 자리를 잡았다. 틀니 때문에 젊어진 느낌이 든다고 말한다면 바보 같은 소리라고 하겠지만, 정말 그랬다. 가게 진열창에 비친 나에게 미소를 지어보았는데, 제법 괜찮았다. 워너는 진료비가 싼 치과의사이긴 해도, 예술가 기질이 좀 있어서 치약 광고모델의 치아 같은 획일적인 틀니를 해주지는 않는다. 그는 틀니가 가득한 캐비닛 여러 개를 갖고 있는데(내게 한 번 열어 보여준 적이 있다), 전부 크기와 색깔별로 분류되어 있는 틀니들 중 하나를 골라내는 모습이 목걸이에 맞는 보석을 고르는 세공사 같았다. 열에 아홉 사람은 내 틀니를 보고 자연치아라고 할 터였다.

다른 가게 진열창에 내 전신이 언뜻 비친 걸 보니, 내 몸매가 그리 나쁘지는 않다는 생각이 문득 들었다. 좀 뚱뚱한 편이긴 했으나 역겹지는 않은, 양복쟁이들이 말하는 "넉넉한 풍채" 정도일 뿐이었다. 더구나 남자 얼굴이 붉은 것을 좋아하는 여인들도 있다. 늙은 개한테도 누릴 생이 있다 싶었다. 나는 거저 생긴 17파운드를 떠올렸고, 그 돈을 한 여인에게 쓰기로 마음을 굳혔다. 펍들이 오후에 잠시 문을 닫기 전에 맥주 한 조끼 마실 시간은 있었다. 새 틀니에 세례를 해야 했던 것이다. 17파운드 때문에 부자가 된 기분에, 나는 편애하다시피 하는 6페니짜리 시가를 하나 샀다. 길이 8인치에, 처음부터 끝까지 순 아바나산 담뱃잎이라는 보증이 있는 물건이다. 양배추야 아바나산이라 해도 별다를 바 없겠지만 말이다.

펍을 나설 때는 기분이 한결 나아졌다.

맥주 몇 잔을 마셔 속이 훈훈했고, 새 틀니를 감도는 시가 연기가 상쾌하고 평화로운 느낌을 주기도 했던 것이다. 갑자기 나는 제법 사색적이고 철학적인 기분이 되었다. 할 일이 없다는 게 한몫을 했을 것이다. 내 마음은 아침에 기차 위로 날아가는 폭격기를 봤을 때의 전쟁 생각으로 돌아갔다. 그러자 예언자적인 기분에 젖어들었다. 세상의 끝을 예견하면서 자극을 받게 되는 기분 말이다.

스트랜드 길 서쪽 방향으로 걸으며, 나는 좀 춥지만 시가 맛을 즐기기 위해 천천히 발걸음을 옮겼다. 여느 때처럼 헤쳐나가기 어려울 만큼 많은 사람들이 인도를 메우고 있었다. 모두들 런던의 길거리를 나다니는 사람들 특유의 얼빠지고 굳은 표정이었다. 차도는 늘 그랬듯 북적북적했고, 빨간 대형버스가 우람한 엔진 소음과 요란한 경적을 울리며 작은 차들 사이를 헤집고 나가는 중이었다. 죽은 자들을 깨울 만한 소음이지만 이들 인파를 깨우지는 못하리란 생각이 들었다. 몽유병자들만 나다니는 도시에서 나만 깨어 있는 사람인 듯했다. 물론 그것은 착각이다. 낯선 인파 사이를 뚫고 나가자면 모두 밀랍 인형 같다는 상상을 하지 않기가 어려운데, 그들 역시 나에 대해 같은 생각을 할지 모른다. 그리고 요즘 내가 계속해서 느끼게 되는 이 기분, 즉 전쟁이 임박했으며 전쟁으로 모든 것이 끝나고 말리라는 기분도 나만 느끼는 것이 아닐 터다. 우리 모두가 어느 정도는 그런 기분을 느끼고 있는 것이다. 그 순간 내 곁을 스쳐 지나가는 사람들 중에서도 포탄이 터지고 흙이 튀는 모습을 마음의 눈으로 바라보고 있는 이들이 분명히 있었으리라. 어떤 생각을 하든, 이 세상엔 동시에 같은 생각을 하는 사람이 항상 100만 명은 있는 것이다. 하지만 그때 나는 나뿐이라고 느꼈다. 우리 모두 불타는 갑판에 서 있는데 나만 불이 난 줄 알고 있다고 생각한 것이다. 스쳐 가는 인파를 보니 모두 넋 나간 얼굴들이었다. 11월의 칠면조 같다는 생각도 들었다. 어떤 일이 다가올지 아무것도 모르는 표정 말이다. 나 혼자만 눈에 엑스레이라도 달려 있어서 해골들이 걸어가는 모습이 보이는 듯했다.

몇 년 뒤가 내다보이기도 했다. 싸움이 시작되고 나서 5년 뒤, 혹은 3년 뒤(1941년으로 예정되어 있다는 얘기들도 한다) 이 거리가 어떤 모습일지 눈에 선했다.[28]

모든 게 산산조각 난 광경은 아니었다. 크게 변한 건 없고, 건물들이 깎여나가 지저분하고, 가게 진열창은 대부분 깨져 있고 먼지가 자욱해서 안을 들여다볼 수 없는 그런 정도다. 샛길 한쪽에는 거대한 폭탄 분화구가 있고, 건물 한 블록이 다 불타서 이빨 빠진 자리 같다. 소이탄에 다 타버린 것이다.[29] 묘한 정적이 감돌고 있고, 모두 아주 여위어 있다. 군인 1개 소대가 줄지어 다가오고 있다. 그들 역시 지독히 마른 몰골이고, 군화를 질질 끌고 있다. 양끝이 꼬부라진 콧수염을 한 상사는 꼿꼿한 자세지만, 그 역시 너무 여위었으며, 목구멍이 찢어질 듯 기침을 해댄다. 그는 기침을 하는 와중에 연병장에서 하던 식으로 병사들에게 호통을 친다. "존스, 너 뭐 하나! 고개 들어! 왜 계속 길바닥을 쳐다보는 거지? 지금도 남아 있는 꽁초가 있을까 봐?" 갑자기 발작 같은 기침이 그를 덮친다. 그는 멈춰보려 하지만 소용없고, 몸을 반으로 접다시피 하여 창자가 쏟아질듯 기침을 한다. 갈수록 얼굴은 붉어지고, 콧수염은 처지고, 눈물이 흐른다.

공습경보가 요란하게 울리고, 확성기에선 우리의 영예로

---

28 2차대전은 1939년에 시작되었고, 1940년 7월부터 10월까지 독일 공군의 첫 번째 영국 공습이 있었다.

29 소이탄은 폭발 후에 엄청난 고열과 화염을 일으켜 많은 건물을 전소시킬 수 있다. 1945년 3월, 세 시간이 채 안 걸린 공습으로 주민 10만여 명이 사망한 도쿄 대공습 때 투하된 폭탄이 소이탄이었다.

운 군대가 포로 10만 명을 붙들었다고 떠들어댄다. 버밍엄 지역 공동주택 꼭대기층 뒷방에서 다섯 살 아이가 빵 한 입을 달라고 울부짖는 소리도 들린다. 그런데 갑자기 엄마가 더 못 참겠는지 소리를 지른다. "주둥이 좀 닥쳐, 이놈 자식!" 그러면서 엄마는 아이의 통옷 자락을 걷어올리고서 엉덩이를 마구 때린다. 빵이라곤 현재도, 앞으로도 없을 것이기 때문이다. 그 모든 게 다 보인다. 온갖 포스터와 식량배급줄이, 아주까리기름[30]과 경찰봉이, 침실 창밖으로 갈겨대는 기관총이 보인다.

그런 일들이 일어날 것인가? 모를 일이다. 어떤 때는 절대 있을 수 없는 일이지 싶다. 또 어떤 때는 모두 신문들이 겁주는 얘기일 뿐이라고 나 자신에게 말하곤 한다. 그러다 도저히 피할 수 없는 일임을 뼛속 깊이 직감할 때도 있다.

'채링크로스' 부근까지 가니 소년들이 석간신문 후속판을 파느라 외치고 있었다. 살인사건에 관한 헛소리가 더 있었던 모양이다. 다리, 유명 의사의 진술 내 시선을 끄는 신문 광고 포스터는 또 있었다. 조그 왕 결혼 연기 조그 왕이라니! 그런 이름을 가진 이가 새까만 식인종이 아니라고 믿는 건 거의 불가능해 보였다.

그런데 바로 그 순간 묘한 일이 벌어졌다. 조그 왕이란 이름이 내 기억을 자극했던 것이다. 그날 그 이름을 몇 번 봤기에,

---

30 castor oil. 무솔리니 치하 이탈리아 파시스트들의 위협 수단으로 쓰이면서, 무솔리니의 권력은 "경찰봉과 아주까리기름"으로 뒷받침됐다는 말이 생겼다. 하제下劑로 쓰이는 이 기름을 반대자들에게 많이 먹이면 죽지는 않지만 몹시 심한 설사를 해서 굴욕감을 느끼게 했다.

그게 교통 소음이나 말똥 냄새 같은 것과 섞이면서 그런 작용을 한 것인지도 모른다.

과거는 참 묘한 것이다. 과거는 언제나 우리와 함께 있다. 나는 우리가 10년이나 20년 전에 일어났던 일들을 떠올리지 않으면서 지나가는 때가 한 시간이라도 있겠나 하는 생각을 하곤 한다. 그런데 대부분의 경우 과거는 실체를 띠지 않는다. 역사책에 나오는 많은 사건들처럼 우리가 알게 된 사실들의 조합일 뿐이다. 그러다 어떤 우연한 광경이나 소리나 냄새, 특히 냄새가 우리를 자극하게 되는데, 그럴 때는 과거가 우리에게 다가오는 정도가 아니라 우리가 사실상 과거 '속'에 들어가 있게 되는 것이다. 그 순간이 바로 그랬다.

나는 '로어빈필드Lower Binfield'[31]의 교구 성당에 돌아가 있었고, 때는 38년 전이었다. 누군가 겉으로 보기에 나는 여전히 스트랜드 길을 걷고 있는 뚱뚱하고 틀니를 하고 중산모를 쓴 마흔다섯 살이었지만, 속으로는 일곱 살 소년 조지 볼링이었다. 로어빈필드 하이스트리트 57번지에 사는, 곡물·종자 상인 새뮤얼 볼링의 작은아들 말이다. 일요일 아침이었고, 성당 냄새가 났다. 어떻게 그 냄새를 맡을 수 있단 말인가! 성당의 독특한 냄새를 아실 것이다. 눅눅하면서 먼지 많고, 썩은 듯하면서 달큰한 냄새 말이다. 거기엔 촛농 향도, 향냄새도, 생쥐 냄새도 조금씩 섞인 듯하다. 일요일 아침엔 세숫비누 향과 서지serge

---

[31] 실제 존재하는 지명은 아니며, 오웰의 고향에서 가까운 곳에 Binfield라는 고장은 있는데 거기서 따온 듯하다. 빈필드는 '잔디(벤트그라스)가 자라는 너른 초원'이라는 뜻이다.

천으로 만든 드레스 냄새도 좀 겹쳤다. 하지만 주된 향은 그 달 큰하고 먼지 많고 퀴퀴한 냄새, 말하자면 죽음과 삶이 한데 섞인 듯한 냄새였다. 분 바른 시체 냄새라고나 할까.

그 시절 나는 키가 4피트쯤 되었다. 나는 성당 제단 쪽을 내다보기 위해 신도석에 기도용 무릎 방석을 깔고 올라서 있었고, 어머니의 검은 서지 드레스 감촉이 손에 느껴졌다. 스타킹을 무릎 위까지 올려 신은 감촉도(그 시절엔 스타킹을 그런 식으로 신곤 했다), 일요일 아침이면 목을 조이던 이튼 칼라[32]의 톱날 같은 감촉도 느껴졌다. 오르간의 거친 울림도, 성가를 우렁차게 부르는 두 사람의 목소리도 들렸다. 우리 성당에는 찬송을 주도하던 남자가 둘 있었는데, 둘이서 찬송을 너무 강하게 불러서 다른 사람들 소리는 묻혀버릴 때가 많았다. 한 사람은 슈터Shooter라는 생선장수고, 또 한 사람은 웨더올Wetherall이라는 나이 먹은 소목장이[33]이자 장의사였다. 두 사람은 설교단에서 가장 가까운 신도석 중에서도 중앙 통로 양쪽 가에 앉아 있곤 했다. 슈터는 작은 키에 뚱뚱하고, 얼굴 피부가 아주 붉고 고우며, 코가 크고 콧수염이 양쪽으로 늘어진, 입가로 볼이 축 처진 그런 사람이었다. 웨더올은 사뭇 달랐다. 그는 나이가 예순쯤 된 깡마른 늙은이지만 힘이 세고 키가 크며, 해골 같은 얼굴에 반백의 머리를 짧고 빳빳하게 하고 다니는 사람이었

---

[32] Eton collar. 본래는 사립 명문교인 이튼 스쿨의 교복 재킷에 착용하던 폭이 넓고 빳빳하고 하얀 옷깃.

[33] joiner. 문이나 창문, 계단, 가구 등을 짜는 목수.

다. 나는 살아 있는 사람의 얼굴치고 그처럼 해골을 닮은 모습을 본 적이 없다. 두개골의 윤곽 하나하나가 다 드러나 보이고, 피부는 양피지 같고, 누런 이빨이 꽉 찬, 네모난 랜턴처럼 각진 턱은 박물관 해골의 턱처럼 아래위로 움직였다. 그는 그렇게 말랐으면서도 강철같이 튼튼해 보여서, 백 살이 되도록 살아남아 성당 사람들 모두의 관을 짜줄 수 있을 것만 같았다. 두 사람은 목소리도 사뭇 달랐다. 슈터는 절박하고 고뇌에 찬 듯 외쳤는데, 마치 누가 자기 목에 칼을 들이대고 있는 상황에서 도움을 청하는 외마디 비명을 지르는 듯했다. 그에 비해 웨더올은 속 깊은 곳에서 휘젓듯 우렁차게 울리는 소리를 냈는데, 지하에서 거대한 나무통을 굴리는 느낌이었다. 그의 음성은 아무리 큰 소리를 내도 상당히 자제하고 있다는 인상을 주었고, 그래서 아이들은 그에게 우르릉배Rumbletummy라는 별명을 붙여주었다.

둘은 찬송 중에 부르고 답하는 교창交唱 효과를 내곤 했는데, 특히 시편 성가를 부를 때 그랬다. 답하는 쪽은 언제나 웨더올이었다. 둘은 사적으로는 분명히 친구였을 테지만, 어린 마음에 나는 그들이 끔찍한 적수여서 서로 상대의 소리를 죽여야 하는 사이라는 상상을 하곤 했다. 슈터가 "주님은 나의 목자시니"라고 고함을 치면, 웨더올은 "내게 부족함이 없으리로다"라고 받으며 슈터의 소리를 가라앉혀버렸다. 둘 중에 누가 더 명가수인지는 언제나 알 수 있었다. 나는 특히 아모리인들의 시혼 왕과 바산의 오그 왕(조그Zog 왕이란 이름에서 떠올린 게 이 오그Og 왕이었다)에 대한 대목이 나오는 성가를 고대하곤 했다.[34] 슈터가 "아모리인들의 시혼 왕"이라고 선창先唱을 하면 나머지 회중이 "과"라고 내는 소리는 0.5초나 들릴까 말까 했고, 웨더올이 우렁찬 저음으로 "바산의 오그 왕"이라고 외치는 소리가 바로 밀물처럼 밀려들며 사람들의 소리를 삼켜버렸다. 그가 "오~그"라고 할 때의 그 묵직하고 우람한, 지하에서 커다란 나무통 굴리는 듯 울리는 소리를 들려줄 수 있다면 얼마나 좋을까. 그는 "과and"라고 하는 소리의 끝을 잘라내기도 해서, 나는 아주 어릴 때만 해도 성가의 가사가 "바산의 도그Dog 왕"인 줄로만 알았다. 그러다 나중에 이름을 제대로 알게 되고 나서야 시혼과 오그를 마음속으로 제대로 그려볼 수 있게 되었다. 나는 그 둘을 1페니짜리 주간지 형태로 발행되던 백과사전에서 사진으로 보았던 한 쌍의 커다란 이집트 신상이라고 상상하기 시작했다. 마주 보는 왕좌에 앉아 무릎에 손을 올려놓고 신비롭게 엷은 미소를 짓고 있는, 높이 30피트의 거대한 석상 말이다.

그런 게 어떻게 내게 되살아났을까! 우리가 "성당"이라 부르던 공간의 독특한 느낌 말이다(느낌일 뿐, 움직임으론 표현할 수 없다). 그 달큰한 시체 같은 냄새, 일요일 드레스 스치는 소리, 오르간의 거친 울림, 우렁찬 음성, 중앙 통로 앞쪽으로 점점 다가가는 빛줄기. 어른들은 그런 별난 의식도 필요한 것임을

---

[34] 시편 135:11. 야훼가 이스라엘 민족을 위해 무찔렀다는 강성했던 두 왕.

아이들에게 그럭저럭 납득시켰던 모양이다. 그래서인지 우리는 그런 것을 당연시했다. 그 시절 꾸역꾸역 삼키다시피 해야만 했던 성경에 대해 그랬던 것처럼 말이다. 그때는 벽마다 성경 구절이 붙어 있어서, 다들 구약에 나오는 얘기들은 전부 외울 정도였다. 그래서 지금도 내 머릿속은 성경에 나오는 대목들로 꽉 차 있다. 이스라엘의 자손들이 또 야훼의 목전에서 악을 행하였도다. 아셀은 자기 항만에 마냥 거하였도다. 단에서부터 브엘세바에 이르기까지 모두 모였더라. 그의 다섯째 갈비뼈 아래를 찌르자 그가 죽었더라.[35] 다들 이런 대목들을 결코 이해한 게 아니었으며, 이해하려 하지도 않았고, 그러고 싶지도 않았다. 무슨 약 같은 것이었다. 맛은 희한하지만 삼켜야만 했고, 아무튼 필요한 것이라 여겼던 그 무엇 말이다. 그것은 시므이, 느부갓네살, 아히도벨, 하스밧다나 같은 이름을 가진 사람들에 대한 괴이하고 장황한 이야기들이었다. 그 속에서 그들은 길고 뻣뻣한 의상에 수염을 아시리아식으로 땋은 모습으로 낙타를 타고서 성전이나 삼나무 숲을 다니며 괴이한 일들을 했다. 번제물燔祭物을 바치고, 불가마 속을 걸어다니고, 십자가에 못 박히고, 고래한테 삼켜지기도 했다. 그리고 그 모든 게 달큰한 묘지 냄새와 서지 드레스와 오르간의 거친 울림과 뒤섞였다.

 그게 내가 조그 왕에 관한 신문 광고 포스터를 보고서 되돌아간 세계였다. 한동안 나는 그 세계를 기억하기만 한 게 아니

---

[35] 여기까지 네 개의 문장은 구약성경 네 대목(순서대로 사사기 6:1, 사사기 5:17, 사사기 20:1, 사무엘하 3:27)의 일부다(성경 구절과 조금 다른 부분도 있다).

라, 그 '속'에 가 있었다. 물론 그런 인상은 몇 초 이상 지속되지 않는다. 잠시 뒤 나는 다시 눈을 뜬 듯했고, 마흔다섯 살이 되어 북적북적한 스트랜드 길에 있었다. 그런데 이 체험엔 여파餘波와도 같은 게 있었다. 꼬리에 꼬리를 무는 생각에서 벗어나게 되면 마치 깊은 물속에 있다가 나온 듯한 때가 종종 있는데, 이번엔 그 반대였다. 나는 1900년으로 되돌아가서야 제대로 숨 쉬고 있다는 느낌을 받았다. 그래서 눈을 다시 떴건만, 넋 나간 얼굴로 바삐 오가는 인파도, 포스터도, 자동차의 독한 기름 냄새도, 엔진의 굉음도, 38년 전 로어빈필드의 일요일 아침만큼도 실감이 나지 않았다.

 나는 시가를 내던지고 천천히 걸었다. 시체 냄새가 계속 났다. 그 냄새는 지금 이 순간에도 난다. 나는 다시 로어빈필드에 가 있고, 때는 1900년이다. 장터 말구유 옆엔 짐마차 말이 주둥이에 여물 주머니를 찬 채 서 있다. 모퉁이 사탕 가게에서는 휠러 할멈이 브랜디 맛 사탕 반 페니 분량을 저울에 달고 있다. 램플링 부인네 마차에는 어른 마부 말고도 새하얀 무릎바지 차림에 팔짱을 낀 어린 마부가 앉아 있다. 이지키얼 삼촌은 조 체임벌린[36] 욕을 한다. 모병 담당 상사는 빨간 재킷과 딱 붙는 파란 바지와 납작한 모자 차림으로 콧수염을 꼬아가며 거리를 활보한다. 술꾼들은 조지 주점 뒤뜰에서 속을 게워낸다. 비키는

---

36 당시에 가장 영향력 있던 정치인 조셉 체임벌린(1836~1914)을 말한다. 개혁적인 자유당 원이었으나 차츰 보수 성향으로 기울었다.

윈저에 있고,[37] 하느님은 하늘에 있고, 그리스도는 십자가 위에 못 박혀 있고, 요나는 고래 뱃속에 있고, 사드락과 메삭과 아벳느고는 불가마 속에 있다. 아모리인들의 왕 시혼과 바산의 왕 오그는 왕좌에 앉아 마주 보고 있다. 딱히 하는 것 없이, 정해진 자리를 지키며 그냥 존재할 뿐이다. 벽난로의 장작을 받치는 한 쌍의 받침쇠처럼, 혹은 사자와 유니콘처럼 말이다.

그 세계는 영영 가버렸나? 잘 모르겠다. 하지만 살 만한 좋은 세계였다고는 말할 수 있다. 나는 그 세계에 속한다. 당신도 그럴 것이다.

---

[37] 비키는 재위 기간이 64년이나 되었던 빅토리아 여왕(1819~1901)을, 윈저는 영국 왕실의 공식 거처 중 하나였던 윈저궁이 있는 지역을 말한다.

2부

1

내가 포스터에서 조그 왕이란 이름을 보고 잠시 떠올렸던 세계는 지금 내가 살고 있는 세계와는 너무나 달랐다. 그러니 당신은 내가 그 세계에 정말 속했다는 것을 믿기가 어려울지 모른다.

지금쯤이면 당신은 나에 대한 그림을 마음속으로 어느 정도 그려두었을 것이다(틀니를 하고 얼굴이 붉은, 중년의 뚱뚱한 사내라고 말이다). 무의식적으론 아마 내가 요람에 있을 때부터 지금과 똑같았으리라 상상할 것이다. 그러나 45년은 긴 세월이며, 변하지도 발전하지도 않은 사람이 있지만 그 반대도 있다. 나는 많이 바뀌었고 부침浮沈을 겪었지만, 주로 오르막을 탄 사람이다. 그럴까 싶으실지 모르지만, 내 아버지는 지금의 나를 보게 된다면 꽤 자랑스러워할 것이다. 아버지는 아들이 자동차를 소유하고 욕실 딸린 집에서 산다는 것을 대단하다고 생각할 것이다. 지금도 나는 출신에 비해 약간은 성공한 편이며, 전쟁 전 그 옛날에는 감히 상상도 못 할 수준에 도달한 적도 몇 번 있다.

전쟁 전이라! 과연 우리는 얼마나 더 그렇게 말할 수 있을까? 그 말에 "어느 전쟁?"이라고 대꾸하게 되기까지는 얼마나 남았을까? 내 경우엔 사람들이 "전쟁 전"이라 말할 때 생각하는 이상향을 보어전쟁[1] 이전이라 해야 할지도 모른다. 나는 1893년에 태어났으니,[2] 보어전쟁의 발발을 기억할 수 있는데, 아버지와 이지키얼 삼촌이 지독한 말다툼을 벌였기 때문에 생생하다. 또 그보다 1년 전쯤으로 거슬러 올라가는 기억도 몇 가지 있다.

무엇보다 먼저 떠오르는 것은 세인포인[3] 여물 냄새다. 부엌에서 가게로 이어지는 바깥 통로를 따라가노라면, 세인포인 냄새가 점점 강해졌다. 어머니는 조와 내가 가게로 가지 못하도록(조는 나의 형이다) 통로 입구에다 나무 출입문을 달아두었다. 나는 닫힌 출입문을 밀어보며 서 있던 것을, 통로 벽의 축축한 회반죽 냄새와 섞인 세인포인 냄새를 아직도 기억하고 있다.

---

1 남아프리카의 네덜란드 이주민 자손인 보어Boer인들과 영국 사이의 전쟁으로, 여기선 2차 보어전쟁(1899~1902)을 말한다. 1차 보어전쟁은 그보다 20년 전쯤(1880~1881) 일어났다. 2차 보어전쟁으로 보어인들의 두 독립 공화국이 대영제국에 병합되어 영연방의 일원인 남아프리카공화국이 세워졌는데, 영국군 사상자만 수만 명이나 되었다.
2 오웰의 실제 생년은 이보다 10년 뒤인 1903년이다.
3 sainfoin. 아시아가 원산인 콩과의 풀로 분홍빛 꽃이 피며 흔히 가축 사료용으로 기른다.

내가 아무도 없을 때 그 출입문을 어찌어찌 망가뜨리고 가게에도 들어갈 수 있게 된 건 몇 년 뒤의 일이었다. 가게 안에 들어가보니 곡물 저장통 하나를 차지하고 있던 생쥐 한 마리가 갑자기 톡 뛰어내리더니 내 양발 사이로 내달리는 것이었다. 녀석은 곡물 가루를 뒤집어써서 뽀얀 빛깔이었다. 아마도 여섯 살쯤이었을 것이다.

아주 어릴 때는, 실은 오래전부터 뻔히 보이던 것들이 갑자기 의식 속으로 들어오는 듯 느끼게 된다. 바로 내 주변에 있던 것들이 한 번에 하나씩 내 의식 속으로 헤엄쳐 들어오는 게, 자다가 깼을 때와 좀 비슷하다. 예를 들어 우리 집에 개가 있다는 것을 내가 문득 깨닫게 된 것은 네 살이 다 되어서였다. 이름이 네일러Nailer인 녀석은 요즘에는 볼 수 없는 계통의 잉글리시테리어로, 하얗고 늙은 수컷이었다. 나는 녀석을 부엌 식탁 밑에서 만나 어찌어찌 붙들었던 것 같은데, 바로 그 순간 녀석이 우리 집 소속이며 이름이 네일러라는 것을 알게 되었다. 마찬가지로, 그보다 좀 일찍, 나는 출입문 너머 통로 끝에 세인포인 냄새가 비롯되는 공간이 있다는 것을 알게 되었다. 그다음은 가게 자체였다. 거대한 저울과 계량용 나무 그릇과 양철 삽, 진열창의 하얀 글씨, 새장 속의 딱새―이 모든 것들이(창이 언제나 뿌예서 밖에서는 잘 안 보이던 것들이었다) 내 의식 속에 하나씩 하나씩, 퍼즐 조각 맞춰지듯 자리를 잡아갔던 것이다.

시간이 흐를수록 아이는 다리에 힘도 생기고, 점차 지리도 익히기 시작한다. 로어빈필드는 주민이 2000명쯤이고 장이 서던 여느 타운과 다를 바 없던 고장이었을 것이다. 옥스퍼드셔에 있던(지금도 있는 곳이지만 나는 계속 '과거시제'로 말한다) 이 고장은 템스강에서 5마일쯤 떨어져 있었다. 약간 골짜기에 있었다고 할 수 있는 게, 앞으로는 템스강과의 사이에 언덕들이 물결치고, 뒤로는 더 높은 언덕들이 있었던 것이다. 언덕 정상에는 푸르스름한 빛이 도는 숲들이 있었고, 그 속에는 기둥이 줄줄이 늘어선 하얀 저택이 있었다. 이 집은 '빈필드하우스'였고(모두들 "홀"[4]이라 불렀다) 언덕 정상은 '어퍼빈필드Upper Binfield'라 불렀다. 마을이 있는 것도 아니었고, 없어진 지 100년이 지났지만 말이다. 나는 일곱 살은 되어서야 '빈필드하우스'의 존재를 알게 되었을 것이다. 아주 어릴 때는 먼 곳을 살펴보지 않기 때문이다. 그러다 어느 무렵부터 나는 타운을 구석구석 알게 되었으니, 타운은 가운데 장터가 있는 십자가 모양이라고 할 수 있었다. 우리 가게는 하이스트리트에서 장터 조금 못 미치는 지점에 있었고, 길모퉁이에는 휠러 부인의 사탕 가게가 있었다. 반 페니 동전이 있으면 꼭 쓰게 만들던 그 가게의 휠러 할멈은 지저분하고 못돼먹은 노파여서, 사람들은 할멈이 눈깔사탕을 빨다가 병에 다시 넣고 판다고 의심했는데, 확인된 바는 없었다. 좀 더 내려가면 이발소가 있었다. 이발소는 '압둘라' 담배 광고가 있고(이집트 군인들이 그려진 것이었는데 희한하게 지금까지도 광고가 변하지 않았다) 베이럼 화장수와 라타키아

---

4 The Hall. 본래는 중세 영주의 성이나 저택을 가리키는 말이었다가, 나중에는 시골 대지주의 저택을 뜻하게 되었다.

담배의 취할 듯 진한 향기가 나는 곳이었다.⁵ 주택가 뒤로는 양조장 굴뚝들이 보였다. 장터 한가운데에는 돌로 만든 말구유가 있었는데, 물 위에 언제나 뽀얀 흙먼지와 잘게 썬 여물이 얇은 막을 이루며 떠 있었다.

전쟁 전, 특히 보어전쟁 전에는 1년 내내 여름이었다. 물론 그게 착각인 줄은 잘 알고 있다. 내가 말하고 싶은 건 그 시절이 내게 그렇게 되살아난다는 점이다. 눈을 감고 로어빈필드에서의 아무 때, 이를테면 여덟 살 이전의 아무 때를 생각해보면, 기억 속의 장면은 언제나 여름 날씨다. 저녁 먹을 무렵의 장터, 그중에서도 무엇에든 노곤한 정적 같은 게 내려 있고, 마차 끄는 말이 여물 주머니를 주둥이에 잘 차고는 우물우물 씹고 있는 장면이 그렇다. 타운 주변으로 드넓은 초원이 짙푸르게 펼쳐진 모습도 더운 날 오후다. 동네 채소밭 뒤편 골목길에 땅거미가 내리고, 산울타리 틈으로 파이프 담배와 십자꽃의 향이 떠돌아다닐 때도 그렇다. 그런가 하면 다른 계절 기억도 분명히 있다고 할 수 있는 게, 내 모든 기억은 철따라 다른 먹을거리와 얽혀 있기 때문이다. 산울타리에서 발견하곤 하던 것들은 특히 그렇다. 7월이면 듀베리가 있었고(아주 귀한 것이었다) 블랙베리는 먹을 수 있을 만큼 빨갛게 익었다. 9월이면 자두와 개암이 있었는데, 제일 좋은 개암은 언제나 손이 닿지 않는 곳에 있었다. 그 뒤에는 너도밤나무 열매와 돌사과가 있었다. 그 이

---

5   bay rum은 베이베리 나무의 잎을 럼으로 증류하여 만든 화장수이고, Latakia는 담배로 유명한 시리아 항구도시 이름을 딴 향이 강한 터키 담배.

후에는 더 좋은 게 없을 때 찾던 소소한 먹을거리들이 있었다. 산사나무 열매는 맛이 썩 좋은 편은 아니며, 들장미 열매는 털을 떼어내고 먹는데 새큼한 맛이 좋다. 안젤리카 줄기는 초여름, 특히 목마를 때 좋으며, 그 밖에도 줄기를 먹을 수 있는 풀이 많다. 괭이밥 잎은 버터 바른 빵에 얹어 먹으면 좋고, 히코리나무 열매도 먹을 만하고, 신맛이 나는 토끼풀도 먹곤 했다. 집에서 먼 데까지 가서 배가 많이 고플 때는, 질경이씨도 없는 것보다는 나았다.

조는 나보다 두 살 위였다. 우리가 아주 어릴 때, 어머니는 케이티 시먼스에게 1주일에 18페니를 줘가며 오후에 우릴 데리고 산책을 나가게 하곤 했다. 케이티의 아버지는 양조장에서 일하면서 자식 열넷을 둔 터라, 그 집에선 언제나 허드렛일거리를 찾았다. 그녀는 조가 일곱 살이고 내가 다섯 살일 때 열두 살이었는데, 정신연령은 우리와 별 차이가 없었다. 그녀는 내 팔을 잡아끌며 "애기야"라고 부르곤 했다. 케이티는 우리가 이륜마차에 치이거나 황소한테 쫓기는 일이 없도록 단속할 정도의 권위는 부렸으나, 대화를 나눌 때는 우리와 거의 같은 수준이었다. 우리는 먼 길을 느릿느릿(물론 도중에 먹을 만한 것들을 따 먹으며) 가곤 했다. 채소밭 뒤 골목길을 지나, 로퍼스Roper's 목초지를 건너, 물방앗간 농원까지 가면 도롱뇽과 조그만 잉어가 사는 연못이 있었다(조와 나는 조금 더 커서는 그곳에 낚시를 가곤 했다). 돌아올 때는 어퍼빈필드 길로 왔는데, 타운 끄트머리에 있는 사탕 가게를 거치기 위해서였다. 이 가게는 위치가 워낙 나빠서 인수하는 사람마다 망하고 말았다. 내가 알기로 그곳은 세 번은 사탕 가게였고, 한 번은 식품점이었으며, 또 한 번은 자전거 수리점이었는데, 아이들한테는 묘하게도 인기가 있는 곳이었다. 우리는 돈이 없을 때에도 그 길로 가서 진열창에 코를 붙이고 있곤 했다. 케이티는 1파딩(반의 반 페니)어치의 사탕이라도 나누고 자기 몫을 다투는 데에 대해서는 조금도 부끄러움이 없었다. 그 시절에는 무언가를 1파딩어치만이라도 살 수 있었다. 대부분의 사탕은 1페니에 4온스였는데, '파라다이스 믹스처'라고 해서 주로 여러 종류의 깨진 사탕을 섞은 것은 6온스였다. '파딩 에버래스팅'이란 사탕도 있었는데, 길이가 1야드나 되어서 30분을 먹어도 없어지지 않았다. 설탕으로 만든 생쥐와 돼지는 1페니에 8온스였고 감초 맛 권총 사탕도 같은 값이었으며, 팝콘은 큰 봉지 하나에 반 페니였다. 여러 종류의 사탕과 금색 반지, 때로는 호루라기까지 든 묶음은 1페니였다. 요즘은 그런 묶음을 볼 수 없다. 그 시절 우리가 먹던 그 많은 종류의 사탕들은 이제 사라져버렸다. 이런저런 격언이 찍혀 있는 납작하고 하얀 사탕이 있는가 하면, 타원형 성냥갑에 끈적끈적한 분홍빛 젤리 같은 게 들어 있고, 그걸 떠 먹을 수 있는 조그만 스푼까지 딸린 것도 있었다(이건 반 페니였다). 둘 다 지금은 사라진 것들이다. 캐러웨이 씨에 설탕을 입힌 사탕도, 초콜릿 담뱃대도, 심지어 '헌드레즈 앤드 사우전즈'[6]도 구경하

---

6 hundreds and thousands. 도넛이나 아이스크림 등에 장식용으로 뿌리는 알록달록한 사탕 알갱이들.

기가 매우 힘들어졌다. '헌드레즈 앤드 사우전즈'는 돈이 1파딩 밖에 없을 때는 훌륭한 대용품이었다. '페니 몬스터'는 어떤가? 요즘 '페니 몬스터'를 본 사람이 있을까? 그것은 탄산이 든 레모네이드를 2파인트 이상 담은 커다란 병으로, 1페니밖에 하지 않았다. 전쟁 뒤 확실히 사라져버린 것들 중 또 하나가 이 음료다.

회상 속의 장면은 언제나 여름 같다. 내 주변으로 키가 나만큼 자란 풀들이, 땅에서 올라오는 열기가 느껴진다. 골목길의 흙먼지도, 개암나무 가지 사이로 쏟아지는 푸르스름하고 뜨듯한 햇살도 느껴진다. 우리 셋이 느릿느릿 가면서 산울타리에 열린 것들을 따 먹는 모습이 눈에 선하다. 케이티는 내 팔을 잡아끌며 "가자, 애기야!"라고 말하고, 이따금 앞에 있는 조에게 소리를 지른다. "조! 너 당장 이리로 와. 안 그럼 혼난다!" 조는 머리가 크고 장딴지가 아주 굵은 뚱뚱한 소년으로, 언제나 위험한 짓을 하는 타입이었다. 조는 일곱 살 때부터 벌써 반바지에다 두꺼운 검은 스타킹을 무릎 위까지 올려 신은 차림으로 다녔고, 그 시절엔 소년들이나 신던 묵직한 부츠를 신었다. 나는 아직 원피스 같은 통옷을 입고 있었다(어머니가 거친 천으로 만들어준 것이다). 케이티는 어른 드레스를 흉내 낸 지독히도 남루한 옷을 입곤 했는데, 그녀 집에서 딸들끼리 줄줄이 물려 입는 옷이었다. 그녀는 뒤로 땋아 늘인 머리에다 우스꽝스럽게 큰 모자를 썼고, 길어서 땅에 질질 끌리고 지저분한 치마를 입었으며, 뒤축이 다 닳은 버튼 부츠를 신었다. 그녀는 조보다 별로 크지 않은 아주 작은 체구였으나, 꼬마들을 '단속'하는 데에는 제법이었다. 케이티네 같은 집에선 아이라고 해도 젖을 떼자마자 다른 아이들을 '단속'해야 하는 법이다. 이따금 그녀는 다 큰 숙녀처럼 굴려고 하고, 우릴 꼼짝 못 하게 만들 만한 격언을 말하곤 했다. 가령 우리가 "상관 마Don't care"라고 하면 그녀는 당장 이렇게 응수했다.

상관 마는 간섭을 받게 되어,
상관 마는 목 매달리고,
상관 마는 솥에 넣어져
다 익을 때까지 삶겼지.

우리가 욕을 하면 "고약한 말이 뼈를 부러뜨리는 건 아니지"라고 하거나, 우리가 뻐기면 "자만은 몰락보다 먼저 오지"라고 했다. 내가 군인 흉내를 내며 활개를 치다 소똥을 밟은 날은 그녀 말 그대로 된 것이었다. 그녀의 가족은 양조장 뒤편 허름한 길에 있는 작고 불결한 쥐구멍 같은 곳에서 살았다. 그곳에서 아이들은 벌레처럼 바글거렸다. 온 식구가 어찌어찌 학교 가는 것은 피하여(그 시절엔 그러기가 꽤 쉬웠다) 걸을 수 있을 정도만 되면 심부름을 하거나 이런저런 허드렛일을 하기 시작했다. 케이티의 오빠들 중 하나는 순무를 훔친 죄로 1개월 형을 받기도 했다. 1년 뒤 조가 여덟 살이 되어 소녀가 다루기에는 너무 거칠어지자, 케이티는 우릴 데리고 산책 나가는 일을 관두고 말았다. 조가 케이티의 집에서는 한 침대에 다섯 명이 잔다는 것을 알고 나서 죽어라 골려먹었던 것이다.

불쌍한 케이티! 그녀는 나이 열다섯에 첫 아이를 낳았다. 누가 아빠인지는 아무도 몰랐고, 아마 케이티 자신도 확실히 몰랐을 것이다. 대부분의 사람들은 그녀 남자 형제들 중 하나인 것으로 믿었다. 아기는 구빈원에서 맡게 되었고, 케이티는 월턴에서 거리의 여자가 되었다. 나중에 그녀는 떠돌이 땜장이와 결혼을 했고, 그것은 그녀 집안의 기준으로 봐도 신분 하강이었다. 내가 그녀를 마지막으로 본 건 1913년이었다. 나는 자전거를 타고 월턴을 지나가다 기찻길 옆에 있는 남루하기 짝이 없는 판잣집들을 지나치게 되었다. 술통 널을 떼어다 울타리를 친 그 일대는, 한 해 중 일정 기간 동안 경찰의 허가를 받아 집시들이 캠프를 차리곤 하던 곳이었다. 한 판잣집에서 주름 가득한 노파인 듯한 여인이 나와서 누더기 같은 깔개를 털기 시작했다. 긴 머리에 낯이 연기에 그을린, 나이가 적어도 오십은 돼 보이는 여인이었다. 케이티였다. 스물일곱 살이 분명했을 그녀였다.

2

 목요일은 장날이었다. 아침 일찍부터 얼굴이 호박처럼 통통하고 붉은 사내들이 장터로 가축을 몰고 오곤 했다. 지저분한 통옷 작업복에 마른 소똥이 붙어 있는 큼지막한 부츠 차림의 그들은 기다란 개암나무 회초리를 들고 다녔다. 장터는 여러 시간 동안 왁자지껄했다. 개는 짖고, 돼지는 꽥꽥거리고, 짐마차를 모는 상인들은 인파를 뚫고 나가느라 채찍질을 하며 욕을 해대고, 소를 다루는 사람들은 누구나 소리를 치고 회초리를 휘둘렀다. 사람들이 장에 황소를 몰고 올 때는 언제나 몹시 소란했다. 아직 어려도 나는 그때 대부분의 황소는 외양간에 조용히 들어가기만을 바라는, 법을 잘 지키는 순한 짐승이라는 생각을 했다. 그러나 타운 사람들 절반이 몰려나와 쫓아다니게 만들지 않는 황소는 황소가 아니라고 할 정도였다. 때로는 몹시 겁먹은 짐승이(대개 아직 덜 큰 암소였다) 굴레에서 벗어나 샛길로 내달리곤 했다. 그러면 마침 그 길에 있던 사람이 길 한가운데 서서 양팔을 풍차 날개처럼 뒤로 휘저으며 "우어! 우어!" 하고 외쳤고, 그게 최면효과 같은 게 있는지 소는 겁이 나서 꼼짝을 못 했다.

우리 가게엔 오전 반나절 간간이 농부들이 조금씩 와서, 종자 견본을 손으로 떠서는 손가락 사이로 흘려보곤 했다. 아버지는 농부들과의 거래가 아주 적었다. 배달용 마차가 없는 데다 외상을 오래 줄 형편이 아니었던 것이다. 아버지가 주로 취급한 건 좀 소소한 부류로, 가금류 사료나 상인들 짐수레 말의 여물 같은 것들이었다. 물방앗간 농원의 브루어 영감은 턱수염을 수북하게 기른 고약한 구두쇠 영감쟁이였다. 그는 우리 가게에 와서 반 시간 동안 서서 닭 모이 견본을 손으로 훑다가 무심결인 듯 호주머니에 흘리기를 반복하다가는, 물론 아무것도 안 사고 쓱 나가버리곤 했다. 저녁이면 주점마다 취객들로 꽉 찼다. 그 시절엔 맥주가 한 파인트에 2페니였고, 요즘 맥주와는 달리 꽉 찬 맛이 있었다. 보어전쟁 내내 모병 담당 상사는 목요일 밤과 토요일 밤마다 조지 주점 맥주 바에 진을 치고 있곤 했다. 제복을 완전히 갖춰 입은 그는 씀씀이가 아주 후했다. 다음 날 아침이면 그가 어떤 건장하고 얼굴 발갛고 순하고 어수룩해 보이는 농장 일꾼 총각 하나를 데리고 나가는 모습을 종종 볼 수 있었다. 청년은 너무 취해서 1실링을 받은 줄도 몰랐다가 아침에 깨어보니 약속을 물리려면 20파운드는 든다는 걸 알게 되었다.⁷ 사람들은 문간에 서서 두 사람이 지나가는 모습을 지켜보며 고개를 절레절레 흔들었다. 초상이라도 났다는 듯한 표정이었다. "웬, 이런! 군에 자원을 하다니! 말도 안 되지! 저런 멀쩡한 젊은이가!" 그들 입장에선 충격 그 자체였다. 그들이 보기에 군에 자원을 한다는 것은 처녀가 거리의 여자가 되는 것과 똑같은 일이었다. 그런 그들이 전쟁에 대하여, 그리고 군대에 대하여 갖는 태도는 참 묘한 데가 있었다. 그들은 레드코트⁸는 세상에 몹쓸 인간쓰레기들이며, 군에 가는 사람은 누구나 술 때문에 죽어서 지옥으로 직행한다는, 좋았던 옛 영국의 관념을 가지고 있었다. 그런가 하면 그들은 훌륭한 애국자이기도 해서, 창문에다 국기를 걸어놓고는 영국은 전쟁에서 진 적이 없으며 질 수도 없으리라는 신념의 증표로 삼았다. 그 시절엔 누구나, 심지어 비국교도들⁹도 소수 부대의 결사항전이나 머나먼 전장에서 전사한 소년 병사에 관한 감상적인 노래를 부르곤 했다. 내 기억 속에 그런 소년 병사들은 언제나 "총탄과 포탄이 날아다닐 때" 죽었는데, 어린 나로서는 얼떨떨할 뿐이었다. 총탄이야 이해할 수 있었지만, 조개껍질shell¹⁰이 날아다닌다는 상상을 하자니 영 이상했던 것이다. 마페킹¹¹ 봉쇄가 풀

---

7 1971년 이전까지 1파운드는 20실링, 1실링은 12페니였다.
8 redcoat. 영국 군인. 17세기 말부터 빨간 상의를 착용한 데서 유래한 말이다.
9 Nonconformists. 영국 국교회인 성공회 신자가 아닌 개신교파 사람들. 장로교, 퀘이커, 감리교, 구세군 등의 신자들을 말한다.
10 shell은 조개껍질이란 뜻도 있고 포탄이라는 뜻도 있다.
11 Mafeking. 남아프리카 북부의 타운. 2차 보어전쟁 때 영국군이 217일 동안 갇힌 채 항전하다가 승리함으로써 승전의 결정적 계기를 제공한 곳. 지금은 마피켕Mafikeng이라 부른다.

리자 사람들은 지붕이 날아가도록 환호성을 올렸다. 보어인들이 아기를 공중에 던져 올린 다음 총검으로 꿰는 짓을 한다는 말을 사람들이 믿던 때도 있긴 했다. 전쟁 막바지에 브루어 영감은 꼬마들이 "크루거!"[12]라고 놀리는 게 신물이 나서 수염을 밀어버렸다. 영국 정부에 대한 사람들의 태도도 매한가지였다. 그들은 모두 더없이 충성스러운 영국인들로, 비키는 역대 최고의 여왕이며 외국인들은 다 비열한 존재라고 호언장담했다. 그런가 하면 피할 방법만 있다면, 세금은 애완견 등록세도 낼 생각이 전혀 없는 게 그들이었다.

전쟁 전후에 로어빈필드는 자유당 표밭이었는데,[13] 전쟁 중에는 보궐선거에서 보수당이 승리했다. 나는 너무 어려서 그게 어떤 의미를 갖는지 알 수 없었다. 내가 안 건, 나는 빨강 깃발보다는 파랑 깃발을 좋아하기 때문에 보수당 편이라는 점뿐이었다. 이 기억이 남아 있는 건, 아마 조지 주점 앞의 포장된 인도에 코를 박고 쓰러진 한 취객 때문일 것이다. 모두 흥청망청하느라 아무도 그를 주목하지 않는 바람에, 그는 흥건한 피가 마르도록 땡볕에 몇 시간을 쓰러져 있었다. 다 마른 피는 자줏빛을 띠었다. 1906년 총선이 다가왔을 때는 나도 꽤 커서 상황을 어느 정도 이해할 수 있었고, 이번엔 남들이 다 그랬던 것처

---

12 Paul Kruger(1825~1904). 보어전쟁 당시 보어인들을 대표한 정치인(트란스발공화국 대통령). 턱수염을 수북하게 기르고 다녔다.
13 영국 자유당은 19세기 중반부터 노동당이 부상한 1920년대까지 보수당과 양대 정당 구도를 형성했던 개혁정당으로, 1988년까지 제3당의 위치에 있다가 사회민주당과 합당하여 자유민주당이 되었다.

럼 자유당 편이 되어 있었다. 사람들은 보수당 후보를 반 마일이나 쫓아가 개구리밥 가득한 연못에 던져 넣었다. 그 시절 사람들은 정치를 심각히 받아들였던 것이다. 그들은 선거 몇 주 전부터 썩은 계란을 비축해두기 시작하기도 했다.

아주 어릴 때 보어전쟁이 터질 당시, 아버지와 이지키얼 삼촌이 대판 싸우던 모습도 기억난다. 이지키얼 삼촌은 중심가인 하이스트리트가 아닌 다른 길에서 작은 구둣방을 했고, 구두수선 일도 좀 했다. 작은 장사였고 그나마도 점점 작아지는 경향이 있었으나, 결혼을 안 한 이지키얼 삼촌에겐 별문제가 되지 않았다. 삼촌은 아버지보다 적어도 스무 살은 많은 배다른 형제였고, 내가 알고 지낸 15년 동안 언제나 똑같은 모습이었다. 그는 키가 크고 잘생긴 편인 중늙은이로, 머리는 하얗고 구레나룻은 더없이 새하얬다(엉겅퀴 솜털만큼 하얬다). 그는 가죽 앞치마를 탁 내려놓고 아주 꼿꼿이 서서는(구두 틀에 오래 엎드려 있던 것에 대한 반작용이었지 싶다) 자기 견해를 상대의 면전에다 유감없이 퍼붓고는 괴기스러운 껄껄웃음으로 끝맺는 버릇이 있었다. 그는 정통 19세기 자유당원이었다. 말하자면 글래드스톤[14]이 1878년에 무슨 말을 했는지 상대에게 질문하곤 할 뿐만 아니라 그 답을 말해줄 수도 있는 열성파로, 로어빈필드에서 전쟁 기간 내내 같은 견해를 고수한 극소수의 사람들 중 하나였다. 그는 언제나 조 체임벌린을, 그리고 그가 "파크레

---

14 William Ewart Gladstone(1809~1898). 자유당원으로서 영국 총리를 네 번이나 지낸 대정치가. 교육 및 의회 분야에 대한 개혁을 주도했으며, 아일랜드의 자치를 지원해주었다.

인[15] 쓰레기들"이라 칭하던 부류의 사람들을 비난했다. 아버지와 언쟁을 벌이는 그의 목소리가 지금도 들리는 듯하다. "그놈들의 방대한 제국! 나한테까진 너무 멀어서 미칠 수가 없지. 껄껄껄!" 그러면 아버지는 조용하고 근심스럽고 착실한 음성으로 백인의 부담[16]과, 보어인이란 자들한테 수치스러운 대우를 당한 불쌍한 흑인들에 대한 우리의 책임을 거론하며 반박했다. 이지키얼 삼촌이 자신은 보어인 옹호론자이며 소영국주의자[17]라고 선언하자, 두 사람은 한동안 만나도 말을 거의 안 나누는 사이가 되었다. 잔학 행위에 대한 논쟁이 시작되자 두 사람은 또 한 번 말다툼을 벌였다. 아버지는 그 이야기를 듣고 몹시 마음이 불편해져 이지키얼 삼촌에게 문제를 제기했다. 소영국주의자이고 아니고를 떠나서, 아버지는 깜둥이 아기일 '뿐'이라고 해도 보어인이란 자들이 아기를 공중에 던져 올린 다음 총검으로 꿰는 짓을 한다는 것은 옳은 일이 아니잖느냐고 했다. 그 말에 삼촌은 아버지를 대놓고 비웃어주었다. 아버지가 전혀 잘못 알고 있으며, 아기를 공중에 던진 것은 보어인들이 아니라 영국 군인들이었다는 것이다. 그는 계속 나를 붙들고서 시범을 보여줄 태세였다(그때 나는 다섯 살쯤이었다). "아기를 공중

---

15 Park Lane. 런던 중심부의 주요 도로로, 하이드파크와 그 동쪽에 위치한 부촌을 좌우에 두고 있다.

16 the white man's burden. 『정글북』(1894)의 저자 키플링이 쓴 제국주의 찬양 시의 제목. 제국을 경영하자면 대가가 따른다는 내용을 담고 있다.

17 Little Englander. 지금은 국수주의적인 사람을 비난하는 뜻이 되어버렸으나, 본래는 2차 보어전쟁 당시 영국의 제국주의 정책에 반대하던 사람을 가리키던 말.

에다 던져놓고 개구리처럼 펜단 말이지! 내가 이 어린것을 그렇게 던질 수 있다는 말이겠네!" 그러면서 그는 나를 휙 던져 올리다 놓아버릴 듯했고, 나는 내가 공중으로 붕 떴다가 총검 끝에 툭 떨어지는 모습을 상상할 수밖에 없었다.

아버지는 이지키얼 삼촌과 많이 달랐다. 할아버지 할머니는 내가 태어나기 전에 돌아가셨기 때문에 두 분에 대해서는 아는 게 별로 없다. 있다면 할아버지가 구두 수선공이었는데 늘그막에 종자상의 미망인과 결혼했고, 그래서 우리가 가게를 이어받게 되었다는 정도다. 그런데 이 가업은 아버지한테 별로 맞는 일이 아니었다. 아버지가 일에 대해 잘 알고 쉬는 법도 거의 없었지만 말이다. 일요일과 아주 가끔 주중의 저녁을 제외하고, 나는 아버지의 손등이나 얼굴 주름이나 얼마 안 남은 머리카락에 곡물 가루가 앉아 있지 않은 모습을 본 기억이 없다. 아버지는 삼십 대가 되어 결혼했고, 내 첫 기억 속의 아버지는 마흔이 다 되었던 게 분명하다. 그는 작고 조용하고 좀 어두워 보이는 유형으로, 언제나 셔츠에다 앞치마를 두른 차림에, 항상 곡물 가루를 뿌옇게 뒤집어쓰고 있었다. 둥근 얼굴에 코는 뭉툭하고, 콧수염은 꽤 숱이 많고, 안경을 쓰고, 버터빛인 머리는(내 머리색과 같았다) 숱이 대부분 빠졌고, 언제나 가루를 뒤집어쓰고 있었다. 할아버지는 종자상의 미망인과 결혼했으니 꽤 성공한 셈이었고, 아버지는 농민이나 형편 괜찮은 상인의 자제들이 다니던 월턴 그래머스쿨[18]에서 교육을 받았다. 그에 비해 이지키얼 삼촌은 평생 학교에 다닌 적이 없으며 일과 시간 이후 촛불 아래에서 독학했던 것을 즐겨 자랑했다. 그래도 삼촌은 아버지보다 기지機智가 있었고, 누구와도 언쟁할 실력이 있었으며, 칼라일과 스펜서를 한 페이지씩 인용하곤 했다. 아버지는 빠릿빠릿한 편이 아니었고, 당신 말마따나 "책 공부"에는 취미를 붙이지 못했으며, 독해력이 좋지 않았다. 여유를 좀 가질 수 있는 유일한 때였던 일요일 오후, 아버지는 거실 벽난롯가에 앉아 일요일 신문의 "좋은 읽을거리"라는 것을 즐겼다. 아버지가 좋아한 신문은 〈피플〉이었다(어머니는 〈뉴스 오브 더 월드〉를 더 좋아했는데, 살인사건 얘기가 더 많아서였다). 두 분 모습이 눈에 선하다. 일요일 오후면(물론 계절은 언제나 여름이다) 돼지고기 구이와 채소의 향기가 아직 가시지 않은 가운데, 어머닌 벽난로 한쪽 가에서 최신 살인사건 기사를 읽기 시작하다 입을 벌린 채 서서히 잠들고, 아버진 다른 쪽에서 슬리퍼를 신고 안경을 쓴 채 빼곡한 신문 지면들을 천천히 읽어나간다. 따스한 여름 느낌이고, 창가에는 제라늄이 피어 있고, 어디선가 찌르레기가 큐리릿 소리를 내고, 나는 식탁 밑에 기어 들어가 〈B. O. P.〉[19]를 보며 드리워진 식탁보를 텐트라 상상한다. 나중에 티타임이 되자 아버지는 무와 파를 하나씩 씹어 먹으며 읽고 있던 것들에 대한 얘기를 아주 진지하게 해주었다. 화재나

---

18 grammar school. 국가에서 관리하던 중고등 과정으로, 시험 등의 수단을 통해 학생을 선발하여 라틴어 및 그리스어 고전을 주로 가르쳤다.

19 1867년에 창간되어 1967년까지 장수한 소년 주간지 〈Boy's Own Paper〉의 준말. 통속적인 소년지에 맞서 건전한 기독교 정신을 기르기 위해 종교단체에서 만들었는데, 뜻밖에 아주 큰 대중적 인기를 누린 잡지. 모험 이야기도 자주 실었다.

난파선, 상류사회의 스캔들, "신식 비행기계라는 것" 등에 대한 얘기들이었다. 홍해에서 고래한테 삼켜졌다가 사흘 만에 살아서 밖에 나왔지만 고래 위액 때문에 허옇게 표백이 됐다는 사내 얘기도 있었다(이 사내는 지금도 3년에 한 번쯤 일요일 신문에 나오고 있다). 아버지는 이 이야기와 신식 비행기계에 대해서는 언제나 회의적이었지만, 나머지는 신문에서 본 것을 다 믿었다. 1909년까지, 로어빈필드에서는 인간이 날 수 있다는 것을 아무도 믿지 않았다.[20] 공식적인 교리는 하느님이 우리를 날게 해줄 작정이었으면 날개를 달아주었으리라는 것이었다. 이지키얼 삼촌은 하느님이 우리를 타게 해줄 작정이었으면 수레바퀴를 달아주었겠다고 반박하지 않고는 배길 수 없었지만, 그런 삼촌도 신식 비행기계는 믿지 않았다.

아버지가 그런 것들에 주의를 기울인 때는 일요일 오후뿐이거나, 1주일에 한 번쯤 저녁에 조지 주점에 잠시 들러 맥주 반 파인트를 마시는 시간뿐이었다. 다른 때는 언제나 일이 버거운 편이었다. 일이 정말 그만큼 많았던 것은 아니지만, 아버지는 언제나 바쁘기만 해 보였다. 늘 뒤뜰 광에서 곡식 자루나 풀 짚단 같은 것을 다루느라 끙끙대거나, 가게 카운터 뒤의 조그만 먼지투성이 방에서 공책에다 몽당연필로 덧셈을 하고 있었던 것이다. 아버지는 아주 정직하고, 남의 부탁을 아주 잘 들어주고, 좋은 물건을 대주기 위해 몹시 애태우며, 누굴 속일 줄 몰

---

20 라이트 형제가 세계 최초로 군용기를 미군에 납품한 때가 1909년이다.

랐으니, 그 시절이라 해도 장사하기 썩 좋은 타입이 아니었다. 아버지는 소박한 공직 자리, 이를테면 시골 우체국장이나 기차 역장을 했으면 딱 좋았을 것이다. 그런 분이었으니 돈을 빌려 가게를 늘릴 정도로 두꺼운 낯과 모험심이 있는 것도, 새로운 거래선을 개척할 만한 창의성이 있는 것도 아니었다. 아버지가 유일하게 창의성의 기미를 보여줬던 건 새장에서 기르는 새의 모이로 새로운 씨앗 혼합물을 만들어낸 것이었고('볼링스 믹스처'라 했는데 대략 반경 5마일에 걸쳐 유명했다), 그게 실은 이지키얼 삼촌한테서 나온 아이디어였다는 사실은 아버지의 특징을 잘 드러내준다. 이지키얼 삼촌은 애조가愛鳥家에 가까운 분으로, 작고 어두운 가게에서 오색방울새를 많이도 길렀다. 삼촌의 지론은 새장에 갇혀 사는 새는 다양한 먹이를 못 먹기 때문에 빛깔이 온전치 않다는 것이었다. 아버지는 가게 뒤뜰의 조그만 터에다 철망을 쳐놓고 스무 가지 정도의 풀을 길렀고, 그것들을 말려 턴 씨앗을 보통의 새 모이 씨앗과 섞었다. 우리 가게 창가에 걸린 새장 속의 딱새 재키는 '볼링스 믹스처'의 광고 모델 노릇을 했다. 확실히 재키는 새장에 사는 다른 딱새들과는 달리 절대 검은빛으로 변하지 않았던 것이다.

 어머니는 내 기억 속에서는 언제나 뚱뚱한 분이었다. 비만의 원인이 뇌하수체호르몬 결핍이든 무엇이든, 내게 그런 체질을 물려준 것은 분명히 어머니다.

 어머니는 몸집이 큰 여성이었다. 아버지보다 키는 좀 더 크고 머리색은 훨씬 더 금발에 가까웠으며, 검은 드레스를 즐겨 입는 경향이 있었다. 나는 일요일 말고는 어머니가 앞치마를 두르지 않고 있던 때를 기억하지 못한다. 어머니가 음식을 만들지 않고 있던 때의 기억이 전혀 없다고 하면 과장이겠지만 그리 심한 과장은 아닐 것이다. 과거의 오랜 기간을 돌이켜보면, 사람이 언제나 어느 특정 장소와 어떤 전형적인 자세에 고정되어 있는 듯 느끼게 된다. 그 사람이 언제나 똑같은 무언가를 하고 있었다는 인상을 받게 되는 것이다. 말하자면 내가 아버지 생각을 하면 언제나 카운터 뒤에서 머리에 가루를 잔뜩 뒤집어쓴 채 몽당연필에 침을 묻혀가며 덧셈을 하는 모습이 기억나듯이, 그리고 이지키얼 삼촌 생각을 하면 언제나 신령스러운 새하얀 구레나룻을 휘날리며 꼿꼿이 일어서 가죽 앞치마를 탁 내려놓는 모습이 기억나듯이, 어머니를 생각하면 언제나 식탁에서 밀가루가 잔뜩 묻은 걷어붙인 팔로 반죽을 미는 광경이 떠오르는 것이다.

그 시절의 부엌이 어떤 식이었는지 아실 것이다. 아주 크면서 좀 어둡고 낮으며, 천장에 커다란 들보가 가로질러 있으며, 바닥은 돌이고 밑에는 지하실이 있는 부엌 말이다. 어려서 그랬는지 그땐 부엌의 모든 게 거대해 보였다. 돌로 된 거대한 싱크대에는 물 꼭지는 없고 펌프가 있었으며, 찬장 하나가 벽면 하나를 다 덮고 천장에 닿을 만큼 높았다. 엄청나게 큰 조리용 난로는 한 달에 석탄 반 톤을 태워먹었고, 흑연 칠을 한 번 하자면 얼마나 오래 걸렸는지 모른다. 어머니는 식탁에서 밀가루 반죽이 거대하게 펼쳐지도록 민다. 나는 주변을 기어다니며 장작 무더기나 석탄 덩어리나 바퀴벌레 덫(미끼로 맥주를 쓰는 이것이 구석구석에 있었다)을 만지작거리다 이따금 식탁으로 가서 먹을 걸 좀 달라고 조른다. 어머니는 끼니때 아닌 시간에 뭘 먹는 걸 좋아하지 않았기에 돌아오는 답은 뻔했다. "저리 가거라! 네 저녁 망치게 할 순 없어. 넌 식사 때 주는 것도 다 못 먹잖니." 하지만 아주 가끔은 설탕에 절인 과일 껍질 중에서 가느다란 걸 끊어서 줄 때도 있었다.

나는 어머니가 반죽 미는 모습을 즐거이 지켜보곤 했다. 어떤 일에 정통한 사람이 그 일을 하는 모습을 지켜보는 것은 언제나 매혹적이다. 여인이(물론 요리를 정말 할 줄 아는 여인을 말한다) 반죽 미는 모습을 지켜보라. 그녀의 독특하고 진지하고 성찰적이고 확신에 찬 몸가짐은 신성한 의식을 거행하는 여사제 같다. 물론 마음가짐도 정확히 그러하다. 어머니는 팔뚝이 굵고 붉고 억센 분이었는데, 거기에는 거의 항상 반죽이 얼룩덜룩 묻어 있었다. 음식 장만하는 어머니는 몸동작 하나하나가 놀랍도록 정교하고 확실했다. 어머니 손에 들린 계란 젓개나 고기 저미개나 반죽 밀대는 목적을 정확히 수행했다. 요리하는 어머니를 보면, 어머니가 자신이 속하는 세상, 즉 자신이 정확히 이해하고 있는 것들 속에 있음을 알 수 있었다. 일요일 신문을 볼 때나 이따금 소문 얘기를 할 때를 제외하면, 어머니에게 바깥세상이란 건 사실상 존재하지 않았다. 어머니는 아버지보다 글을 수월하게 읽고, 아버지와는 달리 신문 말고 가벼운 소설도 읽었지만, 안 믿길 정도로 모르는 게 많았다. 나는 그런 사실을 열 살 때 이미 알게 되었다. 어머니는 아일랜드가 영국의 동서 어느 쪽에 있는지도 대답해주지 못했을 게 분명하며, 대전大戰이 막 터졌을 때도 영국 총리가 누구인지 몰랐을 것이다. 게다가 어머니에게는 그런 것들을 알고 싶은 생각이 조금도 없었다. 나중에 나는 동양의 여러 나라에서는 일부다처제 풍습이 있고, 여자들을 은밀한 집에 가둬놓고 흑인 환관들에게 보초를 서게 한다는 책을 읽으며, 어머니가 그런 얘길 들었다면 얼마나 놀랐을까 하는 생각을 하곤 했다. 어머니의 목소리가 들리는 듯하다. "아니, 원! 마누라들을 그런 데다 가둔다니! **어쩜** 그럴 수가 있냐!" 어머니가 환관이 무엇인지 알았을 것이라는 건 아니다. 그런데 실은 어머니 자신이 평생을 웬만한 규방 못지않게 작고 사적인 공간에 살았던 것이다. 심지어 우리 집에서도 어머니가 절대 발을 들여놓지 않던 공간이 있었다. 어머니는 뒤뜰의 광에는 절대 들어가지 않았으며, 가게에도 들어가는 법이 거의 없었다. 나는 어머니가 손님을 응대하는 모습을 본 기억이 전혀 없다. 어머니는 가게 물건들이 어디어디 있는지도 몰랐을 것이며, 가루로 빻기 전까지는 밀과 귀리의 차이도 아마 몰랐을 것이다. 그럴 필요가 어디 있단 말인가? 가게는 아버지 소관, 즉 "남자 일"이었으니, 어머니는 가게의 돈 문제에 대해서도 그다지 관심이 없었다. 어머니 일은 "여자 일", 즉 집과 끼니와 세탁과 아이들을 돌보는 것이었다. 어머니가 만일 아버지든 누구든 남자가 단추를 꿰매려고 하는 모습을 봤다면 실신했을지도 모른다.

끼니 같은 것들에 관한 한, 우리 집은 모든 게 시계처럼 돌아가는 집들 중 하나였다. 시계 같다고 하면 기계적인 게 연상되니, 그보다는 자연적 흐름에 가까웠다고 하는 게 좋겠다. 말하자면 우리는 해가 다시 뜰 것을 알듯이 내일이면 아침 식탁이 차려질 것임을 알았던 것이다. 어머니는 평생 9시에 잠들어 5시에 일어나는 생활을 했으니, 그보다 늦게 자고 일어난다는 것은 어딘가 부도덕한(퇴폐적이고 비정상적이고 귀족적이라 할) 일이라 여겼을 것이다. 어머니는 돈을 들여 케이티 시먼스에게 조와 나를 데리고 산책을 나가도록 하는 데는 괘념치 않았지만, 집안일 도와줄 여자를 둔다는 것은 있을 수 없는 일이라 생각했다. 가정부는 비질을 해도 꼭 찬장 밑으로 쓸어버린다는 게 어머니의 확고한 믿음이었던 것이다. 우리 집 끼니는 언제나 정각에 차려졌고, 잔뜩 차려진 음식(삶은 쇠고기와 과일 푸딩, 쇠고기구이와 요크셔 푸딩,[21] 삶은 양고기와 케이퍼[22] 소스, 돼지 머릿고기와 사과 파이, 건포도 푸딩, 잼 바른 소기름 푸딩 같은 것들이었다)을 먹기 전과 후에 감사기도가 있었다. 아이들 훈육에 관해서는, 빠르게 사라져가는 중이긴 했어도 전통적인 관념이 아직 유효하던 때였다. 이론상으로, 아이들은 필요에 따라 매질도 하고 빵과 물만 먹이고 재우기도 해야 한다는 게 원칙이었다. 식사하는 자리에서 아이가 먹는 소리를 너무 크게 낸다거나, 먹다가 "너한테 좋은" 걸 안 먹으려 한다거나, "말대꾸"를

---

21 밀가루에 우유, 버터, 달걀 등을 넣어 틀에 부은 다음 오븐에 쩌서 만든 빵.
22 caper. 지중해가 원산인 떨기나무의 꽃봉오리를 절인, 향이 강한 조미료.

하면, 식탁에서 쫓겨날 수도 있었다. 그런데 실제로는, 그리고 우리 집에선 기율이 별로 강하지 않았으며, 두 분 중에 어머니가 원칙을 좀 더 따지는 편이었다. 아버지는 "매를 아끼면 애를 망친다"는 속담을 늘 인용하면서도 실제로는 우리한테 너무 약했으며, 날 때부터 문제아였던 조에겐 특히 그랬다. 아버지는 언제나 조에게 매질을 단단히 해줄 거라고 말은 하고, 우리더러 어릴 때 할아버지한테 가죽 채찍으로 얻어맞곤 했다는 얘기를 하곤 했지만(지금 생각해보면 다 거짓말이었다), 한 번도 그렇게 때리는 법이 없었다. 조는 열두 살이 되자 어머니 무릎 위에 엎어져 볼기를 맞기에는 너무 힘이 세어졌고, 그 뒤로는 그렇게 맞는 일이 없었다.

그 시절만 해도 부모가 아이한테 온종일 무얼 "하지 마"라고 하는 게 온당히 받아들여지던 때였다. 어떤 아버지가 자기 아들이 담배를 피우거나 사과를 훔치거나 새둥지를 털다가 걸리면 "죽도록 패주겠다"고 장담하는 모습을 쉽게 볼 수 있었으며, 실제로 그렇게 때리는 집들이 있었다. 마구馬具장이 러브그로브는 덩치 좋은 두 아들(열여섯과 열다섯 살이었다)이 뒤뜰 창고에서 담배 피우는 것을 목격하고선 온 타운이 다 들리도록 매질을 했다. 그러는 러브그로브 자신은 지독한 골초였다. 그런 매질이 아무 효과도 없었는지, 모든 소년들은 사과를 훔치고 새둥지를 털고 조만간 담배를 배우기 시작했지만, 아이들은 엄히 다루어야 한다는 관념이 아직 살아 있던 때였다. 아무튼 이론상으로는, 해볼 만한 건 사실상 무엇이든 금지되어 있었다. 어머니에 따르면 사내아이가 하고 싶어 하는 건 모두 "위험한" 일이었다. 헤엄치러 가는 것도 위험하고, 나무 위에 올라가는 것도 위험하고, 눈싸움하는 것도, 수레 뒤에 매달리는 것도, 새총이나 물매[23]를 갖고 노는 것도, 심지어 낚시도 위험했다. 모든 동물도(네일러와 고양이 두 마리와 딱새 재키만 예외였다) 위험했다. 모든 동물이 알려진 제 나름의 방법으로 우리를 공격할 수 있다는 것이었다. 말은 물어뜯고, 박쥐는 머리털 속으로 파고들고, 집게벌레는 귓구멍으로 들어오고, 백조는 날갯짓으로 다리를 부러뜨리고, 황소는 뿔로 들이받고, 뱀은 독침으로 "쏜다"는 것이었다. 어머니 말로는 모든 뱀이 쏜다는 것인데, 내가 1페니짜리 주간지 형태의 백과사전을 인용하여 뱀은 침으로 쏘는 게 아니라 깨무는 것이라고 하자, 어머니는 말대답하는 법이 아니라고만 할 뿐이었다. 모든 곤충은 파리와 바퀴벌레만 빼놓고 쏘는 존재였다. 그리고 집에서 끼니때 주는 것만 빼놓고 거의 모든 먹을거리는 독이 있거나 "너한테 나쁜" 것이었다. 생감자는 독이 지독히도 많고, 버섯도 식료품점에서 사는 것이 아닌 한 마찬가지였다. 구스베리 날것은 배앓이를 일으키고, 라즈베리 날것은 피부발진을 일으킨다고 했다. 식후에 목욕을 하면 쥐가 나서 죽고, 엄지와 집게손가락 사이 살을 베이면 파상풍을 앓게 되고, 계란 삶은 물로 손을 씻으면 사마귀가 난다고 했다. 가게에 있는 것도 거의 다 독이 있었고,

---

23 squailer. 닭 같은 짐승을 잡기 위해 던지는 막대기.

어머니는 그래서 가게로 가는 통로에다 출입문을 달아둔 것이었다. 소 여물 케이크[24]에는 독이 있고, 닭 모이도 그렇고, 겨자씨도 그렇고, 가금류 사료 첨가제도 그랬다. 사탕은 몸에 나쁘고, 끼니때 아닌 시간에 먹는 것도 나빴지만, 이상하게도 어머니가 언제나 허락해주는 간식거리들이 있었다. 어머니는 자두잼을 만들 때면 맨 윗부분을 걷어낸 시럽 같은 것을 우리한테 주었고, 우리는 탈이 날 정도로 탐식을 했다. 이 세상 거의 모든 게 위험하거나 유독한가 하면, 신비로운 장점을 가진 것들도 있었다. 이를테면 양파 날것은 거의 만병통치약이었다. 목구멍이 아플 때는 목에다 스타킹을 매는 게 약이었다. 개가 마시는 물에 황을 넣어두면 강장제 역할을 한다고 하며, 뒷문 밖 늙은 네일러의 밥그릇에는 황 덩어리 하나가 녹지도 않고 마냥 들어 있었다.

우리는 주로 오후 6시에 티타임[25]을 가졌다. 어머니는 대개 4시면 집안일을 마치고서, 6시까지는 차분히 차 한 잔을 하며 "엄마 신문"을 보거나 했다. 어머니는 일요일 말고는 신문을 많이 보지 않았으니, 주중에 오는 신문엔 그날그날의 소식만 있고 살인사건 기사는 가끔씩만 있었기 때문이다. 그런데 일요일 신문의 편집자들은 사람들이 살인사건이 최신 것이든 아니

---

24 cow cake. 기름 짠 콩과 건초 등을 압착하여 말려 덩어리로 만든 소 먹이. 'cattle cake'란 말을 더 흔히 쓴다.

25 tea. 차와 간식을 먹는 티타임은(흔히 그냥 '티'라 부른다) 오후 3~5시에 갖는 게 일반적인데, 농민이나 노동계급 등의 경우 5~6시에 음식량이 꽤 많거나 아예 저녁을 겸한 티타임을 갖기도 했다.

든 딱히 개의치 않는다는 사실을 알았기에, 쓸 만한 새로운 살인사건이 없을 때는 옛날 것을 우려먹곤 하여, 때로는 닥터 파머와 미시스 매닝의 사건으로까지 거슬러 올라가기도 했다.[26] 어머니는 로어빈필드 바깥의 세상을 주로 살인이 저질러지는 곳으로 여겼던 것 같다. 어머니가 살인사건 얘기에 매료됐던 것은, 어머니 당신이 자주 말했던 것처럼 사람이 어쩌면 그렇게 악해질 '수' 있는지 도무지 알 수 없었기 때문이다. 자기 아내의 숨통을 자르고, 자기 아버지를 시멘트 바닥 밑에 묻어버리고, 아기를 우물 속에 던져버리다니! 사람이 어떻게 그런 짓을 할 '수' 있단 말이냐! 공포의 '잭 더 리퍼'[27] 사건은 아버지와 어머니가 결혼할 무렵에 있었던 일인데, 우리 가게 진열창에 밤마다 나무 셔터를 내리게 된 건 그때부터였다. 가게 진열창에 셔터를 다는 것은 사라져가던 풍습이어서 하이스트리트의 가게들 대부분은 셔터를 쓰지 않았지만, 어머니는 셔터가 있어야 더 안전하다고 느꼈던 것이다. 어머니는 '잭 더 리퍼'가 애초부터 줄곧 로어빈필드에 숨어 있었을지 모른다는 두려움을 느꼈다고 말했다. 크리폰 사건은(내가 어른이 다 됐을 무렵의 일이었다) 어머니를 몹시 상심하게 했다. 어머니 목소리가 지금도 들리는 듯하다. "가여운 아내를 토막 내서 지하 석탄광에 묻어

---

26 Dr. Palmer는 여러 명의 가족 친지를 독살한 혐의로 1856년에 교수형을 당한 의사. Mrs. Manning은 남편과 함께 고리대금업자를 살해하여 부엌 바닥에 묻었다가 발각되어 1849년에 수많은 군중 앞에서 교수형을 당했다.

27 Jack the Ripper. '찢는 자 잭'이란 뜻으로, 1888년부터 런던에서 있었던 연쇄살인의 미확인 범인에게 붙여진 이름. 빈민가에서 매춘부의 목을 따고 복부를 찢어rip 내장을 비우는 게 특징이었다.

버리다니! 그런 '생각'을 어떻게 할 수 있지! 내가 만일 그 사람을 붙든다면 어떻게 혼을 내줄까!" 이상하게도 어머니는 자기 아내를 토막 낸(그리고 뼈를 전부 발라내고 머리를 바다에 던져버리는 세심함을 보인) 그 작은 미국인 의사가 저지른 끔찍한 악행을 생각할 때면 눈물을 글썽이곤 했다.

어머니가 주중에 주로 읽은 것은 〈힐다의 살림 동무〉였다. 그 시절 이 여성지는 우리 집 비슷한 어느 가정에나 있는 일반 가재도구 같은 것이었으며, 전쟁 이후로 더 세련된 여성지들이 나오면서 좀 밀려나긴 했어도 아직 명맥을 유지하고 있다. 얼마 전 나는 이 잡지를 한 부 구경한 적이 있다. 변하긴 했어도 다른 대부분의 것들에 비하면 바뀐 게 적었다. 지금도 6개월 동안 연재되는 엄청나게 긴 이야기가 있고(이야기 끝에 언제나 하얀 오렌지꽃들이 그려져 있는 것도 그대로다), '집안 살림 힌트'도 그대로고, 재봉틀 광고와 무릎 통증 치료법이 있는 것도 똑같다. 변한 것은 주로 활자체와 삽화다. 그 시절에는 그림으로 그려진 이야기 여주인공들이 모래시계처럼 허리가 잘록하면서 풍만해야 했는데, 지금은 기다란 원통처럼 쫙 빠져야 한다. 어머니는 글을 천천히 읽는 분이었고, 〈힐다의 살림 동무〉를 보면 3페니어치 본전을 뽑는다고 믿었다. 벽난로 주변에 있는 낡고 누런 안락의자에 앉아 발을 벽난로 쇠울타리에 걸친 채(벽난로 시렁에는 진한 차가 든 조그만 주전자가 뭉근히 끓고 있다) 어머니는 잡지를 앞표지부터 뒤표지까지 천천히 읽어나갔다. '집안 살림 힌트'도, 다목적 연고 선전도, 독자 반응 코너도

87

빠뜨리지 않았다. 〈힐다의 살림 동무〉 한 호는 대개 어머니가 한 주 내내 볼 만한 분량이었고, 다 못 볼 정도로 벅찬 경우도 있었다. 이따금 어머니는 벽난로 열기에, 혹은 여름날 오후 청파리 붕붕대는 소리에, 꾸벅꾸벅 졸다가는 6시가 되기 15분 전 쯤에야 화들짝 놀라며 깨어나 벽난로 선반에 놓인 시계를 흘낏 보고는, 티타임 준비가 늦을까 봐 어쩔 줄을 몰랐다. 하지만 차 준비가 늦은 적은 한 번도 없었다.

그 시절(정확히 말해 1909년까지) 아버지는 심부름하는 아이를 둘 형편은 되었기에, 가게를 소년에게 맡겨두고 차를 마시러 오곤 했다. 손등엔 언제나 곡물 가루가 뽀얗게 앉아 있었다. 그러면 어머니는 빵 자르기를 잠시 멈추고서 "아빠가 감사기도 해주실까"라고 말하고, 아버지는 우리 모두 고개를 푹 숙이고 있는 동안 "주께서 주신 음식, 감사히 받도록 해주소서, 아멘"이라고 경건히 웅얼거리곤 했다. 나중에 조가 좀 더 커서 어머니가 "오늘은 조가 감사기도를 해볼까"라고 하면, 조는 목청 높여 떠들듯 기도를 했다. 어머니는 한 번도 감사기도를 올린 적이 없는데, 감사기도는 남자만 하는 것이기 때문이었다.

여름날 오후에는 언제나 청파리 붕붕대는 소리가 들렸다. 우리 집은 청결한 편이라 할 수 없었고, 로어빈필드에서 위생적인 집은 극소수였다. 우리 고장에는 500가구 정도가 살았을 텐데, 그중에서 욕실이 있는 집은 열 가구가 안 되고, 오늘날 수세식변기라고 하는 것이 있는 집은 쉰 가구가 안 되었을 것이다. 여름이면 우리 집 뒤뜰에선 언제나 쓰레기통 냄새가 났다.

그리고 어떤 집이든 실내에 곤충이 있었다. 우리 집에는 내벽 징두리[28] 속에 바퀴벌레가 있었고, 부엌 조리용 난로 뒤 어딘가에는 귀뚜라미가 있었다(가게에 곡물 가루 먹는 벌레가 있었다는 건 말할 것도 없다). 그 시절엔 우리 어머니처럼 살림에 대해 자부하는 여성이라 해도 바퀴벌레를 특별히 혐오스러운 존재로 여기지 않았다. 바퀴벌레는 찬장이나 반죽 밀대만큼이나 부엌의 일부였던 것이다. 문제는 어떤 곤충이 얼마나 있느냐였다. 가령 양조장 뒤 빈민가의 집들에는(케이티 시먼스가 살던 곳 말이다) 병균을 옮기는 작은 벌레들이 우글거렸다. 어머니 같은 가게 안주인들은 집에 그런 벌레가 있다고 하면 수치스러워 죽고 말았을 것이다. 그러니 우리는 그런 벌레는 구경도 못 했다고 해도 좋을 것이다.

    커다란 청파리들이 식품 저장실로 날아와 고기 위에 덮어둔 철망에 갈망하듯 앉아 있곤 했다. 사람들은 "젠장할 파리들!"이라고 내뱉곤 했지만, 파리를 없애는 것은 불가항력이니 고기 덮개와 끈끈이 말고는 별 방법이 없다고들 생각했다. 앞에서 나는 제일 먼저 기억나는 것이 세인포인 냄새라는 말을 했는데, 쓰레기통 냄새도 꽤 이른 때의 기억 속에 있다. 바닥이 돌이고 바퀴벌레 덫이 있고 벽난로 쇠울타리가 있고 흑연 칠을 한 조리용 난로가 있는 어머니의 부엌을 생각하노라면, 언제나 청파리 붕붕대는 소리가 들리고 쓰레기통 냄새가 나는 것만 같

---

28 wainscoting. 벽 아래쪽에 나무 널로 마감한 부분.

다. 꽤 고약한 개 냄새를 풍기고 다니던 늙은 네일러의 냄새도 나는 것 같다. 그리고 그런 냄새와 소리보다 더 고약한 게 있다는 건 하늘이 아신다. 청파리 소리와 폭격기 소리 중에 어느 쪽이 더 들어줄 만한가?

3

 조는 나보다 2년 일찍 월턴 그래머스쿨에 다니기 시작했다. 우리 둘 다 아홉 살이 되기까지는 그 학교에 가지 않았다. 거길 다니자면 아침저녁 자전거로 4마일을 오가야 했는데, 어머니는 자동차가 아주 적었던 시절이지만 교통 흐름에 우리가 섞이는 것을 몹시 두려워했던 것이다.
 그래서 우리는 몇 년 동안 늙은 하울릿 부인이 운영하던 데임스쿨[29]에 다녔다. 가겟집 아이들은 대부분 그 학교에 갔는데 보드스쿨[30]에 다니는 수치와 위신 추락을 모면하기 위해서였다. 하울릿 부인이 늙은 사기꾼인 데다 없느니만 못한 교사라

---

[29] dame-school. 주로 노부인dame이 자기 집에서 아이들에게 읽기와 쓰기를 가르치던 마을의 작은 학교.
[30] board school. 지방세 납부자 위원회board에서 운영하던 학교.

는 사실을 알면서도 말이다. 그녀는 일흔 살이 넘었고, 귀가 완전히 먹다시피 했고, 안경을 껴도 보이는 게 거의 없었고, 교재라고 해봐야 회초리와 칠판, 다 떨어진 문법책 몇 권과 냄새 나는 석판石板[31] 몇십 개가 전부였다. 그녀는 여자아이들은 겨우 어떻게 다룰 수 있었으나, 남자아이들은 그녀를 아예 우습게 보고서 기분 내키는 대로 수업을 빼먹곤 했다. 한번은 남자애 하나가 여자애의 치마를 걷어 올리는 엄청난 사건이 있었는데(나는 그때 그게 무슨 의미인지를 몰랐다) 하울릿 부인은 그 사건을 겨우겨우 쉬쉬 덮을 수 있었다. 누가 아주 고약한 짓을 할 때 그녀가 내리는 뻔한 처방은 "네 아버지한테 말할 테다"였고, 아주 가끔 정말 그러기도 했다. 그러나 우리는 그녀가 감히 너무 자주 그러지는 못한다는 것을 알 만큼은 약았으며, 그녀가 회초리를 들고 달려든다 해도 너무 늙고 굼떠서 간단히 피할 수 있었다.

조는 여덟 살밖에 안 되어 자칭 '검은손'이라는 거친 소년 갱단과 어울리기 시작했다. 두목은 마구장이의 열세 살 된 작은아들 시드 러브그로브였고, 그 밖의 단원으로는 다른 가겟집 아들 둘과 양조장 심부름꾼 아이, 그리고 가끔 어찌어찌 일을 빼먹고 갱단과 몇 시간씩 나가 놀 수 있었던 농장의 일꾼 아이 둘이었다. 농장에서 일하는 두 소년은 코르덴 반바지가 터질 듯 몸집이 우람하고 사투리가 아주 심해서 다른 단원들한테 좀

---

[31] slate. 종이가 귀하던 시절 공책처럼 쓰던 납작한 돌판. 점판암으로 만든 석판에 석필로 글씨 연습을 했다.

괄시를 받았지만, 동물에 대해서는 다른 소년들보다 아는 게 두 배는 많았기 때문에 용서가 되었다. 둘 중에 별명이 '진저'[32]인 아이는 이따금 토끼를 맨손으로 잡을 수 있을 정도였다. 진저는 토끼가 풀밭에 엎드려 있는 것을 보면 날개 편 독수리처럼 몸을 날려 붙들곤 했다. 가겟집 아이들과 막일꾼 자식들 사이의 사회적 격차는 컸지만, 동네 아이들은 열여섯 살이 될 때까지는 그런 데 별로 신경을 쓰지 않았다. 갱단 아이들은 서로 암구호를 썼고, 손가락을 베고 지렁이를 먹는 "신고식"을 치르기도 했다. 무엇보다 그들은 공동의 무법자임을 자부했고, 그만큼 남들에게 성가신 존재가 되긴 했다. 창문을 깨거나, 소를 쫓아버리거나, 문고리를 떼어버리거나, 과일을 100파운드 넘게 훔치곤 했던 것이다. 어떤 때는 농부들의 허락을 받아 족제비 몇 마리를 빌려다가 쥐를 잡으러 가기도 했다. 그들은 모두 새총과 물매를 갖고 다녔고, 값이 5실링쯤이던 실내 사격장용 권총을 사기 위해 늘 저금을 했다(하지만 모인 돈이 3페니를 넘긴 적은 없었다). 여름이면 낚시를 가거나 새둥지의 알을 털러 나가곤 했다. 조는 하울릿 부인의 학교에 다니던 시절 적어도 1주일에 한 번은 학교를 빼먹었고, 그래머스쿨에 다닐 때도 2주에 한 번은 용케도 결석할 수 있었다. 그래머스쿨에는 경매인의 아들이 있었는데, 어떤 필체든 흉내를 잘도 내는 그 아이가 친구한테 1페니를 받고서 아파서 학교에 못 간다는 어머니의 편

---

[32] Ginger. 생강이란 뜻이고, '붉은 머리' 또는 '활력'이란 뜻도 있다.

지를 위조해주었던 것이다. 물론 나 역시 검은손 일당에 가입하고 싶어 안달이었지만, 조가 언제나 단원들이 귀찮은 꼬마가 얼쩡거리는 걸 싫어한다며 말도 못 꺼내게 했다.

내 마음을 확 끌어당긴 건 그들이 낚시를 다닌다는 점이었다. 나는 여덟 살이 되기까지 낚시를 가본 적이 없었다. 있다고 해야 시시한 그물로 어쩌다 가시고기 한 마리 잡을까 말까 했던 경험뿐이었다. 어머니는 우리가 물 가까이 가는 것 자체를 몹시도 두려워했다. 그 시절 부모가 거의 모든 것을 "금지"했듯이 어머니는 낚시를 "금지"했고, 나는 어른들이 모퉁이 저편은 볼 수 없다는 점을 아직 모르고 있었다. 그러다 형들이 낚시하러 다닌다는 것을 알고는 흥분해서 어쩔 줄 모르게 되었던 것이다. 나는 물방앗간 농원에 있는 연못을 지나가다가 작은 잉어가 수면으로 올라와 볕 쬐는 모습을 본 적이 많았다. 때로는 버드나무 아래 구석진 곳에서 내 눈에는 거대해 보이던 (6인치쯤 됐을 것이다) 다이아몬드 모양의 큰 잉어가 수면 위로 쑥 올라와 먹이를 꿀꺽하고는 가라앉는 것을 보기도 했다. 나는 하이스트리트의 월리스 상점(낚시용품과 총과 자전거를 파는 곳이었다) 진열창에 코를 들이대고서 몇 시간씩 있곤 했다. 여름날 아침이면 누운 자리에서 조가 들려준 낚시 얘기 생각부터 하기 일쑤였다. 떡밥을 어떻게 만들며, 찌가 어떻게 까딱까딱하다 밑으로 쑥 내려가는지, 낚싯대가 어떻게 구부러지며 손맛이 어떤지 하는 얘기였다. 말할 필요나 있을까? 물고기와 낚시도구 같은 게 어린아이 눈을 얼마나 반짝반짝하게 하는지에 대해 말이다. 어떤 아이들은 총과 사격에 대해 비슷하게 흥분하고, 어떤 아이들은 오토바이나 비행기나 말에 대해 그렇게 느낀다. 그런 건 설명하거나 논리적으로 해석할 수 있는 게 아니다. 마술이기 때문이다. 어느 날 아침(6월이었고 나는 여덟 살이었던 게 분명하다) 나는 조가 학교를 빼먹고 낚시하러 간다는 걸 알고서 따라가기로 마음먹었다. 조는 내 생각을 어떻게 알았는지 시비를 걸기 시작했다.

"야, 인마, 조지! 오늘 갱단 따라올 생각, 하지도 마. 넌 집에 있어."

"아냐, 안 했어. 나 그런 생각 한 적 없어."

"아니긴, 뭘! 갱단 따라올 생각 했잖아."

"아냐, 안 했어!"

"했잖아, 인마!"

"아냐, 안 했다니까!"

"했잖아, 인마! 넌 집에 있어, 우린 징한 꼬마들 따라오는 거 싫어."

조는 "징하다"[33]는 말을 막 배워서 입에 달고 다니던 중이었다. 아버지는 조가 그런 상말을 하는 것을 듣고서 혼쭐나게 때려주겠다고 장담했지만, 늘 그랬듯 그냥 지나가버렸다. 아침을 먹자 조는 가방과 그래머스쿨 모자를 챙겨 들고선 자전거를 타고 떠났다. 학교를 빼먹기로 작정하면 늘 그랬듯 5분 일찍 나

---

[33] bloody. 특별한 뜻은 없는, 다른 단어의 뜻을 강조하는 속어.

서는 것이었다. 하울릿 부인의 학교로 갈 내 차례가 되자, 나는 슬금슬금 옆길로 새서 동네 채소밭 뒤편 골목길로 숨어들었다. 나는 갱단이 물방앗간 농원에 있는 연못으로 낚시하러 간다는 걸 알았고, 그들이 날 죽인다 해도 따라갈 작정이었던 것이다. 그들에게 맞을지도 모르고, 저녁 먹을 때까지 못 오는 바람에 학교 빼먹은 걸 어머니한테 들켜서 또 맞을지도 모르지만, 나는 개의치 않았다. 갱단과 함께 낚시를 가지 않고서는 못 배길 만큼 절박했던 것이다. 제법 꾀도 부렸다. 조가 큰길로 빙 둘러서 물방앗간 농원까지 가는 사이, 나는 서둘러 골목길을 지난 다음 산울타리 너머에 있는 목초지의 가장자리를 따라서 갔다. 갱단이 나를 발견하기 전에 연못에 도착하기 위해서였다. 멋진 6월 아침이었다. 미나리아재비가 내 무릎까지 자라 있었다. 한 줄기 바람이 일자 느릅나무들 머리가 살랑거리기 시작했고, 초록의 나뭇잎들이 커다란 구름이 되어 비단처럼 매끄럽고 화사하게 출렁였다. 오전 9시고 나는 여덟 살이었으며, 내 주변은 온통 초여름이었다. 들장미가 아직 피어 있는 산울타리가 울창해서 더 커 보이고, 머리 위로는 하얗고 보드라운 구름이 조각조각 떠 있고, 멀리 언덕들과 어퍼빈필드 주변의 푸르스름한 숲이 보였다. 하지만 난 그런 것들 따위엔 조금도 관심이 없었다. 내 머릿속엔 초록빛 연못과 잉어, 그리고 낚싯바늘과 낚싯줄과 떡밥을 가진 갱단 생각뿐이었다. 마치 그들은 천국에 있고 나는 무조건 거기 끼어야 하는 상황 같기만 했다. 이윽고 나는 그들 가까이 슬금슬금 다가갈 수 있었다. 네 명이었다. 조와 시드 러브그로브, 심부름꾼 소년, 그리고 가겟집 아들 하나였다(이름이 아마 해리 밴스였을 것이다).

조가 돌아서서 나를 바라보았다. "이런!" 그가 말했다. "꼬마 녀석 아냐." 그는 싸움을 시작할 수고양이처럼 천천히 다가왔다. "야, 인마! 내가 뭐라고 했지? 당장 집으로 튀어!"

조와 나는 흥분하면 'h' 발음을 안 하는 경향이 있었다.[34]

"집에 못 가."

"가."

"귀를 따버려, 조." 시드가 말했다. "우린 꼬만 데리고 다닐 수 없어."

"집에 좀 가줄래, 엉?" 조가 말했다.

"싫어."

"좋았어. 후회하지 마!"

이어서 조는 내게 달려들었고, 달아나는 나를 금세 한 걸음씩 따라잡기 시작했다. 그런데도 나는 연못에서 떨어진 곳으로 달아나지 않고 계속 주변을 빙빙 돌며 달렸다. 조는 곧 나를 붙들어 쓰러뜨렸고, 내 위팔을 무릎으로 누르고서 귀를 비틀기 시작했다. 그것은 조가 제일 좋아하는, 하지만 나는 견딜 수 없던 고문 방식이었다. 하지만 나는 엉엉 울면서도 항복하고 집으로 가겠노라 약속하지 않았다. 남아서 갱단과 함께 낚시를 하고 싶었던 것이다. 그러자 갑자기 다른 소년들이 내게 호의

---

[34] 교육을 못 받은 사람들은 'h'로 시작되는 단어를 발음할 때 'h' 음을 생략하는 경향이 있었다. 이를테면 원문의 이 문장 앞뒤에서 집home을 '홈'이 아니라 '옴'ome이라 발음하는 식이다.

적인 입장으로 돌아서면서 조에게 그쯤 해두라고, 그리고 내가 원하는 대로 남아 있게 해주라고 말하는 것이었다. 결국 나는 남게 되었다.

나 말고는 모두 이런저런 낚싯바늘과 낚싯줄과 찌, 그리고 헝겊에 싸온 떡밥 한 덩이씩을 갖고 있었다. 낚싯대는 우리 모두 연못 한구석에 있는 버드나무의 여린 가지를 각자 잘라내어 썼다. 물방앗간 농가가 200야드밖에 안 떨어져 있기 때문에 우리는 눈에 띄지 않도록 조심해야 했다. 브루어 영감이 낚시하는 걸 아주 싫어했기 때문이다. 우리가 낚시를 한다고 해서 그가 피해를 보아서가 아니라(그에게 연못은 가축에게 물을 먹이는 데에만 쓸모가 있었다) 아이들을 몹시 싫어해서였다. 다른 아이들은 여전히 나를 경계하며 계속해서 나더러 걸리적거리지 말라는 소리를 했고, 내가 아직 꼬마라서 낚시에 대해서는 아무것도 모른다는 점을 상기시켜주었다. 그들은 내가 소리를 내어 물고기를 다 쫓아버리고 있다고 했는데, 실은 내가 내는 소리는 그들 중 누군가가 내는 소리의 반밖에 되지 않았다. 결국 그들은 나를 곁에 앉힐 수 없다며 연못 저편으로 보내버렸다. 물이 얕고 그늘도 별로 없는 곳이었다. 그들은 나 같은 꼬마는 계속 물을 튀기는 바람에 물고기를 다 쫓아버린다고 말했다. 그래서 나는 연못에서 물고기가 웬만하면 오지 않을 아주 형편없는 자리에 있어야 했다. 나는 알았다. 물고기가 어디쯤 있는지를 거의 본능적으로 아는 것만 같았던 것이다. 그렇긴 해도 나는 드디어 진짜 낚시를 하게 된 것이었다. 연못가 풀밭에 앉아 낚싯대를 드리우고 있는 내 주변에는 파리들이 붕붕대고, 박하 풀 향기는 취해 쓰러질 듯 강했다. 초록빛 연못 물에 떠 있는 빨간 찌를 바라보는 나는, 온 얼굴이 눈물 자국에 흙먼지투성이였지만 아무 걱정 없는 떠돌이처럼 행복했다.

우리가 얼마나 오래 앉아 있었는지 하늘은 아실 것이다. 해가 점점 위로 솟으며 한낮이 되어가는데, 입질을 느낀 아이는 아무도 없었다. 덥고 바람이 없는 날이라 낚시하기에는 물이 너무 맑았다. 찌들이 하나같이 떨림 한번 없이 물 위에 가만히 떠 있었다. 물속 깊은 곳을 들여다보자니, 마치 짙은 녹색 유리를 보는 느낌이었다. 연못 한가운데에는 물고기가 수면 바로 밑에서 볕을 쬐는 게 보였다. 연못가에 드리워진 풀 사이로는 도롱뇽이 물 밖으로 고개를 쏙 내밀고 풀을 붙든 채 쉬고 있는 모습이 보이기도 했다. 하지만 미끼를 무는 물고기는 없었다. 다른 아이들은 계속 자기 미끼에 입질이 있다고 외쳤지만, 매번 거짓말이었다. 그렇게 시간은 계속 흐르고 날은 점점 더 뜨거워지는 가운데, 파리들은 마구 물어뜯고, 박하 향기는 휠러 할멈의 사탕 가게에서처럼 진했다. 나는 점점 배가 고파졌는데, 점심을 언제 어디서 먹게 될지 알 수 없으니 더 그랬다. 그래도 나는 생쥐처럼 가만히 앉아 내 찌에서 눈을 떼지 않았다. 다른 아이들은 내게 구슬만 한 떡밥 하나만 주며 그 정도면 나한테는 충분할 것이라고 했다. 아무튼 난 오랫동안 떡밥을 다시 달 엄두도 내지 못했다. 줄을 거둬들이려는 시늉만 해도 모두 내가 소리를 내는 바람에 5마일 안에 있는 물고기가 다 달아난다고 난리였기 때문이다.

내 찌가 갑자기 흔들린 건 우리가 그렇게 있은 지 두 시간쯤 되어서였을 것이다. 나는 그게 물고기 때문에 흔들렸다는 것을 알았다. 아마 우연히 지나가다 내 미끼를 본 물고기였을 것이다. 진짜 입질에 찌가 움직이는 모습엔 착오가 있을 수 없다. 자기가 낚싯줄을 잘못 건드렸을 때의 움직임과는 전혀 다른 것이다. 흔들린 다음 순간, 찌는 까딱하더니 홱 가라앉다시피 했다. 나는 더 이상 잠자코 있을 수 없어 모두에게 외쳤다.

"물었다!"

"이 역적 놈아!" 시드 러브그로브가 당장 소리를 쳤다.

하지만 바로 다음 순간, 의심할 여지가 없었다. 찌가 쑥 잠겼고(물속에 들어가 있어도 붉은빛이 어렴풋이 보였다) 낚싯줄이 팽팽해지며 버들가지가 휘었다. 맙소사, 그 손맛이란! 낚싯줄이 홱 당겨지며 팽팽해졌는데, 반대편에서 그걸 당긴 게 물고기라니! 다른 아이들은 내 낚싯대가 휘는 것을 보자마자 자기 것을 다 팽개치고 나에게로 달려들었다. 내가 통쾌하게 쑥 잡아당기자 물고기가(커다랗고 은빛 찬란했다) 허공을 휙 갈랐고, 순간 우리 모두 황홀한 탄성을 질렀다. 날아오른 물고기는 낚싯바늘에서 풀려나 연못가 박하풀 아래에 툭 떨어졌다. 그런데 떨어진 자리가 아주 얕은 물가였기에, 물고기는 잠시 몸을 뒤집지 못한 채 한쪽으로 누워 버둥거리고 있었다. 순간 조가 모두에게 물을 튀기며 연못 가장자리로 뛰어들더니 양손으로 물고기를 붙들었다. "잡았다!" 조가 소리쳤다. 다음 순간 조가 물고기를 풀밭으로 던져 넣자 우리 모두 물고기 둘레에 무릎을 꿇었다. 모두 얼마나 의기양양했던지! 죽어가는 가련한 것은 마구 파닥였고, 반짝이는 비늘들은 무지개 빛깔을 고루 냈다. 아주 큰 잉어였다. 길이가 적어도 7인치는 되었고, 무게는 4분의 1파운드는 될 터였다. 그것을 더 잘 보려고 우리는 얼마나 소리를 질렀던가! 그런데 다음 순간, 우리는 무슨 그림자가 위로 드리우는 느낌을 받았다. 올려다보니 브루어 영감이 떡 버티고 서 있었다. 중산모치고는 높다란 모자를 쓰고 쇠가죽 각반을 찬 영감은 굵은 개암나무 작대기를 들고 있었다.

우리는 공중에 매가 뜨자 갑자기 위축되는 자고새들처럼 움츠러들었다. 영감은 우리를 차례로 노려보았다. 이가 다 빠진 늙은이의 입술은 심술궂어 보였고, 수염을 밀어버린 턱은 호두까개 같았다.

"이놈들 여기서 뭣들 하고 있는 게야?" 그가 말했다.

우리가 뭘 하고 있었는지에 대해선 미심쩍은 데가 별로 없었다. 아무도 대답을 못 했다.

"네놈들 내 연못에 와서 낚시질했다고 다 일러줄 테다!" 그는 갑자기 버럭 소리를 지르더니 작대기를 마구 휘두르며 달려들었다.

검은손 갱단은 당장 흩어져 달아나야 했다. 우리는 낚싯대도 물고기도 다 버려두고 그곳을 떠야 했다. 브루어 영감은 목초지를 반 가까이 건너올 때까지 우릴 쫓아왔다. 영감은 다리가 불편해서 빨리 뛰지는 못했지만, 우리가 사정권을 벗어나기 전에 야무지게 몇 대 먹일 수 있었다. 따돌려놓고 보니, 그는 초원 한가운데서 우리 이름을 다 안다며 아버지들한테 다 일러바치겠노라 고래고래 소리를 지르고 있었다. 나는 도망칠 때 맨 뒤에 있었기 때문에 그가 휘두르는 매를 주로 다 맞았다. 산울타리 반대편까지 와서 보니 종아리에 벌겋게 부어오른 작대기 자국이 몇 개나 돋아 있었다.

나는 그날 나머지 시간을 갱단과 함께 보냈다. 그들은 내가 단원이 된 것인지 아직 결정하지 못했지만, 우선은 봐주기로 했다. 뭐라고 둘러대고 오전 일을 빼먹은 심부름꾼 아이는 양조장으로 돌아가야 했다. 남은 우리는 정처 없이 떠돌듯 오래오래 걸었다. 남자애들이 온종일 집을 떠나 있을 때, 그것도 허락 없이 그랬을 때 흔히들 하는 식으로 말이다. 그것은 내가 진짜 소년으로서 먼 길을 걸어본 최초의 경험이었다. 조와 내가 케이티 시먼스와 함께 걷던 것과는 전혀 다른 경우였다. 우리는 타운 가장자리에 있는 마른 도랑에서 점심을 먹었다. 녹슨 깡통과 회향풀이 가득한 곳이었다. 다른 아이들이 자기 점심을 내게 조금씩 나눠주었고, 시드 러브그로브한테 1페니가 있어서 누군가 '페니 몬스터'를 사 와 모두 나눠 마셨다. 아주 덥고, 회향풀 향기는 아주 강하고, '페니 몬스터'의 탄산가스 때문에 모두 트림을 했다. 그다음 우리는 별 목적도 없이 허연 흙길을 터덜터덜 걸어 어퍼빈필드까지 갔다(그쪽 길은 처음이었던 것 같다). 언덕 정상 부근의 너도밤나무 숲으로 가니 낙엽이 카펫처럼 깔려 있고, 굵고 매끈한 나무 줄기가 하늘로 솟아 있어

높은 나뭇가지에 있는 새들이 점처럼 보였다. 그 시절엔 이 숲 어디든 마음대로 드나들 수 있었다. 빈필드하우스는 잠겨 있고, 꿩 수렵이 금지된 것도 아니고, 최악의 경우라 해야 나무를 싣고 가는 짐마차꾼과 마주치는 정도였던 것이다. 나무 한 그루가 베어져 있었고 그 그루터기의 나이테가 표적 같아서, 우리는 거기다 돌팔매질을 했다. 이어서 다른 아이들은 새총으로 새 사냥을 시작했다. 시드 러브그로브는 머리가 푸르스름한 딱새를 맞혀서 새가 나뭇가지 사이에 박혀버렸다고 주장했다. 조가 거짓말이라고 하자, 둘은 말다툼을 시작하더니 치고받기 직전까지 갔다. 이윽고 우리는 낙엽이 푹신하게 쌓여 있는 움푹한 바위 속에 들어가 소리를 질러 메아리를 일으켰다. 누군가 입에 담지 못할 지저분한 소리를 외치자, 우리는 자기가 아는 지저분한 말을 죄다 토해냈다. 다른 애들이 내가 아는 지저분한 말이 세 단어밖에 안 된다며 놀려댔다. 시드 러브그로브는 자기는 아기가 어떻게 해서 태어나는지 안다고 했는데, 아기가 여자 배꼽으로 나오는 것 말고는 토끼하고 똑같다고 했다. 해리 반스는 너도밤나무에다 ×××라는 단어를 새기기 시작했는데, 두 자만 새기다가 싫증이 나버렸다. 이어서 우리는 빈필드하우스 관리인의 사택 쪽으로 가보았다. 저택 구내 어딘가에는 거대한 물고기가 사는 연못이 있다는 소문이 있었지만, 누구도 감히 안으로 들어가볼 생각을 못 했다. 관리인 노릇을 하는 호지스 영감이 아이들을 몹시도 싫어하기 때문이었다. 사택 앞을 지나가며 보니 그는 채소밭을 갈고 있었다. 우리가 울타리 너머로 놀려대자 그는 결국 우리를 쫓아왔다. 우리는 월턴 길 쪽으로 달아난 다음, 이번엔 지나가는 짐마차꾼들을 골려먹기 시작했다. 그들이 휘두르는 회초리에 맞지 않도록 산울타리 뒤편에서 말이다. 월턴 길 옆에는 한때 채석장이었다가 쓰레기장으로 변한 뒤 결국 블랙베리 덤불이 우거진 터가 되어버린 데가 있었다. 녹슨 깡통이나 자전거 뼈대, 구멍 난 냄비, 깨진 병 같은 것들이 잔뜩 쌓여 있고, 그 위에 풀이 마구 자라 있는 곳이었다. 거기서 우리는 거의 한 시간 동안 울타리용 쇠말뚝이 있는지 뒤져보느라 머리끝부터 발끝까지 온통 지저분해졌다. 해리 반스가 로어빈필드의 대장간에 고철을 가져가면 1헌드레드웨이트[35]에 6페니씩을 쳐준다고 했던 것이다. 조는 블랙베리 덤불에서 깃털이 제법 난 새끼 네 마리가 있는 지빠귀 둥지를 발견했다. 우리는 어떻게 할 것인지 한참 옥신각신한 끝에, 그것들을 끄집어내어 돌팔매질을 한 다음 결국 짓밟아버리고 말았다. 네 마리였으니 한 명당 하나씩 밟을 수 있었다. 때는 점점 티타임에 가까워졌다. 우리는 브루어 영감이 자기 말대로 행동할 것이며, 그래서 집에 가면 매를 맞게 될 것임을 알았지만, 밖에서 더 버티기에는 배가 너무 고팠다. 결국 우리는 집으로 터덜터덜 발걸음을 옮기기 시작했는데, 도중에 또 한 번의 소동이 있었다. 동네 채소밭을 지나갈 때 쥐 한 마리를 본 우리는 막대기를 들고 쫓아다녔다. 기차역장인 베넷 영감은

---

35 hundredweight. 112파운드(50.8킬로그램).

저녁 때마다 자기 채소밭에 와서 일을 하고 그 밭을 아주 자랑스러워하는 사람이었는데, 우릴 죽일 듯이 쫓아오는 것이었다. 우리가 그의 양파밭을 밟아 뭉갰기 때문이었다.

나는 10마일을 걸었어도 피곤하지 않았다. 온종일 갱단을 따라다니며 그들이 하는 짓을 다 따라 해보려다 "꼬마"라는 소리 들어가며 몹시도 구박을 받았건만, 그럭저럭 내 몫을 해낸 것이었다. 그런 나에겐 겪어보지 않으면 알 수 없는 뿌듯함이 있었다. 남자라면 언젠가 한 번은 느껴보기 마련인 기분을 맛본 나는 이제 더 이상 꼬마가 아니었다. 어엿한 소년이 된 것이었다. 소년이 된다는 건 멋진 일이었다. 어른들이 잡으러 올 수 없는 곳을 돌아다니고, 쥐를 쫓고, 새를 죽이고, 돌팔매질을 하고, 짐마차꾼을 골려먹고, 지저분한 소리를 지를 수 있기 때문이었다. 무엇이든 다 아는 것 같고 아무것도 두렵지 않은 듯한 그 강렬한 기분은 모두 규칙을 깨거나 무언가를 죽이는 것과 관련이 있었다. 허연 흙길, 더위에 땀범벅이 된 옷, 회향풀과 박하풀 향기, 지저분한 말, 쓰레기장의 지독한 악취, 레모네이드의 톡 쏘는 맛과 트림이 나게 만드는 탄산가스, 어린 새를 짓밟는 짓, 물고기가 낚싯줄을 당길 때의 손맛―그 모든 걸 겪어봐야 그런 기분을 맛볼 수 있는 것이었다. 남자로 태어난 게 감사했다. 여자라면 도저히 그런 기분을 맛볼 수 없을 테니 말이다.

과연 브루어 영감은 동네를 다니며 일일이 고자질을 하고 말았다. 아버지는 몹시 어두운 얼굴로 가게에서 채찍을 가져와선 조를 "혼쭐나게 때려주겠다"고 말했다. 하지만 조가 소리를 지르고 발버둥을 치며 버티자 아버지는 결국 몇 대밖에 때리지 못했다. 대신에 조는 다음 날 그래머스쿨 교장한테도 매를 맞았다. 나도 안 맞으려고 버텨봤지만 아직 작아서 어머니 무릎에 엎드려 채찍으로 체벌을 당했다. 그로써 나는 그날 세 번 매를 맞은 것이었다. 한 번은 조한테, 또 한 번은 브루어 영감한테, 그리고 어머니한테 말이다. 다음 날에도 갱단은 내가 정식 단원이 된 것인지 결정을 내리지 못했기에, 나는 결국 "신고식"(그들이 인디언 이야기에서 따온 말이었다)[36]을 치러야 했다. 그들은 지렁이를 삼키기 전에 반드시 씹어야 한다는 원칙을 아주 엄격히 고수했다. 게다가 내가 제일 어리고 나만 물고기를 잡아봤다는 게 샘났기 때문에, 내가 잡은 물고기가 큰 게 아니었다는 식으로 말하기 시작했다. 대개 물고기를 잡은 얘기를 하게 되면 물고기가 점점 커지기 마련인데, 이 경우에는 점점 작아지기만 했다. 하는 소리들을 듣고 있자니 연준모치[37]보다 작았나 싶어질 정도였다.

하지만 상관없었다. 나는 진짜 낚시를 해본 것이다. 나는 찌가 물속으로 쑥 가라앉는 것을 보았고, 물고기가 낚싯줄을 당길 때의 손맛을 느껴봤던 것이다. 그들이 아무리 거짓말을 한다 해도 그런 체험을 앗아갈 순 없었다.

---

36 ordeal. 인내력을 시험하는 호된 시련이란 뜻인데, 간단한 표현이 없어 아쉬운 대로 "신고식"이라 적는다.
37 minnow. 산 채로 미끼로 쓰이곤 하는 잉엇과의 조그만(6~8센티미터) 물고기.

4

그 뒤 7년 동안, 내 나이 여덟 살 때부터 열다섯이 되기까지, 내 기억에 남는 것은 주로 낚시에 관한 장면들이다.

다른 건 아무것도 안 했다고 생각하진 마시기 바란다. 과거의 오랜 기간을 돌이켜보면, 다른 모든 것들을 무색하게 만들 정도로 크게만 보이는 무엇인가가 있기 마련이니 말이다. 나는 하울릿 부인의 학교를 마치고 그래머스쿨에 진학했다. 메고 다니는 각진 가죽 가방과 노란 줄무늬가 있는 검은 학생모가 생겼고, 난생처음 내 자전거를 갖게 되었으며, 한참 뒤에는 처음으로 긴 바지를 입었다. 내 첫 자전거는 고정식이었다(그 당시 프리휠 자전거는 아주 비쌌다).[38] 그래서 내리막길을 갈 때면 발

---

38 fixed wheel 방식(픽시fixie라 부르기도 한다)은 페달과 바퀴가 함께 돌며, free-wheel 방식은 페달을 고정해도 바퀴가 관성에 따라 회전한다.

을 손잡이 위에 올려놓고서 페달이 획획 돌아가도록 두곤 했다. 그런 모습은 1900년대 초 특유의 광경 중 하나였다. 소년이 고개는 뒤로 젖히고 발은 공중으로 향한 채 내리막길을 달리는 모습 말이다. 그래머스쿨에 진학한다는 건 나로서는 몹시 두렵고 떨리는 일이었다. 조가 교장인 위스커스[39] 영감(본명은 윅시였다)에 대한 무시무시한 얘기를 워낙 많이 해줬기 때문이었다. 과연 그는 섬찟하게 생긴 사람이었다. 키는 작지만 얼굴이 늑대 같은 그는, 커다란 교실 한쪽 끝에 있는 유리상자 속에 회초리를 두고서 종종 경악스럽게 휘둘러대곤 했다. 놀랍게도 나는 학교 공부를 꽤 잘했다. 나보다 두 살 위고 걸어다니기 시작한 뒤로 줄곧 나를 괴롭혔던 조보다 내가 똑똑할 수도 있다는 생각은 해본 적이 없었다. 조는 한마디로 열등생이었다. 학교에서 매주 한 번씩은 매질을 당하던 조는 열여섯 살이 되기까지 바닥 수준을 유지했다. 나는 두 번째 학기에 산수 과목, 그리고 주로 납작 누른 꽃 같은 것들과 관련이 있는 과학이라는 이름의 요상한 과목에서 우등을 차지했고, 열네 살이 되자 위스커스는 장학금이니 레딩 대학[40]이니 하는 말을 꺼내기 시작했다. 그 시절 조와 나에게 기대하던 바가 있던 아버지는 나를 "대학"에 보낸다는 것에 대하여 상당한 열의를 가지고 있었다. 나는 학교 선생이 되고 조는 경매인이 되면 좋겠다는 생각

---

39 Whiskers. 구레나룻이란 뜻도 있고, 간발間髮의 차이라는 뜻도 있다.
40 런던에서 60킬로미터 남짓한 거리에 있는 도시 레딩Reading에 있는 대학으로, 1892년에 옥스퍼드 대학의 한 분교로 출발하여 성장한 학교이다.

108

을 막연히 하고 있었던 것이다.

그런데 내 경우엔 학교와 관련된 기억이 많지 않다. 전쟁[41] 때 상류계층 출신들과 섞여 지내는 동안, 나는 그들이 사립 기숙학교에서 받았던 끔찍한 교육훈련을 도저히 극복하지 못하는 것을 보고 충격을 받았다. 그런 교육 때문에 그들은 반편이가 되거나, 평생을 그것에 반항하며 살아야 했던 것이다. 우리 계층의 소년들, 즉 소매상과 농민의 아들들은 그렇지 않았다. 우리는 단지 프롤레타리아가 아니라는 것을 보여주기 위해 그래머스쿨에 진학하여 열여섯 살까지 다니긴 했지만, 학교란 주로 거리를 두어야 하는 곳으로 여겼다. 살뜰한 애교심이 있는 것도, 오래된 석조건물(울시 추기경[42]이 세웠으니 아주 오래된 학교이긴 했다)에 대한 바보스러운 감정이 있는 것도 아니었다. 졸업생에게 주는 넥타이도, 심지어 교가도 없었다. 원하면 자체 반공일半空日을 가질 수도 있었다. 체육 시간은 의무적인 게 아니어서 자주 빼먹곤 했으니 말이다. 우리는 멜빵 맨 차림으로 축구를 하기도 했고, 크리켓을 할 때는 유니폼을 입는 게 정상이긴 했지만 평상복 차림이어도 그만이었다. 내가 좋아한 유일한 경기는 쉬는 시간에 자갈마당에서 하던 크리켓으로, 배트는 나무 상자에서 뜯어낸 토막이고 공은 코르크가 아니라 회반죽으로 만든 것이었다.

---

41 여기선 1차대전(1914~1918)을 말한다.
42 Thomas Wolsey(1471~1530). 가톨릭교회 추기경으로서 헨리 8세의 총애를 받아 막강한 정치권력을 누렸다.

커다란 교실의 냄새(잉크와 먼지와 신발 가죽의 냄새였다)도 기억이 난다. 마당에 있던 돌은 말 탈 때 디딤돌로도 쓰이고 칼 가는 숫돌로도 쓰였다. 학교 맞은편에 있는 작은 빵집에서는 '첼시 번' 같은 빵을 팔았는데(요즘 파는 것들의 두 배 크기는 되었다) '라디 버스터'라 불렸고 반 페니에 하나였다.[43] 학교에서 나는 남들 하는 건 다 했다. 이를테면 책상에다 내 이름을 새기다 매를 맞기도 했는데(그 일로 잡히면 누구든 반드시 매를 맞았다) 이름을 새기는 건 일종의 에티켓 같은 일이었다. 손에 늘 잉크를 묻혀 다니고, 손톱을 물어뜯고, 펜대로 다트를 만들고, '콩커'[44] 놀이를 하고, 지저분한 이야기를 퍼뜨리고, 자위를 하고, 영어 선생인 블로어스 영감한테 건방을 떨고, 장의사의 아들로 모자란 데가 있어 누가 뭐라고 해도 다 믿는 윌리 시미언을 죽어라 골려먹었다. 우리가 윌리에게 자주 한 장난은 가게에 가서 있지도 않은 물건을 사 오라고 하는 것이었다. 반 페니짜리 우표, 고무 쇠망치, 왼손잡이용 스크루드라이버, 줄무늬 페인트 한 통―이런 케케묵은 농담에도 가련한 윌리는 모조리 다 걸려들었다. 우리는 어느 날 오후 윌리한테 욕조에 들어가 있게 한 뒤 손잡이를 잡고 몸을 들어 올리라고 하는 고약한 장난을 치기도 했다. 불쌍한 윌리는 결국 보호시설에 가서 살아

---

43 Chelsea bun은 이스트와 계피를 넣은 납작한 밀가루 반죽에 건포도, 황설탕, 버터 등을 발라 각지게 돌돌 말아 구운 빵. Lardy Buster는 허연 돼지기름lard 같은 설탕 옷을 입은 센 놈buster이란 뜻으로 유추된다.
44 conker. 마로니에 열매(밤 비슷하다)를 실에 꿰어 둘을 서로 부딪쳐 먼저 깨뜨리면 이기는 아이들 놀이.

야 했다. 그래도 정말 살 만한 때는 방학이었다.

그 시절엔 할 만한 게 많았다. 겨울이면 우리는 족제비 몇 마리를 빌려(어머니는 조와 나에게 "냄새나는 고약한 것"을 절대 집에 데려오지 말라고 했다) 이 농장 저 농장 다니며 쥐를 좀 잡게 해달라고 부탁했다. 그래서 허락을 받을 때도 있고, 우리가 쥐보다 더 성가시다며 썩 물러가라는 소리를 들을 때도 있었다. 겨울이 더 깊어지면 타작기를 따라다니며, 낟가리를 털 때 달아나는 쥐를 함께 때려잡기도 했다. 한번은(1908년이었을 것이다) 겨울에 템스강이 범람한 다음 얼어붙어서 몇 주 동안 계속 스케이트를 탈 수 있었고, 해리 반스는 얼음판에서 놀다 쇄골이 부러지기도 했다. 이른 봄이면 물매를 들고 나가 다람쥐를 쫓았고, 더 따뜻해지면 새둥지를 털러 나갔다. 우리는 새들은 숫자를 셀 줄 모르니 알을 하나만 남겨두면 된다는 지론을 갖고 있었다. 하지만 작고 잔인한 괴물이기도 했던 우리는 둥지를 아예 쳐서 떨어뜨린 다음 알이나 새끼를 짓밟아버리기도 했다. 두꺼비가 알을 낳을 때 하는 놀이도 있었다. 두꺼비를 잡아다 자전거 펌프 주둥이를 뒤꽁무니에다 밀어 넣고는 부풀어 터지도록 펌프질을 하는 것이었다. 왜 그런지는 몰라도 사내 녀석들은 그 모양이다. 여름이면 버포드위어[45]까지 자전거를 타고 가서 멱을 감았다. 1906년엔 시드의 사촌동생 월리 러브그로브가 익사하는 사고가 있었다. 월리는 물 밑의 수초에 감기고 말

---

45 위어weir는 수심을 높이거나 수량을 조절하기 위해 강에 설치하는 낮은 댐.

앉는데, 갈고리로 건져 올려보니 얼굴이 새까매져 있었다.

진짜배기는 낚시였다. 우리는 브루어 영감의 연못에 자주 가서 조그만 잉어를 잡았고, 한번은 굉장히 큰 장어를 낚기도 했다. 거기 말고도 물고기가 살고 있으면서 토요일 오후에 걸어갈 만한 거리에 있는 작은 연못들이 있었다. 하지만 자전거를 갖게 된 뒤부터, 우리는 버포드위어 하류의 템스강에서 낚시를 하기 시작했다. 거기서 낚시를 하면 소들이 목을 축이는 작은 연못에서 물고기를 낚는 것에 비해 어른이 된 기분이 들었다. 템스강에는 우릴 잡으러 쫓아오는 농부도 없고, 거대한 물고기도 산다니 좋았다(내가 아는 한 잡았다고 알려진 사람은 없었다).

낚시에 대한 나의 감정은 묘한 것이었고, 사실상 지금도 그렇다고 할 수 있다. 나는 낚시꾼이라 자칭할 수 있는 사람이 아니다. 지금까지 2피트쯤 되는 물고기를 잡아본 적도 없고, 낚싯대를 잡아본 지도 30년이 되었으니 말이다. 그런데도 여덟 살부터 열다섯 살까지의 소년시절 전체를 돌이켜보면, 우리가 낚시를 다니던 나날을 중심으로 돌아갔다는 느낌이 든다. 어느 날 어떤 물고기를 낚았는지 기억이 생생하며, 눈을 감고 떠올려볼 때 보이지 않는 연못이나 배수背水[46]가 없을 정도다. 나는 낚시 기법을 다룬 책도 쓸 수 있을 것 같다. 어릴 때 우리는 낚시용품이라는 걸 많이 쓰지 않았다. 너무 비싼 데다가, 우리가 1주일에 3페니씩 받던 돈은(그 시절엔 용돈이 보통 그 정도였다)

---

[46] backwater. 하천 가운데나 가장자리에 낮은 댐이나 물살 때문에 고이다시피 한 부분.

대부분 사탕이나 '라디 버스터'를 사 먹는 걸로 그만이었기 때문이다. 아주 어린아이들은 대개 핀을 구부려 낚싯바늘로 썼는데, 너무 무뎌서 별 소용이 없었다. 바늘을 촛불에 달구어 펜치로 구부리면 꽤 쓸 만한 낚싯바늘을 만들 수 있었다(물론 그래 봤자 미늘이야 없었다). 농장 일꾼 아이들은 말 갈기털이나 꼬리털을 꼬아 명주실로 만든 것만큼 훌륭한 목줄[47]을 만들 줄 알았다. 말털 한 올은 작은 물고기를 낚을 수 있을 만큼 튼튼했다. 나중에 우리는 2실링짜리 낚싯대와 일종의 릴까지도 갖게 되었다. 아, 내가 월리스 상점의 진열창을 들여다보며 보낸 시간은 그 얼마던가! 41구경 소총도 실내 사격장용 권총도 낚시용품만큼은 나를 흥분시키지 못했다. 그리고 어디선가(아마도 쓰레기장이었을 것이다) 주워다 성경 읽듯 탐독하던 가미지[48] 백화점의 카탈로그! 지금도 나는 목줄 대신에 만들어 쓰던 것, 철사에 명주실을 감아 만든 낚싯줄, 리머릭[49] 낚싯바늘, 물고기 방망이[50], 낚싯바늘 제거 도구[51], 노팅엄 릴 등등의 숱하게 많은 전문적인 사항에 대해 세세한 점들까지 다 설명할 수 있다.

우리가 쓰던 미끼의 종류에 대해서도 할 말이 많다. 우리 가게엔 언제나 곡식벌레가 풍부했는데, 쓸 만하긴 했지만 별로

---

47 gut. 낚싯줄 중에서 본줄(원줄)과 낚싯바늘을 연결하는 줄.
48 Gamage's. 런던 중심가에 있던 백화점으로, 1878년에 설립되어 번창하다 1972년에 문을 닫았다.
49 Limerick. 아일랜드 남서부의 항구도시로, 18세기 말부터 낚싯바늘 생산지로 유명하던 곳.
50 priest. 잡은 물고기를 때려 죽이는 작은 방망이.
51 disgorger. 잡은 물고기 뱃속 깊이 박힌 바늘을 빼내는 도구.

훌륭하지는 않았다. 그보다는 구더기가 나왔다. 구더기를 구하려면 푸줏간 주인 그래빗 영감한테 부탁을 해야 했고, 우리 갱단은 가서 부탁할 사람을 뽑기 위해 제비뽑기를 하거나 '에나-메나-미나-모'[52]를 했다. 그래빗이 우릴 별로 달가워하지 않았기 때문이다. 그는 덩치가 크고 얼굴이 험상궂고 목소리가 마스티프 개 같은 영감쟁이였는데, 짖을 때면(소년들한테 말할 때는 보통 짖었다) 파란 앞치마에 달린 모든 칼과 쇠붙이가 쟁그랑거렸다. 걸린 아이는 빈 당밀 깡통을 들고 가서, 손님들이 다 가고 날 때까지 어정대다가 비굴하게 말을 붙여야 했다.

"근데요, 그래빗 아저씨, 오늘 구더기 좀 있어요?"

그러면 대개 그는 소리를 버럭 질렀다. "뭐! 구더기! 내 가게에 구더기가 있냐고! 그런 것 본 지 몇 년은 됐다. 여기가 왕파리 키우는 곳 같냐?"

물론 그 가게엔 왕파리가 있었다. 어디에나 있었다. 그는 막대기 끝에 가죽끈을 달아서 왕파리를 상대하곤 했다. 그렇게 하면 엄청나게 먼 거리에 있는 파리도 딱 때려서 곤죽으로 만들어버릴 수 있었던 것이다. 때로는 구더기를 못 구하고 돌아가야 했으나, 대개는 가게 문을 나서는 순간 그의 외침이 들렸다.

"야! 저~어기 뒤뜰로 한번 가봐. 잘 찾아보면 한두 마리 있을지도 모르지."

---

[52] ena-mena-mina-mo. 운을 붙여 차례로 세어 맨 마지막에 걸리는 사람을 골라내는 아이들 놀이. 맨 마지막에 "you are it"이라고 할 때 "it"에 걸리는 아이가 술래가 된다. 우리 전통놀이인 '이거리 저거리 각거리'와 비슷하다.

가서 보면 곳곳에 떼를 지어 있는 왕파리들을 발견할 수 있었다. 그래빗의 뒤뜰은 전쟁터 같은 냄새가 났다. 그 시절 푸줏간엔 냉장고가 없었다. 그렇게 구해 온 구더기는 톱밥에 두면 더 오래 살았다.

말벌 애벌레도 좋았다. 굽지 않으면 낚싯바늘에 끼우기 어렵다는 게 단점이긴 했지만 말이다. 우리는 누가 말벌의 둥지 같은 벌집을 발견하면, 밤에 몰래 가서 테레빈유를 들이부은 다음 출구를 진흙으로 막아버렸다. 다음 날 가보면 말벌들은 대개 다 죽어 있어서, 벌집을 긁어내어 애벌레들을 모을 수 있었다. 한번은 테레빈유가 밑으로 다 샜는지 어쨌는지, 진흙을 떼어내고 나니 밤새 갇혀 있었을 말벌들이 한꺼번에 붕붕거리며 쏟아져 나오는 것이었다. 우리는 그리 심하게 쏘이지는 않았다. 유감이라면, 곁에 스톱워치를 들고 서 있는 사람이 없어서 우리가 얼마나 잽싸게 달아나는지 재보지 못했다는 점이다. 메뚜기는 아마 최고의 미끼일 것이다(특히 처브 잉어가 좋아하는 미끼였다). 메뚜기는 찌르지 않고서도 바늘에 걸 수 있으며, 수면에 살짝 닿도록 해서 이리저리 움직여주면 되었다. 하지만 메뚜기는 한 번에 두세 마리 이상 잡기가 거의 불가능한 게 흠이었다. 금파리 역시 아주 잡기 어렵지만, 맑은 날 데이스 잉어를 낚는 덴 최고였다. 금파리는 바늘에 산 채로 걸어 꿈틀거리게 하면 더욱 좋았다. 처브는 말벌도 좋아했는데, 말벌을 산 채로 바늘에 건다는 건 보통 까다로운 게 아니었다.

그 외에도 미끼 종류는 얼마나 많았던가. 떡밥으로 가장 흔히 쓰는 빵 반죽은 빵을 헝겊에 싸 물기를 다 짜내어 만든다. 빵 반죽 말고도 치즈 반죽이나 꿀 반죽, 그리고 아니스 씨를 섞은 반죽도 있다. 밀밥으로 만든 떡밥은 로치 잉어 낚시에 좋다. 거전 잉어 낚시에 좋은 줄지렁이는 오래 묵힌 두엄 더미에서 구할 수 있다. 줄지렁이보다 줄무늬 빛깔이 밝고 집게벌레 냄새가 나는 지렁이도 있는데, 이건 퍼치에게 아주 좋은 미끼다. 퍼치한테는 보통 지렁이도 좋은데, 지렁이는 이끼 속에 넣어두어야 싱싱하고 생기가 있다. 흙만 채운 통에다 보관하려고 하면 죽어버리고 만다. 소똥을 좋아하는 똥파리도 로치 잉어를 잡는 데에 꽤 좋다. 체리를 미끼로 달면 처브 잉어를 잡을 수 있다고들 하는데, '첼시 번'에 붙어 있는 건포도를 써서 로치 잉어를 잡는 건 본 적이 있다.

그 시절 6월 16일(민물낚시 철이 시작되는 때였다)부터 겨울 중반까지, 내 주머니에는 지렁이나 구더기가 든 깡통이 들어 있지 않던 때가 드물었다. 그 때문에 나는 어머니와 제법 갈등이 있었는데, 결국엔 어머니가 양보하여 낚시는 금지 목록에서 빠지게 되었고, 아버지는 1903년 크리스마스 선물로 내게 2실링짜리 낚싯대를 사주었다. 조는 열다섯 살이 채 안 되어 여자애들을 쫓아다니기 시작한 뒤로는 낚시하러 나가는 경우가 극히 드물었다. 낚시는 어린애들이나 하는 놀이라는 것이었다. 하지만 나만큼 낚시에 미친 애들은 나 말고도 대여섯은 되었다. 아, 낚시하러 가던 날들이여! 무더운 여름날 오후, 커다란 교실에서 늙은 블로어스 선생이 술어니 가정법이니 관계절이니 하는 걸 떠들어댈 때, 책상 앞에 축 늘어져 있는 내 머릿속은 버포드위어 부근의 배수나 버드나무 아래의 초록빛 연못에서 데이스 잉어가 조용히 미끄러져 가는 광경으로 꽉 차 있었다. 수업을 마치고 집에 돌아온 뒤 티타임이 끝나면, 자전거에 올라타 '챔포드힐'을 넘어 강까지 무섭게 달려가서 어두워지기 전까지 한 시간이라도 낚시를 해야 했다. 여름날 저녁은 잔잔하고, 낮은 댐엔 이따금 물이 찰랑이고, 물고기가 수면으로 나오는 곳에선 잔물결이 일고, 날벌레가 마구 물어뜯고, 데이스 떼는 미끼 주위로 몰려다니면서 절대 물지는 않는다. 몰려다니는 물고기들의 등을 바라보며 너무 어두워지기 전에 그중 하나라도 마음을 바꿔 미끼를 물어주기를 바라고 기도하는(말 그대로 기도를 했다) 그 열의는 어땠는가. 그러면 언제나 '5분만 더 있어보자'던 것이 '딱 5분만 더'가 되고, 결국엔 자전거를 끌고서 타운까지 걸어와야 했다. 라이트 없는 자전거를 밤에 타고 다니다가는, 늘 먹잇감을 찾아다니는 경찰 토울러한테 걸려서 '출두' 명령을 받을 수 있기 때문이었다. 여름방학 때면 하루 날을 잡아 삶은 계란과 빵과 버터와 레모네이드 한 병을 싸 들고 나가서는 낚시를 하다 먹을 감다 다시 낚시를 하다가 이따금 뭔가를 낚기도 했다. 밤이면 손은 몹시 지저분해졌고, 배가 너무 고파 남은 떡밥을 벌써 먹어치웠으며, 손수건엔 비린내 나는 데이스 서너 마리를 싸 든 채로 돌아오곤 했다. 어머니는 내가 집에 가져온 물고기는 절대 요리해주지 않았다. 어머니는 송어와 연어만 예외일 뿐, 민물고기가 먹을 수 있는 것이라는 사실을 도무지 인정하지 않고 "고약한 진흙투성이들"이라 부를 뿐이었다. 내 기억에 가장 강렬하게 남아 있는 물고기는 내가 잡아보지 못한 것들이다. 특히 일요일 오후에 낚싯대 없이 강둑길을 따라 걸을 때면 언제나 눈에 띄던 거대한 물고기가 그랬다. 일요일에는 낚시를 할 수 없었고, '템스강 보존위원회'에서도 낚시를 허락하지 않았다. 그래서 일요일이면 미련스러운 검은 정장에 목을 켜는 듯한 이튼 칼라 차림으로 이른바 "근사한 산책"이나 해야만 했다. 어느 일요일 나는 길이가 1야드는 되는 파이크(창꼬치)가 강둑가 얕은 물에 잠들어 있는 모습을 보고서 돌을 던져 거의 잡을 뻔하기도 했다. 때로는 갈대숲 가장자리에 있는 초록빛 고인 물에서 엄청나게 큰 템스강 송어가 유유히 헤엄쳐가는 게 보이기도 했다. 템스강으로 올라오는 송어는 엄청나게 커지는데, 잡히는 경우는 사실상 없었다. 템스강의 진정한 낚시꾼이라면(사시사철 오버코트를 뒤집어쓰고 길이 20피트의 로우치잡이 낚싯대를 붙든 채 캠핑용 접이의자에 앉아 있는 친애하는 주먹코 동지들 말이다) 템스강 송어를 잡는 대가로 여생의 1년을 기꺼이 포기할 것이라는 말이 있을 정도였으니까. 그런 그들을 흉보려는 게 아니다. 나는 그런 심정을 전적으로 이해하며, 그 시절엔 더더욱 그랬다.

 물론 그런 일들만 있었던 건 아니다. 나는 매년 3인치씩 자랐고, 긴 바지를 입게 되었고, 학교에서 상을 좀 탔고, 견진교리[53]에 참석했고, 지저분한 이야기를 하고 다녔고, 책 읽기에 재미를 붙였고, 하얀 생쥐나 번개무늬세공[54]이나 우표 수집에 열광하기도 했다. 그러나 기억에 주로 남는 것은 언제나 낚시다. 여름날 낮, 저 멀리 강가의 초원과 푸르스름한 언덕들이 펼쳐져 있고, 버드나무 우거진 연못은 진초록 유리 같다. 여름날 저녁, 물고기는 수면을 깨뜨리고, 쏙독새는 쉰소리를 토해내며 날아다니고, 꽃무와 라타키아 담배의 향이 진하다. 오해는 마시기 바란다. 지금 나는 어린 시절을 찬양하는 유의 시를 노래하려는 게 아니다. 그런 것들이 다 엉터리라는 것을 나는 안다. 친애하는 포티어스는(학교장으로 있다 은퇴한 내 친구인데 나중에 자세히 얘기하겠다) 어린 시절에 관한 시들을 아주 잘 안다. 그는 그런 시를 책에서 골라내어 내게 읽어주곤 한다. 워즈워스, 「루시 그레이」[55], 초원이니 숲이니 하는 게 어떠니 하던 때가 있었노라[56]—뭐 그런 것들 말이다. 말할 것도 없이 그는 자식이 없다. 실상은 아이들이 전혀 시적이지 않다는 것이다. 아이들은 작고 잔인한 동물일 뿐이다. 어떤 동물도 아이들의 4분의 1만큼도 이기적이지 않다는 점만 빼놓고 말이다. 어린 사내아이는 초원이니 숲이니 하는 것에는 관심이 없다. 경치를 바라보는 법도 없고, 꽃 따위에 관심이 있는 것도 아니다. 맛이 좋다든가 하는

---

53 confirmation class. 세례받은 사람의 믿음을 굳건히 하는 견진堅振 의식을 하기 전에 받는 교육. 가톨릭에서는 견진을 성사聖事로 분류하여 견진성사라 부르고, 개신교에서는 견신례 堅信禮라 한다.

54 fretwork. 얇은 나무판이나 금속판을 파내어 뇌문雷紋을 닮은 기하학적 패턴 등을 만들어내는 장식.

55 낭만주의 시인 워즈워스(1770~1850)가 1789년에 쓴 시. 루시 그레이Lucy Gray라는 어린 처녀가 폭풍우 치는 저녁에 밖에 나갔다가 영영 실종되는 사건을 노래했다.

56 유년시절을 회상하는 워즈워스의 시(Ode: Intimations of Immortality from Recollections of Early Childhood) 첫 행의 일부(There was a time when meadow, grove, ……).

게 아닌 한, 식물들이 서로 어떻게 다른지도 알지 못한다. 무언가를 죽이는 것! 그게 소년이 도달하는 시심詩心에 가깝다. 그런가 하면 어린아이에겐 무언가를 절절히 바라는 갈망의 힘이 있다(어른이 되면 불가능해지는 특유의 강렬함이다). 그리고 시간이 무한정 자기 앞에 펼쳐져 있으며 무얼 하든 영원히 할 수 있을 것이라는 느낌이 있다.

나는 못생긴 편이었고, 버터빛 머리를 언제나 앞에만 한 움큼 남기고 짧게 친 모습이었다. 나는 내 유년시절을 이상적으로 그릴 마음이 없고, 많은 사람들과 달리 유년시절로 돌아갔으면 하는 바람도 없다. 내가 좋아하던 것들 대부분에 대해 나는 기회가 있어도 별 흥미를 느끼지 못할 것이다. 나는 크리켓 공을 다시 구경하지 못한다 해도 개의치 않을 것이다. 사탕을 100파운드 넘게 준다고 해도 3페니도 내놓지 않을 것이다. 그러나 낚시에 대해서는 언제나 그래왔듯 지금도 각별한 감정을 느끼는 것이다. 얼빠진 소리라고 하실 게 뻔하지만, 나는 실은 지금도 낚시를 해보는 게 소원에 가까운 사람이다. 뚱보에 마흔다섯 살이고, 자식이 둘이고, 교외 주택에 사는 처지에 말이다. 왜일까? 굳이 말하자면 내 유년시절에 대해 '확실히' 감상적으로 접근하는 부분이 있기 때문일 것이다. 나만의 유년시절이 아니라, 내가 자랐고 이제는 마지막 단계에 와 있는 듯한 문명에 대해서 말이다. 낚시는 그런 문명의 전형이라 할 수 있다. 낚시 생각을 하자마자 지금의 현대 세계에는 속하지 않는 것들이 떠오르니 말이다. 한적한 연못가 버드나무 아래 온종일 앉아 있는다는 생각 자체가, 그리고 앉아 있을 만한 한적한 연못가를 발견할 수 있다는 것 자체가 전쟁 이전, 라디오 이전, 비행기 이전, 히틀러 이전의 시대에 속하는 것이다. 영국 민물고기들의 이름만 해도 어딘가 평화로운 데가 있다. 로치, 러드, 데이스, 블릭, 바블, 브림, 거전, 파이크, 처브, 카프, 텐치.[57] 모두가 속이 찬 느낌을 주는 이름이다. 그런 이름을 지은 사람들은 기관총이란 건 들어본 적이 없는 이들이었다. 그들은 해고의 공포에 떨며 살지 않았고, 아스피린을 먹거나 영화관에 가거나 어떻게 하면 강제수용소에 안 끌려갈 수 있을까를 고민하며 지내지 않았던 것이다.

요즘은 낚시를 다니는 사람이 있을까 싶을 정도다. 런던에서 반경 100마일 이내 어디에도 낚을 만한 물고기가 남아 있을 것 같지 않다. 딱해 보이는 소수의 낚시동호회 사람들이 운하 둑방에 박힌 듯 줄지어 앉아 있기도 하고, 백만장자들이 스코틀랜드에 있는 호텔의 개인 수역에 가서 인조 날벌레 미끼로 양식 송어를 잡는 속물적인 놀이를 하기도 한다. 하지만 물방아 돌아가는 개울이나, 요새를 둘러싼 못이나 소가 목을 축이는 연못에서 낚시를 하는 사람이 있는가? 지금 영국의 민물고기가 있는 곳은 어디인가? 내가 어릴 때에는 어느 연못 어느 개울에도 물고기가 살았다. 지금은 모든 연못이 말라버렸고, 용케 공장 폐수에 오염되지 않은 개울이 있다 해도 녹슨 깡통이

---

57 파이크 말고는 전부 잉어의 일종이다.

나 오토바이 타이어로 꽉 차 있다.

　낚시에 관한 내 기억 중에 최고는 내가 못 잡아본 물고기에 관한 것이다. 대개들 그럴 것이다.

　내 나이 열네 살이던 때, 아버지는 빈필드하우스의 관리인인 호지스 영감에게 무언가 호의를 베풀었다. 그가 키우는 닭들의 기생충병을 치료하는 약을 줬는지 어쨌는지 잘 기억이 나지 않는다. 호지스는 아주 심술궂은 영감이었지만, 자기한테 베푼 호의를 잊지는 않았다. 하루는 닭 모이를 사러 우리 가게에 온 그가 가게 문 앞에서 나와 마주치자 특유의 퉁명스러운 태도로 나를 불러 세우는 것이었다. 그는 나무뿌리를 깎아 만든 듯 투박한 얼굴에, 이빨이라곤 짙은 갈색에 아주 긴 것 둘만 남은 영감이었다.

　"어이, 여봐! 너, 낚시쟁이지, 어?"

　"네."

　"그럴 줄 알았지. 그럼 잘 들어봐. 너 좋으면, 낚싯줄 가져와서 저택 뒤에 있는 못에서 한번 해봐. 브림이랑 강꼬치랑 많이 사니까. 한데 내가 그런 말 했다고 아무한테도 말하면 안 돼. 그리고 다른 놈들 데려올 생각 말고. 데려오면 그놈들 등껍질이 벗겨지게 때려줄 테니까."

　그 말을 끝으로 그는 닭 모이 자루를 짊어진 채 절뚝절뚝 걸어가는 것이었다. 이미 너무 많은 말을 해버렸다는 듯 말이다. 다음 토요일 오후, 나는 호주머니에 지렁이랑 구더기가 든 깡통을 가득 쑤셔 넣은 채 자전거를 타고 빈필드하우스로 가서,

122

사택에 호지스 영감이 있는지 찾아보았다. 그 무렵 빈필드하우스는 비어 있은 지 10년이나 20년은 된 상태였다. 주인인 패럴 씨는 저택에 살 형편이 아니었고, 세를 놓을 수 없었거나 놓을 생각이 없었다. 그는 런던에 거주하며 농장 임대료로 생활했고, 이 저택과 그 구내의 땅은 완전히 방치했다. 울타리는 이끼 낀 채 썩어가고, 넓은 뜰은 쐐기풀이 무성하고, 농원은 밀림 같았으며, 정원마저도 옹이투성이인 늙은 장미 덤불 몇 그루가 아니면 화단이 있었는지도 모를 지경이었다. 하지만 저택 자체는 대단히 아름다웠는데, 특히 멀리서 보면 그랬다. 기둥이 줄지어 서 있고 창문이 길쭉한 이 하얀 대저택은 아마 앤 여왕[58] 때 이탈리아 여행을 해본 사람이 지은 것이지 싶다. 지금 그곳에 가보게 된다면, 나는 아마 대체로 황폐한 구내를 천천히 돌아다니며 그곳에서의 생활과 그런 공간을 지은 사람들에 대해 생각해보는 데서 꽤 재미를 느낄 것이다. 그 사람들은 좋은 시절이 영영 계속될 줄로만 알았으니 말이다. 하지만 어린 나는 저택이나 정원 같은 데는 한 번만 쳐다보고 끝이었다. 나는 점심을 막 먹고 나서 좀 부루퉁한 상태이던 호지스 영감을 찾아내어, 못으로 가는 길을 알려달라고 했다. 저택 뒤편으로 수백 야드를 더 가야 하고 너도밤나무 숲에 완전히 가려져 있었지만, 꽤 큰 못이었다. 폭이 150야드쯤 되는 게 호수라고 해도 될 정도였다. 레딩에서 10마일 남짓이고 런던에서 50마일이 못 되

---

58 Queen Anne(1665~1714). 대영제국 최초의 군주였다, 재위 기간은 1702~1714년.

는 곳에서 그런 한적함을 맛볼 수 있다는 건 놀라운 일이었다 (어린 내가 깜짝 놀랄 정도였다). 아마존의 어느 강둑에서 느껴봄 직한 그런 고적함이 있었던 것이다. 못은 거대한 너도밤나무들에 완전히 둘러싸여 있었는데, 한 군데는 나무들이 못 가장자리에도 자라 있어 수면에 반사되고 있었다. 그 반대편에는 곳곳에 박하풀이 무리 지어 있는 조그만 풀밭이 있었으며, 못 한쪽 끝에는 나무로 지은 낡은 보트하우스가 우거진 사초 속에서 썩어가고 있었다.

  못에는 4~6인치 정도 되는 작은 브림 잉어들이 헤엄치고 있었다. 이따금 그것들 중 하나가 뒤집기를 하여 물속에서 불그스름한 빛을 내는 게 보였다. 강꼬치도 있었는데, 큰 놈들이 분명한 것 같았다. 보이진 않았지만, 그중 하나가 물가의 풀 속에서 볕을 쬐다 홱 뒤집기를 하여 물속에 뛰어들었던지, 벽돌 하나를 던져 넣은 듯 물이 튀었던 것이다. 그런 것들은 잡으려 해봐야 소용이 없었다. 물론 거기 갈 때마다 시도를 해보긴 했다. 템스강에서 잡은 데이스나 연준모치 같은 조그만 잉어를 잼병에 산 채로 뒀다가 미끼로 써보기도 하고, 깡통 조각으로 만든 스피너[59]를 달아보기까지 했던 것이다. 하지만 그것들은 잔뜩 먹을 게 많아서 미끼 따위는 물려고 하지 않았고, 물었다 해도 내 낚시 도구만 망가지고 말았을 것이다. 그래도 나는 그 못에 갈 때마다 작은 브림을 적어도 여남은 마리씩 잡지 않고

---

[59] spinner. 물속에서 빠르게 회전하도록 만든 가짜 미끼.

서 돌아온 적이 없었다. 여름방학이면 이따금 거기 가서 온종일을 보내기도 했다. 낚싯대와 〈첨스〉나 〈유니언 잭〉 같은 소년지, 그리고 어머니가 싸준 빵 한 덩이와 치즈를 챙겨 가서 말이다. 거기서 나는 몇 시간 동안 낚시를 하다 풀밭에 누워 〈유니언 잭〉을 읽다가, 떡밥 냄새가 나고 어디선가 물고기가 풍덩 하는 소리가 나면 갑자기 야성이 되살아나 다시 물가로 가곤 했다. 여름날 하룻낮을 줄곧 그런 식으로 보내곤 했던 것이다. 무엇보다 좋았던 건 혼자, 그것도 완전히 혼자 있는 것이었다. 길에서 4분의 1마일이 채 안 되는 거리이긴 했지만 말이다. 나는 이따금 혼자 있는 게 좋다는 것을 알 만큼은 자란 것이었다. 둘레가 다 나무여서 못이 오직 나만의 것인 듯했고, 이따금 물고기가 잔물결을 일으키거나 비둘기가 위로 날아가는 것 말고는 무엇 하나 움직이지 않았다. 그렇다면 그 못에 낚시를 다닌 2년 남짓 동안 나는 과연 몇 번이나 거기에 갔을까? 뜻밖에도 열두 번이 되지 않는다. 집에서 자전거로 3마일을 가야 했고, 한 번 가자면 최소한 오후 한나절을 다 비워야 하긴 했다. 게다가 때로는 다른 일이 생기기도 하고, 때로는 가려고 마음을 먹었는데 비가 오기도 했다. 사는 게 그렇지 않은가.

한번은 어느 오후에 고기가 도무지 물지를 않아, 빈필드하우스에서 제일 먼 쪽에 있는 못가로 가보았다. 거긴 물이 자주 넘치는 곳인지 땅이 많이 젖어 있었고, 블랙베리 덤불이 밀림처럼 우거지고 떨어진 나뭇가지들이 썩어가고 있는 데를 어렵사리 헤쳐나가야 했다. 그렇게 어렵사리 50야드쯤 가다 보니 갑자기 빈터가 나타나고, 전혀 몰랐던 못이 또 하나 있는 것이었다. 폭이 20야드가 안 되는 작은 못이었고, 나뭇가지들이 드리워져 있어 좀 어두웠다. 하지만 물이 아주 맑고 몹시도 깊었다. 10피트 이상 깊이까지 들여다보일 정도였다. 나는 젖어서 폭신한 바닥의 느낌과 썩어가는 식물들의 촉촉한 향기를 즐기며 잠시 천진스레 서성였다. 그러다 문득, 나를 거의 펄쩍 뛰게 만드는 무언가를 목격하게 되었다.

거대한 물고기였다. 나는 거대하다고 말할 때 과장하지 않는다. 거의 지금의 내 팔 길이만큼 되었다. 그것은 물속 깊은 데서 유유히 미끄러져 가더니 어느덧 그림자가 되어 반대편의 더 어두운 물속으로 사라져버렸다. 칼에 꿰뚫린 듯한 느낌이 들었다. 그것은 (산 것이든 죽은 것이든) 내가 본 물고기 중에서 단연코 가장 컸다. 숨죽이고 서 있자니 잠시 뒤에 몹시도 크고 굵은 다른 형체 하나가 깊은 곳을 가로질러 가고, 또 하나가 보이더니 다른 둘이 더 나타났다. 이 못에는 그런 물고기들이 가득했던 것이다. 잉어이지 싶었다. 브림이나 텐치일 수도 있지만, 잉어일 가능성이 많았다.[60] 브림이나 텐치는 그만큼 커지는 법이 거의 없기 때문이다. 나는 어찌 된 영문인지 알 수 있었다. 한때 이 못은 다른 큰 못과 이어져 있다가 둘 사이의 물줄기가 말라버린 뒤 숲이 이 작은 못을 둘러쌌고, 그 뒤로 아예 잊혀버렸던 것이다. 종종 일어나는 일이다. 아무튼 이 못은 잊혔고, 수년

---

[60] 브림과 텐치도 잉엇과지만, 여기서 말하는 잉어는 잉엇과 중에서 가장 대표적인 카프carp를 말한다.

수십 년 동안 아무도 낚시를 하지 않는 바람에 물고기들이 엄청나게 커질 수 있었던 것이다. 내가 본 녀석들은 100년은 묵었는지도 모를 터였다. 그리고 그것들의 존재를 아는 사람은 세상에 나뿐이었다. 그 못을 나 이전에 누군가가 마지막으로 본 게 20년은 되었을 가능성이 많고, 호지스 영감과 패럴 씨의 토지 관리인조차 그 존재를 잊어버렸을지 모를 일이었다.

내 기분이 어땠을지 상상하실 수 있을 것이다. 조금 뒤 나는 보고만 있자니 감질나서 더 참을 수가 없었다. 서둘러 다른 못으로 돌아가 낚시 도구를 다 챙겨 와야만 했다. 하지만 내가 가진 것들로 그런 거대한 녀석들을 잡으려 해봤자 소용이 없었다. 낚싯줄을 머리카락처럼 톡 끊어버렸던 것이다. 그렇다고 조그만 브림이나 낚아볼까 싶은 기분도 아니었다. 거대한 잉어를 보자 나는 속이 막 아프려고 할 때의 느낌 같은 게 느껴졌던 것이다. 나는 자전거에 올라타 쏜살처럼 내리막을 달려 집으로 돌아갔다. 그것은 소년이 혼자 간직하기 좋은 대단한 비밀이었다. 숲속에 숨겨진 어둑한 못이 있고, 그 속을 유유히 헤엄쳐 다니는 거대한 물고기들이 있다니! 그것도 한 번도 낚시질을 당해본 적이 없어서 첫 미끼부터 턱석 물어버릴 물고기 말이다. 그것들을 낚을 만큼 튼튼한 낚싯줄을 구하는 것만이 문제일 뿐이었다. 나는 가게 돈 서랍을 털어서라도 그런 용품을 사리라 마음먹었다. 하늘은 아실 터였다. 내가 무슨 수를 써서라도 반 크라운[61]을 손에 넣어 명주실로 만든 연어용 낚싯줄 한 묶음과, 굵은 목줄과, 5번 바늘을 구하고 말 것임을. 또한 치즈

와 구더기와 떡밥과 곡식벌레와 줄지렁이와 메뚜기, 그리고 잉어가 쳐다봐줄 다른 모든 치명적인 미끼를 챙겨갖고서 그 못에 다시 가고야 말 것임을. 나는 바로 다음 토요일 오후 그곳에 가서 그것들을 낚아볼 작정이었다.

그러나 살다 보니 결국 다시는 그곳에 가보지 못하고 말았다. 좋았던 곳에는 다시는 가볼 수 없는 것이 우리의 숙명인가. 나는 돈을 훔치지도, 연어용 낚싯줄을 사지도, 그 잉어들을 낚으러 가보지도 못했다. 결심을 하자마자 계획을 가로막는 일이 생겼는데, 그 일이 아니었다 해도 다른 일이 생겼을 것이다. 사는 게 그렇지 않은가.

물론 나는 안다. 당신이 내가 그 물고기들 크기를 과장하고 있다고 여긴다는 것 말이다. 아마 당신은 그것들이 실은 중간 크기일 뿐이며(말하자면 1피트 정도) 내 기억 속에서 서서히 부풀어 올랐다고 생각할 것이다. 하지만 아니다. 사람들은 대개 자신이 낚은 물고기에 대해 거짓말을 하며, 손맛만 보고 놓쳐버린 물고기에 대해서는 더더욱 거짓말을 한다. 하지만 난 그것들을 낚아본 것도 아니고, 낚으러 가보지도 못했으니, 거짓말을 할 이유가 없다. 분명히 말하건대, 그것들은 거대했다.

---

61 half crown. 1크라운(5실링)의 절반인 2실링 6페니짜리 동전.

5

낚시라!

여기서 한두 가지 고백할 게 있다. 하나는 내 인생을 돌이켜 볼 때, 내가 해본 것들 중에 정말이지 낚시만큼 흥미를 자극하는 게 있었다고는 할 수 없다는 점이다. 낚시에 비하면 다른 모든 건 대체로 따분했다. 심지어 여자도 그랬다. 여자한테 관심이 없다고 하는 부류의 남자인 척하려는 건 아니다. 나는 여자들을 쫓아다니느라 많은 시간을 보낸 바 있고, 지금도 기회가 있다면 그럴 것이다. 만일 내게 어떤 여자를 취하거나(단 '아무' 여자라는 뜻이다) 무게 10파운드의 잉어를 낚거나, 둘 중 하나를 택할 기회가 주어진다면, 언제나 잉어 쪽을 택할 것이다. 또 하나 고백할 것은, 열여섯 살 이후로 내가 다시는 낚시를 해보지 못했다는 점이다.

도대체 왜? 사는 게 그런 까닭이다. 우리네 인생에서(인간의 삶 일반이 아니라 바로 이 시대 이 나라에서의 삶이 그렇다는 것이다) 우리는 자신이 하고 싶은 것을 하며 살지 못한다. 늘 일만 하기 때문에 그런 건 아니다. 농장 막일꾼이나 유대인 재단사도 늘 일만 하는 것은 아니다. 우리를 끊임없이 이런저런 백치 같은 짓만 하도록 내모는 악마가 우리 안에 있기 때문이다. 가치 있는 중요한 일 말고는 무엇이든 할 시간이 있는 것이다. 당신이 정말 좋아하는 일을 생각해보라. 그리고 당신이 살아오면서 그 일을 하기 위해 실제로 보낸 시간이 당신 인생에서 차지하는 몫을 계산해보라. 그러고 나서 면도하고, 버스로 여기저기 다니고, 기차 환승역에서 기다리고, 지저분한 이야기를 주고받고, 신문 읽느라 보낸 시간을 계산해보라.

열여섯 살 이후로 나는 다시는 낚시를 하지 못했다. 도무지 시간이 없는 것만 같았다. 일을 하거나, 여자애를 쫓아다니거나, 처음으로 버튼 부츠를 신고 처음으로 하이칼라를 착용하거나(1909년에는 하이칼라를 하려면 목이 기린처럼 길어야 했다), 영업과 회계와 '지성 향상'에 관한 통신강좌[62] 공부를 하느라 바빴던 것이다. 빈필드하우스 뒤편의 못에서는 거대한 물고기들이 유유히 헤엄치고 있었다. 나 말고는 아무도 모르는 사실이었다. 그것들은 내 마음 한구석에 따로 남겨져 있었다. 언제 하루, 아마도 법정 공휴일 같은 날에 다시 그곳에 가서 그것들을

---

62 correspondence course. 통신학교correspondence school에서 우편으로 제공하던 교육 과정.

잡아야지 싶었던 것이다. 하지만 나는 다시는 그곳에 가지 못했다. 그것 말고는 무엇이든 할 시간이 있었다. 참 알 수 없는 것은, 그 이후로 지금까지 내가 낚시를 거의 할 뻔했던 유일한 기회가 전쟁 와중에 있었다는 점이다.

1916년 가을, 내가 부상당하기 직전이었다. 우리는 참호에서 나와 후방에 있는 어느 마을로 이동했다. 9월밖에 안 됐는데도 모두 머리부터 발끝까지 진흙투성이였다.[63] 대개 그랬듯, 우리는 그곳에서 얼마나 오래 머무르게 될지도, 그다음엔 어디로 가게 될지도 확실히 알지 못했다. 다행이었던 건 부대장이 기관지염인지 뭔지 하는 기미가 있어 건강이 안 좋은 상태였기에, 평소처럼 열병식이니 장비검열이니 축구시합이니 하는 것들로 우릴 볶아대지 않았다는 점이다. 그런 것들은 전방에서 물러나 있는 부대의 군기를 유지하기 위한 수단이었던 것이다. 덕분에 우리는 숙사로 배정된 헛간의 건초 더미 위에 늘어져 각반에 묻은 진흙을 긁어내며 시간을 보낼 수 있었다. 저녁엔 마을 끄트머리의 한 주택에 자리를 잡은 딱하고 지쳐빠진 매춘부 몇몇에게 줄을 서는 병사들도 있었다. 어느 날 아침, 마을을 벗어나는 것은 군기위반이었지만 나는 몰래 숙사를 빠져나와서 한때는 들판이었던 황량한 살풍경 속을 배회했다. 축축하고 으스스하게 추운 아침이었다. 사방은 물론 전쟁으로 엉

---

[63] 영국은 봄 여름보다도 가을 겨울에 비가 많이 오며, 1차대전 당시 기나긴 참호전이 벌어졌던 프랑스 북부의 서부전선 일대는 소설 화자의 고향인 영국 남동부와 가까워 기후가 비슷했을 것으로 보인다.

망진창이었다. 시체가 나뒹구는 전쟁터보다 차라리 더 지저분하고 어수선했다. 가지가 마구 떨어져 나간 나무들, 엉성하게 메워진 포탄 자국, 깡통, 똥, 진흙, 잡초, 잡초가 뚫고 자라 있는 녹슨 철조망. 전선에 있다가 후방으로 나올 때의 느낌이 어떤지 아는 분은 알 것이다. 관절이 다 뻣뻣하고 속이 텅 빈 느낌, 다시는 그 무엇에도 아무런 흥미를 가질 수 없을 듯한 느낌이다. 두렵기도, 지치기도 한 탓이겠지만, 무엇보다 지겹기 때문이었다. 그 무렵은 모두가 전쟁이 영영 계속되지 말란 법이 없다고 생각할 때였다. 오늘 아니면 내일 아니면 모레 전선으로 되돌아가게 될 수도 있고, 다음 주면 포탄에 살점이 산산이 흩어질지도 몰랐지만, 전쟁이 영영 계속될 듯한 끔찍한 지겨움보다는 차라리 그게 나았다.

나는 산울타리를 따라 슬슬 거닐다가 우리 중대원 하나와 마주치고 말았다. 성이 뭐였는지는 기억나지 않지만 별명이 노비Nobby[64]라는 친구였다. 피부가 짙고 구부정하고 집시 같아 보이는 그는 제복을 입고 있어도 언제나 훔친 토끼 두어 마리를 들고 어딜 가는 듯한 인상을 주었다. 입대 전 직업이 과일행상이었던 그는 진짜배기 코크니[65]였다. 단, 그는 생계의 일부를 켄트나 에식스에 가서 홉 열매 따기나 새 잡기, 밀렵, 과일 훔치기로 해결해야 하는 코크니 중 하나였고, 개나 족제비, 애완

---

64 귀족적이고 옷맵시가 좋다는 뜻이 있다.
65 Cockney. 런던의 빈민가인 이스트엔드에서 대대로 살아온 노동계급, 또는 그들 특유의 사투리.

용 새, 싸움닭 같은 것들에 대해 해박하기도 했다. 그런 그가 나를 보자마자 고갯짓으로 부르더니 껄렁한 태도로 말하는 것이었다.

"어이, 조지!" (그때만 해도 동료들은 나를 조지라 불렀다. 아직 뚱뚱하지 않았던 것이다.) "조지! 너 저 들판 건너 포플러나무 숲 보이지, 응?"

"어."

"음, 그 너머에 말이야, 못이 하나 있단 말이지. 그리고 겁나게 큰 물고기가 꽉 차 있다는 거 아냐."

"물고기? 우와!"

"진짜루 꽉 찼어. 퍼치야 퍼치. 이 손으로 잡아본 물고기 중에 최고로 좋은 놈이라는 거 아냐. 가서 한번 볼래, 응?"

우리는 질퍽질퍽한 땅을 꾸역꾸역 걸어갔다. 과연 노비의 말은 옳았다. 포플러 숲 뒤편엔 가장자리가 모래땅인 지저분해 보이는 못이 있었다. 채석장이었다가 물이 들어차 못이 된 듯했다. 그리고 과연 거기에 퍼치가 꽉 차 있었다. 그놈들의 검푸른 줄무늬 등이 수면 바로 아래 어디에서나 미끄러져 다니는 게 보였고, 개중에는 1파운드가 넘어 보이는 것들도 있었다. 전쟁이 나고서 2년 동안 아무도 건드리지 않아서 그만큼 번식할 수 있었을 것이다. 그런 퍼치들의 광경이 나에게 어떻게 다가왔을지는 아마도 상상하기 힘드실 것이다. 그것들 덕분에 나는 갑자기 소생한 느낌이 들었다. 물론 우리 둘 다 생각은 하나뿐이었다. 어떻게 하면 낚싯대와 줄을 구할 것인가.

"세상에!" 내가 말했다. "좀 낚아야겠어."

"두말하면 잔소리. 일단 마을로 돌아가서 장비를 좀 구해보자구."

"좋아. 하지만 조심해야 돼. 주임상사가 알게 되면 우린 작살날 테니까."

"우라질 놈의 주임상사. 날 목매달든지 네 토막을 내든지 알아서 하라지. 나는 저 끝내주는 고기 좀 잡아야겠으니까."

그것들을 낚겠다고 우리가 얼마나 열광했는지 이해하기 힘드실 것이다. 전쟁에 나가본 적이 있다면 아실지 모른다. 전쟁이란 게 막상 참전해보면 미치도록 지겨운 경험일 수 있다. 그래서 조그만 흥밋거리만 있어도 무섭게 달려들곤 하는 것이다. 나는 3페니짜리 잡지 반 토막을 놓고서 동료 둘이 참호 안에서 죽도록 싸우는 걸 본 적이 있다. 그런데 우리에겐 그보다 나은 무엇이 있었다. 잘하면 온종일을 전쟁 분위기 자체에서 벗어날 수 있다는 기대감이 있었던 것이다. 중대를 벗어나서, 소음과 악취와 제복과 장교와 경례와 주임상사의 목소리를 벗어나서, 포플러나무 아래 앉아 퍼치를 낚을 수 있다니! 낚시는 전쟁의 정반대였다. 하지만 성공할 수 있을지는 전혀 확실치 않았다. 그리고 바로 그 점 때문에 우리는 몹시도 열광했던 것이다. 주임상사한테 발각되면 말할 것도 없이 제지당할 것이고, 장교한테 걸려도 마찬가지일 터였다. 그리고 제일 고약한 것은, 우리가 그 마을에 얼마나 주둔하게 될지 알 길이 없다는 점이었다. 우리는 1주일을 머무를 수도 있고, 두 시간 뒤에 이동할 수도 있었다. 그건 그렇고, 우리에겐 아무런 낚시 도구도 없었다. 심지어 핀 하나 실 한 올도 없었다. 그러니 제로에서부터 출발해야 했다. 하지만 못에는 물고기가 드글드글했으니! 첫째 준비물은 낚싯대였다. 낭창낭창한 버드나무 가지가 최고지만, 그 마을엔 사방 지평선 안에 버드나무라곤 단 한 그루도 없었다. 노비는 포플러나무에 올라가 작은 가지 하나를 꺾어 왔는데 딱히 좋진 않아도 없는 것보다는 나았다. 노비는 그것을 잭나이프로 다듬어 낚싯대 비슷하게 만들었고, 우리는 그것을 못가 근처의 잡초 덤불 속에 숨겨둔 뒤 들키지 않고 마을로 몰래 돌아왔다.

그다음은 낚싯바늘을 마련하는 일이었다. 노비는 바늘 하나를 구했다. 어떤 동료가 짜깁기용 바늘을 몇 개 갖고 있었던 것이다. 그런데 이 바늘은 자수용인 듯 너무 굵고 끝이 무뎠다. 우리는 주임상사 귀에 들어가는 게 두려워 아무한테도 바늘이 왜 필요한지 감히 말할 수 없었다. 결국 우리는 마을 끝자락에 있는 매춘부들을 생각해냈다. 그들은 십중팔구 바늘을 가지고 있을 터였다. 거기까지 가보니(진창이 된 뒤뜰을 거쳐 뒷문으로 가야 했다) 문은 잠겨 있고, 매춘부들은 밤새 벌이를 한 만큼 낮잠을 자고 있는 모양이었다. 우리가 계속 발을 구르고 고함을 지르고 문을 쾅쾅 두드리자 10분쯤 지나서 가운 차림의 뚱뚱하고 못생긴 여인이 위층에서 내려오더니 프랑스어로 빽 소리를 질렀다. 노비가 그녀에게 외쳤다.

"바늘! 바늘! 바늘 있어요?"

물론 그녀는 그가 무슨 말을 하는지 알 수 없었다. 그러자 노비는 외국인이 알아듣기 좋게 말했다.
"바늘 원해! 옷 바느질! 이렇게!"
그러면서 그는 바느질하는 시늉을 해 보였다. 매춘부는 그 시늉을 다른 뜻으로 받아들이고는 문을 좀 더 열어주며 들어오라고 했다. 우리는 결국엔 그녀를 이해시켰고, 바늘을 하나 얻어낼 수 있었다. 그러고 나니 점심때가 다 되었다.
중식 시간이 끝나자 주임상사가 숙사인 헛간을 한 바퀴 돌며 작업할 인원을 차출했다. 우리는 그가 올 때에 맞춰 건초 더미 속에 몸을 숨겨 차출을 모면했다. 그가 가고 나자 우리는 촛불을 켜놓고 바늘을 벌겋게 달군 다음 낚싯바늘 비슷하게 구부릴 수 있었다. 가진 도구라곤 잭나이프뿐이어서 손가락을 몹시 데어버리고 말았다. 그다음 과제는 낚싯줄이었다. 굵은 수선용 말고는 실 가진 동료를 도무지 찾을 수 없었는데, 결국 보통 바느질용 실 한 묶음을 가진 동료를 발견하게 되었다. 그가 실을 나눠주려 하지 않자 우리는 담배 한 갑을 통째로 줘야 했다. 그런데 실이 너무 가늘었다. 그러자 노비는 그것을 3등분해서 벽에 박힌 못에 걸어놓고 야무지게 꼬기 시작했다. 그러는 동안 나는 마을을 다 뒤지다시피 한 끝에 코르크 하나를 발견할 수 있었고, 그걸 반으로 잘라 성냥개비를 끼워 넣어 찌를 만들었다. 그러고 나니 저녁때가 다 되어 어둑해지고 있었다.
이제 우리는 최소한의 필수품은 다 갖춘 셈이었다. 하지만 목줄이 좀 아쉬웠다. 목줄로 쓸 명주실을 구할 가망은 거의 없어 보였지만, 결국엔 위생병을 떠올릴 수 있었다. 수술용 실은 그가 다루는 물품이 아니지만 혹시나 좀 가지고 있을지도 모를 일이었다. 그런데 물어보니 과연 그의 배낭 속에 수술용 실이 한 묶음 통째로 있다는 것이었다. 어느 야전병원에선가 그걸 보고 마음이 혹해서 슬쩍해둔 것이라 했다. 우리는 목줄 열 개 분량의 명주실을 얻느라 담배 한 갑을 또 내놓아야 했다. 그런데 이게 6인치 길이로 끊어놓고 보니 너무 빳빳한 것이었다. 날이 어두워지자 노비는 그것들을 적셔 잘 휘어지게 한 다음 본줄과 바늘 사이에 묶었다. 이제 우리는 모든 것을 갖추었다. 바늘, 대, 줄, 찌, 목줄! 지렁이야 아무 데서나 파내면 될 터였다. 그리고 못에는 물고기가 드글드글했다! 줄무늬 있는 큼지막한 퍼치가 낚아달라고 아우성이라니! 우리는 너무 들떠서 군화를 벗지도 않은 채 잠자리에 들었다. 내일! 내일만 와라! 전쟁이 우릴 단 하루만 잊어주면 얼마나 좋을까! 우리는 아침 점호가 끝나자마자 빠져나와 온종일 나가 있기로 마음먹었다. 돌아와서 '야전 징벌 1호'[66]를 받는 한이 있더라도.

뭐, 나머지는 충분히 짐작하시리라 생각한다. 아침 점호 때 군장을 다 꾸려서 20분 안에 이동할 준비를 하라는 명령이 떨어졌던 것이다. 우리는 9마일을 행군하여 트럭에 줄줄이 올라탄 뒤 다른 전선으로 실려가버리고 말았다. 포플러나무 아래의

---

[66] Field Punishment Number One. '야전 징벌'은 영국군이 1881년부터 1923년까지 시행하던 군대 내 처벌 행위로, 1호는 족쇄와 수갑을 차고 대포 바퀴 같은 곳에 묶인 채 하루 한 두 시간씩 여러 날을 지내는 벌이고 2호는 족쇄와 수갑만 차는 벌이었다. 두 경우 모두 노역을 하고, 급여를 삭감당해야 했다.

못에 대해서는, 다시 본 적도 들어본 적도 없다. 아마 나중에 겨자가스탄에 오염되지 않았을까 싶다.

그 뒤로 나는 한 번도 낚시를 해보지 못했다. 도무지 기회가 없는 것 같았다. 전쟁은 더 이어졌고, 그 뒤엔 나도 남들처럼 직장을 구하느라 사투를 벌였고, 직장을 잡았고, 그다음엔 직장이 나를 잡았던 것이다. 나는 한 보험회사 지점의 전도유망한 젊은이가 되었고(직업학교 광고에 흔히 나오던 유의 야심 차고 장래성 있어 보이는 빠릿빠릿한 청년 사무원 말이다), 그리하여 상사한테 학대당하며 '한 주에 5에서 10파운드 벌이'를 하고 교외의 반¥단독주택에 사는 흔해빠진 직장인이 되었다. 그런 직장인들은 낚시를 가지 않는다. 그건 주식 중개인이 프림로즈 꽃을 따러 다니지 않는 것과도 같다. 어울리지 않는 것이다. 다른 레크리에이션들이야 누릴 기회가 있지만 말이다.

물론 나는 매년 여름 2주일의 휴가를 갖는다. 주로 마게이트, 야머스, 이스트본, 헤이스팅스, 본머스, 브라이턴 같은 곳에 가는 것이다.[67] 그해 벌이가 어느 정도냐에 따라 약간의 변화가 있을 뿐이다. 힐다 같은 여자와 함께 가는 휴가의 주안점은, 민박집 주인이 우리한테 얼마나 바가지를 씌우는지를 끊임없이 계산해보는 것이다. 게다가 아이들에게 계속해서 "안 돼, 이번엔 모래놀이 세트[68] 못 사줘!" 같은 소리나 하는 것이다. 몇 년 전엔 본머스로 휴가를 갔다. 날씨 좋은 오후, 우리는 부둣가

---

67 모두 영국 남동부나 동부의 해변 휴양지다.
68 sand bucket. 아이들이 백사장에서 가지고 노는 들통과 삽 등의 장난감 세트.

를 슬슬 거닐었다. 거리가 반 마일은 됐을 텐데, 가는 길 내내 바다낚시를 하는 사내들이 있었다. 끝에 작은 방울이 달린 짧고 굵은 낚싯대로 줄을 바다 쪽으로 50야드는 드리우고 있었다. 별로 재미가 없는 편인 이런 낚시를 하는 그들 중에서 뭔가를 낚는 이는 아무도 없었다. 그래도, 그들은 낚시를 하고 있었다. 우리 애들은 금세 따분해져 어서 백사장 쪽으로 돌아가자고 야단이었고, 힐다는 어떤 사내가 갯지렁이를 낚싯바늘에 끼우는 모습을 보고 역겹다는 소리를 했다. 그래도 나는 낚시 구경을 하며 조금 더 이리저리 거닐었는데, 갑자기 방울 소리가 아주 크게 나면서 어떤 사내가 줄을 감아 들이기 시작했다. 모두가 동작을 멈추고 그쪽을 바라봤다. 과연, 젖은 줄에 이어 봉돌이 보이더니 마지막으로 커다란 넙치 한 마리가 매달려 꿈틀거리는 것이었다. 사내는 그것을 부둣가 널빤지 바닥에다 떨어뜨렸다. 등에 오돌토돌한 회색빛 돌기가 많고 배가 하얀 물고기가 물에 젖어 반짝이며 마구 퍼덕이니 바다 냄새가 났고, 내 속에선 무언가가 꿈틀거렸다.

그곳을 지나가며 나는 무심결인 듯 한마디 던져보았다. 힐다의 반응을 떠보기 위해서였다.

"여기 있는 동안 낚시를 해봤으면 하는 마음도 좀 드네."

"뭐라구! 조지, **당신**이 낚시를 한다구? 당신은 낚시라곤 할 줄도 모르잖아?"

"허, 내가 한때는 대단한 낚시꾼이었는걸."

그녀는 대개 그랬듯 막연히 반대를 했다. 하지만 내가 낚시를 하면 따라와서 그 지저분하고 꼼틀꼼틀하는 것들을 바늘에 끼우는 모습을 보지는 않겠다는 것 말고는 별다른 생각이 있는 게 아니었다. 그러다 문뜩, 그녀는 내가 낚시를 하게 된다면 낚싯대니 릴이니 하는 낚시채비를 마련하는 데 1파운드는 들 것이라는 사실을 이해하게 되었다. 낚싯대 하나만 해도 10실링은 할 터였다. 갑자기 그녀는 울화를 터뜨렸다. 10실링을 낭비하는 일에 대해, 친애하는 힐다가 어떻게 말하는지 안 봐서 모르실 것이다. 그녀는 내게 퍼붓기 시작했다.

"그런 데다 그 많은 돈을 낭비한다는 생각 **자체**가 어떻게 들까? 말도 안 돼! 사람들이 어떻게 저 따위 낚싯대 하나에다 **감히** 10실링이란 값을 매길까? 민망한 줄도 모르나 봐! 그리고 당신 나이에 낚시하는 모습을 좀 상상해봐! 덩치도 좀 큰 게 아닌 어른이 말야. **애기**처럼 굴지 좀 마, 조지."

그러자 아이들이 엄마 하는 소리를 알아들었다. 로나는 슬금슬금 내 곁으로 오더니 특유의 당돌한 태도로 말했다. "아빠가 애기예요?" 그러자 그때까지만 해도 말을 아예 안 하고 있던 빌리가 "우리 아빠 애기다!"라며 세상에다 선전을 하기 시작했다. 이윽고 둘은 내 주위를 빙빙 돌며 모래 든 들통을 찰찰 흔들어가며 노래를 하는 것이었다.

"우리 아빠 애~기!" "우리 아빠 애~기!"

요상한 것들!

6

낚시 말고 읽기도 있었다.

내가 좋아한 게 낚시 '뿐'이었다는 인상을 심어줬다면, 내가 과장한 것이다. 낚시가 확실히 으뜸이었다면, 읽기는 만만찮은 버금은 되었다. 내가 글 읽기를 시작한 것은(자발적인 읽기를 말한다) 열 살이나 열한 살쯤부터였다. 그 나이 때 읽기는 새로운 세계를 발견하는 것과도 같은 일이었다. 나는 지금도 상당한 독서가 축에 낀다. 소설 몇 권을 안 보고 지나가는 주가 많지 않은 게 사실인 것이다. 나는 말하자면 전형적인 '부츠' 문고 가입자로서, 언제나 그때그때의 베스트셀러에 혹하는 유형이며 『좋은 친구들』, 『어느 벵골 기병의 삶』, 『모자 장수의 성城』 같은 책에 번번이 혹했던 것이다.[69] 1년 남짓 전부터는 레프트 북클럽[70]의 회원이 되었다. 1918년, 그러니까 스물다섯 살이던 해, 나는 인생관에 어떤 변화를 가져오게 한 일종의 낭독을 하게 되었다. 하지만 1페니짜리 주간지를 펼치기만 하면 곧바로 도둑 떼의 부엌이나 중국인 아편 소굴이나 폴리네시아의 섬이나 브라질의 밀림으로 뛰어들 수 있다는 사실을 갑자기 처음 알게 되었던 시절에 비할 만한 때는 없었다.

내가 읽기에 가장 열광했던 시절은 열한 살부터 열여섯 살 무렵까지였다. 처음에는 늘 1페니짜리 소년 주간지를 보다가 (인쇄 상태가 조잡하고 표지가 3색의 그림이었던 작고 얇은 잡지였다) 얼마 뒤부터는 책을 읽기 시작했다. 『셜록 홈스』나 『닥터 니콜라』, 『철선鐵船 해적』, 『드라큘라』, 『래플스』 같은 책들 말이다.[71] 냇 굴드와 레인저 걸, 그리고 이름은 잊어먹었지만 거의 냇 굴드가 경마 이야기를 쓰던 것만큼 권투 이야기를 빨리 쓸 줄 알았던 사람의 책도 읽었다.[72] 부모님이 좀 더 배운 분들이

69 『The Good Companions』(1929)는 소설가 J. B. 프리스틀리Priestley의 대표작으로 피에로 흥행단의 좌절을 그린 소설이고, 『The Lives of a Bengal Lancer』(1930)는 군인 출신의 작가 프랜시스 예이츠-브라운Yeats-Brown의 회고록이며, 『Hatter's Castle』(1931)은 『천국의 열쇠』, 『성채』 등으로 유명한 소설가 A. J. 크로닌의 첫 소설이자 출세작.

70 Left Book Club은 1936년에 만들어진 진보 단체이자 독서 클럽으로, 매달 책 한 권을 선정하여 회원들에게 싼값으로 배포했다. 오웰이 잉글랜드 북부 탄광 노동자들의 생활상을 취재하여 르포 『위건 부두로 가는 길』(1937)을 쓴 것도 이 북클럽의 의뢰로 이루어진 일이었다.

71 『Dr Nikola』(1896)는 호주 작가 가이 부스비Boothby의 시리즈 소설이자 주인공 이름. 영원한 삶과 세계 지배를 꿈꾸는 악당이다. 『The Iron Pirate』(1893)는 소년 주간지 〈쳄스〉의 편집장을 역임한 맥스 펨버튼Pemberton의 베스트셀러 소설로, 쇠로 만든 거대한 해적선이 대서양 각국의 해군을 압도하는 모험 이야기. 『Raffles』는 셜록 홈스 시리즈의 작가 코넌 도일의 매제 어니스트 호눙Hornung이 1890년대부터 쓴 유명 추리소설 시리즈 제목이자 주인공. 홈스와는 여러 면에서 반대인, 이를테면 젠틀맨이면서 도둑인 인물이다.

72 Nat Gould는 베스트셀러 소설가 너새니얼 굴드(1857~1919), Ranger Gull은 사회가 하느님을 거부하면 어떻게 될지를 이야기한 베스트셀러 소설 『When It Was Dark: The Story Of A Great Conspiracy』(1903)의 작가 가이 손Thorne의 필명이다.

었다면, 나는 아마 "좋은" 책들을 강제로 꾸역꾸역 읽어야 했을 것이다. 디킨스나 새커리 같은 이들의 작품 말이다. 학교에선 우리에게 『퀜틴 더워드』[73] 같은 작품을 억지로 읽혔고, 이지키얼 삼촌은 이따금 내게 러스킨이나 칼라일을 읽어보도록 자극하기도 했다. 하지만 우리 집에는 책이란 게 사실상 없었다. 아버지는 성경과 스마일스의 『자조自助』[74] 말고는 평생 책을 읽은 적이 없으며, 내가 자발적으로 "좋은" 책을 읽게 된 것은 한참 뒤의 일이었다. 그렇다고 그런 환경에서 자란 게 유감스럽다는 건 아니다. 나는 원하는 것을 읽었고, 학교에서 가르쳐준 것보다 훨씬 많은 것들을 그러한 독서를 통해 얻었던 것이다. 매주 1페니짜리 주간지 형태로 연재됐던 통속소설들은 내가 어릴 때 이미 사라져가고 있었기에 기억나는 것들이 거의 없지만, 소년 주간지는 나름의 계보가 있었고 그중에 일부는 지금도 남아 있다. 버팔로 빌 이야기는 잊혔고, 냇 굴드는 이제는 읽히지 않는 것 같지만, 닉 카터와 섹스턴 블레이크는 여전한 듯하다.[75] 〈젬〉과 〈마그넷〉은 내 기억이 정확하다면 1905년쯤 창간됐다. 〈B. O. P.〉는 그때까지도 좀 경건한 편이었고,

---

[73] 『Quentin Durward』(1823). 『아이반호』 등의 소설로 국제적인 명성을 누린 스코틀랜드 소설가 월터 스콧(1771~1832)의 작품. 프랑스 왕 루이 11세를 위해 싸우는 스코틀랜드 활잡이弓手가 주인공인 역사소설이다.

[74] 『Self-Help』(1859). 스코틀랜드계 저술가이자 개혁가인 Samuel Smiles(1812~1904)가 쓴 교양서로, "빅토리아 시대 중기 자유주의의 성경"이라 불리었다.

[75] Buffalo Bill은 미국의 군인이자 들소 사냥꾼이자 쇼 흥행사였던 윌리엄 코디(1846~1917)의 별명. 카우보이를 소재로 한 서부극 쇼로 유명했다. Nick Carter는 미국 작가가 쓴 탐정소설 시리즈 주인공이며, Sexton Blake는 영국 탐정소설 시리즈의 주인공. 둘 다 19세기 말에 시작되어 20세기 후반까지 인기를 누렸다.

1903년쯤에 창간되었을 〈첨스〉는 아주 대단했다. 정확한 이름은 기억나지 않지만, 1페니짜리 주간지 형태로 발행되던 백과사전도 있었다. 이 잡지는 학교에서 어떤 애가 이따금 과월호를 거저 주었기 때문에 굳이 살 필요가 별로 없었다. 지금 내가 미시시피강의 길이, 문어와 오징어의 차이, 종鐘 만드는 데 쓰는 청동의 정확한 성분을 알고 있다면, 모두 그 잡지 덕분이다.

조는 뭘 읽는 법이 없었다. 조는 학교를 몇 년을 다녀도 졸업 때까지 글 열 줄을 연달아서 읽을 수가 없는 그런 소년이었다. 인쇄된 것은 무엇이든 쳐다보는 것 자체를 혐오했다. 나는 조가 〈첨스〉 여러 호 중 하나를 집어 펼쳐서는 한두 문단을 보다 치워버리는 것을 보았는데, 마치 말이 썩은 건초를 외면하는 모습 같았다. 그는 내가 뭘 읽지 못하도록 방해하곤 했는데, 나를 "똑똑한 애"라 판단한 아버지 어머니는 지원을 해주었다. 두 분은 내가 당신들 표현대로 "책 공부"에 취미가 있어 보이는 것을 꽤 자랑스러워했다. 하지만 내가 〈첨스〉나 〈유니언 잭〉 같은 것들을 읽는 것을 대체로 못마땅히 여기고, 내가 무언가 "유익한" 것을 읽어야 한다고 생각했지만, 어떤 책이 "유익한" 것인지를 판단할 만큼 책에 대해 알지를 못했다. 그러다 결국 어머니는 폭스의 『순교사화』[76] 중고본을 구해다 주었는데, 삽화는 그리 나쁘지 않았지만 나는 읽지 않았다.

나는 1905년 겨울엔 〈첨스〉를 사 보는 데 매주 1페니씩을 썼

---

[76] 『The Book of Martyrs』(1563). 순교 사학자 존 폭스Foxe(1517~1587)가 메리 1세 치하 (1553~1558)의 개신교 순교자들의 수난을 중심으로 하여 기독교 순교사를 정리한 책.

다. '불굴의 도너번'이라는 연재 이야기를 계속 봐야만 했던 것이다. 불굴의 도너번은 미국인 백만장자에게 고용된 탐험가로, 세계 곳곳의 오지에서 놀라운 것들을 가져오는 사람이었다. 그것들은 때로는 아프리카의 화산 분화구에서 구해 오는 작은 금덩어리만 한 다이아몬드였고, 때로는 시베리아의 얼어붙은 숲에서 발굴한 화석화된 매머드 엄니였고, 때로는 페루의 잊힌 도시에서 찾아낸 잉카의 보물이었다. 도너번은 매주 새로운 여행을 떠나 언제나 성공을 거두었다. 내가 책을 읽으려고 즐겨 찾은 장소는 뒤뜰의 헛간이었다. 아버지가 곡식 자루를 새로 꺼내 갈 때 말고는 언제나 집에서 제일 조용한 공간이었다. 곡식 자루 더미가 잔뜩 쌓여 있어 누워 있기 좋았고, 세인포인 향과 섞인 회반죽 냄새가 났으며, 내가 주로 누워 있던 자리 바로 위 천장엔 구멍이 나 있어서 회반죽 속의 윗가지가 드러나 보였다.[77] 지금도 그 느낌이 생생하다. 어느 겨울날, 가만히 누워 있기 좋을 만큼의 온기가 있다. 누운 자세로 배 위에 〈첨스〉를 펼쳐 들고 있다. 생쥐 한 마리가 곡식 자루 옆구리 위를 태엽 달린 장난감처럼 도로롱 달리다가 갑자기 딱 멈추더니 그 조그만 흑옥 구슬 같은 눈으로 날 뚫어져라 바라본다. 나는 열두 살이지만 불굴의 도너번이기도 하다. 아마존강을 2000마일 거슬러 올라간 나는 막 텐트를 쳤고, 야전침대 바로 밑에 둔 양철 상자 안에는 100년에 한 번 꽃을 피운다는 신비로운 난초의 뿌

---

[77] 옛 건물의 내벽이나 천장을 마감할 때 윗가지와 회반죽을 섞는 방식lath and plaster을 흔히 썼다.

리가 안전하게 들어 있다. 사방을 둘러싼 밀림에서는 호피-호피Hopi-Hopi 인디언(이빨을 주홍색으로 칠하고 백인을 산 채로 껍질 벗기는 이들이다)이 전쟁을 알리는 북을 울리고 있다. 나는 생쥐를 바라보고 생쥐는 나를 바라본다. 먼지와 세인포인과 서늘한 회반죽의 냄새가 나고, 나는 아마존에 가 있다. 더없는 즐거움, 환희 그 자체다.

7

그게 다다. 정말이지 그렇다.

지금까지 나는 전쟁 이전의 세계에 대해 무언가를 말해보려 했다. 신문 포스터에서 조그 왕이란 이름을 보았을 때 냄새가 훅 느껴졌던 세계 말인데, 실은 아무것도 말하지 못했는지도 모른다. 당신이 전쟁 이전 시대를 기억하고 있어서 그런 소리는 들을 필요가 없거나, 아니면 기억을 못 할 수도 있는데, 그렇다면 그런 얘기를 할 필요도 없는 것이다. 지금까지 나는 열여섯 살 이전에 있었던 일만을 이야기했다. 사람들이 "현실"이라고 하는 것, 즉 생의 그림자를 감지하기 시작한 것은 열여섯 번째 생일 직전의 일이었다.

빈필드하우스에서 거대한 잉어를 본 지 사흘쯤 뒤, 티타임 때 들어오는 아버지는 몹시 근심스러운 표정에 여느 때보다 훨씬 더 머리가 허옇고 가루도 많이 뒤집어쓴 모습이었다. 아버지는 묵묵히 자기 몫을 들기만 할 뿐, 말이 거의 없었다. 그 무렵 아버지는 함께 무언가를 먹을 때 다른 데 정신이 팔린 듯한 모습을 자주 보였다. 어금니가 거의 없어 양쪽 아래로 처진 콧수염이 아래위로 까딱까딱하도록 씹기만 하는 것이었다. 내가 식탁에서 막 일어나자니 아버지가 나를 불러 세웠다.

"잠깐만, 조지야. 너한테 할 말이 좀 있다. 잠시만 앉거라. 무슨 얘긴지 엄마는 어젯밤에 들었고."

커다란 갈색 찻주전자 뒤에 앉은 어머니는 무릎에 손을 포갠 채 엄숙한 표정이었다. 아버지는 대단히 심각하게 말을 이어나갔는데, 어금니 빠진 자리에 낀 음식 조각을 처치하느라 효과가 반감되었다.

"조지야, 너한테 할 말은 말이다. 내가 곰곰이 생각을 해보았는데 말이야…… 이제 네가 학교를 그만둘 때가 된 것 같구나. 이제 너도 일을 해서 엄마 살림에 보탤 벌이를 좀 해야 할 것 같다. 웍시 씨한텐 어젯밤에 내가 편지를 써 보냈다. 널 그만두게 해야겠다고 말이다."

그것은 물론 관례에 따른 행동이었다. 나한테 말하기 전에 웍시 씨에게 편지를 하는 것 말이다. 그 시절엔 부모가 언제나 아이들 머리 위에서 모든 걸 결정하여 처리하는 게 당연지사였던 것이다.

아버지는 이어서 다소 웅얼거리며 근심스레 설명을 했다. "최근에 경기가 나빠서" 사정이 "좀 어려워졌으니" 결론적으로 조와 내가 밥벌이를 해야 한다는 것이었다. 그 당시 나는 가게 장사가 정말 어려웠는지 아닌지 알지도 못했고 별로 신경을 쓰지도 않았다. 왜 사정이 "어려워졌는지" 이유를 알 만큼 경제적 안목이 있는 것도 아니었다. 나중에 알고 보니 아버지는 경쟁 때문에 타격을 입고 있었던 것이었다. 런던 외곽 전역에 지점을 둔 새라진Sarazins'이라는 대형 소매 종자상이 로어빈필드에까지 촉수를 들이민 것이었다. 6개월 전에 새라진은 장터에 가게 하나를 빌려 100야드 밖에서도 눈에 확 띨 만큼 치장을 했다. 환한 초록빛 페인트칠을 한 데다 금색 글씨와 알록달록 칠한 농기구 그림, 그리고 거대한 스위트피[78] 광고판까지 있었다. 새라진은 꽃씨만 판 게 아니라, "종합 가축사료 제공업체"라 자칭하고는, 밀이나 귀리 같은 것 말고도 자체 제조한 가금류 혼합사료, 예쁜 상자에 담은 새 모이, 형형색색의 개 먹이, 각종 먹는 약과 바르는 약, 가루약 등을 취급했다. 그뿐만 아니라 쥐덫이나 전구, 제초제, 살충제 같은 것에도 손을 댔으며, 일부 지점에서는 "가축 부문"이란 걸 두고서 토끼나 햇병아리를 취급하기도 했다. 가게는 먼지투성이에다 낡았고 새로운 거래선을 트려 하지 않는 아버지로서는 그런 업체와 경쟁을 할 수 없었고, 그럴 마음도 없었다. 짐마차로 장사를 하는 상인들이나 작은 종자상과 거래하던 농민들은 새라진을 멀리했으나, 6개월 뒤에는 쩨쩨한 이웃들(그중에서도 마차가 있어 말을 소유

---

[78] sweet pea. 화사하고 향기로운 꽃 때문에 널리 재배되는 콩과 식물.

하고 있던 사람들)의 대열에 합류하고 말았다. 이는 아버지와 또 하나의 곡물 소매상인 윙클 같은 사람에겐 큰 손실을 뜻했다. 나는 그 당시에는 그런 것들을 전혀 이해하지 못했다. 그 모든 것들에 대해 소년다운 태도를 가졌을 뿐이다. 나는 가게 장사에 대해서는 아무 관심이 없었다. 가게에서 일을 도운 적도 거의 없었고, 가끔 아버지가 심부름을 해주길 바라거나 광에다 곡물 자루를 올리거나 내리는 일을 거들어주기를 바랄 때에도 가능하면 늘 피해버렸다. 우리 계급의 소년들은 사립 기숙학교 아이들처럼 완전 애기는 아니어서 집안일을 도와야 용돈이 생긴다는 걸 알았지만, 소년이 자기 아버지 일을 따분히 여기는 것은 자연스러운 현상인 듯하다. 그때까지만 해도 나에게는 낚싯대나 자전거, 톡 쏘는 레모네이드 같은 것들이 어른들의 세계에서 벌어지던 어떤 일보다 훨씬 더 현실감 있어 보였던 것이다.

아버지는 식료품상인 그리멧 노인에게 이미 말을 해두었고, 영리한 소년을 원하던 그리멧은 나를 당장 가게에 데려다 쓰겠다고 한 상태였다. 아버지는 심부름꾼 아이를 그만두게 하고, 조를 집으로 불러 정식으로 일자리를 얻을 때까지 가게 일을 돕게 할 작정이었다. 조는 그 얼마 전에 학교를 그만둔 뒤로 빈둥거리고 있던 참이었다. 아버지는 이따금 조를 양조장 경리과에 "집어넣을" 생각이라고 말하곤 했고, 그전에는 중개인으로 만들겠다는 생각을 하기까지 했다. 하지만 둘 다 전혀 가망 없는 일이었다. 조는 열일곱 살이 되었는데도 글씨를 농장

150

막일꾼 아이처럼 썼고, 구구단을 외우지도 못했다. 그 무렵 조는 월턴 외곽에 있는 큰 자전거포에 일단 "일을 배우러" 가 있는 상태였다. 공부는 아주 싫어해도 기계엔 약간의 취미가 있던 조는 자전거 만지작거리는 것이 적성에 맞았으나, 착실하게 일을 배울 줄은 몰랐다. 기름투성이 작업복 차림으로 빈둥거리고, 우드바인 담배를 태우고, 싸움질을 하고, 술을 마시고(술은 진작부터 마시기 시작했다), 이런저런 여자애와 어떻다는 "입소문"의 주인공이 되고, 아버지를 속여 돈 뜯어낼 궁리를 하느라 바빴던 것이다. 그 무렵 아버지는 근심에 휩싸였고 당황하면서 상황을 막연히 원망스러워할 뿐이었다. 그런 아버지의 모습이 지금도 눈에 선하다. 그것도 숱 없는 윗머리에, 귀 주변에 조금 남은 반백의 머리에, 안경에, 반백의 콧수염에, 곡물 가루가 뽀얗게 앉아 있는 모습 말이다. 아버지는 자신에게 일어나고 있는 일을 이해하지 못했다. 몇 해 동안 아버지의 벌이는 조금씩 꾸준히 나아지고 있는 상태였다. 이번 해엔 10파운드, 다음 해엔 20파운드, 하는 식이었는데 그러다 갑자기 쿵, 떨어져버린 것이었다. 무슨 영문인지 아버지는 이해할 수 없었다. 아버지는 할아버지로부터 가게를 물려받아서 정직하게 장사를 하고, 열심히 일하고, 실한 물건을 팔고, 누구도 속이지 않았다. 그러다 수입이 뚝 떨어진 것이었다. 아버지는 이 빠진 자리에 낀 음식 조각을 빼내느라 쪽쪽 소리를 내어가며 경기가 몹시 나쁘다거나, 거래가 많이 뜸해졌다거나, 사람들한테 무슨 일이 있는 건지 모르겠다거나, 말 먹일 일이 없어진 건 아닌 것 같다거나 하는 얘기를 자주 했다. 그러다 아버지는 '저 자동차란 것들 때문인지도 모르겠다'는 결론을 내렸다. 그러면 어머니는 "냄새나는 고약한 것들!"이라며 거들었다. 어머니는 꽤 걱정하고 있었으며, 앞으로 더 걱정하게 되리란 걸 알고 있었다. 아버지가 어렵다는 소리를 할 때 한두 번, 나는 어머니의 눈길이 먼 데 가 있고 입술이 조금씩 움직이는 것을 본 적이 있다. 어머니는 다음 날 식단을 소 볼깃살에 당근으로 차릴 것인지, 아니면 또 양고기 다리로 할 것인지를 정하는 중이었던 것이다. 어머니 영역에서 앞을 내다볼 능력이 필요한 일, 이를테면 리넨이나 냄비를 사는 일이 아닌 한, 어머니는 다음 날 끼니 이상의 문제는 도저히 생각할 수 없었다. 가게가 어렵고 아버지가 근심하고 있다는 것—어머니가 알 수 있는 것은 그 정도까지였다. 그러니 우리 가족 중에서 무슨 일이 벌어지고 있는 것인지를 이해하는 사람은 아무도 없었다. 아버지는 어려운 한 해를 보냈고 손해를 보았는데, 과연 다가올 미래를 두려워했을까? 나는 아니었다고 생각한다. 이 시절이 1909년 무렵이었다는 걸 기억하시기 바란다. 아버지는 자신에게 어떤 일이 닥치고 있는 것인지 알지 못했으며, 새라진 사람들의 체계적인 저가低價 공세에 밀려 망한 뒤 먹혀버릴 것임을 내다볼 수 없었다. 어떻게 그럴 수 있었겠는가? 아버지 젊은 시절에는 그런 일이 없었던 것이다. 아버지가 아는 것이라곤 경기가 안 좋고, 거래가 아주 "뜸하고", 아주 "부진"(이런 표현들을 계속 되풀이했다)하더라도, 아마도 상황이 "곧 나아질" 것이라는 것뿐이었다.

아버지가 그렇게 힘들 때 내가 큰 도움이 되었노라고, 나 자신이 어엿한 사나이임을 갑자기 증명했노라고, 누구도 기대하지 않았던 자질을 발전시켰노라고(그리고 30년 전의 자수성가 찬양 소설에 흔히 나오던 기타 등등의 것들을 성취했노라고) 말할 수 있다면 근사할 것이다. 아니면 내가 학교와 소년다운 열정과 지식이나 교양에 대한 갈망을 포기하기를 죽도록 싫어했노라고, 그들이 나에게 강요하는 영혼 없는 기계적인 일자리를 몹시도 거부했노라고(그리고 요즘의 자수성가 찬양 소설에 흔한 기타 등등의 것들을 혐오했노라고) 적을 수 있다면 좋을 것이다. 하지만 둘 다 나로서는 얼토당토않은 얘기다. 나는 일을 하게 된다는 것 자체가 너무 좋아서 몹시 들떴던 것이다. 특히 그리멧 영감이 나에게 진짜 급여를, 즉 주급 12실링을 주고, 그중에 내 몫으로 4실링을 가질 수 있다는 것을 알게 되어 기뻤다. 사흘 전만 해도 내 마음을 사로잡았던 빈필드하우스의 거대한 잉어는 바로 사라지고 말았다. 나는 몇 학기 일찍 학교를 그만두는 것에 아무런 반감이 없었다. 그건 우리 학교 아이들에게 흔히 있던 일이었다. 누구든 레딩 대학에 진학하거나, 엔지니어가 되기 위한 공부를 하거나, 런던의 "실업계에 투신"하거나, 달 아나서 배를 타거나 할 "예정"이었지만—갑작스러운 통보 이틀 만에 학교를 그만두고, 그 보름 뒤면 자전거를 타고 채소 배달을 하는 게 목격되곤 했던 것이다. 아버지한테 학교를 그만둬야 한다는 소리를 듣고서 5분이 안 되어, 나는 일터에 입고 갈 새 옷 걱정부터 하기 시작했다. 그리고 당장 "성인 정장"에다 당시 유행하던 연미복 비슷한 "컷어웨이"라는 코트를 요구하기 시작했다. 물론 어머니와 아버지는 몹시 경악하며 "그런 건 들어본 적도 없다"고 했다. 나로서는 충분히 헤아릴 수 없었던 어떤 이유 때문에, 당시의 부모들은 언제나 자식들이 어른 옷 입는 것을 가능한 한 방해하려고 했다. 그래서 어떤 가정이든 소년이 처음으로 높은 칼라 차림을 하거나 소녀가 머리를 올리려고 하면 반드시 육박전이 벌어졌던 것이다.

그리하여 대화는 아버지의 장사가 어렵다는 주제에서 비켜나 길고 성가신 입씨름으로 변질돼갔다. 아버지는 점점 화가 나서는(화가 나면 흔히 그랬듯 'h' 발음을 생략했다) "어허, 그건 안 된다니까.[79] 그건 단념해라. 그건 안 된다니까"라는 말을 계속해서 되풀이했다. 그래서 결국 나는 "컷어웨이"를 갖지는 못했지만, 처음으로 검은 기성복 정장 차림을 하고서 첫 출근을 하게 되었다. 단, 높은 게 아니라 넓적한 칼라를 하는 바람에 너무 자란 촌아이 같아 보였고, 내가 그 모든 일을 통해 맛본 비감은 실은 그뿐이었다. 그 점에서 조는 훨씬 더 이기적이었다. 조는 자전거포를 그만둬야 한다는 데 몹시 화가 나서 집에 와 있는 동안 빈둥거리며 폐만 끼쳐서 아버지한테 아무 도움이 되지 않았다.

나는 그리멧의 가게에서 거의 6년을 일했다. 그리멧은 세련되고 꼿꼿하고 구레나룻이 허연 노인으로, 이지키얼 삼촌보다

---

[79] "Well, you can't have it"이라고 할 것을 "~, you can't 'ave it"이라고 발음함.

좀 더 건장한 편이었으며, 이지키얼 삼촌과 마찬가지로 충실한 자유당원이었다. 그런가 하면 그는 덜 선동적이었고 타운에서 더 존경을 받았다. 또한 그는 보어전쟁 때는 적당히 임기응변을 했고, 케어 하디[80]의 사진을 갖고 있다는 이유로 조수를 해고한 적이 있을 만큼 노동조합 사람들의 가증스러운 적이었으며, 우리 가족이 "성당"에 다니는 국교도이고 이지키얼 삼촌이 불신자라면 그는 "예배당"에 다니는 비국교도였다(그것도 양철 두드리는 소리처럼 시끄럽다고 타운에서 '틴탭'이라 불리던 침례교 예배당에서 말 그대로 목청 꽤나 높이던 명사였다).[81] 그리멧은 타운 의회의 일원이기도 했으며, 지역 자유당의 당직자이기도 했다. 허연 구레나룻도 그렇고, 양심의 자유와 글래드스턴에 대한 교훈적인 발언도, 엄청난 은행 잔고도, '틴탭'을 지나갈 때 종종 들리곤 하는 그의 즉석 기도도 그러한 게, 그리멧은 흔히 이야기되는 전설적인 비국교도 식료품상과 좀 비슷했다. 아마도 들어보셨을 이런 이야기 말이다.

"제임스!"

"옙, 사장님!"

"설탕에다 모래 섞었냐?"

"옙, 사장님!"

"당밀에는 물 섞었냐?"

---

80 James Keir Hardie(1856~1915). 스코틀랜드 출신의 사회주의자이자 노동운동 지도자로, 최초의 독립노동당 출신 국회의원이었으며, 독립노동당 및 노동당 창당의 주역이었다.
81 성당은 church를, 예배당은 chapel을 번역한 것이다.

"옙, 사장님!"

"그럼 와서 같이 기도하자."

가게에서 나는 사람들이 그런 이야기를 소곤소곤하는 걸 얼마나 많이 들었는지 모른다. 아닌 게 아니라 우리는 셔터를 올리기 전에 기도로 하루를 시작했다. 그렇다고 그리멧이 설탕에 모래를 섞은 건 아니었다. 그래봤자 도움이 안 된다는 걸 알았던 것이다. 그는 사업을 빈틈없이 할 줄 알았고, 로어빈필드 일대에서 이뤄지는 고급 거래는 다 그의 몫이었으며, 가게에 심부름꾼 아이와 배달 차 기사와 자기 딸(그는 홀아비였다) 말고도 조수 세 명을 두었다. 나는 처음 6개월 동안 심부름꾼 아이였다. 그러다 조수 하나가 "자립"하러 레딩으로 떠나자, 가게 안에서 하는 일을 맡게 되어 처음으로 하얀 앞치마를 두르기 시작했다. 그리고 꾸러미를 묶고, 건포도를 담아 포장하고, 커피콩을 갈고, 베이컨 절단기를 작동하고, 햄을 자르고, 칼을 갈고, 바닥을 쓸고, 계란이 깨지지 않도록 먼지를 털고, 좀 못한 물건을 좋은 것이라며 집어주고, 창을 닦고, 치즈 한 파운드를 눈가늠하고, 포장을 뜯고, 버터 한 조각을 탁 내려놓을 때 모양이 잡히도록 하고(이게 제일 어려운 기술이었다), 재고품 있는 자리를 기억하는 법을 배워나갔다. 낚시 기억만큼 정밀하지는 않아도, 나는 식료품점 일에 대해 꽤 많이 기억하고 있다. 끈 한 줄로 순식간에 척 포장을 하는 법은 지금도 잊지 않고 있다. 지금 내 앞에 베이컨 절단기가 있다면, 나는 타자기보다 능숙하게 그것을 작동할 수 있다. 그리고 중국 차의 등급이나 마가린의 성분, 계란의 평균 질량, 봉지 1000개당 가격 같은 것들에 대하여 꽤 많은 전문어를 술술 구사할 수 있다.

아무튼 5년 이상 나는 그랬다. 하얀 앞치마를 두르고, 귀 뒤에 연필을 끼운 채 카운터 뒤에서 민첩하게 움직이고, 커피 봉지를 번개처럼 끈으로 묶고, 코크니 악센트가 약간 섞인 목소리로 "네, 부인! 그럼요, 부인! **자아**, 그럼 다음 부인요!" 해가며 손님을 요리조리 다룰 줄 아는, 얼굴이 좀 둥글납작하고 붉으며 머리가 버터빛인(더 이상 짧게 치지 않고 기름을 발라 매끈히 빗어 넘긴 머리였다) 빠릿빠릿한 청년으로 살았던 것이다. 그리멧 영감은 일을 아주 많이 시켰다. 우리는 목요일과 일요일만 빼고 매일 열한 시간을 일했고, 크리스마스 주간은 악몽이었다. 그래도 돌이켜보면 좋은 때였다. 내가 아무런 야망도 없었다고 생각진 마시기 바란다. 나는 내가 영영 식료품상의 조수로만 살지 않을 것임을, 단지 "일을 배우고" 있을 뿐임을 알았다. 언제 어떻게 해서든 "자립"할 돈이 생기겠거니 했다. 그건 그 시절 사람들의 일반적인 사고방식이기도 했다. 전쟁 전이었으니, 불황도 실업수당도 없던 시절이었음을 잊지 마시기 바란다. 세상은 누구에게나 충분히 넓었다. 누구든 "자기 장사"를 할 수 있었으며, 새로운 가게를 열 여지는 언제나 있었다. 그렇게 시간은 흐르고 흘러 1909, 1910, 1911년이 되었다. 에드워드 왕[82]이 죽자, 신문들은 지면 가장자리에 검은 테를 둘렀다.

---

82 에드워드 7세(1841~1910). 빅토리아 여왕의 아들인 그의 재위를 '에드워드 시대'라 하며, 새로운 세기의 시작과 더불어 기술과 사회에 큰 변화(비행기, 사회주의, 노동운동 등)가 있었다.

월턴에는 극장 두 곳이 생겼다. 길에는 자동차가 점점 흔해졌고, 시골과 시골을 잇는 버스가 다니기 시작했다. 비행기 한 대(부실하고 약해 보이며 가운데 의자 같은 데에 사람이 앉아 있는 물건 말이다)가 로어빈필드 상공으로 날아갈 때에는 타운 사람들이 다 뛰쳐나와 마구 소리를 질렀다. 사람들은 저 독일 황제라는 자가 너무 거만해져 있으니 "그것"(독일과의 전쟁을 뜻한다)이 "머지않아 닥칠" 것이라는 얘기를 다소 막연히 하기 시작했다. 내 급여는 차츰 올라가 전쟁 직전에는 주당 28실링에 달했다. 그중 10실링을 매주 어머니에게 식비로 드렸고, 나중에 형편이 더 어려워지자 15실링을 드렸는데, 그래도 그 어느 때보다 더 부자가 된 기분이었다. 나는 키가 1인치 더 자랐고, 콧수염이 돋아나기 시작했으며, 버튼 부츠에 높이 3인치의 칼라 차림을 하게 되었다. 일요일, 성당에서 말쑥한 진회색 정장에, 중산모와 검은 개가죽 장갑을 곁에 두고 신도석에 앉아 있는 나는 어엿한 신사 같았고, 어머니는 그런 나에 대한 자랑을 차마 억누르지 못했다. 일할 때와 목요일마다 "거닐" 때, 그리고 옷 생각과 여자애 생각을 할 때가 아니면, 나는 솟구치는 야망을 느끼며 레버나 휘틀리 같은 큰 실업가가 되는 모습을 그려보곤 했다.[83] 열여섯부터 열여덟 살이 되기까지, 나는 실업계 진출에 필요한 "지성을 향상시키고" 내공을 쌓기 위해 상당한 노력을

---

[83] William Lever(1851~1925)는 아버지에게 이어받은 작은 식료품점을 밑천으로 비누를 만들어 팔기 시작하여 세계적인 실업가가 된 인물로, 럭스lux 비누 등의 유명 브랜드를 구축한 그의 사업은 사후에 유니레버Unilever로 통합되어 영국 최대 기업으로 성장한 바 있다. William Whiteley(1831~1907)는 런던 최초의 백화점 휘틀리Whiteleys의 창업주.

기울였다. 우선 나는 'h' 발음을 생략하는 버릇을 고쳤고, 코크니 악센트를 대부분 지워버렸다(템스강 유역 일대에선 시골 악센트가 사라져가고 있었다. 농사일을 하는 경우가 아닌 한, 1890년 이후에 태어난 청년은 거의 다 런던 빈민가 사투리를 썼다). 그리고 리틀번스 상업학원의 통신강좌를 수강하고, 부기와 상업영어를 공부하고, 『영업의 기술』이란 끔찍한 엉터리 책을 엄숙히 읽고, 산수 실력이며 필체에까지 신경을 썼다. 열일곱 살 무렵엔 밤늦도록 침실 책상에 오일램프를 켜놓고 펜글씨체 연습을 하느라 녹초가 되곤 했다. 짬이 나면 독서를 엄청나게 하기도 했는데, 대개 범죄소설이나 모험소설을 읽었고, 이따금 가게 동료들이 "야하다"며 몰래 돌려 보던 염가판 책도 읽었다(모파상이나 폴 드 콕[84]의 번역본 소설이었다). 그러다 열여덟 살이 되자 나는 갑자기 고상해져서 지역 도서관에 다니며 마리 코렐리나 홀 케인이나 앤서니 호프의 책들을 닥치는 대로 읽기 시작했다.[85] 내가 교구 신부가 운영하던 '로어빈필드 독서 서클'에 가입한 것도 그 무렵이었고, 겨울 내내 매주 한 번씩 저녁에 만나 "문학 토론"이란 것을 했다. 그때 신부의 강권으로 나는 『참깨와 백합』[86]을 조금 읽기도 했고, 브라우닝의 시에 도전해보기도 했다.

---

84 Charles Paul de Kock(1793~1871). 프랑스 소설가. 당대 파리 사람들의 생활상을 적나라하게 묘사한 소설로 프랑스보다 유럽의 타국에서 더 인기가 있었다.

85 Marie Corelli(1855~1924)는 평단의 조롱을 받긴 했지만 당대 최고의 인기를 누렸던 여성 소설가이고, Hall Caine(1853~1931)은 로맨스 소설로 역시 당대 최고의 인기를 누린 작가이며, Anthony Hope(1863~1933)는 모험소설로 인기가 많았던 작가.

시간은 흐르고 또 흘러 1910, 1911, 1912년이 되었다. 아버지의 사업은 계속해서 내려앉고 있었다. 갑자기 시궁창에 푹 처박힌 건 아니었지만, 조금씩 주저앉고 있었다. 그러다 조가 집을 나가버리자 아버지도 어머니도 이전하고는 확실히 달라져버렸다. 내가 그리멧의 가게에 나가기 시작한 지 얼마 안 되어 벌어진 일이었다.

열여덟 살이 된 조는 못된 악당이 되어 있었다. 다른 식구들보다 훨씬 크고 우람한 조는 어깨는 떡 벌어지고, 머리는 큼직하며, 부루퉁하고 험악한 얼굴엔 이미 콧수염이 번듯했다. 그는 조지 주점의 바에 앉아 있는 게 아니면 가게 문간에서 빈둥거렸다. 그것도 손을 호주머니에 푹 찔러 넣은 채 지나가는 사람을 다 째려보았는데(아가씨인 경우는 예외였다), 때려눕히기라도 할 듯한 표정이었다. 가게에 누가 들어올 때면 조는 겨우 지나갈 수 있을 만큼만 비켜주었고, 주머니에서 손을 빼지 않고서 어깨 너머로 "아부지~! 여기!"라고 소리칠 뿐이었다. 그게 그로서는 아버지를 돕는 일에 가장 근접한 것이었다. 아버지와 어머니는 자포자기하듯 "쟤를 어쩌면 좋을지 모르겠다"고 말하곤 했다. 조는 술을 마시고 끝없이 담배를 피워대느라 돈을 엄청나게 써댔고, 그러던 어느 날 밤 집을 나가더니 행방이 아득해져버렸다. 조는 돈 서랍을 뜯어 안에 든 돈을 전부 갖고 가버렸다. 돈이 8파운드밖에 없었던 건 다행이었는데, 그 정도면

---

86 『Sesame and Lilies』. 평론가이자 사회사상가로서 예술과 건축에 관한 에세이로 당대에 지대한 영향을 끼쳤던 존 러스킨(1819~1900)의 강연 내용을 묶은 책.

미국으로 가는 3등 선실 표를 구하기엔 충분했을 것이다. 조는 언제나 미국에 가고 싶어했다. 확실히 알 수는 없지만, 나는 조가 미국으로 갔으리라 생각한다. 조의 가출은 타운에서 추문이 되었다. 공식적인 가설은 조가 여자애를 임신시켰기 때문에 도망갔다는 것이었다. 시먼스 가족과 같은 거리에 사는 샐리 치버스라는 여자애의 배가 불러 있었고, 조가 분명히 그녀와 어울렸기 때문인데, 그랬던 남자애가 조 말고도 여남은 명은 되어서 누구 아기인지는 아무도 몰랐다. 어머니와 아버지는 아기 가설을 받아들였고, 그 때문에 두 분끼리는 "딱한 녀석"이 8파운드를 훔쳐 달아난 짓을 용서해줄 때도 있었다. 두 분은 조가 작은 시골 타운에서 점잖고 반듯하게 살 마음이 없었고 빈둥거리며 싸움과 여자를 밝히며 살고 싶었기 때문에 집을 나가버린 것임을 이해하지 못했다. 우리는 조의 소식을 다시는 듣지 못했다. 완전히 망가져버렸을지도, 전쟁터에서 죽어버렸을지도, 단지 편지 쓰기가 귀찮았을지도 모를 일이었다. 다행히 아기는 사산되어, 복잡한 문제가 벌어지지는 않았다. 조가 8파운드를 훔친 사실에 대해, 어머니 아버지는 죽는 날까지 비밀을 지킬 수 있었다. 그 일은 두 분에겐 샐리 치버스의 아기보다 훨씬 치욕스러운 불명예였던 것이다.

조 때문에 애먹는 바람에 아버지는 많이 늙어버렸다. 조를 잃어봐야 오히려 손실이 줄었지만, 아버지는 상처를 받았고 수치스러웠다. 그 뒤로 아버지는 콧수염이 더 하얘졌고, 훨씬 더 작아 보였다. 아마도 아버지 하면 떠오르는 모습, 즉 둥글고 주름 많고 수심 가득한 얼굴에 먼지 뽀얀 안경을 쓴 반백의 작은 중늙은이는 그 무렵부터의 인상일 것이다. 아버지는 조금씩 점점 더 돈 걱정을 했고, 다른 일에는 흥미를 잃어갔다. 정치와 일요일 신문에 대한 얘기는 줄고, 장사 안 된다는 얘기가 늘어갔다. 어머니도 꽤 작아진 듯 보였다. 어린 시절 내가 알던 어머니는 넘쳐흐를 듯 몸집이 큰 분이었다. 머리는 노랗고 얼굴은 환하고 가슴은 아주 큰 어머니는 전함의 뱃머리 장식처럼 크고 풍만한 존재였다. 그런 어머니가 그 뒤로는 한창때에 비해 작아지고 근심은 늘고 늙어버린 것이었다. 더구나 부엌에서의 당당함도 전과 같지 않고, 양고기 목살을 더 찾고, 석탄값 걱정을 하고, 버터 대신 마가린(전에는 집에 들이지도 못하게 하던 물건이었다)을 쓰기 시작했던 것이다. 조가 나가버린 뒤 아버지는 다시 심부름꾼 아이를 써야 했는데, 그때부터는 아주 어린 소년을 한두 해만 데리고 있는 수밖에 없었다. 그런 아이는 무거운 짐을 들어줄 수 없기에, 나는 집에 있을 때면 가끔 아버지를 도와야 했다. 항상 가게 일을 돕기에는 내가 너무 이기적이었다. 아버지가 몸을 반쯤 접듯 굽히고서 거대한 자루를 지고 가는 모습이 눈에 선하다. 짐에 가려 안 보일 듯한 게 꼭 집을 이고 가는 달팽이 같았던 것이다. 150파운드는 되었을 그 거대하고 무지막지한 자루는 아버지의 목과 어깨를 땅바닥에 처박을 듯 짓눌렀고, 아버지는 그 밑에 깔린 것처럼 근심 어린 표정으로 안경 너머를 올려다보았다. 1911년에 아버지는 결국 짐에 깔려 뼈가 부러져서 병원에 몇 주나 있어야 했고, 임시로 가게 지배인을 고용하는 바람에 큰 손실을 보았다. 작은 소매상이 기울어가는 모습을 지켜본다는 건 몹시나 안타까운 일이다. 그런데 이 과정은 해고를 당해 당장 실업수당을 타야 하는 노동자의 운명처럼 갑작스럽고 명백한 게 아니다. 약간의 부침을 겪어가면서, 말하자면 여기서 몇 실링 적자를 보면 저기서 그 절반쯤 흑자를 보는 식으로 서서히 무너져가는 것이다. 몇 년 동안 거래하던 누군가가 갑자기 발을 끊고 새라진으로 가버리면, 다른 누군가가 닭을 여남은 마리 사놓고서 1주일 치 모이를 주문하는 식인 것이다. 그래도 당장 망하지 않고 버틸 수는 있다. 조금 더 근심이 늘고 조금 더 궁색해지고 자본금을 계속 까먹어도, 자기 장사를 하는 "주인"인 것이다. 그리고 그런 식으로 몇 년을 버틸 수 있고, 운이 좋으면 평생을 갈 수도 있다. 아버지 경우엔 이지키얼 삼촌이 1911년에 세상을 떠나면서 120파운드를 남기는 바람에 상당한 도움을 받았을 것이다. 그리고 1913년까지는 생명보험 증권을 담보로 잡히지 않고 버틸 수 있었다. 나는 그런 사실을 당시엔 알지 못했는데, 알았다면 그게 어떤 의미인지는 이해했을 것이다. 사실인즉, 나는 아버지 "일이 안 풀리고", 거래가 "부진"하고, 내가 "자립"을 하자면 좀 더 기다려야 한다는 걸 아는 정도였고, 그 이상은 생각해본 적이 없었던 것 같다. 또한 나는 아버지와 마찬가지로 가게를 언제나 변치 않을 무엇으로 보았고, 아버지가 장사를 더 잘하지 못하는 것을 적이 불만스러워하기까지 했다. 나는 아버지가 서서히 망해가고 있음을, 아버지의 사업이 다시는 회복될 수 없음을, 아버지가 일흔까지 산다면 분명히 구빈원에 가게 될 것임을 내다보지 못했고, 그건 아버지도 다른 누구도 마찬가지였다. 나는 장터에 있는 새라진 매장 앞을 지나다니며 아버지의 먼지투성이 낡은 가게보다는 그 말끔한 진열창이 훨씬 좋다는 생각만 하던 때가 한두 번이 아니었다. 진열창에 "S. 볼링"이라 써 붙인 글씨가 다 일어나 거의 보이지도 않고, 새 모이 담긴 상자의 빛깔이 다 바랜 가게의 주인인 아버지를 산 채로 잡아먹는 기생충들이 새라진 사람들이라는 생각은 전혀 못했던 것이다. 이따금 나는 아버지한테 통신강좌 교과서에서 본 것들, 이를테면 영업력이니 현대식 기법이니 하는 얘기 따위를 들먹이곤 했다. 그런 소리를 아버지는 한 번도 귀담아듣지 않았다. 아버지는 역사가 오랜 장사를 이어받았고, 언제나 열심히 일했고, 거래를 깨끗하게 했고, 좋은 물건을 공급했고, 그래서 사정이 곧 나아지겠거니 했던 것이다. 아닌 게 아니라 그 시절엔 결국 구빈원 신세를 지게 되는 가게 주인이 극소수였다. 죽음과 파산이 겨루는 시합이었으니, 죽음이 아버지를 먼저 모셔 가고 어머니까지 인도한 건 하늘에 감사할 일이었다.

그렇게 세월은 흘러 1911, 1912, 1913년이 되었다. 정말이지 살 만한 시절이었다. 교구 신부가 주관하던 독서 서클을 통해서 엘시 워터스를 처음 만난 건 1912년 말이었다. 물론 그 전에도 나는 타운의 다른 모든 청년들과 다를 바 없이 여자애들을 눈여겨보다가 이따금 이런저런 여자애와 줄이 닿아서 일요일 오후 함께 "거닐" 때가 몇 번 있긴 했다. 하지만 나만의 여자

친구를 두어본 적은 한 번도 없었다. 열여섯 살쯤엔 여자애들을 쫓아다닌다는 게 참 야릇한 일이었다. 타운에서 알려진 특정 장소에서 소년들은 짝을 지어 슬슬 오가며 소녀들을 주시했고, 소녀들은 짝을 지어 슬슬 오가며 소년들을 안 보는 체했다. 그러다 곧 모종의 접촉이 이루어지면, 둘 대신 넷이 되어 말 한마디 없이 설렁설렁 거니는 것이었다. 그런 산책의 가장 큰 특징은(여자애와 단둘이서 걷는, 두 번째 만남 때는 더했다) 참담하게도 어떤 식의 대화 한번 없다는 점이었다. 하지만 엘시 워터스는 달라 보였다. 나는 어른이 되어가고 있었던 것이다.

  나와 엘시 워터스의 이야기를 딱히 하고 싶은 건 아니다. 할 만한 얘기가 있다고 해도 말이다. 이 얘기를 꺼내는 건 단지 그녀가 그림의 일부, 그러니까 "전쟁 이전" 세계의 일부이기 때문이다. 전쟁 이전은 언제나 여름이었다. 앞에서도 언급한 바와 같이 그것은 착각이고, 내 기억 속에서만 그럴 뿐이지만 말이다. 밤나무 숲 사이로 뻗은 허연 흙길, 꽃무의 향내, 버드나무 아래의 초록빛 연못, 버포드위어에 튀기는 물. 눈을 감고 "전쟁 이전" 시절을 생각해보면 보이는 게 그런 것들이며, 그 끝자락의 일부가 엘시 워터스다.

  엘시가 지금도 예쁜 편인지는 모를 일이나, 아무튼 그땐 예쁘다고들 했다. 여자애치고는 키가 컸고(나랑 비슷했다) 옅은 금발을 수북이 땋아 올렸고, 얼굴은 묘하게 부드러운 인상이었다. 그녀는 검은 옷을 입으면 언제나 가장 잘 어울리는 그런 여자애였다. 특히 포목점 직원들이 입는 아주 평범한 검은 드레스 차림이면 더 그랬다. 엘시는 포목점인 릴리화이트에서 일했다. 런던 출신인 그녀는 나보다 두 살 위였을 것이다.

엘시가 고마운 건, 덕분에 처음으로 여성에게 마음 쓰는 법을 배우게 되었기 때문이다. 여성 일반이 아니라 특정의 한 여성에게 말이다. 그녀를 처음 만난 건 독서 서클에서였다. 하지만 그땐 거의 주목하지 못하다가, 어느 날 근무 시간에 릴리화이트에 가게 되었다. 어쩌다 식료품 가게에 버터 싸는 모슬린 천이 동나버렸고, 그리멧이 포목점에 가서 사 오라고 했던 것이다. 포목점 분위기를 아는 분은 알 것이다. 그 묘하게 여성스러운 분위기 말이다. 차분한 느낌, 은은한 조명, 서늘한 천 냄새, 베틀의 나무 공들이 흔들리며 내는 나지막한 울림. 엘시는 카운터에 기대어 큰 가위로 천 한 필을 자르고 있었다. 그녀의 검은 드레스와 카운터에 기댄 가슴의 곡선엔 무언가가 있었다. 설명할 길은 없고, 묘하게 순하고 묘하게 여성스러운 무언가라고만 해야겠다. 나는 그런 그녀를 보자마자 그녀를 품에 안고서 원하는 대로 해도 좋을지 모르겠다는 느낌이 들었다. 그녀는 너무나도 여성스럽고 부드럽고 순한, 남자가 말하면 언제나 따르려는 그런 타입이었다. 몸이 작거나 약해서 그런 것도, 멍해서 그런 것도 아니었다. 말이 좀 없는 편인 그녀는 이따금 깜짝 놀랄 정도로 우아해 보이곤 했다. 그 시절엔 나도 제법 세련된 편이었지만 말이다.

우리는 한 1년을 같이 살았다. 물론 로어빈필드 같은 타운에서는 비유적인 의미에서나 같이 살았다고 말할 수 있다. 우리는 공식적으로 함께 "거니는" 사이였고, 그게 약혼하지 않고서 인정받을 수 있는 정도의 관례였다. 어퍼빈필드로 가는 길에서 갈라져 언덕 능선 아래를 따라 나 있는 길이 있었다. 이 길은 길게 1마일 가까이 쭉 뻗어 있다시피 했고, 길가에는 거대한 마로니에나무들이 줄지어 있었다. 그리고 이 길 가장자리 풀밭엔 나뭇가지 아래로 좁다란 오솔길이 나 있었다. '연인들의 오솔길'이라 불리던 그 길을 우리는 5월 저녁에 걷곤 했다. 마로니에 꽃이 피던 때였다. 그 무렵이면 우리가 가게에서 나온 지 몇 시간이 지나야 어두워졌지만, 시간은 짧기만 했다. 6월 저녁의 느낌을 아는 분은 알 것이다. 파르스름한 여명이 한참이나 남아 있고, 산들바람이 비단결처럼 낯을 간질이곤 했다. 일요일 오후면 우리는 챔포드힐을 넘어 템스 강가의 초원으로 가기도 했다. 1913년! 아, 1913년이라니! 그 평온함, 초록빛 물, 낮은 댐을 넘쳐흐르는 물살! 다시는 오지 않으리라. 1913년이 다시 오지 않는다는 게 아니다. 당신 안의 그 느낌, 서두를 것 없고 두려울 것 없던 그 느낌, 당신이 겪어봐서 말해주지 않아도 알거나 겪어본 적 없어 알 길이 없는 그 느낌이 그렇다는 것이다.

같이 살다시피 했던 건 늦여름이 되어서부터였다. 나는 너무 숫기가 없고 서툴러서, 또 너무 무지해서, 나보다 앞서간 이들이 있다는 것을 깨닫지 못했던 것이다. 어느 일요일 오후 우리는 어퍼빈필드 일대에 있는 너도밤나무 숲으로 갔다. 거기선 단둘일 수 있었던 것이다. 나는 그녀를 몹시 원했고, 내가 먼저 시작하기만을 그녀가 기다리고 있다는 것을 잘 알았다. 알 수 없는 무언가에 끌려 나는 빈필드하우스 구내로 가야 한다는 생각을 하게 되었다. 일흔이 넘어 껍질만 남은 듯한 호지스 영감이 쫓아낼지 모르지만, 일요일 오후라 잠들어 있을 수도 있었다. 우리는 울타리 틈 사이로 슬며시 들어가 너도밤나무들 사이로 난 오솔길을 따라 큰 못 쪽으로 갔다. 그쪽으로 가본 지가 4년도 더 됐을 때였다. 변한 건 하나도 없었다. 철저한 고적함도, 큰 나무들에 둘러싸여 감춰진 느낌도, 우거진 사초 속에서 썩어가고 있던 낡은 보트하우스도 그대로였다. 우리는 박하풀이 무성한 곳 옆에 있는 조그만 풀밭에 누웠다. 중앙아프리카 어딘가에 와 있는 듯 호젓했다. 그녀에게 키스를 몇 번이나 했는지 모른다. 그러다 나는 일어나 다시 서성였다. 그녀를 몹시도 원했고 과감해지고 싶었지만 적잖이 두려웠던 것이다. 그런데 참 이상하게도 동시에 내 마음속에는 다른 생각도 있었다. 몇 년 동안 그곳에 다시 와보기로 마음먹고서 한 번도 온 적이 없었다는 생각이 문득 들었던 것이다. 그렇게 가까이 와 있으면서 작은 못에 가서 거대한 잉어를 보지 않는다면 애석할 것 같았다. 이 기회를 놓친다면 나중에 스스로를 걷어차고 싶어질 듯했다. 도대체 그 전에는 왜 올 생각을 못했는지 모르겠다 싶기도 했다. 그 잉어들은 내 마음 한구석에 따로 간직되어 있어서 나 말고는 아무도 모르는, 내가 언젠가 낚아야 할 것이었다. 사실상 '내' 잉어였던 것이다. 나는 못가를 따라 그쪽으로 슬슬 이동하기 시작하다가 10야드쯤 가서는 돌아서고 말았다. 그곳에 가자면 정글처럼 우거진 떨기나무 덤불을 헤쳐나가야 했고, 나는 일요일마다 입는 가장 아끼는 정장 차림이었던 것이다. 짙은 회색 정장에 중산모, 버튼 부츠 그리고 귀를 자를 정도로 높은 칼라 차림 말이다. 그 시절 사람들은 일요일 오후 산책을 나갈 때도 그런 복장으로 다녔다. 게다가 나는 엘시를 몹시도 원하고 있었다. 나는 다시 돌아가 그녀를 내려다보며 잠시 서 있었다. 그녀는 풀밭에 누운 채 팔로 얼굴을 가리고 있었고, 내가 오는 소리를 들으며 미동도 하지 않았다. 검은 옷을 입은 그녀는 (왜인지는 모르지만) 부드럽고 유연한 무엇 같았다. 마치 내 마음대로 다루어도 되는 순순한 무엇처럼 보였다. 그녀는 나만의 것이었고, 나는 원한다면 당장 그녀를 가질 수 있었다. 갑자기 두려움이 가시자, 나는 모자를 풀밭에 내던지고 서(모자가 튀어 올랐던 것 같다) 꿇어앉아 그녀를 붙들었다. 나는 처음이었고, 그녀는 아니었다. 처음이라서 그렇게 엉망이었던 것은 아니다. 아무튼 그랬다. 그리고 거대한 잉어는 다시 나에게서 잊혀졌고, 그 뒤로 몇 년 동안이나 나는 그것들 생각을 거의 하지 못했다.

1913년이 가고 1914년, 그리고 봄이었다. 먼저 블랙손이, 그 다음엔 호손이, 그리고 밤나무가 꽃을 피웠다.[87] 일요일 오후면 강가를 거닐곤 했다. 바람이 골풀 우거진 자리에 잔물결을 일으키면 무더기째 마구 흔들리는 것이 여인의 머릿단 같았다. 길고 긴 6월 저녁, 밤나무 아래 오솔길, 어디선가 들려오는 올

---

87 blackthorn은 하얀 꽃이 피고 검푸른 자두 비슷한 열매가 열리는 떨기나무, hawthorn은 하얀 꽃이 피고 빨간 열매가 열리는 떨기나무.

뻬미 울음, 나와 맞닿은 엘시의 몸……. 그해 7월은 많이 더웠다. 우리는 가게에서 얼마나 많은 땀을 흘렸고, 치즈 냄새와 갈아놓은 커피의 향은 얼마나 진했던가! 그래도 저녁 바깥 공기는 서늘했다. 동네 채소밭 뒤 골목길엔 꽃무와 파이프 담배의 향이 진하고, 흙길은 폭신하고, 쏙독새는 풍뎅이를 덮쳤다.

나, 원! "전쟁 이전" 시절에 대해 감상적이 되서는 안 된다고 한들 무슨 소용인가? 그 시절에 대한 내 정서 자체가 감상적인걸. 당신도 그 시절을 기억한다면 마찬가지일 것이다. 확실히 특정 시기를 돌이켜보면 유쾌했던 부분을 기억하려는 경향이 있는 게 사실이다. 그것은 전쟁에 대해서도 마찬가지다. 하지만 그 시절 사람들에겐 지금 우리에겐 없는 무언가가 있었던 것도 사실이다.

그게 뭘까? 정말이지 그들은 미래를 공포스러운 무엇으로 여기지 않았다는 점이다. 그 시절의 삶이 지금보다 수월했다는 건 아니다. 실은 그때가 더 힘들었다. 사람들은 대체로 일을 더 많이 했고, 덜 편리하게 살았고, 더 고통스럽게 죽었다. 농장 막일꾼들은 한 주에 4실링을 받고 지독히도 긴 시간을 일했고, 결국엔 반쯤 불구가 되어 노령연금 5실링과 이따금 지방정부에서 주는 반 크라운으로 생활해야 했다. 이른바 "남부끄럽지 않은" 가난은 더 심했다. 하이스트리트 반대편 끝에 있던 작은 포목점 주인 왓슨이란 사람은 여러 해 동안 발버둥 치다 결국 개인 자산 2파운드 9실링 6페니만 남겨놓고 "파산"하고 말았고, "위장병" 앓는다는 말이 거의 돌자마자 저세상으로 갔는데, 나중에 의사의 말로는 못 먹어서 죽은 것이었다. 그래도 그는 자신의 프록코트만은 끝까지 지켰다. 시계공의 조수인 크림프 영감은 소년 시절부터 50년 동안 같은 일을 하다 백내장을 얻어 결국 구빈원으로 가게 되었고, 시설에서 그를 데려갈 때 손자 손녀들이 길에서 마구 울부짖었다. 그의 아내는 남의 집 허드렛일을 나가기 시작했고, 남편에게 매주 용돈 1실링을 보내느라 지독히도 고생을 했다. 몹시 딱한 일을 당하는 모습을 지켜보게 될 때도 제법 있었다. 작은 가게가 계속 기울어가고, 견실하던 상인이 서서히 망해가고, 누군가 암이나 간 질환으로 죽어가고, 술 취한 남편이 월요일마다 맹세를 하고는 토요일마다 어기고, 처녀가 사생아를 낳아 신세를 망치곤 하는 일들이 있었던 것이다. 집에는 욕실이 없었고, 겨울날 아침엔 세면대에 얼어붙은 물을 깨어 써야 했고, 뒷골목에선 날이 더우면 악취가 지독했고, 성당 묘지는 타운 한복판에 있어서 누구에게나 끝이 있다는 사실을 단 하루도 잊고 살 수가 없었다. 그런데도 그 시절 사람들이 갖고 있었던 것은 과연 무엇이었을까? 바로 안정됐다는 느낌이었다. 실제로는 그렇지 않더라도 그들은 그렇게 느꼈다. 더 정확히 말하자면, 그것은 계속 이어진다는 느낌이었다. 그들은 모두 언젠간 자신도 죽는다는 것을 알았고, 소수는 자신이 파산할 것임을 알았을 것이다. 하지만 그들이 몰랐던 것은 세상사의 오랜 질서가 바뀔 수 있다는 사실이었다. 그들 자신에겐 무슨 일이 일어나든, 세상사는 그들이 알아오던 바대로 계속될 터였다. 그 시절에 종교적 신념이란 게 아직 큰 몫을 차지했다고 해서 큰 차이가 있었을 것 같지는 않다. 아무튼 시골에선 거의 모두가 성당에 나갔던 게 사실이고(엘시와 나의 경우엔 신부가 죄라고 할 생활을 하면서도 성당에 나가는 것은 당연한 일로 알았다) 사람들한테 사후의 삶을 믿느냐고 물어보면 대개 그렇다고 대답했다. 하지만 나는 내세를 진짜 믿는다는 인상을 주는 사람을 단 한 번도 만나본 적이 없다. 사람들의 믿음이라는 건 기껏해야 어린애들이 산타클로스를 믿는 정도였지 싶다. 그러나 그건 다름 아닌 안정된 시기, 문명이 코끼리처럼 네 다리로 서 있는 듯한 시기, 그래서 내세 같은 건 아무래도 그만인 시절이기 때문에 가능한 일이었다. 자신이 아끼는 것들이 계속해서 이어진다면 죽는 게 별로 억울하지 않다. 살 만큼 살아봐서 더 살자니 좀 지겹기도 하니 이제 땅으로 돌아갈 때가 됐나 보다, 하는 식으로 생각하곤 했던 것이다. 그들은 한 개인으로서는 수명을 다했지만 그들이 살아온 방식은 지속될 터였고, 그들이 생각한 선악 개념도 그대로 남을 것이었다. 그들은 자신이 서 있는 지반 자체가 흔들리는 느낌을 모르고 살았다.

아버지는 망해가고 있었지만 그런 사실을 알지 못했다. 단지 경기가 아주 안 좋고, 거래가 자꾸자꾸 줄어들고, 수지를 맞추기가 점점 어려워질 뿐이었던 것이다. 아버지가 자신이 망해가고 있다는 것도, 사실상 파산했다는 것도 전혀 몰랐다는 건 하늘에 감사할 일이다. 아버지는 1915년 초에 갑자기 돌아가셨기 때문이다(감기가 폐렴으로 발전한 탓이었다). 아버지는 검약하고 열심히 일하고 정직하게 거래하면 잘못될 수가 없다고 끝까지 믿었다. 작은 가게 주인들 중에는 그런 믿음을 파산에 이은 임종 때뿐만 아니라 구빈원에 가서도 간직했던 경우가 아주 많았을 것이다. 마구장이 러브그로브 같은 이는 자기를 노려보는 듯한 자동차와 마주쳐도 자신이 코뿔소처럼 시대에 뒤떨어졌다는 사실을 깨닫지 못했다. 어머니도 마찬가지였다. 어머니는 자신이 살아온 삶이, 즉 인자한 빅토리아 여왕의 치세에 어질고 하느님을 두려워하는 가게 주인의 딸로서, 그리고 어질고 하느님을 두려워하는 가게 주인의 아내로서의 삶이 어머니 대에서 영영 끝난 것임을 알기 전에 세상을 떠난 것이다. 경기가 나빠서 장사가 안 되고, 아버지 근심이 늘고, 이런저런 게 갈수록 나빠졌지만, 우리 생활은 여느 때와 별다를 바 없이 계속되었다. 영국의 유구한 생의 질서가 바뀐다는 건 있을 수 없는 일이었다. 어질고 하느님을 두려워하는 여인들은 엄청나게 큰 석탄레인지에다 요크셔 푸딩과 애플 덤플링[88]을 만들고, 모직 속옷 바람에 깃털 베개를 베고 자고, 7월에는 자두잼을 10월에는 피클을 만들고, 오후면 파리가 붕붕대는 곳에서 〈힐다의 살림 동무〉를 읽었다. 마냥 그랬다. 그 세계는 진한 차와 쑤시는 다리와 해피엔딩이 있는 아늑하고 작은 지하 세계라 할 만했다. 아버지나 어머니가 끝까지 한결같았다고 얘기하려는 건 아니다. 두 분도 조금은 흔들렸고, 때로는 조금 낙담하기도 했다. 하

---

[88] apple dumpling. 껍질 벗기고 속 비운 사과를 밀가루 반죽에 올려놓고 계피와 설탕 등을 채운 다음 반죽으로 사과를 싸서 구운 페이스트리.

지만 믿었던 모든 게 완전 허섭스레기일 뿐임을 알게 될 만큼 오래 살지는 않았던 것이다. 두 분은 한 시대의 끄트머리에, 모든 게 다 녹아들고 있던 때를 살았고, 그런 사실을 몰랐다. 시절이 영원할 줄로만 알았던 것이다. 그런 그들을 탓할 수는 없는 노릇이다. 그들은 그렇게 느꼈던 것이다.

그러다 7월 말이 되었고, 큰일이 벌어지고 있다는 것을 로어빈필드에서도 알 수 있었다. 며칠째 은근하면서도 엄청나게 흥분된 분위기가 고조되었고, 신문에선 긴긴 사설들이 이어졌다. 아버지는 신문을 가게에서 아예 가져와서 어머니에게 큰 소리로 읽어주었다. 그러다 갑자기, 어딜 가나 눈에 띄는 신문 포스터가 나타났다.

독일 최후통첩,

프랑스 전시동원

며칠 동안(아마 나흘쯤이었을 것이다) 숨 막힐 듯 묘한 분위기가 있었다. 천둥 치기 직전의 고요 같은, 마치 온 영국이 숨죽이고 귀 기울이며 기다리고 있는 듯한 분위기였다. 날은 아주 더웠던 것으로 기억된다. 가게에서 우리는 도무지 일을 할 수 없을 것만 같았다. 동네에서 5실링이라도 여유가 있는 집은 모두 통조림, 밀가루, 오트밀 같은 것들을 사재느라 벌써부터 몰려들고 있었지만 말이다. 일을 하기엔 너무 격앙된 듯하던 우리는 땀을 마구 흘리며 기다릴 뿐이었다. 저녁이면 사람들이

기차역으로 몰려가, 런던에서 기차 편에 오는 석간신문을 먼저 사려고 필사적이었다. 그러던 어느 오후, 소년 하나가 신문을 한 아름 안고서 하이스트리트를 내달리고, 이어서 사람들이 문간으로 달려가 길 건너편에다 마구 외치는 것이었다. "우리도 뛰어들었다! 우리도 뛰어들었어!" 소년은 신문 다발에서 포스터 하나를 집더니 맞은편 가게 진열창에 내걸었다.

영국, 독일에

선전포고

우리는(가게 조수 셋을 말한다) 모두 인도로 뛰쳐나가 환호성을 올렸다. 모두가 환호했다. 정말이지 그것은 환호였다. 하지만 그리멧은 전쟁 위협으로 이미 꽤 이익을 올렸음에도, 자유당원으로서의 원칙을 어느 정도 고수하여 전쟁을 "지지하지" 않았으며, 영국이 손해 보는 장사를 한다고 말했다.

그로부터 2개월 뒤, 나는 입대를 했고, 7개월 뒤에는 프랑스에 있었다.

8

나는 1916년 말까지는 부상을 당하지 않았다.

우리는 참호에서 막 나와 안전할 것이라 판단한 1마일 남짓한 길을 행군하던 중이었다. 하지만 그 길은 독일군이 이미 사정권으로 두고 있던 영역 안에 있었다. 갑자기 포탄이 날아들기 시작했다. 묵직한 HE탄(고폭탄) 같은 것들이 꼭 1분에 한 발꼴로 떨어졌다. 대개 그렇듯 **슈슈슝**! 하다가 **꽝**! 소리가 났고, 오른쪽 들판 쪽에서 터졌다. 나는 아마 세 번째 탄에 당했을 것이다. 나는 포탄 소리를 듣자마자 그 포탄에 내 이름이 적혀 있다는 것을 알았다. 당하는 사람은 반드시 그걸 안다고들 한다. 그 포탄은 다른 탄들이 내지 않던 소리를 냈다. "너 잡으러 간다, 너 인마, **너**, 너 인마, **너**……!" 그런 소리가 불과 3초 사이에 들렸고, 마지막 순간의 "**너**……"와 함께 폭발음이 진동

했다.

순간 공기로 이루어진 거대한 손이 나를 휩쓸어버리는 느낌이 들었다. 포탄 터지는 소리와 동시에 나는 나뒹굴어 길가의 도랑에 처박혔다. 깡통과 나무 동강, 녹슨 철조망, 똥, 탄피 따위의 오물 가운데 온몸이 산산이 흩어진 느낌이었다. 동료들이 날 끌어내어 진흙을 떨어내고 보니 내 부상은 그리 심하지 않았다. 엉덩이 한쪽과 양다리 뒤편에 작은 파편들이 꽤 박혔을 뿐이었다. 그런데 운 좋게도 쓰러지면서 갈빗대 하나가 부러졌고, 그 정도면 영국으로 이송될 수 있었다. 그리고 그해 겨울을 이스트본 부근의 고원지대에 차려진 부상병 수용소에서 지내게 되었다.

전시의 부상병 수용소를 기억하시는지? 지독히도 추운 고원 정상에("남해안"이란 곳이 그 정도였으니 북해안은 어떨까 자못 궁금했다) 닭장 같은 나무막사가 길게 줄지어 있는 그곳은 바람이 사방에서 동시에 불어닥치는 것만 같았다. 창백하게 푸른 환자용 제복에 빨간 타이 차림의 부상병들은 무리를 지어 바람 없는 자리를 찾아 어슬렁댔지만, 그런 데라곤 없었다. 이따금 이스트본의 고급 기숙학교 소년들이 2열 종대로 줄지어 다니며 다친 "토미"[89]들에게 담배나 박하사탕을 나눠주었다. 여덟 살쯤 된 얼굴 발그레한 아이가 풀밭에 앉아 있는 한 무리의 부상병들에게 다가와 우드바인 담배 한 갑을 뜯어 한 개비씩 엄

---

[89] Tommy. 하사관 이하의 사병을 가리키는 구어.

숙히 나눠주곤 했던 것이다. 동물원에서 원숭이 먹이 주듯 말이다. 나다닐 만큼 회복된 부상병은 아가씨 구경이라도 하길 바라며 고원 일대를 몇 마일씩 돌아다니곤 했다. 하지만 밖에 다니는 아가씨들은 언제나 모자랐다. 병원 아래 골짜기에는 아주 작은 숲이 있었는데, 땅거미가 지기 오래전부터 나무 아래마다 쌍쌍이 붙어 있는 남녀가 있었고, 좀 굵은 나무라도 있으면 앞뒤로 두 쌍이 붙어 있곤 했다. 그 무렵을 떠올리면 기억나는 것은 주로 몹시도 쌀쌀한 바람을 맞으며 가시금작화 덤불에 기대 앉아 있을 때의 손가락 곱은 느낌과 박하사탕 맛이다. 그 당시 병사의 기억이란 주로 그런 것이었다. 그래도 나는 졸병 생활을 면하게 되었다. 내가 부상당하기 얼마 전에 부대장이 나를 임관 대상자로 신청해둔 상태였던 것이다. 당시는 장교가 너무 모자랐기 때문에 문맹만 아니면 원할 경우 임관 대상자가 될 수 있었다. 나는 병원에서 곧장 콜체스터 근처의 장교 훈련소로 가게 되었다.

전쟁 때문에 사람 운명이 얼마나 달라질 수 있는지 생각해보면 희한하다. 나는 3년 전만 해도 하얀 앞치마를 두르고 카운터 뒤에서 "네, 부인! 그럼요, 부인! **자아, 그럼 다음 부인요!**" 하고 외치던 식료품점의 팔팔한 조수로서 식료품상이 되겠다는 생각만 했을 뿐이었지, 육군 장교가 된다는 건 기사 작위를 받는 것만큼이나 상상할 수 없던 처지였다. 그러다 어느덧 전투모에 누런 칼라 차림으로, 임시로 젠틀맨이 된 많은 이들과 본래부터 젠틀맨 계급인 약간의 사람들 사이에 그럭저럭 한몫

낄 수 있었던 것이다. 그리고(이게 정말 이상한 점이다) 그게 전혀 이상하게 느껴지지 않았던 것이다. 그 시절엔 무엇이든 이상하게 여겨지지 않았다.

마치 거대한 기계가 우릴 휘어잡은 느낌이었다. 자신의 자유의지대로 행동한다는 느낌이라곤 없었고, 저항하려는 생각도 들지 않았다. 사람들이 그런 식으로 느끼지 않는다면 어떤 전쟁도 3개월을 지속하지 못할 것이다. 아마도 모든 부대가 전부 짐을 싸서 집으로 돌아가버릴 것이다. 나는 왜 입대를 한 것일까? 아니면 나처럼 징병 영장을 받기도 전에 자원입대한 수백만의 다른 천치들은? 모험심이 발동한 것도 있을 테고, 어느 정도는 '영국, 나의 영국'이나 '영국인은 결코, 결코' 같은 애국시 구절 탓일 것이다.[90] 하지만 그런 게 얼마나 오래가겠는가? 내 동료들 대부분은 프랑스에 도착하기 오래전에 그런 것들일랑은 다 잊어버렸다. 참호 속에 배치된 우리들은 애국적이지도 않았고, 독일 황제를 미워하지도 않았고, 작지만 용감한 벨기에에도, 브뤼셀 길거리 테이블 위에서(그러면 더 나쁘다는 양쪽 "테이블 위"라고들 했다) 수녀를 겁탈하는 독일군에도 아무런 관심이 없었다. 그렇다고 탈영을 시도하려는 생각이 있던 것도 아니었다. 그저 거대한 기계가 우릴 휘어잡고서 마음대로 하는 듯했다. 그것은 우릴 번쩍 들어다 상상도 못 하던 장소와 사

---

[90] 'England, my England'는 윌리엄 헨리William Henley(1849~1903)가 쓴 동명의 애국시의 유명한 첫 구절 일부("영국, 나의 영국이여, 나 그대 위해 무엇을 했던가?")이고, 'Britons never, never'는 제임스 톰슨(1700~1748)의 애국시이자 애국가요인 「영국이여, 다스리라!Rule, Britannia!」의 일부("영국인은 결코, 결코 노예 되지 않으리")이다.

물 사이에 툭 내려놓곤 했는데, 우리는 달 표면에 툭 떨어졌다 해도 별로 이상하다고 느끼지 않았을 것이다. 입대하던 그날로 나의 옛 시절은 끝나고 말았다. 옛 시절 따윈 이제 중요한 게 아닌 것만 같았다. 그날 이후로 내가 로어빈필드에 가본 게 딱 한 번뿐이며, 그게 어머니 장례식 때였다고 하면 믿으실지 모르겠다. 지금 생각하면 안 믿어지지만, 그때는 충분히 그럴 만하다 싶었다. 어느 정도는 엘시 때문이었을 것이다. 입대한 지 두세 달 뒤부터 편지를 쓰지 못한 게 나이긴 했다. 하지만 그녀는 그녀대로 분명히 딴 사람과 사귀고 있었을 것이다. 아무튼 나는 그녀를 보고 싶지 않았다. 아니었다면 아마도 짧은 휴가를 얻었을 때 고향에 가서 어머니를 만나봤을 것이다. 내가 입대할 때는 졸도할 정도로 충격을 받았지만 제복 입은 아들을 자랑스러워할 어머니였던 것이다.

아버지는 1915년에 돌아가셨다. 그때 나는 프랑스에 있었다. 아버지의 죽음이 그때보다 지금 더 아프게 느껴진다고 말해도 과장이 아니다. 그때는 아버지 부음이 거의 무심히 받아들이던 나쁜 소식 중 하나에 불과했다. 참호에서는 모든 게 그렇게 멍하니 무감각하게만 받아들여졌던 것이다. 아버지 부음을 전하는 어머니의 편지를 더 잘 읽기 위해 참호 출입구 쪽으로 기어갔고, 편지에 어머니 눈물 자국이 있었던 게 기억난다. 무릎이 아프고 진흙 냄새가 났다는 것과 함께. 편지에는 아버지의 생명보험에 대한 약정 보험금의 대부분이 담보로 잡혀 있었으나, 은행에 약간의 예금이 있고, 새라진에서 아버지 재고 물량을 사주고 영업권까지 약간이나마 보상해주기로 했다는 등의 얘기가 쓰여 있었다. 아무튼 어머니에겐 200파운드 남짓한 돈과 가구가 남았다. 어머니는 당분간 사촌 집에 가서 지내기로 했다. 월턴 너머에 있는 독슬리 근처에 살고 있는 전쟁 덕을 꽤 보는 소규모 자작농 남편을 둔 사촌이었다. "당분간"일 뿐이라고 했다. 그때는 모든 게 임시 같다는 느낌이 있었다. 그 옛날이었다면(실은 1년도 채 안 되는 이전이었다), 그 모든 게 끔찍한 재앙 같았을 것이다. 아버지는 돌아가시고, 가게는 팔리고, 이 세상에 어머니에게 남은 건 200파운드뿐이었으니, 15막짜리 비극이 펼쳐진 듯한 느낌이었을 것이다. 빈민에게 치러주는 장례로 끝나는 비극 말이다. 하지만 때는 전쟁이었고, 매사에 자기 삶의 주인은 자신이 아니라는 느낌이 지배하고 있었다. 사람들은 이제 파산이나 구빈원 같은 것들에 대한 걱정은 별로 하지 않았다. 정말이지 전쟁에 대해 뭐가 뭔지 아는 게 거의 없는 어머니 같은 사람도 그랬다. 더구나 어머니는, 아직 아무도 몰랐지만, 이미 수명이 다해가고 있던 중이었다.

어머니는 이스트본의 병원까지 날 만나러 왔다. 2년이 넘어서야 처음 보는 어머니 모습에 나는 적이 충격을 받았다. 어머니는 시들기도 하고, 아무래도 오그라든 듯 보였다. 그 무렵 내가 더 성장하기도 하고 세상 구경을 좀 하기도 해서 모든 게 더 작아 보인 탓도 있었겠지만, 어머니는 확실히 더 여위고 혈색이 누레진 모습이었다. 어머니는 예전에도 그랬듯 두서없이 마사 이모(함께 지낸다는 사촌이었다) 얘기를 했고, 전쟁 뒤 로어빈필드가 변한 얘기나 "가버린"(입대했다는 뜻이다) 애들 얘기도 해주었다. "자꾸 나빠지는" 소화불량과 가여운 아버지의 묘비에 대해서도, 묻히기 전 아버지 모습이 얼마나 사랑스러웠는지에 대해서도 얘기했다. 그것은 전에도 듣던, 한 세월 익히 들어왔던 유의 얘기였건만, 왠지 유령한테서 듣고 있다는 느낌이 들었다. 그 세계는 더 이상 내 관심사가 아니었다. 내가 알던 어머니는 전함의 뱃머리 장식 같기도 하고 알 품은 암탉 같기도 한, 우리를 지켜주는 대단한 존재라는 느낌을 주었지만, 이제는 검은 옷 차림의 조그만 할머니가 되어 있었다. 모든 게 변하고 빛바래가고 있었다. 어머니 살아계실 적 모습을 본 것은 그게 마지막이었다. 나는 콜체스터의 훈련소에 있을 때 어머니가 위독하다는 전보를 받고서 곧장 1주일 긴급 휴가를 신청했다. 하지만 너무 늦었다. 독슬리에 도착해보니 어머니는 이미 돌아가신 뒤였다. 어머니도 다른 누구도 소화불량인 줄로만 알았던 병이 실은 무슨 종양이었고, 배에 갑자기 냉기가 느껴지면서 그길로 끝이었던 것이다. 의사는 그 종양이 "자비로운" 편이었다는 말로 날 위로하려 했지만, 난 어머니를 죽인 그걸 그렇게 부를 수 있다는 게 이상하기만 했다.

아무튼 우리는 어머니를 아버지 곁에 묻어드렸고, 그때가 내가 로어빈필드에 잠시나마 들른 마지막이었다. 고향은 3년 만에 찾았는데 많이 변해 있었다. 내가 알던 아이들 중에 남자는 전부 군에 가 있었고, 그중에 일부는 죽은 뒤였다. 시드 러브그로브는 솜강에서 전사했다. 검은손 단원이었던 농장 일꾼 아이

진저 왓슨(토끼를 산 채로 잡곤 하던 아이 말이다)은 이집트에서 죽었다. 그리멧의 가게에서 나와 함께 일하던 아이 하나는 다리를 모두 잃었다. 러브그로브 영감은 가게를 닫고서 월턴 근방의 오두막에서 얼마 안 되는 연금으로 생활하고 있었다. 그런가 하면 그리멧은 전시에도 장사를 잘했고, 애국자로 변신하여 양심적 병역거부자를 심판하는 지역의 무슨 위원회 소속으로 활동하고 있었다. 다른 무엇보다 타운이 텅 빈 듯한, 버려진 듯한 느낌을 준 것은, 남아 있는 말이 사실상 없다는 점 때문이었다. 쓸 만한 말은 모두 오래전에 징발당한 뒤였다. 역에서 빌려 타는 마차가 아직 있긴 했는데, 양쪽으로 매여 있는 수레 끌채가 없다면 일어서지도 못할 말이었다. 나는 장례식 전에 남은 약간의 시간 동안 타운을 돌아다니며 여기저기 인사도 하고 내 제복도 뽐내보았다. 다행히 엘시와는 마주치지 않았다. 모든 게 변한 모습이었지만 실감이 거의 나지 않았다. 마음이 주로 딴 데 가 있었던 것이다. 검은 완장을 차고(카키색 상의에 차면 제법 근사해 보였다) 무릎 아래가 잘록한 바지가 새것이라 더 돋보이는, 장교복을 입은 내 모습에 말이다. 사람들과 무덤가에 서 있을 때도 제복 바지 생각을 하고 있던 기억이 선하다. 그러다 관 위에 흙을 한 줌씩 뿌려주기 시작할 때, 문득 어머니가 누워 계신 관 위로 흙 7피트가 쌓인다는 게 어떤 의미인지를 깨닫게 되었고, 눈 속과 콧속이 씰룩거리기 시작했다. 하지만 그 순간에도 바지 생각이 내 마음을 완전히 떠난 건 아니었다.

내가 어머니의 죽음에 대해 아무 감정도 없었다고 생각진 마시기 바란다. 참호 생활을 하는 게 아니었기에, 죽음을 안타까워하는 마음이 분명히 있었던 것이다. 그러나 내가 전혀 마음 쓰지 못했고 그런 일이 벌어지는지 자각하지도 못했던 게 있었으니, 내가 알던 옛 시절이 끝나버리고 있다는 사실이었다. 장례가 끝나자 마사 이모는("진짜 장교" 조카를 둔 게 자랑스러웠던지, 내가 허락했다면 장례식을 꽤 크게 알리려 했었다) 버스를 타고 독슬리로 돌아갔고, 나는 마차를 타고 역으로 가서 런던행 기차를 탄 뒤 콜체스터로 가야 했다. 마차는 우리 가게 앞을 지나갔다. 아버지가 돌아가신 뒤로 아직 들어와 있는 사람이 없었다. 문은 닫혀 있고 진열창은 먼지로 새카맸으며, 진열창의 "S. 볼링"이란 글자는 용접기 불에 녹아 있었다. 그리고 내가 어린아이에서 소년이 되고 청년이 되도록 살던 집이 있었다. 내가 부엌 바닥을 기어다니며 세인포인 냄새를 맡던, '불굴의 도너번' 이야기를 읽던, 그래머스쿨 숙제를 하던, 떡밥을 만들던, 자전거 펑크를 때우던, 처음으로 높은 칼라 차림을 하던 집이었다. 내겐 피라미드처럼 영원하기만 하던 집이었는데, 이젠 순전히 우연이 아니고서는 다시 발 들여놓을 일이 없을 듯한 곳이 되어버렸다. 아버지, 어머니, 조, 심부름꾼 아이들, 테리어 종의 개 네일러, 네일러 다음에 온 스폿, 딱새 재키, 고양이들, 뒤뜰 광의 생쥐들. 모두 가버리고 이젠 먼지만 남아 있었다. 하지만 나는 아무 감흥도 없었다. 어머니가 돌아가신 건 안타까운 일이었고, 아버지의 죽음까지도 그렇게 느껴졌다. 하지만 내 마음은 내내 다른 것들에 가 있었다. 익숙하지 않던 마

184

차 타고 가는 모습을 보이는 게 제법 뿌듯하기도 했고, 새 제복 바지의 매무새가 어떤지도, 토미(사병)들이 차야 했던 모래 채운 각반과는 너무 다른 매끈한 장교용 각반이 어때 보이는지도 궁금했다. 콜체스터의 동료들 생각도, 어머니가 남긴 60파운드 생각도, 그걸로 빙고 게임을 할 생각도 났다. 그리고 엘시와 마주치지 않은 걸 천만다행으로 여기는 마음도 있었다.

　전쟁으로 사람들은 참 별난 일을 겪기도 한다. 전쟁으로 사람이 죽는 것보다 더 별난 일은, 이따금 전쟁으로 사람이 죽음을 면하기도 한다는 점이었다. 큰물에 휩쓸려 죽기 직전까지 갔다가 갑자기 어느 한적한 후미로 떠밀려 가서 보니, 믿기지 않을 정도로 무의미한 일을 하면서 부수입까지 올릴 수 있게 되는 경우 같은 게 벌어지는 것이다. 도로를 건설하러 갔다가 어디와도 통하지 않는 막막한 사막만 발견한 공병대대도 있었고, 독일군 순양함을 망보러 먼 바다의 섬에 배치됐다가 배가 몇 해 전에 침몰됐다는 사실을 알게 된 장병도 있었고, 임무가 끝났는데도 관성적으로 몇 해씩이나 존속된 행정병과 타자병을 잔뜩 거느린 이런저런 기관도 있었다. 당국이 무의미한 직책을 맡긴 다음, 그 존재를 잊어버린 내 경우가 바로 그랬다. 그렇지 않았다면 나는 지금 여기 있지도 못할 것이다. 자초지종을 얘기하자면 제법 재미가 있다.

　장교로 정식 임용된 지 얼마 안 됐을 때였다. 육군병참단 장교를 모집한다는 공고가 있었고, 내가 식료품 거래에 대해 좀 안다는 사실(실은 카운터 뒤에서 일하던 신분이란 사실을 털어놓지는 않았다)을 알게 된 부대장은 당장 내게 신청을 하라고 했다. 신청이 받아들여져 나는 잉글랜드 중부 지역 어딘가에 있는 육군병참단 장교 훈련소로 곧 떠나게 되었다. 식료품 거래에 대한 지식이 있는 젊은 장교가 필요하던 그곳에서, 병참단의 거물인 조지프 침 경의 비서 노릇 같은 걸 하기 위해서였다. 그들이 왜 날 뽑았는지는 하느님만 아실 일이었지만, 아무튼 나는 그들의 선택을 받았다. 내 이름을 다른 누군가와 혼동했기 때문이 아닌가 하는 생각은 지금도 하고 있다. 나는 사흘 뒤에 조지프 경에게 신고를 하러 갔다. 마르고 꼿꼿하고 미남형인 그의 반백 머리와 위엄 있는 코는 당장 나에게 깊은 인상을 심어주었다. 그는 공직에 대한 공로로 작위와 훈장을 받은 인물로서 완벽한 직업군인처럼 보였고, '드 레슈케'[91] 광고의 사내와 쌍둥이일지도 모르겠다는 인상을 풍겼다. 민간인으로서는 대형 식료품 체인의 총수로서 '침 임금 삭감 체계'란 것으로 세계적인 명성을 떨친 사람이었지만 말이다. 내가 들어가자 그는 무언가를 쓰다 멈추고 날 훑어보았다.

"자네 젠틀맨인가?"

"아닙니다, 각하."

"좋아. 그럼 같이 일을 좀 할 수 있겠군."

그는 단 3분 만에 내가 비서 경험이 전무하다는 것도, 속기를 할 줄 모른다는 것도, 타자기를 쓸 줄도 모른다는 것도, 식

---

[91] Jean de Reszke(1850~1925). 폴란드 출신의 테너로, 19세기 말 유럽 오페라계의 최고 스타였으며, 그의 이름을 딴 담배가 있었다.

료품점에서 주급 28실링을 받고 일했다는 것도 능란하게 다 알아냈다. 그래도 그는 내가 도움이 될 것이라고 했다. 군대란 데에 젠틀맨이 너무 많아서, 10 이상을 셀 수 있는 사람 하나를 찾고 있었다는 것이다. 나는 그가 좋아서 그를 위해 일하는 게 몹시 기대가 되었지만, 바로 그 순간 전쟁을 지휘하는 신비의 세력이 우릴 다시 갈라놓았다. '서해안 방위군'이란 게 조직되는(또는 거론되는) 중이었고, 해안 여러 지점에 전투식량 등의 보급품을 비축해두는 보관소를 세우자는 막연한 생각을 누군가 해냈으며, 잉글랜드 남서해안 끄트머리의 보관소들을 조지프 경이 책임지기로 했던 것이었다. 내가 그의 사무실에 소속된 이튿날, 그는 콘월 북부 해안에 있는 '12마일 보관소'라는 곳에 있는 보급물자를 확인하러 가라고 했다. 그보다 내 임무는 그런 보급품이 있기나 한지 알아보러 가는 것이라 해야 옳은지도 몰랐다. 그런 게 진짜 있는지 아무도 확실히 모르는 듯했던 것이다. 가서 그 보급물자란 것이 쇠고기 통조림 열한 개뿐임을 알게 됐을 때, 마침 육군성에서 전보가 왔고, 추후 통보가 있을 때까지 '12마일 보관소'에 남아 보급품을 지키라는 내용이 적혀 있었다. 나는 "12마일 보관소에 보급품 없음"이라는 답신을 보냈으나 너무 늦었다. 다음 날 내가 '12마일 보관소'의 부대장으로 선임됐다는 공문이 내려왔다. 그것으로 이야기는 끝이었다. 나는 전쟁이 끝날 때까지 12마일 보관소의 부대장으로 있었던 것이다.

그게 어떤 의미인지는 하느님만이 아실 터이다. '서해안 방위군'이 뭔지, 무얼 하기로 되어 있던 조직인지 내게 물어봤자 소용없는 일이다. 그 당시에도 아는 체하는 이가 아무도 없었으니 말이다. 아무튼 그런 건 존재하지 않았다. 그건 단지 누군가의 머릿속에 떠다니던 하나의 안案일 뿐이었고(아마 독일군이 아일랜드를 거쳐 침공해올 것이라는 뜬소문 때문이었을 것이다), 해안 전역에 전투식량 보관소가 있어야 된다는 아이디어도 공상에 그치고 말았다. 그런 구상은 단 사흘 동안만 거품처럼 존재하다 잊혀버렸으며, 나 역시 함께 잊히고 말았다. 내가 맡은 쇠고기 통조림 열한 개는 다른 알 수 없는 임무 때문에 이전에 왔던 장교 몇몇이 남겨두고 간 것들이었다. 그들은 리지버드 일병이라는 완전 귀머거리 노인네 하나도 남겨두고 갔다. 리지버드의 임무가 무엇인지는 나도 끝내 알아내지 못했다. 내가 1917년 중반부터 1919년 초까지 쇠고기 통조림 열한 개를 지키느라 거기 남아 있었다는 말을 믿으실지 모르겠다. 안 믿으실지 모르지만, 사실이 그렇다. 그리고 그 당시엔 그런 사실도 별로 이상한 게 아니었다. 1918년에는 누구든, 무슨 일이 합리적으로 일어나리라 예상하는 관습에서 벗어나 있었던 것이다.

그들은 한 달에 한 번씩 내 소관하에 있는 물자의 수와 상태를 기재하라며 방대한 분량의 공문서를 보내왔다. 곡괭이를 비롯한 참호 구축용 연장들, 철조망 묶음, 담요, 방수 깔개, 응급치료 도구, 함석판, 자두잼이나 사과잼 통조림 등등에 대해서 말이다. 나는 모든 항목에 "없음"이라고 기재한 뒤 서류를 돌려보냈다. 그래도 아무 일도 없었다. 런던에 있는 상부의 누군가가 그 서류를 조용히 철했고, 다시 서류를 보낸 뒤 돌아온 서류를 다시 철하기를 반복할 뿐이었다. 일이 그런 식으로 돌아갔다. 전쟁을 지휘하는 알 수 없는 고관들이 내 존재를 잊어버린 것이었다. 나는 그들의 기억을 전혀 자극하지 못하는 존재였다. 나는 어디와도 이어져 있지 않은 어느 배수背水에 가 있었고, 프랑스에 2년을 있다 보니 불타오르는 애국심 같은 건 남아 있지도 않은 상태였다.

그곳은 전쟁이 났다는 얘기도 제대로 들어보지 못한 촌사람 몇몇 말고는 인간이라곤 눈에 띄지 않는 외딴 바닷가였다. 야트막한 언덕에서 4분의 1마일쯤 내려가면 막막한 백사장에 파도가 무섭게 밀려와 부서졌다. 1년에 9개월은 비가 내렸고, 나머지 3개월은 대서양에서 거센 바람이 몰아쳤다. 리지버드 일병과 나, 군용 막사 두 채(그중에 제법 쓸 만한 방 두 개짜리 막사가 내 숙소였다), 그리고 쇠고기 통조림 열한 개 말고는 아무것도 없었다. 리지버드는 무뚝뚝하기 짝이 없는 늙은이여서, 나는 그가 입대하기 전에 작은 규모로 농사를 지어 장에 내다 팔고 살았던 사람이란 것 말고는 그에 대해 아무것도 알아내지 못했다. 그가 본연의 생활로 얼마나 빨리 되돌아가는지를 지켜보는 건 흥미로운 일이었다. 그는 내가 '12마일 보관소'에 오기 전부터 이미 막사 주변 땅 한 곳을 일구어 감자를 심어두었고, 가을엔 반 에이커쯤 되는 땅을 더 경작하더니, 1918년 봄에는 닭을 기르기 시작했다. 닭은 여름이 끝날 무렵 상당한 숫자로 불어났고, 그해 말에는 어디서 구해 왔는지 갑자기 돼지를 치기 시작하는 것이었다. 나는 리지버드가 그곳에서 우리의 임무가 무엇인지, '서해안 방위군'이 대체 무언지, 그런 게 대체 존재하기나 하는 것인지에 대해서는 단 한 번도 궁금해하지 않았으리라 생각한다. 나는 지금도 그가 '12마일 보관소' 자리에서 돼지를 치고 감자를 기르며 산다는 얘기를 들어도 전혀 놀랄 것 같지 않다. 그렇게 살길 바라며, 행운을 비는 마음이다.

그러는 한편 나는 그 전에는 한 번도 풀타임으로 해볼 기회가 없던 일을 하고 있었으니, 바로 책 읽기였다.

이전에 근무했던 장교들이 남겨두고 간 책이 좀 있었는데, 주로 7페니짜리 보급판 책으로, 거의 다 당시 사람들한테 인기가 좋던 시시한 것들이었다(이언 헤이, 새퍼, 크레이그 케네디의 이야기들 말이다). 그런데 어떤 책이 읽을 만하고 그렇지 않은지를 알았던 누군가도 언젠가 거기 와 있었던 모양이다. 당시의 나로서는 그런 것에 대해선 전혀 몰랐다. 내가 자발적으로 읽어봤던 책이래야 대부분 추리소설이었고, 가끔 지저분한 섹스책 정도일 뿐이었다. 지금도 나에겐 교양인인 체하려는 마음이 조금도 없다는 건 하늘이 아실 텐데, 그래도 '그때' 누군가 내게 "좋은" 책 이름을 한번 대보라고 했다면, 나는 『그대가 내게 준 여인』[92]이나 (신부님을 추억하며) 『참깨와 백합』이라고 대답할 수 있는 수준이었다. 아무튼 "좋은" 책이란 아무도 읽을 생각이 없는 책이었다. 하지만 백사장에 파도는 우르릉 부서지고

---

[92] 『The Woman Thou Gavest Me』(1913). 로맨스 소설로 당대 최고의 인기를 누린 홀 케인의 최고 인기작.

창문에 비는 하염없이 퍼붓는 곳에서 나는 아무런 할 일도 없는 처지였고, 누가 막사 벽에다 임시로 만들어둔 선반에 가득 차 있는 책들은 나를 말똥말똥 쳐다보고 있었다. 나는 자연스럽게 책들을 처음부터 끝까지 다 읽게 되었고, 처음에는 돼지가 음식 쓰레기 한 들통을 꾸역꾸역 먹어나갈 때 정도의 분별력밖에 갖추지 못했다.

그런데 다 읽고 보니 그중에 다른 것들과는 확실히 다른 책 서너 권이 있다는 걸 알 수 있었다. 아니, 너무 앞서가지 마시기 바란다. 내가 갑자기 마르셀 프루스트나 헨리 제임스 같은 이들을 발견했다는 건 아니니 말이다. 그땐 그런 책이 있다 해도 읽지 못했을 것이다. 내가 말하려는 책들은 조금도 고상한 책이 아니었다. 하지만 그 순간 자신이 도달한 정신 수준에 딱 맞는 책을 발견하게 되고, 너무 잘 맞아서 마치 자신을 위해 쓴 책이 아닌가 싶기만 한 경우가 이따금 있다. 내 경우엔 그중 하나가 H. G. 웰스의 『폴리 씨 일대기』였다.[93] 너덜너덜 다 떨어져가는 1실링짜리 싸구려 판본이었지만, 그 책이 내게 어떤 반응을 불러일으켰는지 상상하실 수 있을까? 시골 타운 가게 주인의 아들로 자라나 그런 책을 만나게 된 내게 말이다. 또 하나는 콤프턴 매켄지의 『불길한 거리』[94]였다. 몇 해 이전에 상당히

---

[93] 『The History of Mr Polly』(1910). SF문학의 아버지로 알려져 있지만 당대에 다양한 장르의 작품으로 큰 인기를 누린 웰스(1866~1946)의 유명한 코믹 소설. 기사의 모험을 다룬 책들에 푹 빠져 포목점 점원 일에는 통 관심이 없는 앨프리드 폴리의 굴곡진 인생살이를 흥미롭게 그렸고, 후대에 영화와 TV시리즈로 각색되었다.

[94] 『Sinister Street』(1914). 부유한 집의 사생아로 태어난 두 소년의 이야기를 그린 성장소설.

물의를 일으켰던 책이어서, 나만 해도 로어빈필드에서 어렴풋이 떠돌던 소문을 들어봤을 정도였다. 또 하나는 콘래드의『승리』였는데, 지루한 부분들이 있는 책이었다. 하지만 그런 책들은 생각을 할 수 있게 해주었다. D. H. 로런스의 단편소설이 한 편 실린, 표지가 파란 무슨 잡지도 있었다. 제목은 기억나지 않지만, 독일군 징집병이 주임상사를 요새 벼랑 끝으로 밀쳐버리고 도망갔다가 여자친구 침실에서 붙들리는 이야기였다. 대체 뭘 말하려는 건지 알 수 없었지만, 그런 이야기를 좀 더 읽어봤으면 좋겠다는 느낌은 막연히 남았다.

아무튼 나는 몇 개월 동안 책에 대하여 거의 갈증 같은 신체적 욕구를 느꼈다. 책 읽기에 그토록 빠져든 것은 딕 도너번의 이야기를 읽던 나날 이후로 처음이었다. 처음에는 책을 어떻게 구해다 보면 되는지 전혀 몰랐다. 책은 사야 하는 것인 줄로만 알았던 것이다. 흥미로운 점이 아닌가 싶다. 그것만 봐도 어떤 환경에서 자랐는지 알 수 있으니 말이다. 연 수입 500파운드 정도 되는 중산층 가정의 자식이라면 요람에 있을 때부터 무디스[95]나 '타임스 북클럽'에 대해 다 알 것이다. 나는 좀 지나서야 대여문고라는 게 있다는 걸 알고서 무디스에 회원으로 가입했고, 브리스틀에 있는 도서관에도 등록을 했다. 그러고 나서 한 해 남짓 내가 읽은 책들이란! 웰스, 콘래드, 키플링, 골즈워디, 배리 페인, W. W. 제이컵스, 페트 리지, 올리버 어니언스, 콤프

---

[95] Mudie's는 출판업자 찰스 무디(1818~1890)가 세운 회원제 대여문고lending library 시스템으로 큰 성공을 거두었다.

턴 매켄지, H. 시턴, 메리먼, 모리스 베링, 스티븐 매케나, 메이 싱클레어, 아널드 베넷, 앤서니 호프, 엘리너 글린, O. 헨리, 스티븐 리콕, 심지어 사일러스 호킹이나 진 스트래튼 포터에 이르기까지……. 이 명단 중에 아시는 이름이 얼마나 될지 궁금하다. 당시 사람들이 심각히 받아들이던 책은 반은 잊혀버렸다. 하지만 나는 처음에 닥치는 대로 집어삼켰는데, 마치 새우가 무더기로 있는 물에 뛰어든 고래 같았다. 그저 한껏 들이켤 뿐이었다. 물론 얼마 뒤에는 좀 고상해져서 시시한 것과 아닌 것을 구분하기 시작했다. 로런스의 『아들과 연인』을 구해 제법 재밌게 보기도 하고, 오스카 와일드의 『도리언 그레이의 초상』과 스티븐슨의 『뉴 아라비안나이트』는 아주 재밌게 읽었다. 웰스는 나에게 가장 큰 영향을 끼친 작가였다. 조지 무어의 『에스더 워터스』도 읽었는데 좋았고, 하디의 소설은 몇 권을 읽어보려 했지만 언제나 중간에 막혀버리고 말았다. 입센의 작품에도 도전해보았는데, 노르웨이엔 언제나 비가 온다는 인상만 막연히 남아 있다.

참 야릇한 일이었다. 그 당시에도 야릇하다 싶었다. 나는 코크니 악센트가 거의 사라진 소위가 되어 있었고, 아널드 베넷과 엘리너 글린을 구분할 줄 알았는데, 하얀 앞치마를 두르고 카운터 뒤에서 치즈를 자르며 식료품점 주인이 될 날을 고대하던 게 불과 4년 전 일이었던 것이다. 이래저래 득실을 따져본다면, 나는 전쟁으로 손해보다는 이익을 더 많이 봤다고 해야 할 것이다. 아무튼 한 해 남짓 마음껏 소설을 읽던 그 기간 동안 나는 책 공부라는 의미에서는 유일한 진짜 교육을 받았던 것이다. 그것은 내게 확실한 무언가를 길러주었다. 그것은 말하자면 미심쩍어할 줄 아는 태도를 갖게 해주었는데, 정상적인 생활을 했더라면 아마 갖지 못했을 태도였다. 그런데 나를 정말 바꿔버린 것은(이해하실지 모르지만), 내게 정말 깊은 인상을 남긴 것은, 내가 읽은 책보다는 내가 하던 생활의 지독한 무의미함이었다.

1918년 그해는 정말 어처구니없고 불가사의한 시기였다. 나는 외딴 막사 난롯가에 앉아 소설을 마음껏 읽고 있었고, 수백 마일 밖 프랑스에서는 포성이 천지를 흔들고 기관총탄이 빗발치는 데에다 남의 집 멀쩡한 자식들을 무더기로 몰아넣고 있었다. 벽난로에다 석탄 조각 던져 넣듯 말이다. 불쌍한 그 아이들은 공포에 떨며 바지에 오줌을 지리며 내몰렸다. 나는 운이 좋아서, 상부의 주목에서 벗어나는 바람에 아늑하고 아담한 은거지 같은 곳에서 존재하지도 않는 임무를 수행하는 대가로 급여를 타먹고 있었다. 이따금 그들이 날 기억해내어 그곳에서 끌어낼 게 분명하다며 몹시 두려워하기도 했지만, 그런 일은 절대 일어나지 않았다. 한 달에 한 번 뻣뻣한 회색 종이로 만든 공문서가 왔고, 빈칸을 채워서 보내면 한 달 뒤에 또 문서가 왔고, 다시 채워서 보내는 과정이 반복되었다. 모든 일이 정신이상자의 꿈 정도만큼 이치에 닿았다. 그런 어이없는 상황에다 책까지 잔뜩 읽은 결과, 나는 모든 것을 불신하는 태도를 갖게 되었다.

그건 나만의 경우가 아니었다. 전쟁에는 매듭지어지지 않은 부분들과 망각된 구석들이 가득했다. 그 무렵 나처럼 이런저런 후미에 고립되다시피 한 사람들이 그야말로 수백만이었던 것이다. 사람들이 이름도 잊어버린 전선에서 썩어가고 있던 부대들이 숱하게 많았다. 서류 더미를 쌓는 대가로 1주일에 2파운드 이상을 타먹는 행정병과 타자병을 떼거리로 거느린 거대한 기관들이 있었다. 더구나 그들은 자신들이 하는 일이란 서류 더미를 쌓는 것뿐임을 너무나 잘 알았다. 누구도 잔학 행위에 대한 이야기나 작지만 용감한 벨기에 운운하는 소리를 믿지 않았다. 군인들은 독일군이 괜찮은 친구들이라 생각했으며, 프랑스인들을 지독히도 미워했다. 모든 하급 장교들은 참모부를 정신장애자 소굴로 보았다. 불신의 파도라 할 만한 게 영국 전역을 휩쓸고 있었고, '12마일 보관소'에까지 미칠 정도였다. 전쟁이 사람들을 고상하게 만들었다고 한다면 과장이겠지만, 당분간 허무주의자로 만든 건 사실이었다. 정상적인 상황이었다면 자신을 소기름 푸딩 같은 존재로 여기며 살았을 사람들이, 전쟁 때문에 과격분자가 되어버렸다. 전쟁이 없었다면 나는 지금 뭐가 되어 있을까? 모르긴 해도 지금과는 다른 사람일 것이다. 전쟁으로 어쩌다 죽지 않은 사람은 생각이란 걸 하기 시작할 수밖에 없었다. 어처구니없고 한심스러운 난리를 겪고 난 뒤, 사회를 피라미드처럼 영원하고 의심할 나위 없는 무엇으로 여기는 건 불가능해졌다. 엉망이 되어버린 것이었다.

9

 전쟁은 나를 홱 낚아채어 내가 알던 옛 시절 바깥 세계로 내동댕이쳤고, 전후의 야릇한 시기 동안 나는 그 시절을 거의 다 잊어버리고 말았다.
 어떤 의미에서 우리는 아무것도 잊어버리지 않는다는 것을 나는 알고 있다. 우리는 13년 전에 시궁창에서 본 오렌지 껍질 조각을, 기차역 대합실에서 얼핏 본 화려한 토키[96] 선전 포스터를 잘도 기억하는 것이다. 그런데 내가 말하는 기억은 그와는 다른 유의 기억이다. 어떤 의미에서 나는 로어빈필드의 옛 시절을 기억하긴 했다. 내 낚싯대도, 세인포인 냄새도, 갈색 찻주전자 뒤의 어머니도, 딱새 재키도, 장터의 말구유도 다 기억 속

---

[96] Torquay. 영국 남서부 바닷가의 유명한 리조트 타운.

에 있었다. 하지만 그 무엇도 더 이상 내 마음속에 살아 있지 않았다. 나와의 인연이 끝나버려 멀게만 느껴지는 무엇일 뿐이었다. 언젠가 그 세계로 돌아가고 싶어질지도 모른다는 생각은 한 번도 들지 않을 것만 같았다.

전쟁 직후는 참으로 이상한 시기였다. 사람들이 그리 생생하게 기억하지는 못하겠지만, 전쟁 자체보다 이상할 정도였다. 전쟁 때와 좀 다르긴 해도 모든 것에 대한 불신감이 그 어느 때보다 심해졌다. 수백만의 사내들은 갑자기 쫓겨나다시피 제대를 하고 보니, 그들이 목숨 걸고 싸웠던 조국이 그들을 원치 않는다는 것을, 로이드 조지[97]와 그 친구들이 남아 있던 환상에 찬물을 끼얹고 있다는 것을 알게 되었다. 참전용사들이 모금함을 흔들어대며 길거리를 오가기도 하고, 가면 쓴 여인들이 길에서 노래를 하기도 하고, 장교 제복 상의를 걸친 이들이 배럴오르간[98] 손잡이를 돌리고 있기도 했다. 나까지 포함해서 모든 영국인이 일자리를 구하느라 발버둥을 쳤다. 내 경우엔 대부분의 사람들보다 운이 좋았다. 나는 약간의 부상 퇴직금을 받았고, 전쟁 막바지 한 해 동안 약간의 돈을 모아두었기에(쓸 기회가 별로 없었던 것이다), 제대할 때 350파운드나 되는 돈이 있었다. 그런데 그때 내 태도가 어땠는지를 돌이켜보면 꽤 흥미롭다. 나는 내가 지향점으로 삼고서 자라왔으며 오랫동안 꿈꿔왔

---

[97] David Lloyd George(1863~1945). 1차대전 도중 및 직후 연립정부의 총리로서 개혁을 주도했고 자유당 대표를 지내기도 했으나 점차 보수 쪽으로 기운 인물.
[98] barrel organ. 길에 끌고 다니며 연주하는 미니 파이프오르간. 나무로 된 원통(배럴)에 음악을 코딩해둔 뒤 손잡이를 돌려 소리를 낸다.

던 바, 곧 가게를 열기에 충분한 돈을 수중에 갖고 있었다. 그만하면 넉넉할 정도였다. 350파운드는, 때를 기다리며 잘 찾아보면 작아도 참한 가게를 발견하기에 모자람이 없는 액수였다. 하지만, 믿으실지 모르지만, 그런 생각 자체가 들지 않았다. 가게를 열 작정을 안 한 정도가 아니라, 그래야 한다는 생각이 처음 들기까지(1925년이었다) 몇 해가 걸렸다. 가게를 차려 살아가보겠다는 사람이 가져야 할 법한 마음가짐의 궤도를 완전히 이탈한 셈이었다. 나를 그렇게 만든 것은 군대생활이었다. 군생활 때문에 나는 모조 젠틀맨이 되어 있었고, 언제 어디서든 약간의 돈이 나오리라는 고정관념을 갖게 되었던 것이다. 1919년 그 당시에 가게를 열어야 한다는 권고를 받았다면(담배 가게나 사탕 가게, 또는 어느 외진 마을의 잡화점 같은 것 말이다) 나는 그냥 웃어주고 말았을 것이다. 나는 장교 견장을 단 사람으로서 사회적 지위가 그만큼 올라갔다고 생각하고 있었다. 그렇다고 장교 출신들이 흔히 그랬듯 남은 평생 핑크빛 칵테일을 마시며 살 수 있으리란 망상을 갖고 있지는 않았다. 내 경우엔 일자리를 얻게 될 것임을 아는 정도였다. 그리고 그 일자리란 물론 "실업계"에 종사하는 것이었다. 딱히 어떤 종류인지는 몰라도, 높은 지위에서 중요한 일을 하는, 자동차와 전화가 제공되고, 가능하면 파마머리를 한 비서도 있는 자리 말이다. 전쟁 막바지 때 우리 같은 장교들 중에는 그런 환상을 가진 경우가 많았다. 매장 주임이었던 사람은 제대 후의 자신을 출장 외판원쯤으로 보았고, 출장 외판원은 자신을 회사 중역으로 보왔다. 그것은 군대생활이 끼친 효과였다. 견장을 차고, 수표책을 사용하고, 만찬을 주문하던 생활이 가져온 효과 말이다. 그런 생활을 하던 내내, 우리는 제대를 해도 적어도 군대 봉급만큼은 소득을 가져다줄 일자리가 우리를 기다리고 있으리라는 통념을 갖고 있었고, 그것은 장교뿐만 아니라 하사관과 사병의 경우에도 마찬가지였다. 물론 그런 통념이 없다면 전쟁에 나가 싸울 사람은 아무도 없을 것이다.

아무튼 나는 그런 일자리를 구하지 못했다. 나에게 유선형의 사무가구들 사이에 앉아 백금발 아가씨에게 편지를 구술하는 대가로 연봉 2000파운드를 주려고 안달인 사람은 아무도 없어 보였다. 나는 장교 출신들 중 4분의 3이 깨닫고 있던 바를 깨닫고 있었던 것이다. 경제적인 면으로 볼 때 우리는 제대 후 그 어느 때보다도 군에 있을 때 더 형편이 좋았을지 모른다는 사실 말이다. 우리는 국왕 폐하의 임관 사령을 받은 젠틀맨 신분에서 갑자기 아무도 원치 않는 가련한 실업자가 되어버린 것이었다. 나의 목표는 금세 연봉 2000파운드에서 주급 3~4파운드로 주저앉아버렸다. 그러나 주급 3~4파운드인 일자리도 도무지 없는 것 같았다. 어떤 일자리든 자리가 다 차 있었고, 그 주인공은 나이가 몇 살 더 많아서 징집을 피한 사내들이나 몇 달 어려서 참전하지 않은 청년들이었다. 어쩌다 1890년과 1900년 사이에 태어난 불쌍한 녀석들은 추운 바깥에 방치되고 말았다. 그래도 나는 식료품점 일로 되돌아간다는 생각은 전혀 하지 못했다. 원했다면 나는 식료품점 조수 자리를 얻을 수 있었을 것이다. 그리멧이 아직 살아 있고 업계에 남아 있었다면(로어빈필드와 연락이 끊겨 알지는 못했다) 아마 추천서를 잘 써줬을 것이다. 하지만 난 이미 다른 궤도에 진입한 뒤였다. 나의 사회적인 이상이 높아진 건 아니라고 해도, 나는 이미 보고 배운 게 있어서 카운터 뒤의 안전하던 옛 생활로 돌아간다는 걸 거의 상상도 하지 못했다. 그 대신에 나는 여기저기 출장을 다니며 큰돈을 벌고 싶었던 것이다. 내가 주로 되고 싶었던 건 출장 외판원이었고, 나는 그게 나한테 잘 맞으리라 확신했다.

하지만 출장 외판원 일도 일정한 급여를 받는 자리는 없었다. 있다면 커미션을 받는 자리뿐이었다. 이는 마침 대대적으로 시작되고 있던 착취 방식이었다. 아무 위험부담 없이 물건을 홍보하고 매출도 올릴 수 있는 더없이 환상적이고 간단한 방법이며, 시절이 나쁠 땐 언제나 번성하는 방식이다. 3개월 뒤면 고정급을 받는 자리가 생길지 모른다는 암시로 사람을 조종하며, 그 사람이 넌더리를 내도 당장 일을 이어받을 딱한 인간들이 언제나 있다. 얼마 안 돼 나는 커미션을 받는 조건으로 일하기 시작했고, 짧은 시간에 잇달아 꽤 많은 것들을 취급해보았다. 그렇다고 진공청소기나 사전을 팔러 다닐 정도로 전락하지 않았던 건 하늘에 감사할 일이다. 내가 취급해본 출장 외판 물건은 주방용 날붙이, 가루비누, 특허를 받았다는 코르크마개뽑이나 깡통따개 같은 일련의 도구들, 마지막으로 일련의 사무용품들(클립, 먹지, 타자기 리본 등)이었고, 일을 못한 것도 아니었다. 나는 커미션 받는 조건으로 물건을 팔아낼 수 있는 유형의 인간이다. 그럴 만한 기질과 태도를 갖추고 있는 것이다. 그런데도 그 일로 번듯한 생활을 할 만한 수준에 근접해본 적은 한 번도 없었다. 그건 그런 일자리로는 있을 수 없는 일이며, 물론 바라서도 안 될 바였다.

 나는 그 생활을 도합 1년쯤 했다. 참 희한한 시간이었다. 나라 끝에서 끝까지 다니다 보면 막돼먹기 그지없는 곳들에도 가게 되었고, 특히 중부 지역 도시들의 교외는 백 번 죽었다 깨어나도 들어보기 힘든 곳들이었다. 아침을 먹을 수 있는 삭막한 하숙집은 이불에서 항상 똥오줌 냄새가 조금씩 났고, 아침에 먹는 계란부침은 노른자가 레몬 빛깔보다 옅었다. 그리고 언제나 만나게 되는 불쌍한 다른 외판원들은 대개 좀먹은 외투를 걸치고 다니는 중년의 가장으로, 머잖아 경기가 바닥을 찍고 나면 수입을 1주일에 5파운드까지 올릴 수 있으리라 믿는 이들이었다. 이 가게 저 가게 다니며 듣기 싫어하는 주인과 입씨름을 벌이고, 손님이 한 명이라도 들어오면 뒤로 물러나 잠자코 있어야 하는 건 또 어떤가. 그렇다고 내가 그런 일을 특별히 괴로워했다고 생각하지는 마시기 바란다. 그런 생활을 고문처럼 받아들이는 이들도 있다. 팽이 위에 올라탄 것처럼 몸을 비비 꼬지 않고는 가게에 들어가서 견본품 가방을 열지도 못하는 이들이 있는 것이다. 하지만 나는 그렇지 않다. 나는 모진 편이어서, 사람들에게 말을 붙여 원치 않는 물건을 사게 만들 수 있으며, 면전에서 문을 쾅 닫아버려도 개의치 않는다. 커미션을 받고 물건을 파는 것은 실은 내가 좋아하는 일이다. 돈을 좀 벌 길이 보이기만 하면 말이다. 그해에 배운 게 많은지는 잘 모르겠지만, 잊어버린 건 많았다. 우선 그 생활은 군대에서 배운 미련한 생각들을 깨끗이 몰아내주었으며, 소설을 읽으며 한가롭게 지내던 때에 갖게 되었던 관념들을 머릿속 한구석으로 몰아넣어주었다. 출장만 다니던 그 시절, 내가 읽은 책은 추리소설 약간 말고는 단 한 권 분량도 안 되었을 것이다. 나는 더이상 고상한 지성인이 아니었으며, 현대 생활의 냉엄한 현실을 바닥에서 체험하고 있었던 것이다. 그렇다면 현대 생활의 현실이란 대체 무엇인가? 아마 제일 주된 것은 무언가를 팔기 위한 끊임없고 광적인 발버둥이 아닌가 싶다. 대부분의 사람들에게 그것은 자신을 파는 형식을 띤다. 달리 말해 일자리를 구하고 자리를 보존하는 것이다. 전쟁 이후로 일자리보다 구직자가 많지 않았던 때는(어떤 업종이라도 좋다) 단 한 달도 없었을 것이다. 그런 현실은 인생살이에 참 별나고 살벌한 느낌을 가져다주었다. 그것은 생존자는 열아홉 명인데 구명튜브는 열네 개밖에 없는 난파선에 있는 느낌이다. 그런데 그게 특별히 현대적인 현상인가, 할지도 모르겠다. 그게 전쟁과는 무슨 상관인가? 나로서는 전쟁과 관련이 있다고 생각한다. 언제나 싸우고 부산을 떨어야 한다는 느낌, 남한테서 빼앗지 않으면 아무것도 얻지 못하리라는 느낌, 내 자리를 노리는 누군가가 반드시 있다는 느낌, 다음 달이나 그다음 달이면 감원이 있을 것이고 이번은 내 차례일 것이라는 느낌. '그런' 건 전쟁 이전의 옛 시절엔 존재하지 않았다고 단언할 수 있다.

그 당시에 내가 그리 쪼들렸던 건 아니다. 약간 벌기도 했고 은행에 아직 많은 돈이 있었으며(200파운드 가까이 됐다) 미래가 두렵지도 않았다. 머지않아 정규직 일자리를 구하게 되리라 낙관하고 있기도 했다. 그리고 과연, 1년쯤 지나서 순전히 운이 좋아서 생각대로 일이 풀렸다. 순전히 운이 좋았다고 하지만, 실은 운이 좋을 수밖에 없었다. 나는 전전긍긍하는 타입이 아니다. 결국 상원의원이 되기보다는 구빈원 신세를 질 가능성이 더 많은 사람인 것이다. 달리 말해 고만고만한 정도면 됐다는, 중력에 끌려가듯 주급 5파운드 수준에 근접하겠거니 생각하는 타입이다. 그리고 어지간한 일자리가 있기만 하다면 붙들어보려고 공을 들이는 유형의 인간인 것이다.

운이 찾아온 것은 클립과 타자기 리본을 팔러 다닐 때였다. 플리트스트리트Fleet Street에 있는 큰 오피스 건물에 얼렁뚱땅 잽싸게 들어간 직후였다. 물론 잡상인 출입이 금지된 빌딩이었지만, 승강기 안내원에게 내 견본품 가방은 그냥 서류 가방이라는 인상을 그럭저럭 심어줄 수 있었다. 누군가 추천해준 대로 작은 치약회사의 사무실을 찾아 어느 복도를 걸어갈 때였다. 반대편에서 아주 높으신 양반이 걸어오는 게 보였다. 거물이라는 걸 당장 알아볼 수 있었다. 큰 사업가는 보통 사람보다 공간도 많이 차지하고 걷는 소리도 요란한 듯 느껴지며, 50야드 밖에서도 감지할 수 있는 돈 냄새 같은 걸 발산하는 법이다. 거물이 바로 앞에 왔을 때, 나는 그가 조지프 침 경임을 알아보았다. 물론 그는 민간인 차림이었지만 알아보기 어렵지 않았다. 사업상 회의 같은 게 있어서 방문한 듯했다. 비서인지 뭔지 싶은 두 사람이 그를 바짝 붙어 따라오고 있었는데, 마치 그의 기다란 옷자락을 들고 따라다니는 듯했다. 그가 그런 옷을 입은 건 아니었지만, 그들의 몸가짐은 꼭 그래 보였다. 물론 나는 당장 옆으로 비켜섰다. 그런데 희한하게도 그가 나를 알아보는 것이었다. 나를 본 지가 몇 해나 되었는데도 말이다. 더구나 놀랍게도 멈춰 서더니 말을 걸기까지 하는 것이었다.

"어이, 여보게! 전에 어디서 봤는데, 자네 이름이 뭐였더라? 기억날듯 말듯 하는구먼."

"볼링입니다, 각하. 병참단 소속이었습니다."

"맞아, 맞아. 젠틀맨이 아니라고 한 청년이었지. 여기서 뭘 하나?"

타자기 리본을 팔러 왔다고 말할 수도 있었을 텐데, 그랬다면 그걸로 끝이었을 것이다. 하지만 종종 갖게 되는 영감 같은 게 갑자기 떠올랐으니, 여기서 잘 넘어가면 뭔가가 생길지도 모른다는 느낌이 있었다. 대신에 나는 이렇게 말했다.

"예, 각하, 사실 저는 일자리를 찾고 있는 중입니다."

"일자리? 흐음. 요즘엔 쉽지 않지."

그는 잠시 나를 훑어보았다. 옷자락을 들고 따라다니듯 하던 두 수행원은 이내 약간 뒤로 사뿐 물러나 있었다. 숱 많은 반백 눈썹과 지적인 콧날의 이 인물 좋은 노인은 나를 훑어보더니 도와줄 결심을 한 모양이었다. 부자들이 가진 힘이란 참 묘한 것이었다. 힘과 명예를 가진 그는 부하들을 거느리고 내 곁을 지나치다 무슨 바람이 불었는지 나를 주목했던 것이다. 거지에게 동전을 던져주려고 갑자기 행렬을 멈춰 세운 황제처럼 말이다.

"음, 일자리를 구한단 말이지? 자네가 할 수 있는 게 뭐지?"

다시 영감이 떠올랐다. 이런 사람에게 자신의 장기를 과장해봤자 부질없는 노릇일 터였다. 있는 대로 얘기하자.

"없습니다, 각하. 그래도 출장 외판원 일자리가 생기면 좋겠습니다."

"외판원? 흐음, 당장 자네가 갈 만한 자리가 있나 모르겠군. 어디 보자."

그는 입을 오므리고는 잠시, 한 30초 동안 꽤 심사숙고했다. 알 수 없는 일이었다. 그 순간에도 나는 참 희한한 일이라는 생각을 했다. 이 중요하신 노인네가, 재산이 적어도 50만 파운드는 될 사람이 잠시나마 오로지 내 생각을 해주고 있었던 것이다. 나는 그의 갈 길을 잠시 막고서, 귀하신 분의 시간을 적어도 3분이나 쓰고 있는 셈이었다. 순전히 몇 해 전에 어쩌다 말 몇 마디 주고받은 사이였다는 이유로 말이다. 나는 그의 기억에 순간이나마 남아 있었고, 그 때문에 그는 나에게 일자리를 구해주는 데 필요한 수고를 조금이나마 마다하지 않았던 것이다. 같은 날 직원을 스무 명은 해고했을지도 모를 그가 마침내 입을 열었다.

"보험회사에서 일해보는 건 어때? 늘 안전한 편이잖아. 먹어야 사는 것처럼 보험은 들고들 살아야 하니까."

물론 나는 보험회사에 들어가는 것도 좋겠다고 흔쾌히 대답했다. 조지프 경은 플라잉 샐러맨더라는 회사에 "관심"이 있었다. 그가 "관심"을 갖는 회사야 얼마든지 있었겠지만 말이다. 수행원 하나가 큼직한 메모장을 들고 사뿐 다가오자, 조셉 경은 조끼 호주머니에서 금색 만년필을 뽑아들더니 플라잉 샐러맨더의 높은 사람에게 줄 메모를 끄적였다. 내가 감사하다고 하자 그는 가던 길을 갔고, 나는 그 반대쪽으로 슬금슬금 걸었다. 그리고 우리는 다시 만나지 못했다.

아무튼 나는 그렇게 직장을 잡았고, 앞서 말했다시피 그다음엔 직장이 나를 잡았다. 그렇게 플라잉 샐러맨더에서 일한 지가 이제 18년쯤 된다. 나는 보험 사무원으로 출발하여 지금은 보험조사인으로 있으며, 각별히 인상적인 느낌을 줄 필요가 있을 때는 대리인이라 소개한다. 1주일에 며칠은 지점에서 일하고, 나머지는 출장을 다니며 지역의 대리인들이 소개해준 고객을 만나기도 하고, 가게나 기타 재산에 대한 평가를 하기도 하고, 이따금 독자적인 지시를 내리기도 한다. 1주일 수입은 7파운드 정도다. 엄밀히 말하자면 내 이야기는 여기까지가 전부다.

돌이켜보건대, 나에게 활동적인 삶이 있었다면 내 나이 열여섯 때 끝이 났다고 해야 한다. 나에게 정말 중요했던 일들은 전부 그 시점 이전에 일어났던 것이다. 굳이 말하자면, 플라잉 샐러맨더에 취직할 때까지는 계속해서 다른 일들이 있었다고 할 수 있다(이를테면 전쟁이 있었다). 그 뒤는—글쎄, 행복한 사람은 얘깃거리가 없다고들 하는데, 보험회사 직원도 마찬가지다.[99] 그날 이후론 내 인생에서 사건이라 할 만한 게 전무했다. 그로부터 2년 반 뒤인 1923년 초에 결혼한 것 말고는 말이다.

---

[99] Happy people have no histories. 톨스토이의 명언이라는 설이 있는데 출처가 분명치 않고, 비슷한 문구로 "행복한 가정은 모두 엇비슷하고, 불행한 가정은 제각각 불행하다"는 『안나 카레니나』의 첫 문장이 유명하다. "가장 행복한 여인들은 가장 행복한 나라들과 마찬가지로 얘깃거리(역사)가 없다"는 조지 엘리엇의 문장도 유명하다(소설 『플로스강의 물방앗간』 중).

10

나는 일링에 있는 하숙집에 기거하고 있었다. 세월은 슬금슬금 빨리도 흘러갔다. 로어빈필드는 내 기억에서 거의 사라지고 말았다. 나는 8시 15분 차를 놓치지 않으려고 내달리고, 경쟁자를 따돌리기 위해 술수를 쓰는, 도시의 흔해빠진 젊은 직장인이었다. 회사에서는 나에 대한 평이 꽤 좋았고, 나는 그런 생활에 별 불만이 없었다. 전후의 마약 같은 성공신화에 제법 취해 있었던 것이다. 그 무렵 흔히들 떠들어대던 소리를 기억하실 것이다. 활력, 박력, 담력, 기백을 갖추라. 성공 아니면 실패뿐. 정상에도 빈자리는 많다. 악착같이 하면 실패할 수 없다. 그리고 잡지의 그 광고들! 이를테면 상사가 어깨를 두드려주는 사내, 큰돈을 번 비결이 무슨무슨 통신강좌라고 말하는 턱 뾰족한 중역을 내세운 광고 말이다. 그런 소리를 우리 모두 곧이곧

대로 잘도 받아들였다는 게 놀라울 따름이다. 아무 해당 사항도 없는 나 같은 인간까지도 그랬다. 나는 수완가도 아니고 무능력자도 아니며, 천성적으로 어느 쪽도 될 수 없는 인간인데도 말이다. 하지만 그게 시대정신이었다. 해내라! 성취하라! 넘어진 자가 있으면 일어나기 전에 올라타라. 물론 때는 1920년대 초였으니, 전쟁의 효과가 아직 가시지 않았고 혼을 빼놓을 불황이 아직 시작되지 않던 무렵이었다.

나는 '부츠' 문고의 우수 가입자였고, 반 크라운을 내고 입장하는 댄스파티에 다녔고, 지역 테니스 클럽의 회원이었다. 세련돼 보이려고 애쓰던 교외의 그 테니스 클럽들을 아실 것이다. 나무로 지은 정자가 있고 철조망이 높게 둘러쳐져 있는 뜰에서 볼품 어색한 플란넬 운동복을 입은 젊은 사람들이 "핍틴 포티!"니 "밴티지 올!"이니 외치며(그것도 상류사회를 제법 흉내내는 목소리로) 껑충껑충 뛰어다니던 곳들 말이다. 나는 테니스 치는 법도 배웠고, 춤 솜씨도 별로 나쁘지 않았으며, 여자들과도 잘 어울렸다. 서른이 다 되어갈 무렵, 얼굴 붉고 버터빛 머리색인 나는 그런대로 봐줄 만한 외모였고, 그때까지만 해도 전쟁에서 싸웠다는 게 호감을 사는 요소가 되었다. 그때든 다른 언제든 나는 젠틀맨으로 보이는 데 성공한 적은 없지만, 그렇다고 시골 타운 작은 가겟집의 아들로 보이는 편도 아니었다. 그리하여 나는 일링처럼 여러 부류가 섞여 사는 지역에서 그럭저럭 정착할 수 있었던 것이다. 회사원 계층과 고만고만한 중산층이 섞여 있는 곳 말이다. 내가 힐다를 처음 만난 것은 테니스 클럽에서였다.

 그때 힐다는 스물네 살이었다. 작고 가는 몸집에 좀 소심한 편이며(머리는 검고 몸놀림이 우아했다) 눈이 아주 커서 확실히 토끼를 닮았다 할 만했다. 그녀는 말은 잘 안 하지만 어떤 자리에서든 다소곳이 있기에 잘 들어준다는 인상을 주었다. 말을 한다 해도 마지막으로 말한 사람이 누구든 대개 "아, 네, **저도** 그렇게 생각해요"라는 식이었다. 테니스를 칠 때 그녀는 아주 우아하게 깡충깡충 뛰어다녔고, 실력이 없는 게 아니었지만 아무튼 약하고 어리다는 느낌을 주었다. 힐다의 성은 빈센트였다.

 기혼자라면 "대체 왜 내가 그런 짓을 했을까?"하고 자문할 때가 종종 있을 텐데, 내가 힐다에 대해 얼마나 많이 그랬는지는 하느님만이 아신다. 그리고 여기서 다시, 15년 전을 돌이켜보며 하는 소리지만, '도대체' 왜 나는 힐다와 결혼한 걸까?

 물론 그녀가 젊기도 했고 어떤 면에서 상당히 예쁘기도 했다는 게 부분적인 이유일 것이다. 그것 말고 말할 수 있는 이유가 있다면, 그녀가 나와는 출신이 완전히 달랐기에 나로서는 그녀가 정말 어떤 사람인지를 가늠하기가 너무나 어려웠다는 것뿐이다. 우선 그녀와 결혼을 해야 그녀가 어떤지를 알 수 있었던 것이다. 만일 엘시 워터스 같은 여자와 결혼했다면 내가 어떤 사람과 부부가 되는지를 알았을 것이다. 힐다는 내가 풍문으로나 들어본 계층, 즉 가난에 찌든 관리 계급에 속했다. 그녀의 집안 사람들은 여러 세대에 걸쳐 육해군 장교, 성직자, 인도 주재 관리 같은 걸 지낸 이들이었다. 그들은 돈을 넉넉히 가져본 적은 한 번도 없지만, 내가 보기에 일이라 할 만한 걸 해본 적도 전혀 없는 사람들이었다. 뭐라고 하실지도 모르지만, 독실하고 오후 늦게 티타임을 갖는 가겟집 출신인 나 같은 사람은, 그런 집안에 대해 속물적인 호감 같은 걸 갖게 된다. 지금이야 그런 것에 아무 영향도 받지 않겠지만, 그땐 그랬다. 오해는 마시기 마란다. 내가 힐다와 결혼한 게, 힐다가 한때 카운터 너머로 나의 섬김을 받던 계급 출신인 만큼, 내 신분을 높이겠다는 생각이 있었기 때문은 '결코' 아니니 말이다. 그저 그녀를 이해할 수 없었고, 그래서 그녀에 대하여 어리석은 판단을 내렸던 것뿐이다. 그리고 확실히 놓쳤던 것 하나는, 이 빈털터리 중산층 집안의 딸들은 단지 집에서 나오기 위해 바지 입는 치들이면 아무하고나 결혼하려 한다는 점이었다.

힐다가 나를 선보이러 집에 데려가는 데는 얼마 걸리지 않았다. 나는 그때까지만 해도 일링에 인도에 주재했던 사람들이 꽤 몰려 산다는 사실을 몰랐다. 새로운 세계를 발견하는 것이란! 나로서는 정말 뜻밖의 일이었다.

인도 주재원들의 집이 어떤지 혹시 아시는지? 그런 집에 들어가보면, 집 밖이 영국이고 20세기라는 사실을 상기한다는 게 거의 불가능해진다. 현관문에 발을 들여놓자마자 1880년대의 인도에 가 있게 되는 것이다. 어떤 분위기인지 아실 것이다. 티크나무를 깎아 만든 가구, 놋쇠 쟁반, 벽에 걸린 먼지 뽀얀 호랑이 머리, 트리치노폴리[100] 시가, 빨간 고추 피클, 햇볕 가리개

헬멧을 쓴 사내들이 등장하는 누런 사진, 남들도 뜻을 알겠거니 하듯 써대는 힌두스타니[101] 단어들, 호랑이 사냥에 관한 끝 모를 일화들, 1887년도에 푸나[102]에서 스미스가 존스에게 했다는 말. 마치 그들 자신이 만든 그들만의 작은 세계라 할 만했다. 물론 당시의 나로서는 그 모든 게 너무나 새로웠고, 어떤 면에서는 꽤 흥미롭기도 했다. 힐다의 아버지 빈센트 씨는 인도에만 있었던 게 아니라 그보다 훨씬 더 외딴 곳(보르네오 아니면 사라왁이었다)에서도 살았다. 그는 익히 볼 수 있는 타입이었다. 완전 대머리에, 콧수염이 얼굴을 거의 가려버릴 정도였고, 코브라나 허리장식띠나 1893년도에 어느 군수郡守가 했다는 말에 관해서라면 할 얘기가 얼마든지 있는 사람이었다. 힐다의 어머니는 얼굴에 핏기가 워낙 없어서 벽에 걸린 빛바랜 사진들과 다를 바가 없는 모습이었다. 부부의 아들인 해럴드는 실론에서 무슨 공직을 맡고 있었는데, 내가 힐다와 처음 만날 때 휴가를 받아 집에 와 있던 중이었다. 집은 작고 어두웠으며, 일링에 있는 줄도 몰랐던, 묻혀 있다시피 한 뒷골목에 있었다. 트리치노폴리 시가 냄새는 가실 줄을 몰랐고, 투창, 입으로 화살을 불어 쏘는 통, 놋쇠 장식물, 야생동물의 머리 같은 것들이 그야말로 꽉 차 있어서 그 사이로 다니기가 힘들 정도였다.

100 Trichinopoly. 인도 남부의 도시. 인도에서는 티루치라팔리Tiruchirapalli 또는 티루치라 부른다.
101 인도 북부 일대에서 널리 쓰이는 일군의 방언으로, 다수 종족들 사이의 공통어 노릇을 한다.
102 Poona. 인도 중서부의 대도시. 지금 인도에선 푸네Pune라고 한다.

빈센트 씨는 1910년에 은퇴했는데, 그 뒤로 그와 아내의 활동량은 심신 양면으로 한 쌍의 조개 만큼밖에 되지 않았다. 하지만 동시에 나는 육군 소령과 대령이 있었고, 한 번은 해군 제독까지 나왔던 집안에 적이 감명을 받았다. 빈센트 집안에 대한 나의 태도도 나에 대한 그들의 태도도, 사람이 자기 계통을 벗어나면 얼마나 바보가 될 수 있는지를 잘 보여주는 흥미로운 사례다. 나를 실업계 사람들 사이에 갖다 놓으면(회사 중역이든 출장 외판원이든 상관없다) 상대의 수준이 어느 정도인지를 꽤 정확히 판단할 수 있다. 하지만 나는 장교나 이자소득 생활자나 성직자 계급에 대해서는 겪어본 바가 전혀 없었기 때문에 다 망해가는 이 퇴물 계급 사람들에게 머리를 조아리는 경향이 있었던 것이다. 나는 그들을 사회적으로도 지적으로도 나보다 우월한 존재로 보았고, 그들은 그들대로 나를 머지않아 큰돈을 벌어들일 떠오르는 청년 실업가로 오인했다. 그런 부류의 사람들에겐 "사업"이란 해상보험이든 땅콩 판매든 아주 깜깜한 수수께끼일 뿐이었다. 그에 대해 그들이 아는 바라곤 좀 속되긴 해도 돈을 벌 수 있는 분야라는 것뿐이었다. 빈센트 씨는 내가 "실업계"에 있다는 것을 인상적으로 언급하곤 했는데(한번은 말이 엇나가 "장사판"에 있다고도 했다), 실업계에 종업원으로서 종사하는 것과 자기 사업을 하는 것의 차이를 이해하지 못하는 게 분명했다. 그는 내가 플라잉 샐러맨더에 몸담고 있으니 승진을 거듭해서 머잖아 꼭대기까지 올라갈 것이라는 식으로 생각했다. 나는 그가 언젠가 내게 5파운드를 뜯어내는 상상을 했을 수도 있다고 생각한다. 해럴드는 확실히 그랬다. 그의 눈빛을 보면 알 수 있었다. 아닌 게 아니라 그가 지금 살아 있다면, 변변찮은 내 형편에도 아마 그에게 돈을 빌려줘야 할 것이다. 다행히 그는 우리가 결혼한 지 몇 년 뒤에 장티푸스인지 뭔지로 고인이 됐고, 빈센트 씨 내외도 모두 세상을 떠났다.

아무튼 힐다와 나는 결혼을 했고, 우리의 결혼생활은 애초부터 실패작이었다. 그럼 왜 그녀와 결혼했나 하실 것이다. 그렇다면 당신은 왜 결혼했느냐고 반문하고 싶다. 살다 보면 그렇게 되는 것이다. 결혼하고서 처음 2~3년 동안 내가 힐다를 죽일 생각을 진지하게 했다고 말한다면 믿으실지. 물론 실제로는 절대 그럴 수 없다. 생각 자체를 즐기는, 일종의 공상일 뿐인 것이다. 더구나 자기 마누라를 살해하는 사람은 반드시 잡히고 만다. 아무리 비상하게 알리바이를 조작한들, 누구 짓인지 완벽하게 밝혀지기 때문에 결국 꼼짝 못 하게 된다. 여자가 누구 손에 죽으면 언제나 남편이 가장 유력한 용의자가 되는데, 이것 하나만 봐도 결혼에 대한 사람들의 진심이 어떤 것인지를 간접적으로나마 얼핏 감지할 수 있다.

사람은 시간이 흐르면 무엇에든 적응하게 된다. 한두 해 뒤부터 나는 그녀를 죽이고 싶다는 마음을 접고, 그녀에 대해 마냥 놀라워하기 시작했다. 그저 놀라울 따름이었다. 일요일 오후나 평일 퇴근 후 저녁, 나는 신발만 벗고 옷을 다 입은 채로 침대에 드러누워 여자라는 존재에 대해 놀라워하곤 했다. 어떨 때는 몇 시간씩 그러고 있었다. 여자들은 왜 그 모양일까. 어쩌면 그렇게 될 수 있을까. 일부러 그러기라도 하는 걸까. 제일 무서운 건, 여자들이(다 그런 건 아니다) 결혼한 다음 너무나 빨리 망가진다는 점이지 싶다. 마치 결혼 하나만을 위해 혼신의 힘을 다하다가 일단 이루고 나자마자 시들어버리는 것이, 씨앗을 만들어낸 다음의 꽃 같다. 나를 정말 낙담하게 만드는 것은, 여자들의 그런 성향이 암시하는 삶에 대한 삭막한 태도다. 결혼이 대놓고 벌이는 사기극일 뿐이라면(여자가 나를 함정에 빠트리고 나자 돌아서서는 "자, 넌 이제 나한테 잡혔으니까, 내가 마음껏 즐기는 동안 넌 나를 위해 일해!"라고 한다면) 그토록 상심하지는 않을 것이다. 문제는 정반대라는 것이다. 여자들은 결혼을 하면 그 생활을 즐기려고 하는 게 아니라, 더없이 빨리 중년으로 뚝 떨어지려고만 한다. 자기 남자를 제단 앞으로 끌고 가 혼인서약을 하게 만드는 가공할 전투가 끝나면, 여자는 긴장을 좀 늦추게 되고, 그러자 그녀의 젊음도 미모도 활력도 사는 즐거움도 전부 하룻밤 만에 사라져버리는 것이다. 힐다의 경우가 그랬다. 예쁘고 고운 아가씨던 그녀였다. 내가 보기엔 나보다 나은 종류의 동물이 아닌가 싶을 정도였다(처음 알았을 땐 '정말' 그렇기도 했다). 그런데 불과 2~3년 만에 우울하고 생기 없는 중년의 촌스러운 아줌마로 변해버리다니. 내게도 어느 정도 책임이 있다는 걸 부인하진 않는다. 하지만 그녀가 누구와 결혼했다 해도 결과는 매한가지였을 것이다.

힐다에게 부족한 것은(결혼한 지 1주일 만에 발견한 점이었다) 삶을 즐기는 태도, 무언가에 대해 그 자체가 좋아서 흥미를 갖는 태도 같은 것이었다. 무언가를 그저 재밌기 때문에 즐긴다는 것은 그녀로서는 좀처럼 이해하기 힘든 일이다. 내가 그런 쇠락한 중산층 집안 출신들이 정말 어떤 사람들인지 처음으로 알게 된 것은 힐다를 통해서였다. 그들의 가장 본질적인 특징 하나는 돈에 쪼들리는 바람에 모든 활력이 다 빠져나가버렸다는 사실이었다. 그들처럼 빈약한 연금에 의지해(다시 말해 절대 늘어나는 법은 없고 대개 점점 줄어드는 수입에 의존해서) 살아가는 집안에서는 빈곤에 대한 의식이 농민 집안의 경우보다 강하다 (우리 집안보다 강하다는 건 말할 것도 없다). 빵껍질로 남은 소스를 닦아 먹고 6페니짜리를 한 번 더 쳐다보고 쓰는 일도 더 많은 것이다. 힐다는 어릴 적 기억 중에 가장 먼저 떠오르는 게, 그 무엇을 사려 해도 돈이 충분한 적이 한 번도 없었던 삭막한 느낌이라는 말을 내게 자주 하곤 했다. 물론 그런 집안에선 돈이 모자라서 최악인 상황은 언제나 아이들이 학교에 다닐 때였다. 그리하여 그 아이들은(특히 여자아이들은) 사람이란 '항상' 돈이 궁할 수밖에 없을 뿐만 아니라, 궁하게 사는 게 사람의 의무라는 고정관념을 갖고 자라게 된다.

처음에 우리는 비좁은 2층짜리 아파트에 살았는데, 내 봉급으로 그럭저럭 버틸 정도는 되었다. 나중에 내가 웨스트블레츨리 지점으로 전근을 가고 나자 형편이 나아졌지만 그래도 힐다의 태도는 변하지 않았다. 그칠 줄 모르는 그 지겹고 삭막한 돈 걱정이란! 우윳값은! 석탄값은! 집세는! 학비는! 우리는 함께 사는 내내 "다음 주면 우린 구빈원에 있을 거야"라는 노래에 맞추어 살아온 셈이었다. 그렇다고 힐다가 인색하다는 건 아니며(일반적인 뜻에서 말이다) 이기적이라는 건 더욱 아니다. 어쩌다 약간의 여윳돈이 남더라도, 힐다는 괜찮은 옷이라도 좀 사 입으라는 나의 설득에 넘어가는 법이 거의 없는 것이다. 대신에 그녀는 돈이 부족한 상황을 근심하도록 부단히 애써야 '만' 한다는 강박을 갖고 있다. 의무감으로부터 비참함을 끌어내기 위해 굳이 애를 쓰는 것이다. 나는 그렇지 않다. 나는 돈에 대해 보다 프롤레타리아적인 태도를 갖고 있다. 여기 살아야 할 삶이 있는데, 우리가 아주 딱한 처지가 될 형편이라면…… 뭐 다음 주야 한참 남았으니까, 하는 게 나인 것이다. 그녀가 정말 경악스러워하는 점은, 내가 걱정을 거부한다는 것이다. 그 점에 대해 힐다는 언제나 나를 몰아세운다. "그런데, 조지! 당신은 **이해**를 못 하나 봐! 우린 아예 돈이 없다니까! 정말 **심각**하다구!" 그녀는 무언가가 "심각"하다는 이유로 공황에 빠져들기를 참 좋아한다. 그리고 요즘엔 무언가에 대해 근심할 때, 어깨를 움츠린 채 팔짱을 끼고 있는 버릇을 들였다. 힐다가 온종일 한 말들을 목록으로 만들어본다면, 주로 세 가지가 맨 윗자리를 차지한다는 것을 알게 될 것이다. "우린 그럴 형편이 안 돼", "이게 훨씬 싸니까", "그런 돈이 어디서 나온단 말이람." 그녀는 어떤 일에든 부정적인 동기에만 관심이 있다. 예컨대 케이크를 만들 때면 케이크 생각을 하는 게 아니라 어떻게 하면 버터와 계란을 적게 쓸 수 있을까만 생각한다. 나와 잠자리에 들 때면 어떻게 하면 임신을 막을 수 있을까 하는 생각뿐이다. 영화관에 가면 내내 푯값이 너무 비싸다며 치를 떨기만 한다. 힐다의 살림살이 방식, 즉 무엇이든 "끝까지 쓰기"와 "그럭저럭 때우기"를 철저히 강조하는 방식은 우리 어머니라도 경기를 일으켰을 정도다. 그런가 하면 힐다는 조금도 속물적이지 않다. 그녀는 내가 젠틀맨이 아니라는 이유로 깔본 적은 한 번도 없었다. 오히려 그녀 기준으로 보기에 나는 너무 귀족적인 습성을 갖고 있는 것이다. 우리는 티숍에 가서 간단한 식사를 할 때마다 내가 웨이트리스한테 팁을 너무 많이 준다는 이유로, 속삭이며 지독한 말다툼을 하지 않은 적이 없다. 그리고 알 수 없는 건, 지난 몇 년 동안 그녀가 견해로 보나 심지어 외양으로 보나 나보다 훨씬 더 확연히 하류 중산층이 되어버렸다는 사실이다. 물론 이 모든 "절약" 활동은 아무 실효도 거두지 못했다. 지금도 마찬가지다. 우린 엘즈미어로드에 사는 다른 사람들과 다를 바 하나 없이 잘살거나 못살 뿐인 것이다. 그래도 가스 요금이나 우윳값, 너무 비싼 버터값, 아이들 부츠와 학비에 대한 끊임없는 근심 걱정은 그칠 줄 모른다. 그게 힐다에겐 일종의 게임인 것이다.

우리는 1929년도에 웨스트블레츨리로 이사 왔고, 이듬해부터 엘즈미어로드에 있는 집의 할부금을 내기 시작했다(빌리가 태어나기 얼마 전이었다). 조사인이 된 뒤로 나는 집을 떠나 지내는 경우가 더 많아졌고, 다른 여자들과 어울릴 기회도 더 많아졌다. 물론 나는 충실하지 않았다(그렇다고 매번은 아니었고 기회가 있을 때마다 그랬다). 그런데 이상하게도 힐다는 질투를 했다.

내가 바람을 피우느냐 마느냐가 힐다에겐 그리 중요한 문제가 아니라는 사실을 고려해볼 때, 나로서는 그녀가 개의치 않으리라 예상할 만도 했다. 또한 그녀는 질투하는 모든 여자들과 마찬가지로, 때때로 교묘하게 눈치를 채기도 한다. 그래서 이따금 그녀가 나의 부정을 잡아내는 것을 보고서, 나는 텔레파시라는 걸 믿을 뻔도 했다. 내가 어쩌다 떳떳할 때에도 그녀가 나를 의심하는 경우가 자주 있지 않았다면 말이다. 아무튼 난 계속해서 의심을 받는 편인데, 지난 몇 년 동안은(적어도 5년간은 말이다) 꽤 결백했던 게 사실이다. 나처럼 뚱뚱해지면 그럴 수밖에 없는 것이다.

전반적으로 볼 때, 힐다와 내 사이는 엘즈미어로드에 사는 부부들의 평균은 될 것이다. 별거나 이혼을 생각해본 적도 제법 있었지만, 우리 같은 계층은 그런 걸 하기도 어렵다. 그럴 형편이 못 되는 것이다. 그리고 시간이 흐르다 보면 몸부림도 거의 포기하게 된다. 한 여자와 15년을 살다 보면, 그녀 없는 생활을 상상하기가 어려워진다. 그녀는 주변 질서의 일부가 되어버리는 것이다. 불경스러운 소리지만 해나 달에 대해서도 못마땅한 점을 발견할 수 있을 텐데, 그렇다고 해나 달을 갈아치우면 좋겠다고 진심으로 바라는가? 더구나 아이들이 있었다. 아이는 부부를 이어주는 "고리", 또는 "끈"이라고들 하지 않는가. 쇳덩어리 매달린 족쇄라고까지 할 수는 없어도 말이다.

근년 들어 힐다는 휠러 부인과 민스 양이라는 친한 친구 둘이 생겼다. 휠러 부인은 과부인데, 내가 보기엔 남성 자체를 매우 혐오하는 것 같다. 내가 어쩌다 그들이 있는 방에 모르고 들어가기만 해도 그녀가 불쾌감에 떨다시피 하는 것을 느낄 수 있을 정도다. 그녀는 작고 빛바랜 여성이며, 어딘가 전체적으로 한 빛깔이라는, 그것도 뿌연 먼지색 같다는 묘한 인상을 준다. 하지만 그녀에겐 넘치는 에너지가 있는데, 그것이 힐다에게 나쁜 영향을 끼치고 있다. 좀 다른 형태를 띠긴 해도 "절약"과 "그럭저럭 때우기"에 대한 열정은 힐다와 같기 때문이다. 그녀의 경우 그러한 열정은 돈을 들이지 않고도 무언가를 즐길 수 있다고 생각하는 형태를 띤다. 그녀는 언제나 돈이 안 드는 거래와 오락을 아슬아슬하게 누리는 걸 좋아한다. 그런 사람에게는 무언가를 원하느냐 마느냐는 조금도 중요한 게 아니다. 오로지 그것을 싸게 구할 수 있느냐만이 문제인 것이다. 대형 상점에서 재고 처분 행사를 할 때면 휠러 부인은 언제나 맨 앞줄에 서 있다. 매장 카운터 주변에서 온종일 고된 싸움을 한 끝에 아무것도 사지 않고 나오는 게 그녀로서는 가장 큰 자랑거리다. 민스 양은 꽤 다른 유형이다. 그녀는 참으로 딱한 케이스라고 해야겠다. 서른여덟 살쯤 되었고 큰 키에 마른 체형인 그녀는, 머리는 새까맣고 윤기 있으며 얼굴은 몹시도 선하고 의심이란 걸 모르게 생겼다. 얼마 안 되는 연금 비슷한 것으로 생활하고 있는 그녀는, 내가 보기엔 교외가 성장하기 전, 웨스트블레츨리가 작은 시골 타운이던 때의 옛 사회가 남긴 유물이다. 그녀는 어느 모로나 아버지가 성직자였으며 생전에 딸을 꽤나 억눌렀다는 사실이 온몸에 배어 있다는 느낌을 준다.

그녀 같은 부류의 여성들은 중산층의 특별한 부산물인 셈이다. 집을 탈출하는 데 성공하기 전에 시들시들 할머니가 되어버리는 여성들 말이다. 가련한 민스 양은 주름살이 그렇게 많은데도 영락없이 어린애 같아 보인다. 그녀로선 성당에 나가지 않는 게 지금 시대에도 엄청난 모험이다. 그녀는 늘 "현대적 진보"가 어떠니 "여성 운동"이 어떠니 종알종알하며, 본인의 "지성 함양"이란 것에 대한 막연한 동경이 있는데, 어떻게 함양을 시작할지에 대해서는 딱히 모르고 있다. 내 생각에 그녀가 처음 힐다와 휠러 부인과 친해지려 한 것은 순전히 외롭기 때문이었는데, 지금은 둘이 어딜 가든 그녀를 데리고 다닌다.

그리고 이 셋이서 어울려 다니는 그 많은 시간이란! 어떨 때는 거의 샘이 날 정도다. 무리를 주도하는 건 휠러 부인이다. 이런저런 백치 같은 일에 무리를 이끌고 다니는 것은 번번이 그녀였다. 신지학神智學에서부터 실뜨기 놀이에 이르기까지 안 해보는 게 없었는데, 다만 싼값에 할 수 있는 것이어야 했다. 몇 달 동안 이들은 음식에 대해 괴상한 실험을 하는 데 열중하기도 했다. 휠러 부인이 『복사에너지』라는 책을 중고로 구했는데, 그 책에 따르면 상추 같은 돈 안 드는 것들만 먹고도 살 수 있다는 게 증명되었다는 것이었다. 물론 힐다는 그 말에 혹했고, 당장 굶기 시작했다. 힐다는 나와 아이들한테도 그 이론을 적용해보려 했고, 나는 한 치도 양보해줄 수 없었다. 그다음 그들은 신앙치료에 관심을 가졌다. 그러더니 다음엔 '펠먼 기억 향상법'[103]에 손을 대기 시작했는데 한동안 서신을 주고받다가 결국 소책자를 공짜로 받을 수 없다는 걸 알게 되었다. 공짜일지도 모른다는 건 물론 휠러 부인의 짐작이었다. 그다음은 건초 박스[104] 요리법이었다. 다음은 꿀벌 와인[105]이라는 지저분한 것으로, 물로 만들기 때문에 돈이 전혀 안 든다고 했다. 그들은 이 취미도 그만두고 말았으니, 신문에서 꿀벌 와인이 암을 유발한다는 기사를 읽고 나서였다. 다음에는 공장 견학을 두루 다니는 여성 클럽에 가입할 뻔했는데, 휠러 부인이 계산을 거듭해본 결과 공장에서 공짜로 주는 차가 회비만큼은 안 된다는 결론을 내렸다. 휠러 부인은 무슨 연극회인가에서 발행하는 공짜 표를 나눠주는 사람과 어찌어찌 안면을 트기도 했다. 나는 빤히 안다. 그들이 단 한마디 알아듣는 척도 못할 연극을 보러 가서 몇 시간씩이나 앉아 있다는 것을(봐봤자 연극 이름도 대지 못한다). 그래도 뭔가를 공짜로 얻는 게 좋아서 그러고 있다는 것을. 언젠가는 심령술에 취미를 붙인 적도 있었다. 너무 절박한 나머지 18페니에도 강신술 집회를 여는 인생 막장의 어느 영매를 휠러 부인이 어쩌다 알게 되는 바람에, 세 사람은 한번에 6페니씩을 내고 저세상을 일별이나마 할 수 있게 되었다. 한번은 그 영매가 우리 집에 온 적이 있어서 나도 볼 기회가 있었다. 그는 몹시도 꾀죄죄한 늙은이로, 알코올성 섬망증을 심

---

103 Pelmanism. 펠먼연구소라는 곳에서 통신(편지 교환)으로 가르치던 기억 훈련법.
104 haybox. 어느 정도 익힌 음식의 남은 열을 최대한 이용하여 마저 익히기 위해 건초 같은 절연재를 채워 넣은 밀폐된 용기.
105 bee wine. 설탕과 효모를 이용하여 발효한 술인데, 효모와 유산균의 알갱이가 발효될 때 나오는 이산화탄소 기포와 더불어 오르내리는 모양이 꿀벌 같다고 하여 붙은 이름이다.

하게 앓고 있는 게 명백해 보였다. 어찌나 심하게 떨던지, 응접실에서 코트를 벗으면서 경련을 일으키다시피 하는 바람에 버터 싸는 모슬린 천 한 묶음이 바지 다리 밑으로 툭 떨어지고 말았다. 나는 그것을 여자들이 보기 전에 겨우 그의 바지춤에 찔러 넣어주었다. 모슬린 천은 영매의 몸에서 나온다고 하는 물질을 만드는 데 쓰이는 것으로 알고 있다. 그는 우리 집에서 행사를 끝낸 다음에 다른 집에 가서도 같은 집회를 할 참이었을 것이다. 고작 18페니로 영령을 구경할 수는 없는 노릇이었다. 휠러 부인이 최근 몇 년 사이에 발견한 것 중에 가장 실속 있었던 것은 레프트 북클럽이었다. 레프트 북클럽에 대한 소문이 웨스트블레츨리에까지 미친 것은 1936년이었던 것 같다. 나는 이 클럽에 곧 가입했는데, 힐다의 항의 없이 돈을 쓸 수 있었던 건 이 경우가 처음이었을 것이다. 그녀 입장에서 정가의 3분의 1 가격으로 책을 살 수 있다는 건 괜찮은 거래였던 것이다. 이 여성들의 태도에는 참으로 묘한 데가 있다. 민스 양이야 이 클럽에서 주는 책을 한두 권은 읽어보려 했을 테지만, 나머지 두 사람은 그럴 생각조차 안 해봤을 것이다. 그들은 레프트 북클럽과 아무런 직접적인 연관도 없었고, 이 단체가 지향하는 바가 무엇인지에 대해 아무 관심도 없었다. 아닌 게 아니라 휠러 부인은 처음에 이 클럽이 철도 차량에 남은 left 책들을 싸게 파는 데인 줄 알았을 게 뻔하다. 아무튼 그들은 7실링 6페니짜리 책을 반 크라운(2실링 6페니)에 산다는 게 어떤 것인지는 잘 알기에 이 클럽에 대해 "정말 좋은 아이디어"라는 소리를 늘 했다. 레프트 북클럽은 지부마다 이따금 강연회를 개최하는데, 휠러 부인은 언제나 다른 둘을 데리고 참석한다. 그녀는 어떤 유의 공공집회든 열심히 찾아다니는 사람인데, 장소가 실내이고 입장료가 무료일 때에만 그렇다. 셋은 거기서 푸딩 덩이처럼 앉아 있는다. 그들은 그런 집회가 무엇에 대한 것인지도 모르고 개의치도 않는다. 그래도 막연히 지성을 향상시키며(민스 양의 경우가 특히 그렇다) 돈이 안 들어서 좋다고는 느낀다.

아무튼 힐다는 그런 여자다. 그녀가 어떤 타입인지 이제 아실 것이다. 전반적으로 볼 때, 나보다 못한 사람 같진 않다. 결혼 초기에 나는 때때로 그녀의 목을 조르고 싶은 심정이었지만, 나중에는 될 대로 되라는 심정이 되었고, 그러다 뚱뚱해지며 마음을 고쳐먹게 되었다. 내가 뚱뚱해진 건 1930년의 일이었다. 너무 갑작스레 벌어진 일이라, 대포알에 맞아 그 자리에 박혀버린 느낌이었다. 어떤 기분인지 아실 것이다. 어느 날 밤 아직 꽤 젊다고 느끼며 여자 생각 같은 걸 하다가 잠들었는데, 다음 날 아침 깨어보니 자신이 죽는 날까지 아이들 부츠를 사주기 위해 죽어라 일만 하는 것 말고는 아무것도 남지 않은 나이 먹은 뚱보일 뿐임을 철저히 자각하게 되는 기분 말이다.

그리고 이제 1938년이 되었고, 세계의 모든 조선소에서는 또 한 번의 전쟁에 써먹을 전함들을 만들어대느라 바쁘고, 어쩌다 신문 포스터에서 본 이름 하나가 완전히 묻혀버린 줄로만 알았던 그 오래전 온갖 기억들을 휘저어 일으켰던 것이다.

3부

1

그날 저녁 나는 집에 돌아와서도 그 17파운드를 어디다 쓸 것인지를 정하지 못한 상태였다.

힐다는 레프트 북클럽에 가겠다고 했다. 런던에서 누군가 강연을 하러 오는 모양이었고, 힐다가 무엇에 대한 강연인지는 몰랐다는 건 말할 필요도 없다. 나는 같이 가겠다고 했다. 나는 강연회 같은 데엔 잘 가지 않는 편이지만, 그날 아침 기차 위로 폭격기가 날아가는 것을 보며 전쟁 걱정을 했던 터라 제법 사색적인 분위기에 젖어 있었던 것이다. 우리는 늘 그랬듯 입씨름 끝에 아이들을 일찍 잠자리에 들게 하고, 강연 시간에 맞추어 집을 나섰다. 강연은 8시로 예정되어 있었.

안개가 좀 낀 저녁이었고, 홀은 춥고 조명이 변변찮은 편이었다. 함석지붕에 목조인 이 작은 홀은 무슨 개신교 종파의 건

물로, 10실링이면 빌릴 수 있다. 대개 그랬듯 열대여섯 명이 모여 있었다. 단상에는 "파시즘의 위협"에 관한 강연임을 알리는 노란 포스터가 붙어 있었다. 나로서는 전혀 놀랍지 않은 주제였다. 모임의 간사로 활동하며 개인적으로는 건축 사무소에서 일하는 위트쳇 씨가 모두에게 연사를 소개하며 "유명하신 반파시스트" 누구누구 씨라고(이름은 잊어버렸다) 했다. 마치 누군가를 "유명하신 피아니스트"라 소개할 때처럼 말이다. 연사는 검은 정장 차림에 마흔 살쯤 된 키 작은 남자로, 얼마 안 남은 머리숱으로 이마를 가려보려 했지만 별 소용이 없는 대머리였다.

이런 유의 모임은 정시에 시작되는 법이 없다. 몇 사람이 더 올지도 모른다는 전제하에 꾸물거리는 시간이 꼭 있기 때문이다. 위트쳇 씨가 테이블을 두드리며 진행을 시작한 것은 8시 25분쯤 되어서였다. 위트쳇은 마음이 좋아 보이고 얼굴이 아기볼기 같은 분홍빛이며, 항상 만면에 미소를 띠고 있는 사람이다. 내가 알기로 그는 자유당 지구당의 서기이고, 지역 자치의회 소속이기도 하며, 어머니연합[1] 환등기 강연회[2]의 사회자이기도 하다. 그는 타고난 사회자라 할 만한 사람이다. 그가 오늘 밤 아무개 씨를 연단에 모실 수 있게 되어 우리 모두 얼마나 기쁜지 모른다고 하는 말을 듣고 있으면, 그가 정말 그렇게 믿고

---

1 Mothers' Union. 성공회 여성들의 세계적인 운동 조직으로, 기독교 정신을 통하여 결혼생활과 가족생활을 지키고 강화하는 것을 목표로 삼고 있다.
2 magic lantern lecture. 환등기를 이용해 주로 슬라이드를 보여주며 이야기를 하는 강연.

있다는 생각이 든다. 나는 그를 볼 때마가 그가 숫총각일지도 모른다는 생각을 꼭 하게 된다. 키 작은 연사는 메모를 한 뭉치 꺼내놓고는(주로 신문을 오려둔 것이었다) 물잔으로 고정시켰다. 그리고 입술을 재빨리 한 번 핥더니 바로 퍼붓기 시작했다.

강연이나 공공집회 같은 델 간혹이라도 가시는지?

내 경우 저녁 때 그런 델 가게 되면, 매번 나도 모르게 같은 생각을 하게 되는 순간이 반드시 있다. 도대체 왜 우리는 이런 짓을 하고 있는가? 왜 사람들은 겨울밤에 이런 데 나타나는 것일까? 홀을 둘러보았다. 나는 뒷줄에 앉아 있었다. 나는 이런 유의 공공집회에 가서 뒷줄에 자리가 있는데도 굳이 앞줄에 앉은 경우는 한 번도 없었던 것 같다. 힐다 일행은 늘 그랬듯 앞줄에 자리를 잡고 있었다. 작은 홀의 분위기는 다소 음산했다. 어떤 곳인지 아마 아실 것이다. 벽은 값싼 소나무로 마감을 했고, 지붕은 골함석판이고, 코트를 계속 입고 있어야 할 만큼 외풍이 있는 홀 말이다. 얼마 안 되는 우리는 단상 가까이 조명 있는 곳에 몰려 앉아 있었고, 우리 뒤로는 좌석이 서른 줄가량 비어 있었다. 좌석에는 하나같이 먼지가 뽀얗게 내려앉았다. 연단 뒤쪽으로는 먼지막이 천으로 덮여 있는 커다랗고 각진 물건이 자리를 차지하고 있었다. 보를 뒤집어쓴 거대한 관인지도 모르겠다는 느낌을 주었는데, 실은 피아노였다.

처음에 나는 연설을 딱히 듣고 있는 게 아니었다. 연사는 좀 쩨쩨해 보이는 작은 사내이긴 해도 달변이었다. 얼굴은 희고, 입놀림은 아주 빠르고, 목소리는 목을 많이 쓴 탓인지 좀 쉰 소리가 났다. 물론 그는 히틀러와 나치에게 맹공을 퍼붓고 있었다. 나는 그가 무슨 말을 하고 있는지 알 만큼 딱히 귀를 기울이고 있진 않았지만(매일 아침 〈뉴스 크로니클〉에서 보던 얘기와 다를 바 없는 듯했다), 목젖 떨리는 소리 중에 이따금 불쑥 나와 내 주목을 끄는 어구들이 있었다.

"야만스러운 잔학 행위가 …… 끔찍한 가학증의 분출을 …… 경찰봉이 …… 강제수용소가 …… 유대인에 대한 사악한 박해가 …… 중세로의 퇴보를 …… 유럽 문명이 …… 너무 늦기 전에 행동을 …… 양식 있는 모든 국민들의 의분이 …… 민주국가들의 연합이 …… 단호한 입장을 …… 민주주의에 대한 방어를 …… 민주주의가 …… 파시즘이 …… 민주주의 …… 파시즘 …… 민주주의 ……"

어떤 식인지 아실 것이다. 이런 사람은 같은 소리를 한 시간씩이라도 떠들어댈 수 있다. 축음기처럼 말이다. 핸들을 틀고 버튼을 누르기만 하면 시작되는 것이다. 민주주의-파시즘-민주주의. 그래도 그를 지켜보는 것은 재미가 있었다. 작고 좀 쩨쩨해 보이며 얼굴은 하얗고 대머리인 사람이 단상에 서서 슬로건을 쏘아대고 있다. 그는 대체 무얼 하고 있는가? 다분히 의도적으로, 자못 공공연히, 증오를 불러일으키고 있다. 파시스트라 불리는 특정 외국인들을 증오하도록 혼신의 힘을 다하고 있는 것이다. "유명하신 반파시스트 아무개 씨"로 알려진다는 건 괴이한 일이다 싶었다. 반파시즘이라는 것도 괴이한 생업이다. 이 사내는 아마 히틀러에 반대하는 책을 써서 먹고살 것이다. 그렇다면 히틀러가 나타나기 전에는 무슨 일을 했을까? 그리고 히틀러가 없어져버리기라도 하면 무슨 일을 할까? 같은 질문은 물론 의사나 형사, 쥐 잡는 사람 등에게도 할 수 있을 것이다. 아무튼 쉰 목소리가 계속해서 울려 퍼지는 가운데 나는 이런 생각도 하게 되었다. 그는 '진심으로' 말하고 있다. 그런 척하는 게 전혀 아니다. 모든 말을 느끼는 그대로 하고 있는 것이다. 그는 청중에게 분노를 불러일으키기 위해 애쓰고 있으며, 자신이 느끼는 분노를 발설하는 데 그치고자 하는 게 아니다. 그가 내뱉는 모든 슬로건은 그에겐 복음의 진리와도 같다. 그를 해부한다면 몸속에서 '민주주의-파시즘-민주주의'만 발견될 것이다. 그런 사람의 사생활이 어떤지를 알 수 있다면 흥미로울 것이다. 그러나 그에게 사생활이란 게 있을까? 이 연단 저 연단으로 옮겨 다니며 분노를 불러일으키려고 애쓰기만 하는 게 아닐까? 그는 꿈도 전부 슬로건으로 꿀지도 모른다.

나는 뒷줄에서 가능한 선에서 청중을 살펴보았다. 생각해보건대, 레프트 북클럽의 강연을 듣고자 겨울밤 외풍으로 썰렁한 홀에 앉아 있기를 마다않는 우리 같은 사람들이(이번 경우엔 자청해서 온 것이기에 나도 "우리"라고 할 자격이 있을 것이다) 있다는 것은 어느 정도 의의는 있다. 우리는 웨스트블레츨리의 혁명아인 것이다. 하지만 척 보기만 해도 가망이 없다는 걸 알 수 있다. 청중을 둘러보며 나는 강연이 무엇을 말하려는 것인지를 정말 이해하는 사람이 대여섯 명밖에 되지 않는다는 생각을 하게 되었다. 연사가 히틀러와 나치에 대해 맹비난을 퍼부은 지가 반 시간이 지난 시점인데도 말이다. 이런 종류의 모임이란 늘 그렇다. 언제나 청중의 반은 강연 주제가 무언지도 모르는 상태로 참석한다. 테이블 옆에 앉은 위트쳇은 미소 가득한 얼굴로(분홍빛 제라늄 꽃을 좀 닮았다) 연사를 바라보고 있었다. 연사가 자리에 앉자마자 그가 어떤 발언을 할 것인지는 안 들어봐도 알 만했다. 그는 멜라네시아 사람들에게 바지를 지원해주기 위한 환등기 강연회를 마칠 때도 똑같은 식으로 말할 터였다. "감사의 뜻을 전하며…… 우리 모두의 의견을 표현해주신…… 너무나 흥미로운…… 우리 모두에게 많은 것들을 생각하게 해주시고…… 너무나 자극이 되는 저녁 시간이었습니다!" 앞줄에는 민스 양이 아주 꼿꼿이 앉아 있었는데, 고개를 한쪽으로 살짝 비틀고 있는 모습이 꼭 새 같았다. 연사는 물잔으로 눌러둔 종이들 중에서 한 장을 꺼내어 독일의 자살률에 관한 통계치를 읽어주었다. 민스 양의 가늘고 긴 목이 어떤 자세를 취하고 있는지를 보면 그녀가 행복하지 않다는 것을 알 수 있었다. 이 강연회 덕분에 지성이 향상될 것인지는 모를 일이었다. 다만 강연이 무엇에 관한 것인지만이라도 알았다면! 나머지 두 여인은 푸딩 덩이처럼 앉아 있었다. 그들 곁에는 머리가 빨간 조그만 여성이 스웨터를 뜨고 있었다. 겉뜨기 한 번에 안뜨기 두 번을 하고 한 코를 내린 다음 둘을 잇는 식이다. 연사는 나치가 어떻게 반역죄를 명목으로 사람들의 목을 자르는지, 때로는 어떻게 사형집행인이 헛총질로 사형수를 우롱하는지에 대해 얘기하고 있었다. 청중 중에 다른 여성 하나는 검은 머리의 공립학교 교사였다. 다른 여성들과 달리 그녀는 정말 강연을 듣고 있었다. 몸을 앞으로 숙인 자세로 앉아, 크고 동그란 눈을 연사에게 고정하고 입을 약간 벌린 채, 한마디도 안 놓치려는 듯했다.

그녀 바로 뒤에는 노동당 지구당에서 온 나이 먹은 사내 둘이 앉아 있었다. 한 명은 반백의 머리를 아주 짧게 자른 이였고, 또 한 명은 대머리에 콧수염이 축 늘어진 사내였다. 둘 다 코트 차림이었다. 어떤 유형인지 아실 것이다. 태곳적부터 노동당 당원이었으며, 노동운동에 인생을 바쳐온 이들 말이다. 고용주에게 요주의 인물로 찍혀 지낸 세월만 20년이고, 다른 10년은 빈민가 문제를 해결하라고 지방정부를 들볶으며 지냈을 그들이다. 그런데 갑자기 모든 게 달라져버렸고, 노동당이 주장해오던 바가 별 의미가 없어지고 말았다. 그러면서 그들은 갑자기 대외정책에 관심을 쏟아야 하는 처지가 되어버렸다. 히틀러, 스탈린, 폭탄, 기관총, 경찰봉, 로마-베를린 추축, 인민전선, 반코민테른 협정이니 하는 알아먹지 못할 것들에 대해서 말이다. 내 바로 앞에는 공산당 지구당 사람들이 앉아 있었다. 세 명이었고 모두 젊었다. 하나는 돈도 있고 헤스페리데스 주택회사에서 높은 자리에 있는 사람으로, 내가 알기로는 크럼의 조카였다. 또 하나는 은행원인데, 가끔 수표를 현금으로 바꿀 때 보게 되는 사람이다. 친절한 청년인 그는 통통하고 아주 앳된 얼굴이 매우 진지해 보이고, 눈은 아기처럼 파랗고, 머리는 워낙 옅은 금빛이라 과산화수소로 표백을 한 것만 같다. 스무

233

살쯤 됐을 테지만 열일곱 정도로밖에 보이지 않는 그는 값싼 파랑 정장에 머리색과 어울리는 하늘색 넥타이 차림이었다. 이들 세 사람 바로 옆에는 또 한 명의 공산주의자가 앉아 있었다. 그런데 이 사람은 꽤 종류가 다른 공산주의자 같았다. 이른바 트로츠키주의자였는데, 다른 세 사람이 영 탐탁잖아 하는 눈치였다. 그는 다른 셋보다 더 어리고 아주 마르고 피부색이 짙고 과민해 보이는 청년이었다. 게다가 똑똑해 보였다. 물론 유대인이었다. 이들 넷은 다른 사람들과는 사뭇 다르게 강연을 받아들이고 있었다. 질문 시간이 시작되자마자 번쩍 손 들고 일어설 게 뻔해 보였다. 그들은 이미 몸이 움찔움찔하는 것 같았다. 어린 트로츠키주의자는 남들보다 앞서 질문하고 싶어서 좌우로 엉덩이를 들썩들썩하며 안달이었다.

나는 연사의 발언 하나하나를 듣는 것은 이미 관둔 상태였다. 하지만 듣는 법은 한 가지만 있는 게 아니다. 잠시 눈을 감아보았다. 묘한 효과가 있었다. 안 보고 음성만 들으니 연사가 훨씬 더 잘 보이는 듯했던 것이다.

한 번도 안 끊기고 2주일은 계속 소리를 낼 수 있을 듯한 음성이었다. 마치 인간 배럴오르간이 한두 시간씩 선전문구를 토해내는 듯한 것이 정말 괴기스러웠다. 같은 말이 거듭거듭 반복됐다. 증오하라, 증오하라, 증오하라. 모두 뭉쳐서 한껏 증오해보자. 그런 메시지가 계속해서 반복됐다. 무언가가 머리통 속에 들어와 뇌에 망치질을 해대는 느낌이었다. 그 와중에 잠시, 여전히 눈을 감은 채 나는 역공을 취해봤다. 내가 '그'의 머리통 속으로 들어가본 것이었다. 묘한 감흥이 일었다. 잠시나마 나는 그의 머릿속에 들어가 있었으니, '거의' 그 사람이 되었다고 해도 좋았다. 아무튼 나는 그의 기분을 느낄 수 있었다.

나는 그의 눈에 비치는 것을 볼 수 있었다. 단, 그것은 말로 할 수 있는 종류의 광경은 아니었다. 그가 입으로 '말하는' 것은 히틀러가 우릴 잡으려 드니 우리 모두 뭉쳐서 한껏 증오해 보자는 것에 불과하다. 더 자세한 얘기는 없다. 다 좋게만 얘기할 뿐이다. 하지만 그의 눈에 '보이는' 것은 사뭇 다르다. 그것은 자신이 스패너로 사람들의 얼굴을 내려치는 광경이다. 물론 파시스트들의 얼굴이다. 그가 무엇을 보고 있었는지 나는 안다. 그의 안에 들어가 있던 잠시 동안 직접 보았던 것이다. 퍽! 그것도 정통으로! 안면 뼈가 계란 껍데기처럼 움푹 함몰되어, 방금 전까지만 해도 얼굴이었던 게 커다란 딸기잼 덩어리가 되어버린다. 퍽! 또 한 대 내려친다! 그는 자나 깨나 그 생각뿐이며, 그것은 생각할수록 그의 마음에 드는 광경이다. 그리고 그는 떳떳했다. 뭉개진 얼굴이 파시스트의 것이기 때문이다. 그런 심정이 그의 목소리 톤에 고스란히 배어 있다.

왜 그래야 할까? 가장 그럴듯한 해석은, 그가 겁을 집어먹은 탓이라는 것이다. 요즘은 생각하는 사람이라면 누구나 몹시 두려워한다. 이 사내는 단지 남들보다 좀 더 앞날을 내다볼 수 있어서 더 두려워하는 것이다. 히틀러가 우릴 잡으려 든다! 서둘러라! 모두 스패너를 움켜쥐고 뭉치자. 우리가 먼저 충분히 많은 얼굴들을 가격하면 그들이 우릴 가격하지 못할 것이다. 단결하여 영도자를 뽑자. 히틀러는 흑이고 스탈린은 백이다. 아니면 그 반대일 수도 있으니, 이 자그만 사내의 머릿속에선 히틀러와 스탈린이 똑같은 존재이기 때문이다. 둘 다 스패너와 뭉개진 얼굴을 뜻하는 것이다.

전쟁! 다시 그 생각이 들기 시작했다. 전쟁이 곧 닥칠 것임은 분명하다. 그런데 누가 전쟁을 두려워하는가? 달리 말해, 누가 폭탄과 기관총을 두려워하는가? "당신이겠지"라고 하실 것이다. 그렇다. 나다. 그리고 그것들을 본 적 있는 사람이면 누구나 그렇다. 하지만 문제는 전쟁이 아니라 전쟁 이후다. 우리가 빠져들고 있는 세계, 곧 증오의 세계나 슬로건의 세계라 할 만한 세상 말이다. 무슨 색 셔츠단,[3] 철조망, 경찰봉의 세계 말이다. 비밀스러운 골방에는 밤낮으로 전깃불이 밝혀져 있을 것이며, 형사들은 우리가 자는 동안에도 감시를 할 것이다. 숱한 행진, 거대한 얼굴 포스터, 그리고 한결같이 영도자를 환호하는 100만 인파. 그들은 딴소리엔 귀를 막고 살다시피 하여 그를 정말 숭배한다고 착각할 정도가 되겠지만, 혼자서는 늘 구역질이 나도록 그를 혐오할 것이다. 그런 일들이 정말 벌어질 것이다. 그렇지 않을까? 불가능하다 싶은 날이 있는가 하면, 불가피하다 싶은 날도 있다. 아무튼 그날 밤은 꼭 그렇게 될 것만 같았다. 키 작은 연사의 음성에 다 나타나 있었던 것이다.

그러니 이런 유의 강연을 듣고자 겨울밤에 모여드는 초라한

---

3 coloured shirts. 나치 돌격대SA는 갈색 셔츠를 입은 것으로 유명하며, 이탈리아와 영국의 일부 파시스트 그룹은 검은 셔츠를 입었다.

규모의 청중도 정말 의미가 있는 것인지 모른다. 청중 전부가 아니라면 적어도 강연 내용을 이해하는 대여섯 명이라도 말이다. 그들은 엄청난 대군의 전초부대일 수도 있기 때문이다. 앞을 멀리 내다보는 이들, 배가 가라앉고 있음을 알아보는 최초의 쥐들인 셈이다. 어서, 어서! 파시스트들이 오고 있어! 자, 스패너 치켜들고! 먼저 내려치지 않으면 상대가 내려칠 것이다. 우리는 미래가 너무 두려운 나머지 그대로 미래로 뛰어드는 셈이며, 두렵다고 보아뱀의 목구멍으로 뛰어드는 토끼와 다를 바 없다.

영국이 파시스트 천지가 되면 나 같은 사람은 어떻게 될까? 실은 아무것도 달라지지 않을지도 모른다. 연사와 청중 가운데 네 명의 공산주의자의 운명이야 물론 엄청나게 달라질 것이다. 그들은 누가 이기느냐에 따라 상대의 얼굴을 뭉개버리든 제 얼굴이 뭉개지든 둘 중 하나일 것이다. 하지만 나처럼 고만고만한 사람이야 아마 이전과 다를 바 없이 살게 될 것이다. 그래도 나는 두려움을 느낀다. 정말이지 두렵다. 왜 그럴까, 막 의아해하기 시작했는데, 연사가 말을 마치고 자리에 앉는 것이었다.

청중이 열다섯 명 정도밖에 안 될 때 들을 수 있는 허전한 박수 소리가 났다. 이윽고 친애하는 위트쳇이 제 몫의 발언을 하고 나서 이제부터 질문 시간을 갖겠다는 말을 마치기도 전에 공산주의자 네 명이 동시에 일어났다. 그들은 10분 정도 대단한 개싸움을 벌였다. 다른 사람들은 아무도 이해하지 못할, 변증법적 유물론이니 프롤레타리아의 숙명이니 레닌이 1918년에 한 말이니, 하는 이야기들이 난무하는 혼전이었다. 그러자 연사는 물을 한 모금 마시고는 일어나 요약하는 식의 답변을 했는데, 이에 대해 트로츠키주의자는 앉은 채 꿈틀꿈틀했고 나머지 셋은 만족했다. 개싸움은 비공식적으로 좀 더 이어졌다. 그 나머지 사람들은 아무도 말이 없었다. 힐다 일행은 강연이 끝나자마자 자리를 뜬 뒤였다. 아마 대관료 모금이 있을지도 모른다고 생각했을 것이다. 자그마한 빨간 머리 여성은 뜨개질 한 줄을 마무리하느라 남아 있었다. 논쟁이 벌어지는 동안 그녀가 몇 코를 떴는지 속삭이듯 세는 소리가 들렸다. 위트쳇은 누가 발언을 하든 만면에 미소를 띠며 앉아 있었는데, 발언 하나하나를 아주 흥미로워하며 속으로 새겨두고 있음을 알 수 있었다. 검은 머리 여인은 입을 좀 벌린 채 발언자를 골똘히 번갈아 보았다. 나이 먹은 노동당원 중에서 콧수염이 물개처럼 축 늘어진 사람은 코트 깃을 바짝 세우고 앉아 도대체 무슨 소리들을 하고 있는지 의아해하며 쳐다보고 있었다. 결국 나는 일어나 코트를 입기 시작했다.

개싸움은 어린 트로츠키주의자와 금발 청년 사이의 사적인 말다툼 차원으로 접어든 상태였다. 그들은 전쟁이 터지면 입대를 해야 하느냐를 두고 설전을 벌이고 있었다. 나는 앉아 있던 줄의 통로를 따라 조심조심 나오고 있었는데, 갑자기 금발 청년이 내게 말을 붙이는 것이었다.

"볼링 씨! 잠깐만요. 전쟁이 나서 결정적으로 파시즘을 분쇄할 수 있는 기회가 우리에게 찾아온다면, 싸우시겠습니까? 만일 젊으시다면 말입니다."

이 친구는 내가 예순 살은 된 줄 아는 모양이었다.

"절대로 안 싸우죠." 나는 말했다. "지난번에 할 만큼 했으니까요."

"하지만 파시즘을 분쇄해야 하지 않습니까!"

"허어, 그놈의 파시즘! 물으시니 하는 말인데, 이미 충분히 두들겨 팼잖소."

그러자 어린 트로츠키주의자가 끼어들어 사회주의적 애국주의니 노동자들의 배반이니 하는 소리를 하자, 금발 친구가 말을 가로챘다.

"하지만 선생께선 1914년 생각을 하시는 겁니다. 그건 평범한 제국주의 전쟁일 뿐이었어요. 이번은 다릅니다. 보십시오. 독일에서 벌어지는 일들에 대해 알고 계시지 않습니까? 집단수용소며, 나치가 사람들을 경찰봉으로 패고 유대인들에게 서로 얼굴에 침을 뱉도록 한다는 얘기를 들으면 피가 끓지 않으십니까?"

피 끓는다는 소리들을 잘도 한다. 지난 전쟁 때도 하던 소리였다.

"난 1916년에 끓던 피가 다 식어버렸소." 나는 그에게 말했다. "참호 냄새가 어떤지를 알게 되면 당신도 마찬가지일 거요."

그러면서 갑자기, 나는 비로소 그 은행원 청년을 보게 됐다는 느낌이 들었다. 마치 그 순간까지는 한 번도 그를 제대로 본 적이 없었던 것처럼 말이다.

잘생긴 학동의 얼굴과도 같은 어리고 진지한 얼굴이 나를 응시하고 있었다. 눈은 파랗고 머리색은 두 가지 빛깔인 그는 잠시 눈물을 글썽이기까지 했다! 독일의 유대인들에 대해 그만큼 연민을 느끼고 있었던 것이다! 하지만 나는 그의 기분을 그대로 알아버린 느낌이 들었다. 여기 덩치가 좋은, 은행의 럭비부원일지도 모를 청년이 있다. 머리도 좋은 친구다. 그런 그가 막돼먹은 교외 지역의 은행원으로서, 서리 낀 창 뒤편에 앉아 장부에 숫자를 기입하고, 지폐 다발을 세고, 상사에게 알랑거리며 지내고 있다. 인생이 썩어나간다는 기분일 것이다. 그러는 동안 유럽 대륙에서는 엄청난 사건이 벌어지고 있다. 참호 위로 포탄이 날아다니고, 포연砲煙 사이로 보병들이 물밀듯 진격을 한다. 그의 친구들 중에는 스페인에서 싸우고 있는 이들도 있을 것이다. 물론 그는 전쟁이 일어나기를 간절히 바라고 있다. 그런 그를 어찌 탓할 수 있으랴. 나는 잠시 그가 내 아들이라는 묘한 감정을 느끼게 되었다(나이 차이로 보면 그렇게 될 수도 있었을 것이다). 그리고 무덥던 8월 어느 날, 신문팔이 소년이 영국, 독일에 선전포고라고 찍힌 포스터를 내걸자, 우리 모두 하얀 앞치마를 두른 채 인도로 달려나가 환호하던 때가 생각났다.

"이봐요, 청년!" 나는 말했다. "완전히 잘못 알고 계신 거요. 1914년 당시 우리는 전쟁이 정말 영예로운 일인 줄 알았소. 그런데 그게 아니었지. 말도 안 되는 엉망진창일 뿐이었단 말이오. 전쟁이 닥치면 피할 궁리나 해요. 뭣 하러 자기 몸을 벌집으로 만든단 말이오. 애인을 생각해서 잘 간수해야지. 전쟁이라고 하면 영웅적인 공로와 빅토리아 십자 훈장 같은 것만 있는 줄 아시는 모양인데, 절대 그렇지 않아요. 요즘은 총검을 꽂고 돌격하는 일 같은 건 없고, 있어봤자 상상과는 딴판일 거요. 영웅이 된 기분 같은 건 느낄 수가 없어요. 사흘 동안 잠을 못 잤고, 족제비처럼 몸에서 냄새가 나고, 무서워서 오줌을 지리는 바람에 배낭까지 젖었고, 손이 너무 시려 총을 들지도 못한다는 것 말고는 아무 생각도 없지. 그런데 그나마도 아무것도 아니지. 진짜 문제는 전쟁 뒤에 벌어지는 일들이니까."

물론 내 말은 아무런 인상도 남기지 못했다. 그들은 나를 시대에 뒤떨어진 사람으로 보고 말 뿐일 것이다. 내 말 따위는 매음굴 입구에 서서 나눠주는 의식화 팸플릿이나 마찬가지라 여길 터였다.

사람들이 자리를 뜨기 시작했다. 위트쳇은 연사를 배웅하러 나갔다. 세 공산주의자와 어린 유대인은 함께 길을 나섰는데, 다시 프롤레타리아의 연대니 변증법의 변증법이니 트로츠키가 1917년에 한 말이니 하며 설전을 벌이기 시작했다. 그들은 다 그 모양이다. 정말이지 그렇다. 축축하고 고요하고 캄캄한 밤이었다. 암흑 속에 가로등이 별처럼 떠 있었으나, 길을 밝혀주지는 못했다. 멀리서 하이스트리트를 지나가는 전차 웅웅거리는 소리가 났다. 한잔 마시고 싶은데 시간은 10시가 다 됐고 제일 가까운 펍은 반 마일은 떨어져 있었다. 게다가 누군가와 얘기를 하고 싶었는데, 그렇다고 펍에서 아무나 붙들고 나눌 얘기는 아니었다. 그날 하루 내 머릿속을 가득 메운 것들을 생각해보니 재밌었다. 물론 일을 안 한 덕분이기도 하고, 틀니를 새로 하는 바람에 상쾌한 느낌이 든 덕분이기도 했을 터이다. 나는 온종일 미래와 과거에 대해서만 생각했다. 이제는 곧 닥칠지 모를 불우한 시절에 대해, 슬로건과 무슨 색 셔츠단에 대해, 동유럽에서 밀려와 옛 영국을 인사불성 상태로 만들어버릴 유선형의 인간들에 대해 얘기하고 싶어졌다. 힐다와는 얘기를 해보나 마나일 터였다. 갑자기 포티어스를 찾아가봐야겠다는 생각이 들었다. 친구인 그는 늦게 자는 편이었다.

포티어스는 공립학교 교장으로 있다가 은퇴한 친구다. 그는 타운 옛 중심부의 성당 가까이에 있는 셋방에 살고 있으며(다행히 아래층이다), 물론 총각이다. 그런 유형인 사람이 결혼해서 산다는 건 상상하기 어렵다. 그는 책과 파이프 담배를 벗 삼아 혼자 살며, 집안일은 가정부가 와서 해준다. 학구적인 타입으로, 그리스어와 라틴어와 시문학 같은 것들에 조예가 깊다. 레프트 북클럽 지부가 '진보'를 대변한다면, 포티어스는 '문화'를 표상한다고 해도 좋을 것이다. 이 둘은 웨스트블레츨리에서 충돌할 일이 별로 없다.

포티어스가 밤늦도록 책을 읽는 작은 방엔 불이 켜져 있었다. 현관문을 두드리자 늘 그랬듯 그가 유유히 다가왔다. 입에 담배 파이프를 물고, 읽던 책 사이에 손가락을 끼운 채 말이다. 그는 제법 이목을 끌 만한 외모를 갖추었다. 키는 아주 크고, 머리는 반백에 곱슬곱슬하고, 꿈꾸는 듯한 얼굴은 마르고 혈색이 좀 옅긴 해도 소년 같다는 인상을 주었다. 예순이 다 됐는데도 말이다. 사립 기숙학교와 대학을 나온 이런 사내들이 죽는 날까지 소년 같아 보이는 걸 보면 참 희한하다. 몸놀림에 비결이 있는 것인지도 모른다. 포티어스의 경우 고개를 뒤로 살짝 젖히고서 유유히 오가는 버릇이 있는데, 그런 모습을 보고 있노라면 그가 무슨 시 같은 것에 푹 젖어 주변을 전혀 의식하지 못한다는 느낌을 받게 된다. 그를 볼 때면 항상 살아온 이력이 용모 전체에 적혀 있는 듯한 인상이 느껴진다. 사립학교를 나와 옥스퍼드를 마친 뒤 모교로 돌아가 교장을 지낸 이력 말이다. 그는 평생을 라틴어와 그리스어와 크리켓의 분위기 속에서 지냈고, 그러다 보니 특유의 갖은 습성이 몸에 배었다. 이를테면 언제나 해리스트위드[4] 재킷을 입고, 남들이 "민망해" 보인다고 타박해도 좋기만 하다는 회색의 구식 플란넬 가방을 가지고 다니고, 퀄런을 경멸하고, 밤을 반쯤 새도 아침에 반드시 냉수욕을 하는 것이다. 그의 입장에서 보자면 나는 좀 막자란 사람일 것이다. 나는 사립학교를 다니지도 않았고, 라틴어를 전혀 모르며, 알고 싶은 마음도 없는 사람인 것이다. 그는 이따금 내가 "아름다움에 둔감한" 게 유감이라 말하곤 하는데, 내가 못 배웠다는 말을 점잖게 표현한 것이라 생각한다. 그래도 나는 그가 좋다. 그는 환대의 정신을 몸소 실천하며 사는 사람이다. 달리 말해 아무 때나 찾아가도 따뜻하게 맞아주고 말을 받

---

[4] Harris Tweed. 스코틀랜드 해리스섬 일원에서 양모를 손으로 짜 만든 고급 트위드 천.

아줄 준비가 되어 있으며, 언제나 술을 비치해두고 있다. 나처럼 여자와 아이들 차지인 집에 사는 사람이라면, 가끔 집을 벗어나 총각 분위기를 찾는 게 좋다. 책이 있고 파이프 담배가 있고 벽난로 불이 있는 분위기라고 할까. 말하자면 책과 시와 그리스 조각상 말고는 아무것도 중요하지 않은, 고트족이 로마를 침탈한 이후로는 언급할 만한 사건이 아무것도 일어나지 않았다고 보는 고전적인 옥스퍼드 분위기―그런 게 때로는 위안이 되는 것이다.

그는 나를 난롯가의 오래된 가죽 안락의자에 억지로 앉혀놓고 위스키와 탄산수를 내왔다. 내가 본 그의 거실은 언제나 파이프 담배 연기로 자욱했다. 천장이 거의 시커메질 정도였다. 작은 공간이긴 하지만, 문과 창과 벽난로 주변을 제외하면 벽마다 바닥부터 천장까지 책이 꽉 차 있다. 벽난로 위에는 예상할 만한 게 다 있다. 낡은 담배 파이프 한 줄(모두 지저분하다), 그리스 은화 몇 닢, 포티어스가 나온 학교의 문장紋章이 찍힌 담배 단지, 시칠리아의 어느 산에서 직접 발굴했다는 작은 도자기 램프 같은 것들 말이다. 벽난로 뒤쪽 벽에는 그리스 조각상 사진들이 있다. 그중에서 가운데 큰 사진은 날개 달린 여인의 모습인데, 머리는 없고 버스를 잡으려 막 나서는 듯한 자세를 취하고 있다. 내가 처음 그 사진을 보고서 (알 길이 없었으니) 왜 조각가가 머리는 달지 않았느냐고 물어봤을 때 친애하는 포티어스가 충격을 받던 순간이 생생하다.

포티어스는 벽난로 위에 있는 단지에서 담배를 한 줌 꺼내

파이프에 채워 넣기 시작했다.

"위층에 사는 저 못 참아줄 여인이 라디오를 샀다네." 그가 말했다. "남은 인생 동안 그런 소리 따위는 안 듣고 살고 싶었는데. 뭔가 해볼 수 있는 게 있을까? 혹시 법적으로 어떻게 되어 있는지 아나?"

나는 법적으로 할 수 있는 건 아무것도 없다고 말했다. 나는 그가 "못 참아줄"이라고 옥스퍼드식으로 말하는 게 꽤 마음에 들었고, 집에 라디오 들여놓는 걸 반대하는 사람이 1938년에 있다는 게 재밌기도 했다. 포티어스는 늘 그랬듯이 웃옷 주머니에 손을 넣고 입에 파이프를 문 채, 꿈꾸듯 유유히 왔다 갔다 했다. 그러다 불현듯, 그는 페리클레스 시대에 아테네에서 통과되었던 악기금지법에 대해 이야기하기 시작했다. 포티어스는 언제나 그런 식이다. 그가 하는 이야기는 모두 여러 세기 전에 있었던 일에 대한 것들이다. 출발이야 어디서 했건, 결국엔 조각상이나 시나 그리스인이나 로마인 쪽으로 다가가는 것이다. 내가 '퀸 메리'호[5] 얘기를 꺼낸다면 그는 페니키아의 갤리선에 대해 말하기 시작한다. 그는 현대의 책은 절대 읽지 않으며 제목도 알려 하지 않는다. 신문은 〈더 타임스〉 말고는 쳐다보지도 않으며, 영화관에 한 번도 안 가본 것을 자랑삼아 얘기한다. 그는 현대 세계는(그의 입장에서 현대 세계는 지난 2000년 세월을 말한다) 키츠나 워즈워스 같은 소수의 시인들을 제외한

---

5 RMS Queen Mary. 1936년부터 1967년까지 영국과 미국을 오가던 대형 정기여객선.

다면 존재하지도 말았어야 한다고 생각한다.

　나는 현대 세계에 속한 사람이지만 그의 얘기를 듣는 게 좋다. 그는 책장들 옆을 유유히 오가다 책을 하나씩 쑥 뽑아내곤 했고, 담배를 뻐끔뻐끔하는 사이사이 어느 부분을 읽어주기도 했다. 대개 도중에 라틴어 같은 것을 번역해야 하는 대목이었는데, 하나같이 평화롭고 감미로운 느낌을 주었다. 언제나 약간은 고리타분한 데가 있지만, 그래도 위안을 주는 무언가가 담겨 있었다. 듣다 보면 전차나 가스 요금이나 보험회사의 세계와는 다른 곳에 가 있게 되는 것이다. 오로지 사원과 올리브나무, 공작과 코끼리, 그물과 삼지창 든 사나이들이 있는 원형 경기장, 날개 달린 사자와 환관과 갤리선과 투석기, 말을 타고 적병들의 방패를 뛰어넘는 놋쇠 갑옷 차림의 장군 같은 것들에 대한 이야기다. 그런 그가 나 같은 사람에게 호감을 갖게 됐다는 건 신기한 노릇이다. 뚱뚱해져서 좋은 점 하나는 어떤 부류의 사람들 사이에도 낄 수 있다는 것이다. 또 한 가지, 우리는 음담에 대해서 공통된 취향을 갖고 있다. 음담은 그가 현대적인 것 가운데 관심을 갖는 유일한 것인데, 그나마도 실은 현대의 것이 아님을 그는 내게 늘 상기시켜준다. 음담에 대하여 그는 다소 노처녀 같은 태도를 취한다. 언제나 베일에 가린 듯 은근하게 이야기하는 것이다. 이따금 그는 어느 로마 시인의 작품집을 골라 외설스러운 시를 번역해 읽어주되 많은 부분을 듣는 이의 상상에 맡기기도 하고, 로마 황제들의 사생활과 아스다롯[6] 여신의 신전에서 있었던 일들에 관해 암시하기도 했다.

그 사람들도(그리스인과 로마인 말이다) 참 고약했던 모양이다. 포티어스는 이탈리아 어디엔가 있는 벽화들 사진을 갖고 있었는데, 보면 오싹해질 만한 광경이었다.

직장도 가정도 지겨워질 때, 포티어스를 찾아가 이야기를 나누면 큰 도움이 될 때가 많았다. 하지만 이날 밤은 그렇지 않은 것 같았다. 내 마음은 온종일 그랬던 것과 똑같은 노선을 오가고 있었다. 레프트 북클럽의 연사에 대해 그랬던 것처럼, 나는 포티어스가 하는 말을 듣고 있는 게 아니라 그의 음성만을 듣고 있었다. 그런데 연사의 소리는 내 성미라도 자극했던 반면에, 친애하는 포티어스의 말소리는 그렇지도 못했다. 너무나 평화롭고, 너무나 옥스퍼드적이었던 것이다. 결국 나는 그가 말을 하는 도중에 끼어들고 말았다.

"그런데요, 포티어스, 히틀러에 대해서는 어떻게 생각하세요?"

포티어스는 껑충하지만 우아한 자세로 벽난로에 기대어 있다가(양 팔꿈치를 벽난로 위틀에 기대고 한 발을 쇠울타리에 얹은 채였다) 깜짝 놀라 입에 문 파이프를 떨어뜨릴 뻔했다.

"히틀러? 그 독일인? 여보게 이 친구야! 내가 **왜** 그런 사람 생각을 하겠나."

"그런데 문제는 우리가 그자 생각을 할 수밖에 없으리란 거죠. 징하게도 그자가 망하기 전에 그렇게 만들 테니까요."

---

6   Ashtaroth. 고대 페니키아의 사랑과 풍요의 여신. 복수형이며 단수형은 아스도렛Ashtoreth 이다.

포티어스는 "징하게도"란 말에 약간 흠칫했다. 충격받은 인상을 주지 않는 게 그의 예법 가운데 하나였지만, 워낙 그 단어를 싫어했던 것이다. 그는 담배를 뻐끔거리며 천천히 오가기 시작했다.

"나는 그자에게 관심을 가질 이유가 없다고 보네. 일개 모험가일 뿐이야. 그런 인간들이야 언제나 왔다가 사라지곤 하는 법이지. 일과적이지. 전적으로 일과적이야.

나는 이 "일과적"[7]이라는 단어의 뜻을 확신하진 못했지만, 하고 싶은 말부터 하기로 했다.

"잘못 생각하시는 것 같아요. 히틀러는 차원이 다른 존재예요. 스탈린도 그렇고요. 그들은 그저 재미로 사람을 십자가에 못 박고 머리를 베고 하던 옛날 인간들하곤 달라요. 그들이 추구하는 건 사뭇 다른 무엇이에요. 전혀 못 들어본 것이라고요."

"이 친구야! 태양 아래 새로운 건 없다네."

물론 그건 포티어스가 아주 좋아하는 말이었다. 그는 새로운 무언가가 있다는 얘기는 들으려 하지 않는다. 누군가 요즘 일어나는 어떤 일에 대해 이야기하면, 그는 당장 무슨무슨 왕 치세 때 있었던 똑같은 일에 대해 얘기하는 것이다. 비행기 이야기를 꺼낸다 해도, 그는 크레타나 미케네나 어딘가에 그런 게 있었을 거라고 말할 것이다. 나는 그 작은 사내가 강연하는 동안 느꼈던 바를, 다가올 불우한 시절에 대한 나름의 전망을 설

---

7 ephemeral. 一過的. 하루살이처럼 명이 짧다는 뜻.

명하려 했지만, 그는 들을 생각이 없었다. 태양 아래 새로운 건 없다는 말만 거듭할 뿐이었다. 결국 그는 서가에서 책을 하나 뽑아내더니, 기원전 어느 때의 어느 그리스 폭군에 대한(히틀러의 쌍둥이 형제쯤 될 만한 자였다) 구절을 읽어주는 것이었다.

 잠시 언쟁이 있었다. 온종일 나는 이 문제에 관해 누군가와 얘기를 하고 싶어 조바심을 냈다. 이상한 일이다. 나는 바보가 아니지만, 그렇다고 지식인인 것도 아니다. 평소 같으면 내가 그런 문제에 별 관심을 갖지 않았다는 걸 하늘이 다 아신다. 1주일 수입이 7파운드이고 아이가 둘인 중년 남자에게서 기대하기 어려운 관심사였던 것이다. 하지만 우리에게 익숙하던 옛 시절이 뿌리부터 잘려나가고 있다는 것을 감지할 만큼의 지각은 내게도 있다. 나는 그런 일이 벌어지고 있다는 것을 느끼고 있다. 다가올 전쟁이, 전후戰後와 식량배급줄과 비밀경찰이, 생각할 것을 지시해주는 확성기가 눈에 선하다. 나만 그렇게 느끼고 있는 것도 아니다. 나처럼 느끼는 사람이 수백만 명은 될 것이다. 어디서나 만나게 되는 평범한 사람들이, 펍에서 우연히 마주치는 이들이, 버스 운전사들이, 철물회사의 출장 외판원들이 세상이 잘못된 길로 들어섰음을 직감하고 있는 것이다. 그들은 발밑에서 무언가가 쩍쩍 갈라지며 무너져 내리는 것을 느끼고 있다. 그런데도 이 학식 있는 사람은, 평생 책과 함께 살았고 역사에 푹 빠져 있어 몸에서 역사 향이 발산되는 듯한 이 사람은, 세상이 변하고 있는 줄도 모르고 있다. 히틀러가 문제가 된다는 생각도 하지 않고, 또 한 번의 전쟁이 다가오고 있다는 사실도 믿으려 하지 않는다. 아무래도 지난번 전쟁에 나가 싸우지 않았으니 전쟁이 머릿속에 들어오지 않는 것이다 (그에겐 지난번 전쟁도 트로이전쟁에 비하면 볼품없는 사건에 불과했다). 왜 슬로건이나 확성기나 무슨 색 셔츠단에 신경을 써야 하는지도 이해하지 못한다. "지성인이 왜 그런 데에 주목해야 하지?" 그는 늘 그렇게 말한다. 히틀러와 스탈린은 사라지고 말겠지만, 그가 말하는 "영원한 진리"는 사라지지 않으리라는 것이다. 그것은 물론 모든 게 언제나 그가 알아온 대로만 될 것이라는 말을 다르게 하는 데 지나지 않는다. 교양 있는 옥스퍼드 출신들은 언제까지나 책이 꽉 찬 서재에서 유유히 오가며 라틴어 문구를 인용하고, 문장紋章 찍힌 단지에 든 좋은 담배를 피울 것이다. 그와 얘기해봤자 소용없는 일이었다. 차라리 그 은행원 청년과 얘기해서 얻는 게 더 많았을 것이다. 늘 그랬듯이 대화는 점점 이리저리 방향을 틀어 기원전에 있었던 일 쪽으로 접근했고, 그러다 다시 방향을 바꾸어 시 쪽으로 다가갔다. 마침내 친애하는 포티어스는 서가에서 또 한 권의 책을 뽑더니 키츠의 「밤꾀꼬리 송가」를 읽기 시작했다(꾀꼬리가 아니라 종달새였는지도 모르겠다).

  나로 말하자면, 약간의 시는 참고 들어줄 수 있는 정도인 사람이다. 그런 내가 포티어스의 낭랑한 시 낭송을 꽤 듣기 좋아한다는 건 별난 일이다. 그가 시 낭송을 잘한다는 건 의심할 여지가 없다. 물론 그로서는 습관이 된 일이기는 하다(수업시간에 학생들에게 읽어주곤 했으니 말이다). 그는 특유의 유유한 자세로 무엇엔가 기댄다. 파이프를 문 입에서 연기가 푹푹 뿜어져 나온다. 낭독이 시작되면 그의 음성은 자못 엄숙해지며, 구절에 따라 높아지기도 낮아지기도 한다. 나는 시가 무엇인지도, 그걸로 무얼 하자는 것인지도 알지 못한다. 음악이 그런 것처럼 시도 어떤 사람에게는 좀 거슬리는 것이지 싶다. 그런데 내 경우엔 포티어스가 시를 낭송할 때 뜻을 헤아리며 듣지는 않아도(낱말들을 헤아려 듣지는 못한다는 것이다) 그 소리에 마음이 평화로워지는 느낌을 받곤 한다. 대체로 나는 그의 낭송을 좋아하는 것이다. 하지만 이날 밤엔 아니었다. 썰렁한 외풍이 휘잉 새어 들어온 것만 같았다. 갑자기 너무 터무니없는 일 같았다. 시라니! 시가 대체 뭔가? 공기 중에 약간의 소용돌이를 일으키는 목소리일 뿐이잖은가. 게다가 젠장, 기관총 앞에서 시가 무슨 소용이란 말인가!

나는 그가 다시 서가에 기대는 모습을 바라보았다. 이 사립학교 출신이라는 사람들은 참 재밌다. 언제까지나 학창시절에 사로잡혀 있다. 평생 모교 언저리를 맴돌고, 라틴어나 그리스어나 시의 파편들로부터 헤어나지 못한다. 불현듯 내가 포티어스의 집에 처음 왔을 무렵 그가 똑같은 시를 읽어주었다는 기억이 났다. 낭송도 똑같았고, 같은 구절에서 음성의 떨림도 똑같았다(마법의 창이 어떠니 하는 구절이었다). 그러면서 문득 괴이한 생각이 떠올랐다. '그는 죽었다.' 유령이다. 그런 사람들은 모두 죽은 것이다.

우리 주변에 걸어다니는 사람들 중 상당수가 실은 죽은 것이나 마찬가지라는 생각도 들었다. 우리는 심장이 멎어야 비로소 죽었다고 말한다. 하지만 그건 다소 자의적인 판단 같다. 우리 신체의 일부는 심장이 완전히 멎은 뒤에도 작동을 완전히 멈추는 게 아니기 때문이다. 이를테면 머리카락은 몇 년이 지나도록 계속 자라는 것이다. 인간이 정말 죽는 것은 두뇌 활동이 멈추는 때인지도 모른다. 새로운 관념을 받아들일 힘을 잃어버릴 때 말이다. 포티어스가 그렇다. 학식이 풍부하고 취향이 고상한 그이지만, 변화를 도무지 받아들이지 못한다. 언제까지나 같은 말, 같은 생각만 되풀이할 뿐이다. 그런 사람들이 참 많기도 하다. 정신적으로, 내면적으로 죽은 사람들 말이다. 그들은 짧은 한 노선을 계속 왔다 갔다 할 뿐이고, 그러면서 점점 활력을 잃어간다. 마치 유령 같다.

포티어스의 정신은 러일전쟁 즈음에 작동을 멈춰버린 것인지도 모른다. 양식 있는 사람들, 즉 스패너를 들고 다니며 남의 얼굴을 내려치고 싶지는 '않은' 사람들 거의 대부분이 그렇다는 건 섬뜩한 일이다. 양식은 있지만 정신은 멎어버린 것이다. 그들은 다가올 것으로부터 자신을 지킬 수 없다. 위협이 눈에 보이지 않기 때문이다. 코밑까지 닥쳐도 안 보일 것이다. 그들은 영국이 절대 변하지 않을 것이라고, 영국이 세계 전체라고 생각한다. 자투리라는 것을, 어쩌다 폭격을 피한 외진 한구석이라는 것을 이해하지 못한다. 하지만 동유럽에서 올 새로운 유형의 인간들은 어떻게 할 것인가? 슬로건으로 생각하고 총탄으로 말하는 유선형의 인간들 말이다. 그들은 우릴 추격해

오고 있으며, 머지않아 우릴 따라잡을 것이다. 그들에겐 권투의 기본 룰 같은 것이라곤 없다. 그런데도 양식 있는 사람들은 모두 마비 상태다. 죽은 사람 아니면 산 고릴라다. 중간이 없는 것 같다.

30분쯤 뒤 나는 자리를 떴다. 포티어스에게 히틀러가 문제임을 확신시키는 건 완전 실패였다. 으슬으슬한 밤거리를 걸어 집으로 오면서도 계속 같은 생각을 했다. 전차는 끊어진 뒤였다. 집에 와보니 불이 다 꺼져 있고 힐다는 잠들어 있다. 나는 틀니를 욕실 물잔에 넣어두고 잠옷을 입은 다음, 힐다를 침대 저쪽으로 밀어냈다. 그녀는 깨어나지 않고 돌아누웠는데, 굽은 등이 곱사등처럼 나를 향하고 있었다. 이따금 밤늦게 사람을 사로잡는 지독한 우울감이란 참 묘한 것이다. 그 순간만은 유럽의 운명이 집세나 아이들 학비나 내일 해야 할 일보다 더 중요하게 느껴졌던 것이다. 당장 벌어먹고 살아야 할 사람이 그런 생각을 한다는 건 그야말로 바보스러운 짓이다. 하지만 그런 생각이 도무지 뇌리를 떠나지 않았다. 무슨 색 셔츠단과 드르륵거리는 기관총이 계속해서 보이는 듯했다. 잠들기 전에 마지막으로 의아했던 건 도대체 왜 나 같은 인간이 그런 걱정을 해야 하느냐였다.

2

프림로즈가 피기 시작할 때였다. 3월 어느 날이었으리라. 차를 몰고 웨스터럼을 거쳐 퍼들리로 가던 길이었다. 어느 철물점에 대한 자산 평가를 하고, 아직 망설이고 있는 주인과 연락이 닿으면 생명보험 건에 관한 면담을 하기 위해서였다. 우리는 그의 이름을 지역 대리인으로부터 넘겨받았는데, 그가 마지막 순간에 겁을 먹고 보험료를 감당할 수 있을지 염려하기 시작했던 것이다. 나는 사람들을 말로 슬슬 꾀는 재주가 있는 편이다. 그럴 수 있는 건 뚱뚱하기 때문이다. 뚱보는 사람들을 명랑한 분위기로 유도할 수 있고, 보험료 결제를 거의 기꺼운 마음으로 하게 할 수도 있다. 물론 사람들 유형마다 다루는 방법은 달라진다. 말하자면 보험료 할인을 집중적으로 강조하는 게 나은 사람이 있고, 보험 없이 사망할 경우 부인이 어떻게 될 것인지를 암시함으로써 겁을 주는 게 나은 사람이 있는 것이다.

낡은 자동차는 구불구불한 언덕길을 지그재그로 오르내렸다. 그런데 아, 날이 얼마나 좋던지! 3월 어느 날, 겨울이 갑자기 싸움을 포기한 듯한 무렵 찾아오곤 하는 날씨가 어떤지 아실 것이다. 그 이전 며칠 동안은 흔히들 "쾌청"하다고 했지만 한편으로는 지독했다. 하늘이 차고 시퍼렇고, 바람이 무딘 면도날처럼 귓전을 도리는 날씨 말이다. 그러다가 갑자기 바람이 멎었고, 해가 때를 만난 것이었다. 어떤 날인지 아실 것이다. 햇살이 옅은 빛이고, 잎새 하나 떨리지 않고, 멀리 안개 기운이 있는 언덕 자락에 양들이 분필 동강처럼 점점이 흩어져 있었다. 모닥불을 피워둔 골짜기에선 연기가 서서히 감겨 올라가 안개와 섞였다. 길에는 나 혼자뿐이었고, 너무 포근해서 옷을 벗어버려도 좋을 것만 같았다.

가다 보니 길가 풀밭에 프림로즈가 가득 피어 있는 곳이 나타났다. 진흙이 많은 땅이라 그랬으리라. 20야드쯤 가다가 나는 속도를 늦추고 멈춰 섰다. 놓치기엔 너무 좋은 날씨였다. 나가서 봄 내음도 맡아보고, 아무도 안 오면 프림로즈도 좀 따볼까 싶어졌다. 몇 송이는 집에 가져가서 힐다에게 줄까 하는 마음도 조금은 들 정도였다.

시동을 끄고 나가보았다. 나는 낡은 자동차를 엔진 공회전 상태로 세워두는 법이 없다. 자칫 흙받이든 무엇이든 마구 흔들리다 나가떨어질까 두려운 것이다. 이 차는 1927년 모델로 주행거리가 상당했다. 앞 덮개를 열어보면 엔진 곳곳이 끈으로 묶여 있는 게 꼭 옛 오스트리아 제국 같다는 느낌인데, 그럭저럭 돌아가긴 한다. 기계가 동시에 그만큼 사방팔방으로 진동할 수 있다는 게 잘 믿기지 않는 일이다. 땅울림의 종류가 스물두 가지쯤 된다고 읽은 기억이 있는데, 그만큼이나 떨림이 다양하다. 공회전 상태인 이 차를 뒤에서 보면, 그야말로 훌라춤을 추는 하와이 아가씨 같다.

길가에 가로대가 다섯 개인 울타리문이 있었다. 나는 한가로이 다가가 문에 기대보았다. 아무도 없었다. 따사로운 공기를 이마에 쐬기 위해 모자를 뒤로 좀 젖혔다. 산울타리 아래 풀밭에 프림로즈가 가득 피어 있었다. 문 바로 안에는 부랑자일지 모를 누군가가 쬐다 간 모닥불 자리가 있었다. 하얀 숯이 작은 무더기를 이루고 있고, 연기 한 올이 아직도 슬며시 피어오르고 있었다. 그 뒤 좀 떨어진 곳에는 작은 연못이 있고, 개구리밥으로 가득 덮여 있었다. 밭에선 가을밀이 자라고 있었다. 밀밭은 오르막을 이루며 뻗어 있었고, 가장자리엔 석회암 비탈과 너도밤나무 숲이 있었다. 나무에서 돋아나는 새순이 안개처럼 뽀얬다. 사방이 너무나 잠잠했다. 모닥불의 재가 날리지 않을 정도로 바람이 없었다. 어디선가 들려오는 종달새 지저귐 말고는 아무 소리도 나지 않았다. 비행기 소리도 없었다.

나는 잠시 그대로 울타리문에 기대 있었다. 혼자였다. 완전히 나 혼자였다. 밀밭을 바라보았다. 밀밭도 나를 바라봤다. 그 순간 나는 느꼈다. 그런 느낌을 이해하실지 모르겠다.

내가 느낀 건, 요즘은 워낙 부자연스러워서 말로 하면 바보스럽게 느껴지는 어떤 것이었다. 나는 '행복'하다고 느꼈던 것이다. 그건 영원히 살 수는 없지만 꼭 그럴 수 있을 것만 같은 느낌이었다. 첫봄이 막 찾아왔기 때문일 뿐이라고 해도 좋다. 계절이 생식호르몬에 끼치는 영향 때문이니 뭐니 할 수도 있을 것이다. 하지만 그 이상의 것이 있었다. 묘하게도 인생이 살 만한 것이라는 확신을 불현듯 심어준 것은 프림로즈나 산울타리 새순이 아니라 문 가까이 있던 모닥불의 불씨였다. 바람 한 점 없이 잔잔한 날 피운 모닥불이 어떻게 되는지 아실 것이다. 나무토막이 전부 허연 재로 변해도 본 모양을 그대로 간직하고 있고, 재 밑으로 선명하게 붉은 잉걸불이 보이는 모습 말이다. 그런 발간 잉걸은 살아 있는 그 무엇보다도 더 살아 있다는 느낌을 준다. 거기엔 무언가가, 응집된 힘이나 떨림 같은 게 있다. 딱 들어맞는 말이 떠오르진 않지만, 그 무엇은 우리가 정말 살아 있음을 알게 해준다. 그것은 그림에서 다른 모든 부분을 알아보게 해주는 어느 한 점과도 같은 것이다.

프림로즈를 따기 위해 몸을 숙였는데, 닿지가 않았다. 배가 너무 나온 것이다. 그래서 쪼그려 앉았고, 작은 다발이 될 만큼 꽃을 땄다. 다행히 아무도 없었다. 프림로즈의 풀잎은 주름이 꽤 많고 토끼 귀를 좀 닮은 모양이었다. 나는 일어나서 꽃다발을 문기둥 위에 놓고, 충동적으로 입에서 틀니를 빼낸 다음 바라보았다.

거울이 있었다면 내 전신을 다 바라봤을 것이다. 물론 내 모습이 어떤지는 이미 알고 있었다. 헤링본 무늬의 회색 신사복을 입은 마흔다섯 먹은 뚱뚱한 사내이고, 옷은 낡았고, 중산모를 써서 좀 더 딱해 보일 터였다. 척 보면 아내와 두 아이를 둔 교외 주택 거주자라고 적혀 있을 테고, 얼굴은 벌겋고 눈은 희미한 푸른빛일 것이다. 말하지 않으셔도 안다. 하지만 틀니를 다시 입에 끼워 넣기 전에 슬쩍 보면서 문득 떠오른 생각은 '상관없다'는 것이었다. 틀니를 하는 처지여도 상관없다 싶었다. 나는 뚱뚱하다. 그렇다. 나는 마권업자의 실패한 동생처럼 보인다. 그렇다. 이제는 어떤 여자도 돈을 받지 않고서는 나와 자려고 하지 않을 것이다. 그 모든 걸 나도 다 안다. 하지만 정말이지 다 상관없다. 여자도 필요 없고, 다시 젊어지고 싶은 마음도 없다. 정말로 살아 있기만을 바랄 뿐이다. 그리고 프림로즈를, 산울타리 너머로 빨간 잉걸을 보고 서 있던 그 순간, 나는 살아 있었던 것이다. 그것은 어떤 느낌, 평화로움 같은 것이었고, 그러면서 불꽃 같은 것이었다.

산울타리 너머로 좀 더 떨어진 곳에는 개구리밥으로 뒤덮인 연못이 있었는데, 완전히 카펫 같아서 개구리밥이 뭔지 모르면 굳어 있으니 디뎌도 되겠거니 여길 만했다. 우리 모두 왜 그토록 머저리처럼 살고 있는지 모르겠다는 생각이 들었다. 왜 사람들은 천치 같은 짓에 세월을 허비하기만 할까? 왜 슬슬 걸어 다니며 사물을 그윽이 들여다보지 않는 것일까? 저 연못만 해도 안에 온갖 것들이 다 들어 있잖은가. 도롱뇽이며 물달팽이, 날도래, 거머리, 그리고 현미경으로나 볼 수 있는 숱하게 많은 것들이 살고 있지 않은가. 물속에 사는 것들의 신비는 어떤가. 그것들을 낱낱이 다 살펴보자면 평생이 가도, 열 평생이 가도 연못 끝에 도달하지 못할 것이다. 그리고 내내 경이감 같은 것을, 내면의 묘한 불꽃 같은 것을 느낄 것이다. 그것이야말로 가질 만한 유일한 무엇일 텐데, 우리는 그걸 원치 않는다.

하지만 나는 원한다. 적어도 그 순간엔 그렇게 생각했다. 그렇다고 오해는 마시기 바란다. 우선, 대부분의 코크니들과는 달리, 나는 "시골"에 대한 감상 같은 건 없으니 말이다. 그런 감상에 젖기에는 시골을 너무 가까이에서 보며 자랐던 것이다. 나는 사람들이 타운에 사는 것을 말리고 싶지 않으며, 그 점에선 교외에 대해서도 마찬가지다. 자기들 살고 싶은 데서 살도록 내버려두면 된다고 생각한다. 그리고 온 인류가 평생 프림로즈를 따라 다니기만 하면서 살 수 있다고 주장하려는 것도 아니다. 나는 우리 모두 일하며 살아야 한다는 것을 너무나 잘 알고 있다. 꽃 따라 다니는 사람이 있으려면, 탄광에서 몹시 기침을 해대는 사내들과, 쉴 새 없이 타자기를 두드리는 여성들이 있어야만 하는 것이다. 게다가 배가 불룩 나오고 따뜻한 집이 있는 게 아니라면, 꽃을 딸 마음조차 들지 않는 법이다. 하지만 그게 중요한 게 아니다. 내 안에 자주는 아니어도 이따금은 감지되는 느낌이 있고, 나는 그게 좋은 느낌인지를 안다. 더구나 다른 사람들도 누구나, 혹은 거의 대부분이 그렇게 느낀다. 그것은 언제나 지척에, 모퉁이만 돌면 있으며, 우리 모두 그것이 거기 있다는 것을 안다. 그러니 기관총 발포를 당장 멈추라! 무엇을 쫓고 있든 당장 그만두라! 진정을 하고 숨을 크게 한번 쉬어보라. 뼛속으로 평화로운 기운이 조금이나마 스며들도록 놔둬보라. 하지만 아무 소용이 없다. 우린 그렇게 하지 않는다. 천치 같은 짓만 계속할 뿐이다.

그러면서 다음번 전쟁이 수평선 위로 떠오르려 한다. 1941년일 것이라고들 한다. 태양이 세 번을 더 일주하면, 전쟁 돌입이라는 것이다. 검은 시가를 닮은 폭탄이 머리 위로 마구 쏟아지고, 유선형의 총탄이 기관총에서 연달아 뿜어져 나올 것이다. 특별히 그런 점들 때문에 염려가 되는 것은 아니다. 나는 나가 싸우기에는 너무 늙었기 때문이다. 물론 공습이 있겠지만, 폭탄이 모두에게 떨어지지는 않을 것이다. 게다가 그런 유의 위험이 존재한다 해도, 실제로 일이 나기 전에는 사람들은 위험을 실감하지 못한다.

이미 몇 차례 언급한 바와 같이, 나는 전쟁이 두려운 게 아니라 전후가 두려울 뿐인데, 전후라고 해도 내 개인 신상에 큰 변화가 있을 것 같지는 않다. 누가 나 같은 사람 때문에 거슬려 하기나 하겠는가? 나는 정치적인 요주의 인물이 되기에는 너무 뚱뚱한 것이다. 그러니 나를 없애버리거나 곤봉으로 패는 일은 없으리라. 나는 경찰이 저리 가라고 하면 순순히 따르는 변변찮고 고만고만한 부류인 것이다. 힐다와 아이들의 경우에는 뭐가 바뀌었는지도 모를 가능성이 많다. 그런데도 나는 다가올 전쟁이 두렵다. 철조망! 슬로건! 거대한 얼굴 포스터! 방음된 지하실에서 갑자기 뒷머리를 쏘아 죽이는 사형집행인! 그런 점에 관해서라면 나보다 지적으로 훨씬 둔감한 사람이라도 두려움을 느낄 것이다.

그건 왜일까? 전쟁은 지금까지 내가 말한 것과의 작별을 의미하기 때문이다. 우리 안에 있는 그 특별한 느낌 말이다. 원하신다면 그걸 평화라 불러도 좋다. 단, 내가 말하는 평화는 전쟁이 없는 상태가 아니라, 우리 뱃속의 느낌으로서의 평화를 뜻한다. 경찰봉을 든 청년들에게 붙들린다면, 그런 평화는 영영 사라져버릴 것이다.

프림로즈 다발을 들고 냄새를 맡아보았다. 로어빈필드 생각이 났다. 지난 두 달 동안 내내 그곳이 자꾸 떠오른다는 건 참 알 수 없는 일이다. 20년 동안 사실상 잊고 지내던 그곳이 말이다. 그때 갑자기 자동차 달려오는 소리가 났다.

나는 적잖이 놀라고 말았다. 갑자기 내가 뭘 하고 있는지 깨닫게 되었던 것이다. 나는 퍼들리에 있는 철물점의 자산 조사를 하고 있어야 할 시간에 프림로즈를 따며 거닐고 있었다. 더구나 자동차에 탄 사람들 눈에 내가 어떻게 보일까 하는 생각도 번뜩 들었다. 중산모를 쓴 뚱뚱한 사내가 프림로즈 꽃다발을 들고 있다니! 이상한 광경일 수밖에 없으리라. 뚱뚱한 사내는 프림로즈를 따서는 안 되는 것이다. 아무튼 남들 보는 장소에선 그렇다. 나는 자동차가 시야에 들어오기 직전에 가까스로 꽃을 산울타리 너머로 내던질 수 있었다. 잘한 일이었다. 자동차에는 스무 살쯤 돼 보이는 젊은 바보들이 꽉 차 있었다. 만일 그들이 날 봤다면 얼마나 낄낄댔겠는가! 그들은 모두 날 바라보고 있었는데(차에 탄 사람들이 곧 마주칠 사람을 어떻게 쳐다보는지 아실 것이다), 문득 지금도 그들이 내가 뭘 하고 있었는지를 궁금해할 수 있다는 생각이 들었다. 다른 무언가를 하고 있었다고 여기게 하는 게 나았다. 웬 사내가 시골길에서 차를 길가에 세워두고 내려야만 하는 까닭은? 뻔하잖나! 나는 차가 지나가는 동안 바지춤을 추스르는 시늉을 했다.

크랭크를 돌려 시동을 건 다음(자동 시동기는 진작부터 작동하지 않는다) 차에 탔다. 참 이상하게도 바지춤 추스르는 시늉을 하던 바로 그 순간, 내 머릿속의 4분의 3은 다른 차에 있던 그 젊은 바보들에 대한 의식으로 차 있던 그 순간, 놀라운 생각이 떠올랐던 것이다.

로어빈필드에 가보자!

안 될 게 뭐람? 나는 변속기어를 최고로 밀어 올리며 생각했다. 왜 못 간단 말인가? 누가 막기라도 했나? 대체 왜 그 생각을 진작 못 했을까? 로어빈필드에서의 조용한 휴가. 바로 그게 내가 바라던 바였다.

내가 로어빈필드로 '살러' 가볼 작정이라도 했다는 생각은 마시기 바란다. 나는 힐다와 아이들을 버리고 다른 이름으로 새 인생을 살 마음을 먹은 게 아니었다. 그런 건 책에서나 일어나는 일이다. 그 대신에 로어빈필드로 슬쩍 새서 혼자 1주일을 지낸다면, 그걸 누가 막으랴?

마음속으론 계획이 벌써 다 서버린 듯했다. 금전적인 면에서는 문제될 게 전혀 없었다. 나만이 아는 목돈이 아직 12파운드 남아 있었으니, 그 정도면 1주일은 아주 편히 지낼 수 있을 터였다. 나는 1년에 2주일인 휴가를 대개 8월이나 9월에 받는다. 하지만 그럴듯한 이야기를 지어낸다면(친척이 불치병으로 죽어가고 있다는 식 말이다) 휴가를 둘로 나누어 쓸 수도 있을 터였다. 그러면 힐다가 무슨 일이 있었는지 알아내기 전에 나 혼자서만 1주일을 지낼 수 있을 것이었다. 이를테면 호손이 꽃을 피우는 5월에 말이다. 1주일을 로어빈필드에서 힐다 없이, 아이들도, 플라잉 샐러맨더도, 엘즈미어로드도, 주택 할부 구입에 대한 소란도, 사람을 둔하게 만들어버리는 교통 소음도 없이 지낼 수 있다니! 1주일 내내 한가로이 노닐며 정적에 귀 기울일 수 있다니!

그런데 도대체 왜 로어빈필드에 가보고 싶단 말인가, 하고 말하실지 모르겠다. 왜 하필 로어빈필드란 말인가? 거기 가서 뭘 하려는 것인가?

뭘 하겠다는 생각은 없었다. 그게 중요한 이유 중 하나다. 나는 평화와 정적을 원했던 것이다. 평화라! 한때 로어빈필드에는 평화가 있었다. 전쟁 전 옛 시절, 그곳에서의 삶에 대해서는 이미 어느 정도 얘기한 바 있다. 그 생활이 완벽하기라도 했다는 건 아니다. 따분하고 나른하고 식물적이라 해도 좋은 생활이었다. 원하신다면 우리가 순무처럼 살았다고 해도 좋을 것이다. 하지만 순무는 상사 때문에 두려움에 떨며 살지 않아도 되고, 한밤중에 다음번 불황이나 다음번 전쟁 생각을 하며 잠을 설치지 않아도 된다. 그 시절 우리는 마음에 평화가 있었다. 물론 로어빈필드도 생활 여건이 변했으리라는 건 나도 알았다. 하지만 장소 자체가 변하지는 않았을 것이다. 빈필드하우스 주변엔 아직도 너도밤나무 숲이 있고, 버포드위어 강둑길도, 장터의 말구유도 여전할 터였다. 그런 곳으로 돌아가보고 싶었다. 단 1주일이라도. 그리고 그 시절 느낌에 가만히 젖어들고 싶었다. 그것은 동방의 현자들이 사막에 은둔하는 것과 닮은 데가 좀 있었다. 아닌 게 아니라 세상 돌아가는 꼴을 보면, 앞으로 몇 년 동안은 사막에 은둔하는 사람들이 꽤 늘어나긴 할 것이다. 마치 포티어스가 말하던 고대 로마의 어느 시절과 비슷해지지 않을까 싶다. 은자가 너무 많아서 동굴마다 대기자 명단이 있었다는 시절 말이다.

그렇다고 내가 명상에 잠기며 지내고 싶었다는 건 아니다. 험악한 시절이 시작되기 전에 평정심을 되찾고 싶을 뿐이었다. 천치가 아닌 이상 험악한 시절이 다가오고 있다는 걸 의심할 이는 없을 테니 말이다. 우린 그 시절이 과연 어떠할지는 알 수 없어도 그런 때가 다가오고 있다는 건 안다. 전쟁일지, 공황일지 확실히 알 수는 없다. 하지만 험악한 무언가임은 알 수 있다. 어떤 시대로 접어들게 되든 아무튼 내리막일 것이다. 무덤일지, 오물구덩이일지 확실한 것도 아니다. 하지만 그런 시대에 직면하자면, 내면에 온전한 느낌을 간직하고 있지 않으면 안 된다. 전쟁 이후 지난 20년 동안, 우리는 내면에 있던 무언가가 빠져나가버렸다. 없어서는 안 될 원기 같은 것을 다 뽑아 써버리고 남은 게 전혀 없는 것과도 같다. 그동안 이리저리 얼마나 분주했던가! 돈 한 푼을 더 차지하기 위해 얼마나 앞다투었던가. 버스며 폭탄, 라디오, 전화벨의 소음은 얼마나 질기고 요란했던가. 원기가 다 빠져나가버리고, 골수가 있어야 할 뼛속이 텅 비어버린 느낌이다.

나는 가속 페달을 힘껏 밟았다. 로어빈필드에 다시 가본다는 생각만으로도 벌써 힘이 난 것이었다. 어떤 느낌인지 아실 것이다. 숨 쉬러 나간다는 것! 커다란 바다거북이 열심히 사지를 저어 수면으로 올라가 코를 쑥 내밀고 숨을 한껏 들이마신 다음, 해초와 문어들이 있는 물 밑으로 다시 내려오듯 말이다. 우리는 모두 쓰레기통 밑바닥에서 질식할 듯 지내고 있는데, 나는 밖으로 나갈 길을 찾은 것이었다. 로어빈필드로 돌아가는 것 말이다! 가속 페달을 계속 힘차게 밟았더니 낡은 차는 나름의 한계인 시속 40마일 가까이 속도를 냈다. 차는 도자기 가득한 양철 쟁반처럼 달가닥거렸고, 나는 그런 소음을 틈타 노래를 부를 뻔했다.

물론 우선 해결해야 할 문제는 힐다였다. 그 생각에 나는 기가 좀 꺾였고, 속도를 20마일 정도로 떨어뜨리며 궁리를 좀 해봐야 했다.

힐다가 머지않아 진상을 알아낼 것임은 거의 확실했다. 8월에 휴가를 1주일만 받아야 한다는 점에 대해서는 그런대로 속여 넘길 수 있을 터였다. 힐다에게는 회사에서 올해 휴가를 1주일만 주기로 했다고 말하면 될 것이고, 그녀는 그 점에 대해 별로 캐묻지도 않을 것이었다. 휴가 비용을 줄일 기회부터 먼저 붙들려고 할 테니 말이다. 아이들이야 어차피 여름에 한 달씩은 바닷가에서 지내왔던 터였다. 문제는 5월에 1주일 동안의 알리바이를 만들어내는 것이었다. 이유 없이 1주일 동안 집을 비울 수는 없는 일이었다. 아마도 최선의 방법은 노팅엄이나 더비나 브리스틀 같은 충분히 먼 곳으로 특별한 임무차 출장을 가야 한다고 일찌감치 힐다에게 말해두는 것이지 싶었다. 두 달 전쯤 미리 말해두면 뭘 숨긴다는 인상을 주지 않을 터였다.

하지만 물론 그녀는 머지않아 진상을 알아낼 것이다. 힐다가 어떤 여잔가! 그녀는 처음에는 믿는 척하다가는 특유의 은근하고 집요한 방식으로, 내가 노팅엄이나 더비나 브리스틀 같은 곳에 절대 가지 않았다는 사실을 알아낼 터였다. 어떻게 알아내는지를 보면 참으로 놀랍다. 얼마나 끈질긴지! 그녀는 내 알리바이의 허점들을 전부 찾아낼 때까지 가만히 엎드리고 있다가, 내가 무심결에 말실수라도 하면 느닷없이 달려든다. 그리고 해당 건에 관한 사실들을 일거에 다 들이댄다. "토요일 밤을 어디서 보내셨다구? 거짓말! 딴 여자랑 있었잖아! 내가 당신 조끼 솔질하다가 발견한 이 머리카락 좀 봐. 이것 좀 보라구! 내 머리색이 이래?" 그다음은 가관이다. 그런 일이 몇 번이나 있었는지 모른다. 힐다는 여자 문제에 대해 넘어가줄 때도 있고 가차 없을 때도 있었지만, 그 이후는 언제나 똑같았다. 몇 주가 지나도록 계속 볶아대는 것이다! 그럴 동안엔 식사 시간마다 말다툼이 없을 때가 없었다(아이들은 왜들 그러는지 영문을 몰랐다). 힐다에게 그 한 주를 어디서 왜 그렇게 보내겠다고 사실대로 말해봤자 전혀 가망 없을 터였다. 최후의 심판 날까지 설명을 해도 믿지 않을 테니 말이다.

그나저나, 염병할! 뭣 하러 고민을 한담? 한참이나 남은 일인데 말이다. 이런 일에서 사전의 걱정과 사후의 결과가 얼마나 다른지 아실 것이다. 나는 다시 가속 페달을 힘껏 밟았다. 또 한 가지 아이디어가 떠올랐고, 그건 처음 것보다 원대하다 할 만했다. 5월에 가지 않으리라. 6월 하반기, 민물낚시 철이 시작되는 그 무렵에 가서 낚시를 하는 거다!

대체 못 그럴 이유가 뭐란 말인가? 나는 평화를 원했고, 낚시는 평화인 것이다. 그러다 더없이 원대한 아이디어가 떠올랐고, 하마터면 자동차가 길가로 튕겨 나갈 뻔했다.

빈필드하우스의 그 못으로 가서 거대한 잉어들을 낚으리라!

왜 안 된단 말인가? 우리가 진짜 하고 싶은 일은 늘 못 하기 마련이라는 생각만 하며 살아간다는 게 도리어 이상한 일 아닌가? 내가 그 잉어들을 낚으러 가지 못할 이유가 뭔가? 그렇긴 하지만, 내 아이디어를 듣자마자 불가능한 무엇, 도무지 이루어질 수 없는 무엇처럼 들리지는 않으신지? 그 순간엔 나도 그렇게 느꼈으니 말이다. 일종의 환각처럼, 말하자면 영화계 스타와 잔다거나 헤비급 챔피언이 되는 꿈처럼 느껴졌던 것이다. 그렇긴 해도 그건 전혀 불가능한 일이 아니었고, 그럴듯하지 않은 일도 아니었다. 낚시는 도구를 빌려서 하면 될 터였다. 지금 빈필드하우스의 주인이 누구이든, 웬만하면 못을 빌려줄 것이었다. 더구나 아무렴! 나는 그 못에서 하루 낚시를 하는 대가로 5파운드라도 기꺼이 지불할 용의가 있었다. 그 점에 관해서라면, 저택이 아직도 비어 있고 그런 못이 존재한다는 사실을 아는 사람이 아직도 없을 가능성이 다분했다.

나무들 사이에 감추어진 으슥한 그곳이 그 오랜 세월 동안 나를 기다리고 있었으리란 생각을 해보았다. 그 속을 아직도 유유히 헤엄쳐 다니는 거대하고 거무스름한 물고기들 생각도 났다. 세상에! 30년 전에 그 정도였다면 지금은 얼마나 클까?

3

6월 17일 금요일, 민물낚시 허가 철이 시작된 이튿날이었다. 회사에다 뭐라고 둘러대는 데는 아무 어려움이 없었다. 힐다에게는 깔끔하고 빈틈없는 이야기를 꾸며내야 했다. 나는 일찌감치 버밍엄으로 간다는 알리바이를 만들어놓은 다음, 마지막 순간엔 힐다에게 가서 묵을 호텔 이름까지 말해주었다('로보텀 패밀리 앤드 커머셜'[8]이란 곳이었다). 몇 년 전에 묵었던 곳이라 주소도 알 수 있었다. 그런데 힐다가 버밍엄에 편지를 보내는 일은 없어야 했다. 내가 거기 1주일이나 묵는다고 하면 힐다가 그런 생각을 할 수도 있기 때문이었다. 궁리 끝에 나는 바닥광택제 출장 외판원인 손더스라는 젊은 친구에게 비밀로 해달라

---

8 Rowbottom's Family and Commercial. '패밀리 앤드 커머셜'은 가족용 및 세일즈맨용 호텔이란 뜻으로, 지금 우리식으로 보자면 모텔과 비즈니스호텔이 결합된 형태라 할 수 있겠다.

며 한 가지 부탁을 했다. 그가 마침 6월 18일 버밍엄에 갈 일이 있다고 말하는 걸 우연히 듣고서, 도중에 로보텀 호텔의 주소가 적힌 내 편지를 부쳐달라고 했던 것이다. 내용은 내가 다른 곳으로 불려가게 될지 모르니 힐다에게 편지를 안 하는 게 나으리라고 알리는 것이었다. 손더스는 이해를 했다(혹은 이해했다고 생각했다). 그는 내게 윙크를 하며 내 나이에도 대단하다고 말했다. 그것으로 힐다에 대한 염려도 해결되었다. 그녀는 뭐라고 묻지도 않았고, 나중에 의심하게 되더라도 그 정도의 알리바이면 상당한 파괴력을 발휘할 터였다.

차를 몰고 웨스터럼을 지나던 길이었다. 화창한 6월 아침이었다. 산들바람이 불고, 찰랑이는 느릅나무의 머리가 반짝거리고, 하얀 조각구름들이 양 떼처럼 흘러가고, 그것들 그림자가 서로 앞다투듯 들판을 건너갔다. 웨스터럼 외곽에선 몹시 빠르게 달려오는 월스Wall's 아이스크림 자전거와 마주치게 되었는데, 볼이 사과처럼 붉은 청년이 울리는 자전거 경적 소리가 얼마나 큰지 귀가 멍해졌다. 문득 내가 심부름꾼 소년으로 일하던 때가 생각났고(그 시절 우리는 프리휠 자전거를 가질 수 없었지만) 청년을 불러 세워 아이스크림을 하나 살 뻔했다. 길가 군데군데엔 건초용으로 잘라뒀다가 아직 덜 말라서 들여놓지 않은 풀 무더기들이 있었다. 길게 줄을 지어 환한 빛을 내는 풀 무더기 향기가 길 위에 떠다녔고, 자동차 휘발유 냄새와 섞이기도 했다.

나는 느긋하게 시속 15마일로 차를 몰았다. 평화롭고 꿈결

같은 느낌을 주는 아침이었다. 연못에는 오리들이 먹이를 구할 것도 없이 마냥 만족스러운 듯 떠 있었다. 웨스터럼을 지나자 네틀필드 마을에서는 키 작은 사내 하나가 풀밭을 마구 가로질러 달려와 길 한가운데 떡 버티고 서서는 내 주목을 끌기 위한 몸동작을 하기 시작했다. 반백의 머리에 반백의 콧수염을 기르고 하얀 앞치마를 두른 이였다. 내 차는 물론 이 길 일대에 두루 알려져 있다. 나는 차를 세웠다. 그는 이 마을에서 잡화점을 하는 위버 씨인데, 내 고객은 아니다. 그는 생명보험도, 가게에 대한 보험도 들려 하지 않았다. 잔돈이 다 떨어져 나한테 1파운드어치 "큰 은돈"[9]이 있는지 알아보러 달려왔을 뿐이었다. 네틀필드에서는 도무지 잔돈 구하기가 어렵다. 심지어 펍에서도 그렇다.

계속 차를 몰았다. 밀이 어른 허리만큼 자라 있었다. 밀밭은 굽이치는 언덕을 뒤덮은 거대한 초록 카펫 같았고, 바람에 따라 짙은 비단결처럼 물결쳤다. 여자 같다는 생각이 들었다. 자꾸 위에 드러눕고 싶게 만드니 말이다. 조금 앞에 이정표가 나타났다. 갈림길이었고, 오른쪽으로 가면 퍼들리, 왼쪽은 옥스퍼드였다.

나는 아직 평소의 내 담당구역 안에 있었다. 서쪽으로 가는 중이었으니 억스브리지로드를 따라 런던을 벗어나는 게 정상이었을 것이다. 하지만 거의 본능적으로 평소에 다니던 길을

---

9 large silver. 당시 실생활에서 널리 쓰이던 은화 네 종류(6페니, 실링, 플로린, 반 크라운) 중에서 가장 큰 반 크라운 은화(2실링 6페니짜리)를 말하는 것으로 보인다(여덟 개가 1파운드).

따라 이동하고 있었다. 이번 일 자체에 대해 떳떳지 못한 느낌이 있었던 것이다. 옥스퍼드셔 쪽으로 접어들기 전에 벗어나고 싶은 심정이었다. 힐다와 회사를 그렇게 빈틈없이 속여놓았음에도, 호주머니엔 12파운드가 들어 있고 차 뒤에는 짐가방이 있음에도, 나는 갈림길로 다가갈수록 정말로 다 집어치우고 싶은 유혹을 느꼈다(굴복하지 않을 것이라는 건 알았지만 상당한 유혹이었다). 그래서 평소에 다니던 구역 내에서 차를 달리는 한 아직은 떳떳하기라도 하다는 양 여기고 있었던 것이다. '너무 늦은 건 아니다, 지탄받을 짓을 안 할 시간은 아직 있다.' 그런 생각이 들었다. 이를테면 퍼들리에 들러서 바클리 은행의 점장(퍼들리를 관할하는 회사 대리인이었다)을 만나 새로운 일거리가 들어왔는지 알아볼 수도 있는 것이었다. 그리고 그길로 방향을 틀어 힐다에게 돌아가 음모를 다 털어놓을 수도 있을 터였다.

모퉁이를 돌기 전에 속도를 늦추었다. 돌려야 하나 말아야 하나?

1초 정도 정말이지 유혹을 느꼈다. 그러나 안 될 일! 나는 경적을 울리고는 차를 서쪽으로 꺾었다. 옥스퍼드 쪽이었다.

이젠 됐다. 나는 금단의 영역에 들어선 것이었다. 5마일을 더 가다가 마음이 바뀌면 다시 왼쪽으로 꺾어 웨스터럼으로 돌아올 수도 있긴 했다. 하지만 우선은 서쪽으로 차를 몰고 있었던 것이다. 엄밀히 말하자면 나는 탈주를 하고 있었다. 이상한 건 옥스퍼드 방면 길로 접어들자마자 '그들'이 모든 걸 알고 있다는 게 너무나 분명하게 느껴졌다는 점이다. 여기서 내가 말하는 '그들'이란 이런 유의 여행을 인정하지 않으며 가능하다면 나를 제지했을 모든 사람들을 뜻한다(사실상 거의 모든 사람들일 것이다).

더욱이 나는 그들이 벌써 나를 쫓아오고 있다는 느낌을 받았다. 그것도 그들 전부가! 틀니를 한 중년의 사내가 왜 소년시절을 보낸 곳에서 남몰래 한적하게 1주일을 지내러 가야 하는지를 이해하지 못하는 모든 사람들. 그리고 너무나 잘 이해하면서도 내 탈주를 막으려고 온갖 수를 다 쓰려는 비열한 모든 인간들. 그들 모두가 나를 쫓아오고 있었다. 마치 엄청난 대군이 나를 잡으려고 길에 몰려나온 것만 같았다. 마음의 눈에 그들이 보이는 듯했다. 물론 맨 앞에는 힐다가 있었고, 아이들이 뒤를 바짝 따르고 있었다. 휠러 부인은 단호하고 확고한 표정으로 힐다를 밀어붙이고, 민스 양은 코안경이 흘러내린 얼굴에 난감한 표정을 지으며 허겁지겁 뒤따랐다(남들은 다 베이컨 껍질을 차지했는데 혼자만 뒤처진 암탉 같았다). 허버트 크럼 경과 플라잉 샐러맨더의 상사들도 롤스로이스나 이스파노-수이사[10]를 타고 뒤쫓고 있었다. 모든 사무직 종사자들도, 엘즈미어로드나 그 비슷한 다른 모든 주택가에 거주하며 상사에게 밟히면서 살고 있는 모든 가련한 사무원들도 쫓아오고 있었다(개중에는 유모차나 잔디깎이, 잔디 다지는 콘크리트 롤러를 밀거나 오스틴세븐[11]

---

10 Hispano-Suiza. 스페인의 고급 자동차. '스페인-스위스' 두 나라의 합작이란 뜻에서 지은 이름.
11 Austin Seven. 영국의 오스틴 자동차 회사가 만들던 경차. 지금은 BMW의 브랜드가 된 미니Mini의 모태.

경차를 폭폭거리며 몰고 오는 이들도 있었다). 본 적은 없어도 우리의 운명을 지배하는 모든 영혼 구제자들과 노지 파커들, 내무장관, 스코틀랜드야드, 금주운동연맹, 영국은행, 비버브룩 경, 2인용 자전거를 탄 히틀러와 스탈린, 주교단, 무솔리니, 그리고 교황까지 모두 나를 뒤쫓고 있었다.[12] 그들이 외치는 소리가 들리는 것만 같았다.

"달아날 수 있다고 생각하는 자가 있다! 자기는 유선형 인간이 되지 않겠다고 말하는 자가 있다! 그자가 로어빈필드로 돌아가려 한다! 잡아라! 그리고 막아라!"

묘한 느낌이었다. 그 인상이 어찌나 강했던지 나는 뒤에 누가 따라오는지 확인하려고 차 뒤편의 작은 창을 들여다보기까지 했다. 떳떳지 못한 느낌 탓이었으리라. 하지만 아무도 없었다. 내 뒤로는 점점 멀어져가는 허연 흙길과 길게 늘어선 느릅나무들이 있을 뿐이었다.

가속 페달을 힘껏 밟자 낡은 차가 덜덜거리며 시속 30마일의 속도를 냈다. 몇 분 뒤 나는 웨스터럼 쪽으로 돌아갈 수 있는 샛길을 그냥 지나쳐버렸다. 그것으로 끝이었다. 되돌아갈 수 있는 배를 태워버린 것이다. 이런 생각이 막연하게나마 처음으로 꼴을 갖추기 시작한 것은, 새 틀니를 하던 날이었다.

---

12 Nosey Parker는 남의 일에 사사건건 간섭을 잘하는 사람을 뜻하는 비유고, Scotland Yard는 런던 경찰청 수사본부의 별칭이며, Lord Beaverbrook은 캐나다 출신의 거물 실업가이자 처칠과 절친한 사이였던 맥스 에이킨Max Aitken(1879~1964)이다.

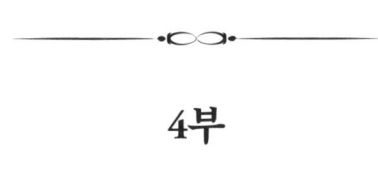

4부

1

로어빈필드에 닿기 직전, 나는 챔포드힐을 넘어가기로 했다. 로어빈필드로 가는 길은 넷인데, 월턴을 거쳐 가는 게 가장 빠르다. 하지만 나는 챔포드힐을 넘어서 가고 싶었으니, 우리가 템스강에서 낚시를 하다 자전거를 타고 집으로 돌아갈 때 이용하곤 하던 길이었던 것이다. 언덕 정상을 막 지나면 나무들로 가려져 있던 시야가 탁 트이며 저 아래 골짜기에 로어빈필드가 펼쳐져 있는 게 보이던 곳이기도 했다.

20년 동안 못 가본 시골의 한 장소를 지나간다는 건 묘한 경험이다. 세부적인 것들을 아주 상세히 기억하고 있다고 생각하지만 그런 기억이 다 틀렸다는 것을 알게 되는 것이다. 거리도 전부 다르고, 랜드마크도 위치가 달라져 있는 듯하다. 이 언덕은 분명히 더 가팔랐는데, 이 굽이는 분명히 길 저편에 있었는데, 하며 계속 갸우뚱하게 된다. 그런가 하면 완벽하게 정확한 기억도 있겠지만, 그런 기억도 특별한 조건에서만 정확할 수 있을 뿐이다. 말하자면 비가 추적추적 오는 어느 겨울날, 초록빛이 너무 짙어 거의 파란색 같은 들판 한구석 풀밭에서, 암소 한 마리가 나를 바라보며 서 있던 모습을 생생히 기억하고 있다고 하자. 그런데 20년 만에 돌아가보면 암소가 같은 장소에 서 있지 않고 같은 표정으로 바라보지도 않는 게 이상하게 느껴지는 것이다.

챔포드힐로 차를 몰고 가다가 나는 내 기억 속에 있던 그림이 거의 다 상상에 가까웠다는 점을 깨닫게 되었다. 실제로 변한 것들도 분명히 있긴 했다. 예컨대 옛적에는 자갈길이던 길이(자전거를 타고 갈 때의 울퉁불퉁한 느낌이 아직도 생생하다) 이제는 자갈에 타르를 섞어 굳힌 포장길이 되었고, 폭도 훨씬 넓어진 듯했다. 게다가 나무가 옛날에 비해 훨씬 적었다. 전에는 길가에 늘어선 산울타리 뒤로 커다란 너도밤나무들이 있었고, 나뭇가지들이 길 너머로 서로 만나 일종의 아치를 이룬 곳들이 있었는데, 그런 데가 다 없어져버렸다. 언덕 정상 가까이 가니 분명히 새로운 무언가가 나타났다. 길 오른쪽으로 가짜 그림 같은 주택들이 한 무더기 보였다. 쑥 내민 처마와 장미덩굴 시렁 같은 게 있는 이 주택들이 어떤 모습인지 아실 것이다. 다닥다닥 붙어 있기엔 꽤나 고급이어서 독립적인 터에 점점이 자리를 잡고, 개별 진입로가 있는 집들 말이다. 그런 진입로들 중 하나의 입구에는 크고 하얀 간판에 이렇게 쓰여 있었다.

개집
순종 실리엄 테리어 강아지
애완견 맡아드림

저 자리에 설마 '저런' 게 있었던 건 아닐 텐데?

잠시 기억을 떠올려보았다. 그래, 기억난다! 그 주택들 있는 자리는 본래 작은 참나무 조림지였다. 나무들이 다닥다닥 붙어 자라서 키가 크고 가늘었으며, 봄이면 나무 밑에 아네모네가 가득 피어 있곤 했다. 타운 밖으로 이만큼 멀리까지 집이 들어선 적은 분명히 없었다.

이윽고 나는 언덕 정상에 다다랐다. 이제 1분만 있으면 로어빈필드가 한눈에 펼쳐질 터였다. 로어빈필드! 흥분하지 않은 척할 이유가 뭐란 말인가? 그곳을 다시 보게 된다는 생각만으로도 뱃속에서 별난 느낌이 꿈틀대며 올라오더니 심장을 묘하게 자극했다. 이제 5초만 있으면 그곳을 다시 보게 된다. 자, 드디어 왔다! 나는 클러치를 풀고 브레이크를 밟았다. 그런데…… 세상에!

알겠다. 어떻게 될지 당신은 진작에 알았다는 것을. 하지만 나는 몰랐다. 그 정도도 예상하지 못한 나를 대단한 바보라고 하실 만하다. 정말 내가 바보였다. 하지만 그럴 줄은 정말이지 몰랐다.

제일 먼저 드는 의문은 대체 로어빈필드가 '어디' 있느냐는 것이었다.

다 헐려버렸다는 게 아니라, 다 삼켜져버렸다는 뜻에서 말이다. 내 아래로 펼쳐져 있는 것은 꽤 큰 공업타운이었다. 챔포드 힐 정상에서 내려다보곤 하던 로어빈필드의 모습을 나는 분명히 기억하고 있다. 그리고 이 경우의 내 기억은 너무나 생생해서, 사실에서 별로 벗어나지 않을 터였다. 내 기억에 하이스트리트는 4분의 1마일쯤 되는 길이었고, 외딴 집 몇 채를 빼놓으면 타운의 전체 모습은 대체로 십자가 모양이었다. 주된 랜드마크는 성당 종탑과 양조장 굴뚝이었다. 하지만 당장 그 둘이 어디에 있는지를 분간할 수 없었다. 보이는 것이라곤 새로 지은 주택들이 골짜기 따라 양방향으로(그것도 양쪽 언덕 중턱까지 가득 차서) 거대한 강물처럼 흐르고 있는 듯한 광경뿐이었다. 오른쪽 언덕 위로는 하나같이 똑같이 생긴 주홍빛 지붕들이 몇 에이커 면적을 뒤덮고 있었다. 척 보기만 해도 대규모 공영주택단지임을 알 수 있었다.

그건 그렇고 로어빈필드는 어디 있단 말인가? 내가 알던 타운은 어디에 있나? 어딘가에는 있었는지도 모른다. 하지만 그 순간 내가 알 수 있는 것이라곤 그곳이 벽돌의 바다 속 어딘가에 묻혀 있다는 사실뿐이었다. 내 눈에 띄는 공장 굴뚝 대여섯 개 중에서 어떤 게 양조장 굴뚝인지는 짐작도 할 수 없었다. 타운 동쪽 끝 가까이엔 거대한 유리 공장과 콘크리트 공장이 있었다. 사실을 있는 대로 받아들이기 시작하니 그만큼 타운이 성장한 것이다 싶기도 했다. 이곳 인구가 이제는 2만 5000명은 족히 되겠다는 생각도 들었다(예전에는 2000명 정도였다). 유일하게 변하지 않은 듯했던 것은 빈필드하우스였다. 거리가 멀어 한 점에 불과할 뿐이었지만 반대편 언덕 중턱 위, 너도밤나무 숲 가운데 자리 잡고 있었고, 타운이 거기까지 뻗어 올라 있지는 않았다. 그렇게 보고 있자니 시커먼 폭격기 한 개 편대가 언덕을 넘어와 타운을 우르릉 가로질러 갔다.

나는 클러치를 확 밀어젖히고는 언덕을 천천히 내려갔다. 주택들이 언덕 중턱까지 뻗어 올라와 있었다. 언덕 비탈을 따라 끊임없이 줄줄이 뻗어 있는 아주 싸고 작은 주택들을 아실 것이다. 전부 똑같은 지붕들이 계단처럼 층층이 이어져 있는 집들 말이다. 그런데 이 주택단지에 닿기 직전에 나는 다시 멈춰서야 했다. 길 왼쪽에 전혀 새롭고 다른 무언가가 눈에 들어왔던 것이다. 공동묘지였다. 안을 들여다보기 위해 지붕 있는 대문 맞은편에 차를 세웠다.

20에이커는 충분이 돼 보이는 거대한 공동묘지였다. 새로 조성한 공동묘지는 언제나 어딘가 졸부 분위기를 풍기고, 어색한 데가 있다. 조악한 자갈길과 거친 뗏장, 웨딩케이크에서 떼어낸 듯하고 기계로 찍어낸 대리석 천사상 같은 것들이 다 그렇다. 그런데 그 순간 가장 인상적으로 떠오른 생각은 옛날에는 이런 장소가 존재하지 않았다는 사실이었다. 그 시절엔 별도의 공동묘지 같은 건 없었고, 성당 묘지만 있을 뿐이었다. 이 공동묘지 터의 주인이었던 농부가 기억에 희미하게 떠올랐다. 이름이 블래킷이었고 낙농업을 하던 이었다. 아무튼 생경한 장소의 조악한 외관은 세상물정이 얼마나 변했는지를 절감하게 해주었다. 타운이 너무 커져서 시신을 내버릴 터 20에이커가 필요했던 것만은 아니었다. 문제는 공동묘지를 이 먼 곳에, 타운 끄트머리에 조성했다는 점이었다. 요새는 다들 그렇게 한다는 사실을 알고 계시는지? 모든 뉴타운들이 공동묘지를 외곽에 조성하고 있다. 밀어내라, 눈에 안 보이는 데로! 그런 정서다. 죽음을 상기시키는 것을 못 참아주겠다는 것이다. 묘비도 똑같은 정서를 반영해준다. 요즘은 묻혀 있는 사람이 언제 "죽었다"고 하는 법이 없이 꼭 "타계했다"거나 "잠들었다"고 하는 것이다.[1] 옛 시절엔 그렇지 않았다. 그 시절엔 성당 묘지가 그야말로 타운 한가운데 있어서, 매일같이 지나다니며 자기 할아버지가 묻힌 자리와 언젠가 자신이 묻힐 자리를 보았던 것이다. 우리는 죽은 사람을 보는 게 꺼림칙하지도 않았다. 더운 날엔 정말이지 죽은 사람 냄새를 맡아야 할 때도 있었다. 밀폐가 잘 안 되어 있는 가족묘[2]가 있었던 것이다.

차 속도를 늦춰 천천히 언덕을 내려갔다. 그 야릇함이란! 얼마나 야릇한 기분인지 모르실 것이다! 내리막길 내내 유령들이 보였다. 주로 산울타리와 나무와 소의 환영들이었다. 마치 두 세계를 동시에 보고 있는 것만 같았다. 전에 있던 것들은 얇은 거품처럼 보이고, 지금 있는 것들은 거품 뒤로 반짝이고 있는 듯했다. 황소가 진저 왓슨을 쫓아가던 들판! 흰주름버섯이

---

[1] 우리식으로 하자면 "died"는 몰歿, "passed away"는 사거死去, "fell asleep"는 영면永眠이라고 할 수 있겠지만 다소 무리다 싶어 직역한다.
[2] family vault. 묘지 지하에 가족 단위로 관을 안치할 수 있게 한 방으로, 돌이나 벽돌로 된 구조물이라 밀봉이 덜 되면 썩는 냄새가 날 수 있다.

자라던 자리! 그러나 들판도, 황소도, 버섯도 없었다. 온통 주택들뿐이었다. 그것도 작고 조악하고 붉은 주택들, 창문 커튼이 지저분하고, 한 조각 뒤뜰에는 잡초가 무성하거나 그 사이에 참제비고깔이 드문드문 얽혀 있는 것 말고는 아무것도 없는 주택들뿐이었다. 게다가 길가를 오가는 사내들, 매트를 터는 여인들, 포장된 인도에서 노는 코흘리개 아이들은 어떤가. 모두 생면부지였다! 나는 자꾸 등을 돌려 쳐다보았고, 그들은 그런 나를 보며 몰려들었다. 하지만 정작 나를 낯선 사람으로 보는 건 그들이었다. 로어빈필드의 옛 모습을 전혀 모르고, 슈터와 웨더올이란 이름을 들어본 적도 없고, 그리멧 씨나 이지키얼 삼촌에 대해서도 아는 바가 전혀 없을, 그래도 아무 상관이 없을 이들이었다.

　사람이 빨리도 적응하는 것을 보면 놀랍다. 내가 로어빈필드를 다시 본다는 생각에 벅찬 가슴으로 언덕 정상에 멈춰 섰던 게 불과 5분 전의 일이었을 것이다. 그런데 벌써 나는 로어빈필드가 페루의 사라진 도시들처럼 삼켜지고 묻혀버렸다는 현실에 익숙해져 있었다. 마음을 다잡고 직시하기로 한 것이다. 사실 뭘 더 기대하겠는가? 타운은 커지게 마련이고, 사람들은 어딘가에 살아야 하는 법이니. 게다가 옛 타운이 완전히 없어져 버린 것도 아니었다. 들판 대신 주택 천지가 돼버리긴 했어도, 옛 타운은 어딘가엔 아직 존재하고 있을 터였다. 그리고 몇 분 뒤면 그곳을 보게 될 것이었다. 성당과 양조장 굴뚝을, 아버지의 가게 진열창과 장터의 말구유를 말이다. 언덕을 다 내려가니 갈림길이었다. 나는 좌회전을 했고, 1분 뒤에 길을 잃었다.

아무것도 기억나지 않았다. 타운 초입이던 지점이 이 어디쯤인지 아닌지도 기억나지 않았다. 아는 것이라곤 옛날에는 이런 길이 아예 없었다는 점뿐이었다. 몇백 야드를 따라가보았지만 (집들이 인도와 맞닿아 있고 여기저기 모퉁이에 식료품점이나 칙칙하고 작은 주점이 있는 좀 궁상스럽고 너절한 거리였다) 도대체 어디로 이어진 길인지 알 도리가 없었다. 결국 나는 길가에 차를 세우고, 지나가는 여인에게 물어봐야 했다. 더러운 앞치마에 모자 안 쓴 차림으로 인도를 걷고 있는 여성이었다.

"실례합니다만…… 장터로 가는 길이 어딘지요?"

그녀는 "알 수가 없네요"라고 대답했다. 삽으로 뚝뚝 끊는 듯한 악센트였다. 랭커셔 출신이었다. 요새는 잉글랜드 남부에 랭커셔 출신자가 많다. 궁핍한 지역이다 보니 사람들이 쏟아져 나오는 것이다.[3] 이윽고 작업복 차림에 연장 가방을 든 사내가 오는 게 보였고, 나는 다시 길을 물었다. 이번엔 대답이 코크니 사투리였고, 그는 잠시 생각을 해봐야 했다.

"장터요? 장터라? 그니까, 음……. 어어…… 그니까 구시장 말씀하시는 거죠?"

내가 찾는 곳은 그가 말하는 구시장인 듯했다.

"어어, 그니까…… 우회전을 해설랑은 다시……."

---

3 Lancashire는 잉글랜드(영연방에서 북아일랜드, 스코틀랜드, 웨일스를 제외한 지역을 말한다) 북서 해안의 공업지대로, 면직물 생산으로 유명했으며 탄광이 많았다. 볼튼, 위건 등의 타운이 있는 지역이며, 맨체스터와 리버풀 등의 타운은 1974년 행정구역 개편으로 분리되었다.

한참을 가야 했다. 실은 1마일이 안 되지만 몇 마일은 간 것 같았다. 집이며 가게, 영화관, 예배당, 축구장 같은 것들이 다 새로 지은 것들이었다. 전부 그랬다. 내 등 뒤로 적들이 침입해 오는 듯한 그 이상한 느낌이 다시 들었다. 지독한 혼란을 틈타서 랭커셔니 런던 교외니 하는 곳 사람들이 이곳으로 마구 몰려들어 점거를 해버린 것만 같았다. 타운의 주요 랜드마크를 뭐라 부르는지 알 생각도 없는 이들이 말이다. 하지만 우리가 장터라 부르던 곳이 이제는 '구시장'으로 알려지게 된 이유를 당장 알 수 있었다. 뉴타운 한가운데 큰 광장이 있었던 것이다 (특정한 도형 꼴이 아니기 때문에 딱히 스퀘어[4]라고 할 수도 없었다). 신호등이 있고, 독수리를 괴롭히는 거대한 사자 동상이 있는 (무슨 전쟁 기념물인 듯했다) 넓은 터였다. 그리고 거기 있는 것들의 새로움이란! 또한 그 조악하고 너절한 모습들이란! 지난 몇 년간 갑자기 풍선처럼 팽창한 이런 뉴타운들이 어떤 모습인지 아시는지? 헤이스니, 슬라우니, 대거넘이니 하는 곳들 말이다. 삭막하고, 어디나 주홍빛 벽돌투성이고, 얼마 뒤면 바뀔 듯 보이는 가게 진열창에 할인 초콜릿과 라디오 부품이 가득한 살풍경 말이다. 이 광장이 꼭 그런 모습이었다. 거기서 방향을 틀었더니 갑자기 오래된 집들이 있는 길로 접어들었는데, 세상에! 하이스트리트였다!

결국 내 기억은 나를 속인 게 아니었다. 여기서부터는 길거

---

4 square. 정사각형 및 광장이란 뜻이 있다.

리 구석구석이 내가 다 아는 데였다. 여기서 몇백 야드만 가면 장터였다. 우리 집 가게는 하이스트리트 반대편 끝에 있었다. 거긴 점심을 먹고 가보기로 하고, 우선 조지 주점에서 짐을 풀 요량이었다. 아, 이 길은 어느 구석이든 추억이 서려 있지 않은 데가 없구나! 전부 내가 아는 가게였다. 이름은 다 바뀌고, 취급하던 물건도 거의 바뀌긴 했지만 말이다. 저긴 러브그로브네 가게구나! 저긴 토드네! 그리고 지붕창들이 있는 크고 기다랗고 거무스름한 가게가 눈에 띈다. 엘시가 일하던 포목점 릴리화이트였다. 저긴 그리멧의 가게! 아직도 식료품점인 듯했다. 다음은 장터의 말구유 차례. 앞에 다른 차가 가리고 있어 보이지 않았다.

장터로 접어들자 그 차는 옆으로 비켜섰다. 말구유는 없었다. 말구유 있던 자리엔 AA[5] 소속인 남자가 교통정리를 하고 있었다. 그는 내 차를 보더니 AA 표지가 없는 것을 확인하고는 경례를 붙이지 않았다.

모퉁이를 돌아 조지 주점 쪽으로 차를 몰았다. 말구유가 없어졌다는 사실에 꽤 충격을 받은 탓인지, 나는 양조장 굴뚝이 아직 그 자리에 있는지도 확인하지 못했다. 조지 주점 역시 이름만 빼고 모든 게 변해 있었다. 정면은 요란하게 치장한 것이 흔히 보는 강변 호텔 같고, 간판도 바뀌어 있었다. 그 순간까

---

[5] Alcoholics Anonymous. 알코올 중독자 갱생회(직역하면 '익명의 알코올 중독자'란 뜻). 1935년 미국에서 시작되어 국제적으로 확산된 상호부조운동으로, 알코올 중독자들에게 중독 극복을 위해 서로 도울 수 있는 기회를 제공한다.

지 20년이 되도록 단 한 번도 생각해본 적이 없지만 옛날 간판의 세세한 부분까지 다 기억난다는 게 신기했다. 내 기억이 시작되던 시점부터 줄곧 거기 매달려 있던 간판은 좀 조잡한 그림으로, 성⼗ 조지[6]가 깡마른 말을 타고서 뚱뚱한 용을 짓밟는 모습이었고, 한구석에는 갈라지고 바래긴 했어도 작은 글씨로 "화가 겸 목수 윌리엄 샌드퍼드"라 적힌 사인이 보였다. 새 간판은 꽤 예술적인 그림이었다. 진짜 화가가 그린 것으로 보였고, 조지 성인은 완벽한 동성애자 외모였다. 자갈이 깔려 있던 뜰은 농부들이 이륜마차를 세워두기도 하고 토요일 밤에 만취한 사람이 먹은 걸 게워놓기도 하던 곳인데, 세 배나 더 확장하여 콘크리트를 깔았고, 둘레는 다 차고였다. 나는 차를 후진하여 차고에 대고 나왔다.

사람 마음에 대하여 내가 발견한 것 하나는, 갑자기 획획 변한다는 사실이다. 한동안 계속되는 감정 같은 건 없다. 지난 15분 동안 내가 겪었던 것을 충격이라 해도 좋을 것이다. 나는 챔포드힐 정상에 멈춰 선 다음 갑자기 로어빈필드가 사라져버린 것을 알고서 명치를 강타당한 듯했으며, 말구유가 없어져버린 것을 보고는 또 한 번의 극통을 느껴야 했다. 중심가로 차를 몰고 가면서는 이가봇[7]이라도 된 것처럼 기분이 울적했

---

[6] St. George. 서기 303년에 순교한 것으로 알려진 로마 군인(로마식으론 '게오르기우스'라 부른다)으로, 이후 기독교 전통에서 가장 유명하고 존경받는 성인이 되었으며, 용(사탄)을 무찌르는 전사의 전설과 결합되었다. 영국 국기는 잉글랜드, 스코틀랜드, 아일랜드 세 나라의 수호성인을 상징하는 십자가 깃발을 합친 것인데, 잉글랜드의 깃발이 성 조지의 십자가일 만큼 대표적인 수호성인이었다.

다. 그런데 차에서 내려 꼭대기가 폭 들어간 트릴비 중산모를 머리에 얹는 순간, 갑자기 그런 것쯤이야 조금도 문제가 아닌 듯해진 것이었다. 날은 너무나 화창하고 따사로웠고, 호텔 뜰에는 초록빛 나무통이니 하는 것들에 꽃이 피어 있어 여름 정취가 가득했다. 게다가 배가 고파서 점심 요깃거리가 기대되었던 것이다.

  나는 다소 거만한 태도로 호텔로 슬슬 걸어 들어갔다. 짐은 벌써 나를 맞으러 달려 나온 구두닦이가 들고 따라왔다. 나는 꽤 성공한 사람이 된 기분이었고, 남들이 그렇게 봤을지도 모른다. 끌고 온 차를 보지 않았다면 꽤 건실한 사업체를 거느린 사람이라고 생각했을 것이다. 새 옷을 입고 온 게 뿌듯하기도 했다. 파란 플란넬 천 정장인데, 가늘고 흰 줄무늬가 있는 게 내 스타일에 맞았기 때문이다(재단사 말마따나 "축소효과"가 있었던 것이다). 그날 나는 주식 중개인으로 통했을지도 모를 정도였다. 어때 보였든 간에, 창틀 선반 화분의 분홍 제라늄이 햇볕에 화사한 6월 어느 날, 민트 소스 곁들인 양고기구이가 기다리고 있는 근사한 시골 호텔로 들어선다는 건 상당히 즐거운 일이다. 나로서는 호텔에 묵는다는 것 자체가 달가운 일인 건 아니다. 내가 호텔 구경을 얼마나 많이 했는지는 하늘이 아신다. 그리고 내가 묵어본 곳들이래봤자 100번에 99번은 내가

---

7 Ichabod. 구약성경에서(사무엘상 4:21) 아들을 낳은 여인이, 이스라엘이 블레셋 사람들에게 패하여 야훼의 언약궤를 빼앗기고 시아버지 엘리와 남편 비느하스가 죽은 것을 알고, "영광이 이스라엘을 떠났다"라고 하면서 아들 이름을 이가봇이라 짓는다.

묵기로 했다고 힐다에게 말해둔 로보텀 같은 저 돼먹잖은 "패밀리 앤드 커머셜" 호텔이었다. 5실링에 숙박과 조식을 해결할 수 있는, 침대 시트가 언제나 눅눅하고 수도꼭지가 제대로 돌아가는 법이 없는 곳 말이다. 조지 주점이 그렇게 말쑥하게 변했을 줄은 몰랐다. 옛날에는 빌려줄 방이 한두 개 있긴 하지만 호텔이라고는 하기 어려운 펍일 뿐이었고, 장날이면 농부들에게 점심(쇠고기구이, 요크셔 푸딩, 소기름 푸딩, 스틸턴 치즈[8]가 나왔다)을 해주는 정도였던 것이다. 변하지 않은 건 펍의 퍼블릭 바[9]뿐인 듯했다(지나가다 슬쩍 보니 여전해 보였다). 푹신한 카펫이 깔린 통로를 걸어가자니 벽에 사냥 판화니 구리 워밍팬[10]이니 하는 허접한 것들이 걸려 있는 게 보였다. 예전의 통로가 어땠는지 어렴풋이 기억이 났다. 옴폭옴폭 구멍이 난 돌이 깔려 있고, 맥주 냄새 섞인 회반죽 향이 나던 공간이었다. 곱슬머리에 검은 옷차림이 말쑥한 젊은 여성이 카운터에서 나를 맞이했다.

"방을 원하십니까, 손님? 그러시군요, 손님. 성함이 어떻게 되시는지요, 손님?"

나는 멈칫했다. 아무튼 나로서는 중대한 순간이었다. 그녀는 우리 집안 성씨를 들어봐서 알 터였다. 흔치 않은 데다, 성

---

8 Stilton cheese. 영국을 대표하는 고급 블루치즈(푸른 곰팡이균이 든 치즈). 향이 강하고 맛이 진하다.
9 public bar. 펍은 대개 둘 이상의 바를 운영하는데, 그중에서도 저렴하고 대중적인 바.
10 warming pan. 긴 손잡이가 달린 일종의 냄비로, 뜨거운 물이나 석탄을 담아 이부자리를 데우는 데 썼다. 우리말로는 탕파湯婆라 부른다.

당 묘지에서 많이 볼 수 있는 이름이니 말이다. 우리는 로어빈필드에서 대대로 살아온 지가 꽤 된 집안이었다. 로어빈필드의 볼링 집안. 알려진다는 건 한편으로 불편한 일이기도 했으나 은근히 기대가 되기도 했다.

"볼링." 나는 아주 또렷하게 말했다. "미스터 조지 볼링."

"볼링이요, 손님. B-O-A…… 앗! B-O-W죠? 그렇군요, 손님. 런던에서 오셨습니까, 손님?"

나는 대답하지 않았다. 그녀는 우리 성을 들어본 적도 없었던 것이다. 조지 볼링을, 새뮤얼 볼링의 아들 이름을 들어본 적도 없다니. 젠장할! 30년 이상 토요일마다 이 펍에 와서 맥주 반 파인트를 마신 새뮤얼 볼링 아니던가!

2

식당도 변해 있었다.

옛날 식당에서 식사를 해본 적은 없었지만, 벽난로 선반이 갈색이고 벽지가 구릿빛 황색이었다는 것(벽지 색이 본래 그랬는지 오래되고 연기가 스며들어 그랬는지는 알 수 없었다), 그리고 같은 화가 겸 목수 윌리엄 샌드퍼드가 그린 텔엘케비르 전투 유화가 있었다는 것은 기억이 났다.[11] 그런 식당이 지금은 중세풍으로 꾸며져 있었다. 벽돌로 지은 벽난로 한쪽엔 잉글눅[12]이 딸려 있고, 천장엔 거대한 들보가 걸쳐져 있고, 벽은 참나무 벽널로 마감이 되어 있는데, 어느 구석 하나 50야드 밖에서 봐도

---

11 Battle of Tel-el-Kebir(1882). 이집트군과 영국군이 이집트 북동부의 텔엘케비르에서 벌인 전투. 민족 지도자 아메드 우라비가 이끈 이집트 반란군이 대패했고, 우라비는 사형 선고를 받았다가 영국령 실론(지금의 스리랑카)으로 유배되었다.

12 inglenook. 벽난로 한쪽 가에 앉을 수 있게 만든 벽감 같은 작은 공간.

가짜 아닌 데가 없음을 바로 알 수 있을 정도였다. 들보는 옛날 범선 같은 데서 떼어 온 것인지 모르겠지만 진짜 참나무이긴 했는데, 벽널은 보자마자 의심이 들 만했다. 자리를 잡고 앉자 능숙한 젊은 웨이터가 다가와 냅킨을 만지작거렸는데, 나는 뒤에 있는 벽부터 두드려보았다. 역시! 그럴 줄 알았다! 나무도 아니었다. 무슨 합성품 같은 걸로 흉내를 낸 다음 칠을 한 것이었다.

그래도 음식은 나쁘지 않았다. 민트 소스 곁들인 양고기구이를 먹고, 프랑스 이름이 붙은 백포도주인지 뭔지를 한 병 마셨더니 트림이 좀 나도 행복했다. 나 말고 식사를 하고 있는 사람이 또 있었는데, 서른 살쯤인 금발 여인으로 과부 같아 보였다. 나는 그녀가 조지 주점에 묵고 있는지 궁금했고, 그녀와 가까워질 방법을 막연히 궁리해보기도 했다. 사람 감정이 교차하는 걸 보면 참 묘하다. 거기 앉아 있는 동안 나는 주로 유령들을 보고 있었다. 과거가 현재로 쑥 모습을 드러낸 듯했다. 장날, 몸집이 크고 단단한 농부들이 기다란 테이블 밑에 다리를 쭉 뻗고 앉아(구두 징이 돌바닥에 긁히는 소리가 난다) 사람의 몸에 다 들어갈 수 있을까 싶은 양의 쇠고기와 덤플링을 먹어치우기 시작하는 광경이다. 그러다 어느새 반짝이는 하얀 천과 포도주잔과 접어둔 냅킨이 있는 작은 테이블들, 그리고 가짜 장식과 전반적으로 고급스러운 분위기가 그 모습을 지워버리는 것이었다. 이런 생각도 들었다. '나에겐 12파운드와 새 옷이 있다. 나는 다름 아닌 조지 볼링, 내가 자가용을 몰고 로어빈필드로 돌아왔다고 하면 믿을 사람이 있을까?' 더구나 포도주 기운에 마음이 제법 훈훈해지자, 나는 금발 여인을 눈으로 훑으며 마음속으로 그녀의 옷을 벗기기까지 했다.

오후에 라운지(역시 가짜 중세풍이었지만 유선형의 가죽 안락의자와 유리 깐 테이블이 있다는 게 달랐다)에서 빈둥거리며 브랜디와 시가를 즐길 때도 마찬가지였다. 계속해서 유령들이 보였고, 그것을 나는 대체로 즐기고 있었다. 아닌 게 아니라 술을 제법 마신 상태이기도 했고, 금발의 여인이 나타나면 억지로 아는 체를 하리라 마음먹어 설레기도 했던 것이다. 하지만 그녀는 다시 모습을 드러내지 않았고, 나는 티타임이 다 되어서야 밖으로 나갔다.

장터로 슬슬 걸어가서 왼쪽으로 방향을 틀었다. 우리 가게라니! 알 수 없는 일이다. 21년 전, 어머니 장례일에 나는 역에서 빌린 마차를 타고 우리 가게 앞을 지나가면서 먼지가 시커멓게 앉은 문과 창이 다 닫혀 있고 진열창 글자가 용접기로 지워져 있던 것을 보고도 아무 감흥을 느끼지 못했다. 그런데 이제는, 그때보다 심정적으로 훨씬 더 멀어졌고 집 내부가 어땠는지 다 기억이 나지 않는 이제는, 가겟집을 다시 본다는 생각을 하니 가슴이 뛰고 뱃속이 꿈틀거리는 것이었다. 이발소 자리를 지나가는데, 이름은 바뀌었어도 여전히 이발소였다. 문에서 온기가 느껴지고 아몬드 향이 도는 비누 냄새가 났다. 그 옛날의 베이럼 화장수와 라타키아 담배만큼은 좋은 냄새가 아니었다. 이제 20야드만 더 가면 가게, 우리 가게인데…… 아아!

예술적인 멋을 부린 간판 하나가 인도 위에 걸려 있었다(조지 주점의 간판을 그린 사람의 작품이 아닐까 하는 생각이 괜히 들었다).

웬디의 찻집,
모닝커피,
홈메이드 케이크

찻집이라니!
하기야 푸줏간이나 철물점이었다 해도, 혹은 종자 가게 아닌 그 무엇이었다 해도 마찬가지로 충격을 받았을 것이다. 어쩌다 어떤 집에서 태어났다고 해서 그 집에 대해 평생 동안 무슨 권리라도 있다고 느낀다는 건 바보스러운 짓이지만, 우리는 실제로 그렇게들 느낀다. 가게는 찻집이라는 이름값을 할 법해 보였다. 창가에 파란 커튼이 있고 케이크 한두 개가 놓여 있는데, 초콜릿이 덮여 있고 맨 꼭대기쯤 호두가 하나만 박혀 있는 그런 스타일이었다. 안으로 들어가보았다. 차를 마실 마음은 전혀 없었지만 안을 봐야만 했던 것이다.
본래 가게이던 공간과 거실이던 데를 모두 다실茶室로 바꾼 듯했다. 쓰레기통이 있고 아버지가 이런저런 풀을 기르던 텃밭이 있던 뒤뜰은 모두 포장이 되었고, 전원풍의 테이블과 수국水菊 같은 것들로 꾸며져 있었다. 거실 안으로 들어가보았다. 여기서도 유령들이! 벽에는 악보를 펼쳐둔 피아노가 있고, 벽난로 양쪽으로는 일요일 오후면 아버지 어머니가 각각 〈피플〉과 〈뉴스 오브 더 월드〉를 보며 앉아 있던 육중하고 낡고 붉은 안락의자가 하나씩 있던 게 눈에 선했던 것이다! 지금 주인은 이곳을 조지 주점보다 더 고풍스럽게 꾸며놓고 있었다. 접히는 탁자, 망치 자국 무늬의 철제 샹들리에, 벽에 걸린 백랍[13] 접시 같은 것들이 있었던 것이다. 예술적인 멋을 부린 이런 찻집들이 실내를 얼마나 어둡게 하곤 하는지 아실는지? 그것 또한 고풍스러움의 일부이긴 할 것이다. 보통 웨이트리스와는 다른, 염색한 실내복 같은 차림의 젊은 여성이 싸늘한 표정으로 나를 맞았다. 차를 달라고 하자, 그녀는 10분을 들여 차를 내왔다. 어떤 차인지 아마 아실 것이다. 중국차고, 맛이 워낙 연해서 우유를 타기 전까지는 물인가 싶어지는 차 말이다. 내가 앉은 자리는 아버지의 안락의자가 있던 거의 그 자리였다. 아버지가 "글"이라 부르던 〈피플〉지의 기사를 읽어주는 소리가 들리는 듯했다. 새로운 비행기계나 고래한테 삼켜진 사내에 대한 얘기들 말이다. 그러고 있자니 내가 위장이라도 하고서 거기에 와 있으며 내 정체가 탄로 나면 쫓겨날지도 모른다는 희한한 기분이 들었다. 그런가 하면 내가 이 집에서 태어난 이 집 사람이라는, 혹은 이 집이 내 집이라는(정말 그렇게 느꼈다) 말을 누군가에게 간절히 하고 싶은 마음도 있었다. 차를 마시러 온 사람은 나밖에 없었다. 염색한 실내복 차림의 여성은 창가에서 서성이

---

[13] pewter. 주석을 주성분으로 하는 은회색 합금. 납이나 구리 등이 섞인다.

고 있었는데, 내가 들어오기 전까지 이를 쑤시고 있었을 것만 같았다. 그녀가 내온 케이크 조각 하나를 베어 물어보았다. 홈메이드 케이크라! 확실히 그렇긴 했다. 집에서 만들되 마가린과 계란 대용품을 쓴 것 말이다. 아무튼 나는 결국 말을 해야만 했다.

"로어빈필드에 사신 지 오래됐나요?"

그녀는 움찔하며 놀란 표정으로 대답이 없었다. 나는 다시 말을 붙여봤다.

"제가 로어빈필드 사람이거든요. 오래전 일이지만."

역시 대답이 없었다. 혹시 뭐라고 했는데 내가 못 들었는지도 모르겠다. 아무튼 그녀는 싸늘한 표정을 짓더니 다시 창밖을 내다보는 것이었다. 알 만했다. 손님 말을 받아주기에는 너무 고상한 여인이었던 것이다. 더구나 내가 추근대기라도 하려는 줄 알았는지도 모른다. 그런 그녀에게 내가 이 집에서 태어났다고 말해봤자 무슨 소용이겠는가? 그녀는 내 말을 믿는다 해도 아무 관심도 없을 것이다. 그녀는 곡물·종자 상인 새뮤얼 볼링에 대해 들어본 적도 없을 터였다. 나는 계산을 하고 나와 버렸다.

슬슬 성당 쪽으로 걸어보았다. 좀 두렵기도 하고 조금은 기대되기도 했던 것 하나는, 내가 알던 사람의 눈에 띄는 것이었는데, 전혀 걱정할 필요가 없었다. 거리에 내가 아는 얼굴이라곤 하나도 없었던 것이다. 온 타운 인구가 전부 새로운 주민인 것만 같았다.

성당에 가보니 공동묘지를 새로 조성해야 했던 이유를 알 수 있었다. 묘지가 꽉꽉 들어차 있었고, 묘비 이름 중 절반이나도 모르는 이름이었던 것이다. 무덤들 사이를 거닐어보았다. 묘지 관리인이 풀을 막 베고 난 뒤라 여기서도 여름 향내가 났다. 다들, 내가 알던 나이 든 이들은 모두, 저세상 사람이 되어 있었다. 푸줏간 주인 그래빗도, 다른 종자상 윙클도, 조지 주점을 운영하던 트루도, 사탕 가게 휠러 부인도―모두 거기 누워 있었다. 슈터와 웨더올은 지금도 성당 중앙 통로 양쪽 가에 앉아 노래를 부르듯 묘지 통로 끝 맞은편에 자리 잡고 있었다. 웨더올은 결국 백 살까지는 생을 누리지 못했다. 1843년에 태어나 1928년에 "이승을 떠났다"고 하니 말이다. 하지만 그는 대개 그랬듯이 슈터에겐 이겼다. 슈터는 1926년에 세상을 떠났으니, 마주 노래해줄 이가 아무도 없던 웨더올 영감의 마지막 이태가 어떠했으랴! 그리멧 노인은 송아지고기와 햄을 넣어 만든 파이를 닮은, 둘레에 철제 울타리가 있는 거대한 대리석 밑에 있었고, 한구석의 작고 값싼 십자가 밑에는 시먼스 가족 사람들이 다 같이 몰려 있었다. 모두 흙으로 돌아간 것이었다. 이가 담배 빛깔이던 호지스 영감도, 갈색 턱수염이 수북하던 러브그로브도, 마부를 어른과 아이 하나씩 대동하고 다니던 램플링 부인도, 해리 밴스의 한쪽이 유리 눈이던 아주머니도, 무슨 견과를 깎아 만든 듯 심술궂은 늙은 얼굴이던 물방앗간 농원의 브루어도―석판 하나와 그 밑에 있을지도 모를 무언가가 남았을 뿐, 아무 흔적도 없었다.

어머니와 묘와 그 옆에 있는 아버지 묘도 눈에 띄었다. 둘 다 꽤나 잘 손질된 상태였다. 묘지 관리인은 풀을 아주 짧게 자르기를 좋아하는 모양이었다. 이지키얼 삼촌의 묘는 조금 떨어진 곳에 있었다. 더 오래된 묘들이 있던 자리는 평평하게 골라져 있었고, 침대 머리 같던 오래된 나무 장식물들도 다 치워져 있었다. 부모님 묘를 20년 뒤에 보신다면 어떻게 느끼실까? 당신이 어떤 기분일지는 모르겠고, 내가 느낀 바를 말하자면, 아무것도 아니었다. 아버지와 어머니는 내 마음을 떠나본 적이 없었다. 두 분은 마치 어딘가에서 영원히 존재하는 것만 같았다. 어머니는 갈색 찻주전자 뒤에서, 아버지는 대머리와 안경과 반백의 콧수염에 곡물 가루를 뽀얗게 뒤집어쓴 채, 그림 속의 인물들처럼 언제나 고정된 모습이지만, 아무튼 어떤 식으로든 살아 있는 듯했다. 땅속에 있는 뼈 상자는 두 분과는 아무 상관도 없는 것만 같았다. 나는 거기 서서 내가 땅속에 누워 있다면 어떤 기분일지, 별로 신경을 쓰거나 할 것인지, 쓴다 해도 얼마나 금세 관둬버리고 말 것인지, 그런저런 생각을 하기 시작했다. 그때 갑자기 내 위를 가로질러 가는 짙은 그림자가 있어 뜨끔 놀라고 말았다.

어깨 너머로 보니 나와 태양 사이로 폭격기 한 대가 날아가고 있었다. 묘들이 두려워 슬슬 기는 것만 같았다.

성당으로 슬슬 걸어 들어갔다. 로어빈필드에 와본 뒤 거의 최초로 유령을 보는 느낌이 들지 않았다. 혹은 다른 식으로 느꼈다고 해야겠다. 변한 게 전혀 없었기 때문이다. 사람들이 다 없어져버렸다는 것만 빼고는 아무것도 변하지 않았다. 심지어 기도용 무릎 방석도 그대로인 듯했다. 먼지 냄새와 달큰한 시체 냄새도 그대로였다. 그리고 세상에! 저녁이고 해가 반대편에 가 있어 빛줄기가 중앙 통로 앞쪽으로 조금씩 다가가고 있진 않았지만, 창에 난 구멍도 그대로였다. 여럿이 앉는 신도석도 아직 1인석 의자들로 바뀌지 않은 채 그대로였다. 우리가 앉던 신도석도, 웨더올이 슈터에 맞서 우렁차게 목청을 돋우던 맨 앞줄 신도석도 있었다. 아모리인들의 시혼 왕과 바산의 오그 왕이라 외치던 소리가 들리는 듯했다! 중앙 통로 바닥의 닳아빠진 돌들을 보니 그 밑에 누워 있는 사람들의 묘비명을 아직도 반은 읽을 수 있을 정도였다. 나는 우리가 앉던 신도석 옆 바닥 묘비명 앞에 쪼그려 앉아보았다. 읽을 수 있는 부분들이 아직도 내 기억에 남아 있었다. 심지어 그 부분들이 이루던 패턴도 그대로 떠올랐다. 내가 설교 시간에 그걸 얼마나 많이 읽어봤는지는 주님이 아실 것이다.

여기 본 ·················· 교구의
아들 젠틀맨 ············· 참되고
고결한 ·······························
··
남몰래 다방면으로 ···············
부지런히 자선을 하기도 ···········
··

.... 사랑하는 아내

아밀리아와 .... 일곱

딸을 ....

어릴 적 '긴 S'[14] 자 때문에 어리둥절해하던 기억이 났다. 옛날에는 'S'를 'F'로 발음했는지, 그랬다면 무슨 까닭이었는지 의아했던 것이다.

내 뒤로 계단이 있었다. 올려다보니 사제용 평상복을 입은 사람이 나를 내려다보고 있었다. 신부였다.

내 말은 '바로 그' 신부였다는 말이다! 그는 그 옛날의 교구 신부였던 베터턴이었다. 내 기억이 시작될 때부터는 아니고, 1904년 언저리부터 그 자리에 있었던 이였다. 머리가 많이 허예지긴 했지만 나는 그를 단번에 알아보았다.

그는 나를 알아보지 못했다. 나야 잠깐 둘러보러 온 파란 정장 차림의 뚱보 여행객일 뿐이었으니까. 그는 저녁 인사를 하고는 곧장 언제나 함 직한 얘기를 늘어놓기 시작했다. 건축에 관심이 있느냐, 이 건물은 아주 오래된 놀라운 건물이다, 건물 기초가 색슨 시대[15]까지 거슬러 올라간다, 등등의 얘기들 말이다. 곧 이어서 그는 편치 않은 걸음으로 대단치도 않은 볼거

---

14 long s. 1800년 이전까지 쓰던 소문자 s로, f를 닮은 ſ를 썼다. 단어 끝에는 그냥 s를 쓰고, 단어 처음과 중간에 올 경우에 썼다. 이를테면 이 묘비명의 '본 교구'는 원문에 'this pariſh' 라 되어 있다.

15 Saxon times. 영국을 지배하던 로마인들이 게르만(색슨, 앵글, 주트)족의 침입으로 5세기에 철수한 뒤, 색슨(작센)족은 주로 템스강 이남 지역을 지배했다.

리를 안내하기 시작했다. 성당 부속실로 이어지는 노르만 아치, 뉴버리 전투에서 전사한 로데릭 본 경의 동상 같은 것들이었다.[16] 나는 중년의 사무원인 만큼, 성당이나 미술관 같은 데서 안내를 받을 때면 반드시 취하는, 얻어맞은 개 비슷한 태도로 신부를 따라다녔다. 그렇다면 나는 그런 것들을 이미 다 알고 있다는 말을 그에게 했을까? 내가 새뮤얼 볼링의 아들 조지 볼링이라고(나를 기억하지 못할지는 몰라도 아버지는 기억할 터였다), 그의 설교를 10년 동안 들었고, 견진교리에도 참석했을 뿐만 아니라 '로어빈필드 독서 서클' 소속으로서 그의 마음에 들기 위해 『참깨와 백합』을 읽어보기도 했다고 말했을까? 아니다. 나는 그저 그를 따라다니기만 했고, 누가 우리에게 이런저런 게 500년 된 것이라고 말할 때 그렇게나 됐느냐는 반응 말고는 정말 아무 생각도 나지 않는 경우처럼 웅얼거릴 뿐이었다. 나는 그를 알아본 순간부터 그가 나를 처음 보는 사람으로 여기도록 놔두기로 마음먹었던 것이다. 그리고 예의에 어긋나지 않게 빠져나올 기회가 나자마자, 헌금함에 6페니짜리 한 닢을 톡 떨어뜨리고는 도망치듯 나와버렸다.

왜 그랬을까? 드디어 아는 사람을 만났는데 왜 인연을 되살리지 않았을까?

20년이 지나 그의 외모가 변한 것을 보고서 섬뜩해졌기 때

---

[16] Norman arch는 바이킹 출신의 노르만족이 1066년에 영국을 점령한 뒤 발달한 로마네스크 건축양식의 반원형 아치. Newbury는 영국 내전 중이던 1643년과 1644년에 의회파와 왕당파가 격전을 벌인 곳.

문이었다. 그가 더 늙어 보였다는 얘긴가 싶으실 텐데, 그게 아니었다! 그는 더 '젊어' 보였다. 게다가 문득 세월의 흐름에 대해 깨닫게 된 바가 있었던 것이다.

베터턴 신부는 지금 예순다섯 살쯤일 테니, 내가 그를 마지막으로 봤을 때 그는 지금의 내 나이인 마흔다섯 살쯤이었을 것이다. 지금은 머리가 허연데, 어머니 장례 때는 면도 크림을 바르는 솔 같은 반백이었다. 그런데 내가 그를 보자마자 제일 먼저 받은 인상은 그가 전보다 더 젊어 보인다는 것이었다. 나는 그를 몹시도 늙은 사람으로 알고 있었는데, 다시 보니 그다지 늙은 사람이 아니었던 것이다. 어릴 적 내 눈에는 마흔이 넘은 사람들은 전부 늙어빠져 다 끝난 인간으로 보였고, 서로들 차이도 나지 않는 그냥 늙은이들이었다. 그때 마흔다섯이던 남자가 지금의 이 걸음 불편한 예순다섯 노인보다 더 늙어 보였던 것이다. 그런데, 세상에! 내 나이가 마흔다섯이라니, 섬뜩할 뿐이었다.

그렇다면 지금 스무 살쯤인 이들에게 내가 그래 보일 것 아닌가. 성당 밖 무덤들 사이를 빠져나오면서 그런 생각이 들었다. '딱한 고물딱지 같으니. 넌 끝나버린 거야.' 모를 일이었다. 평소에는 나이 따위는 전혀 신경 쓰지 않았던 것이다. 왜 신경 쓴단 말인가? 뚱뚱하긴 해도 힘도 있고 건강한데, 원하는 건 뭐든지 할 수 있는데 말이다. 장미 향기는 내 나이 스물일 때와 똑같이 느껴지는데 말이다. 아, 그런데 장미에겐 내가 같은 향기일까? 대답이기라도 하듯 열여덟 살쯤 되어 보이는 소녀가

302

묘지 통로를 걸어오고 있었다. 소녀는 몇 걸음이면 내 곁을 지나칠 터였다. 나를 바라보는 소녀의 표정을, 찰나와도 같은 표정을 나는 보았다. 아니다. 섬뜩해진 표정도, 적대적인 표정도 아니었다. 그건 어딘가 종잡을 수 없고 거리감이 느껴지는, 어쩌다 눈을 마주친 야생동물의 그것과도 같은 표정일 뿐이었다. 소녀는 내가 로어빈필드를 떠나 있던 20년 세월 사이에 나서 자랐을 터였다. 그녀에게 나의 모든 기억은 아무 의미도 없을 것이었다. 나와는 다른 세계에 사는 무슨 동물처럼 말이다.

조지 주점으로 돌아갔다. 한잔 마시고 싶었지만 바가 열기까지 30분을 기다려야 했다. 전년도 〈스포팅 앤 드라마틱〉지를 읽으며 빈둥거리고 있자니, 과부인가 싶던 금발 여인이 나타나는 것이었다. 갑자기 나는 그녀와 가까워지고 싶다는 마음이 간절해졌다. 늙은 개에게도(늙은 개도 틀니를 하긴 한다면 말이다) 아직 누릴 생이 있음을 나 자신에게 보여주고 싶었던 것이다. 마침내 나는 그녀는 서른이고 나는 마흔다섯이니 그 정도면 충분히 공정하다는 생각을 하게 되었다. 나는 빈 벽난로를 등지고 서 있었다. 여름날인데 엉덩이를 덥힐 일이라도 있다는 듯 말이다. 파란 신사복 차림인 나는 그런대로 봐줄 만했다. 물론 좀 뚱뚱하긴 하지만 기품도 좀 있었다. 제법 세련된 남성, 주식 중개인으로 통할 법도 했다. 나는 최대한 멋을 낸 악센트로 무심결인 듯 말했다.

"6월 날씨가 근사하네요."

이 정도면 제법 부담스럽지 않은 한마디 아닌가? "전에 어디서 만났던 분 아니신가요?"와는 급이 다르다.

하지만 실패였다. 그녀는 대답은 없이, 읽던 신문을 2분의 1초 정도 슬쩍 내리고는 유리창을 깰 듯한 시선을 던질 뿐이었다. 살벌했다. 그녀는 사람을 총알처럼 관통할 수 있는 파란 눈의 소유자였다. 그 짧은 순간에 나는 내가 얼마나 가망 없이 그녀를 잘못 봤는지 깨달았다. 그녀는 댄스홀로 모시겠다고 하면 좋아할, 머리 물들인 과부 같은 부류가 아니었던 것이다. 그녀는 제독의 딸일지도 모를 상류 중산층 출신으로, 체육시간에 하키를 하는 좋은 학교를 다녔을 여성이었다. 게다가 나는 나 자신을 잘못 보기도 했다. 새 옷을 입든 말든, 나는 '도저히' 주식 중개인으로 통할 수 없는 사람이었다. 어쩌다 몇 푼 수입을 더 올린 출장 외판원일 뿐이었던 것이다. 나는 슬금슬금 빠져나와 프라이빗 바[17] 쪽으로 갔다. 저녁식사 전에 한두 파인트 마셔야 했던 것이다.

맥주는 옛날 맛이 아니었다. 그 옛날의 좋았던 맥주 맛을 나는 잘 기억하고 있다. 템스강 유역의 맥주는 석회 성분이 약간 섞인 물로 만들어 고유의 맛과 향이 있었던 것이다. 나는 여성 바텐더에게 물어보았다.

"양조장을 지금도 베서머 집안에서 하고 있나요?"

"베서머요? 아아, **아니요**, 손님! 바뀐 지 오래됐죠. 우리가 오기 한참 전에요."

---

[17] private bar. 퍼블릭 바에선 보이지 않게 적당히 가려진 바. 술값이 상대적으로 비싸다.

그녀는 내가 맏언니 타입의 여성 바텐더라 부르는 친근한 유형이었다. 서른다섯쯤이고 너그러운 인상을 풍겼으며, 맥주 조끼를 많이 들다 보니 팔에 살이 많이 붙어 있었다. 그녀가 양조장을 인수한 기업연합의 이름을 말해주었다. 물론 나는 맥주 맛을 보고서 바로 짐작할 수 있었다. 종류가 다른 바들이 원을 이루고 있고, 사이마다 칸막이가 있었다. 건너편 퍼블릭 바에선 두 사내가 다트 놀이를 하고 있었고, 저그 앤드 보틀[18]에선 보이지는 않지만 한 사내가 좀 음침한 목소리로 이따금 한 마디씩 하곤 했다. 바텐더는 살집 있는 팔꿈치를 바에 괴고는 나와 얘기를 나누었다. 나는 알던 사람들 이름을 줄줄이 대봤는데, 그녀가 들어본 이름은 단 하나도 없었다. 그녀는 로어빈필드에 온 지 5년밖에 안 됐다고 했다. 심지어 그녀는 그 옛날 조지 주점을 운영하던 트루 영감에 대해서도 들어본 적이 없었다.

"내가 로어빈필드에 살았거든." 내가 그녀에게 말했다. "꽤 오래전 일이지. 전쟁 전이니까."

"전쟁 전요? 어머나, 정말요! 그렇게 안 돼 보이시는데."

"보시다시피 많이 변했을 거요." 저그 앤드 보틀에 있는 사내가 말했다.

"타운이 많이 커졌네요." 내가 말했다. "공장들 때문이지 싶은데."

"아, 네, 물론 주로 공장에서들 일하죠. 축음기 공장들도 있

---

[18] Jug and Bottle. 주전자 같은 큰 잔(미국식으로 말하자면 피처)과 병맥주를 파는 바.

고, 트루핏Truefitt 스타킹 공장도 있고요. 물론 요즘엔 폭탄도 만든다지요."

나는 왜 '물론' 그러한지를 딱히 알지 못했는데, 그녀는 트루핏 공장에서 일하고 조지 주점에 종종 들르는 한 젊은이 얘기를 하기 시작했다. 그는 그녀에게 자기네 공장에서 스타킹뿐만 아니라 폭탄도 만들고 있으며, (나로서는 이유를 잘 모르겠지만) 그 둘은 일정한 관련이 있다고 말했다는 것이다. 그녀는 내게 월턴 근처에 큰 공군비행장이 있다는 말도 해주었고(그래서 계속 폭격기가 나타났던 것이었다), 그러면서 우리는 대개 그리 되듯 전쟁 얘기를 하기 시작했다. 모를 일이었다. 내가 이곳에 온 것은 바로 전쟁 생각에서 벗어나기 위해서였던 것이다. 하지만 그것이 가능하기나 한 일인가? 전쟁 분위기는 우리가 들이쉬는 공기에 섞여 있으니 말이다.

나는 전쟁이 1941년에 닥칠 거라고 했다. 저그 앤드 보틀에 있는 사내는 그것 참 낭패일세, 하고 말했다. 바텐더는 섬뜩한 일이라며 말했다.

"이러니 저러니 해도 결국 별 소용이 없나 보죠? 저는 밤에 깬 상태로 누워 있다가 저 커다란 것들이 날아다니는 소리를 들으며 이런 생각을 하곤 해요. '아니, 저런 게 머리 바로 위에다 폭탄을 떨어뜨리면 어쩌지!' 그런데 공습경보니 미스 토저스니(공습대피 지도원 말이에요), 침착을 잃지 말고 창틈을 신문으로 꽉 막아버리면 된다는 말만 하지요. 타운 청사 지하에다 방공호를 판다는 얘기들도 하더군요. 그런데 정작 일이 터지면 아기들한텐 어떻게 방독면을 씌운다지요?"

저그 앤드 보틀에 있는 사내는, 모든 게 끝날 때까지 온탕에 들어가 있으면 된다는 얘기를 신문에서 봤다고 했다. 그 말을 들은 퍼블릭 바의 사내들은 같은 탕에 몇 사람이나 들어갈 수 있느냐를 놓고 제법 익살을 떨더니 둘 다 바텐더 여성에게 함께 탕에 들어가도 되겠느냐고 묻는 것이었다. 그녀는 얄궂은 소리 말라며 그쪽으로 바로 가더니 그들에게 '올드 앤드 마일드'[19] 몇 파인트를 더 날라주었다. 나는 내 맥주를 홀짝 맛보았다. 형편없었다. '비터'[20]라고들 하는 맥주인데, 써도 너무 쓴, 유황맛 같은 게 나는 맥주였다. 요즘엔 영국산 홉을 맥주에 바로 쓰는 경우가 없다고들 한다. 전부 화학원료를 만드는 데 쓰이기 때문인데, 그렇다면 맥주는 화학원료로 만들어지는 셈이기도 하다. 갑자기 이지키얼 삼촌 생각이 났다. 그 어른이라면 이런 맥주에 대해 뭐라고 했을까 궁금했던 것이다. 그리고 저 공습경보에 대해, 소이탄 진화용으로 쓰자는 저 모래 들통에 대해서는 뭐라고 했을까. 바텐더가 내가 있는 데로 돌아오자 나는 말했다.

"그건 그렇고, 홀은 지금 누구 것이지?"

빈필드하우스가 정식 이름이지만 우린 언제나 거기를 홀이라 불렀던 것이다. 그녀는 잠시 못 알아듣는 표정을 지었다.

---

[19] old and mild. 일반 생맥주(올드)에 부드러운 흑맥주(마일드)를 섞은 맥주.
[20] bitter. 빛깔 연한 맥아(몰트)를 썼다 해서 pale ale이라고도 부르는 맥주로, 19세기 이후로 다양하게 발전해왔다. 홉을 비교적 많이 써서 쓴 편이며, 빛깔은 대체로 좀 진한 편이다.

"홀이라구요?"

"빈필드하우스 말씀이라네." 저그 앤드 보틀에 있는 사내가 말했다.

"아, 빈필드하우스! 아휴, 전 메모리얼홀(기념관) 말씀하시는 줄 알았네. 빈필드하우스는 지금 닥터 메럴이 임자예요."

"닥터 메럴?"

"네, 손님. 거기 환자가 육십 명쯤 된다죠."

"환자? 거기가 무슨 병원으로 변했단 말인가?"

"음…… 보통 병원은 아니구요. 요양원에 가깝다고 해야겠네요. 정신질환자들 지내는 곳요. 정신요양원이라는 데죠."

정신병원이라니!

하기야 이제 와서 무얼 더 기대하랴만.

3

 침대에서 기어 나오자니 입맛은 쓰고 뼈마디는 삐걱거렸다. 생각해보니 전날 꽤나 마신 탓이었다. 점심과 저녁때 포도주 한 병씩, 그 사이에 맥주 몇 파인트, 거기다가 브랜디도 한두 잔 했으니 말이다. 몇 분 동안 나는 카펫 한가운데 멍하니 서 있었다. 특별히 뭘 바라본 게 아니라, 꼼짝도 못 할 정도로 피곤했던 것이다. 이른 아침이면 찾아오곤 하는 끔찍한 기분을 아실 것이다. 대개 다리로 느끼게 되지만, 그 어떤 말보다도 전달이 분명한 기분 말이다. '그 따위 일을 뭐 하러 계속해? 때려치워버려 이 친구야! 가스 오븐에다 머리를 처박기나 하라구!'
 이윽고 나는 틀니를 끼워 넣고 창가로 갔다. 전날처럼 화창한 6월 아침이었다. 해가 막 지붕 위로 솟아나 길 건너편의 집들을 비추기 시작했다. 창틀 선반의 분홍빛 제라늄도 여전히 볼 만했다. 8시 30분밖에 안 됐고 옛 장터의 사잇길일 뿐이었지만, 꽤 많은 사람들이 오가고 있었다. 짙은 정장 차림에 서류 가방을 든 사무원인 듯한 사람들이 줄줄이 모두 한 방향으로 서둘러 가고 있었는데, 마치 여기가 런던 교외이고 모두들 지하철을 타기 위해 허둥지둥하기라도 하듯 바빠 보였다. 학교 가는 아이들도 두셋씩 무리를 지어 장터 쪽으로 가고 있었다. 순간 나는 전날 챔포드힐을 삼켜버린 빨간 집들의 정글을 보았을 때와 같은 기분을 느꼈다. 징글맞은 침입자들! 내 이름도 모르는 2만 명의 불청객들! 이리저리 몰려다니는 저 많은 새로운 인생들이 거기 있었다. 그리고 창가에 서서 그들을 바라보며 30~40년 전에 있었던 일들에 대해 아무도 들으려 하지 않는다고 투덜거리는 딱하고 나이 먹은 뚱보가 있었다. 맙소사! 계속해서 유령들이 보이는 것만 같다던 내 생각이 잘못된 것이었다. 내가 유령인 것이다. 내가 죽었고, 그들이 살아 있는 것이었다.

하지만 아침을(해덕[21] 구이에 구운 간, 토스트, 마멀레이드였다) 먹고 나니 기분이 나아졌다. 식당에 얼음 같던 숙녀는 보이지 않았고, 여름 공기가 기분 좋게 따사로우니, 나는 파란 플란넬 신사복을 입은 내가 조금은 기품이 있어 보인다는 느낌을 떨쳐 버릴 수 없었다. 까짓것! 내가 유령인 게 맞다면, 기꺼이 유령이 되어주마! 나는 걷기로 했다. 걸어 다니며 유령처럼 옛 장소에 출몰하리라. 어쩌면 내 고향을 빼앗아간 자들에게 무시무시

---

21 haddock. 대구 비슷하나 대구보다 좀 작은 물고기.

한 마술을 맛보여줄 수 있을지도 모르니.

길을 나섰다. 그런데 겨우 장터쯤 가서 예상치 못했던 일 때문에 멈춰 서야 했다. 50명쯤 되는 학동들이 4열 종대로 거리를 행진하고 있었고(제법 군인 같아 보였다) 엄한 표정의 여성이 그들 곁을 주임상사처럼 활보하고 있었던 것이다. 맨 앞줄의 네 아이는 테가 빨강, 하양, 파랑 세 줄인 현수막을 함께 들고 있었는데, 큼직한 글씨로 영국인이여 준비하라고 쓰여 있었다. 길모퉁이 이발관 입구에 주인이 나와 구경을 하고 있기에 말을 붙여보았다. 반짝이는 검은 머리에 표정이 좀 멍한 편인 사내였다.

"저 애들이 뭘 하고 있는 거죠?"

"공습 대비인가 뭔가 하는 거지요." 그가 나른하게 대답했다. "공습경보 대비훈련인가 뭔가 하는 거. 저 여자는 미스 토저스라는 이고."

그가 말을 안 해도 나는 그녀를 미스 토저스라고 짐작했을 것이다. 눈만 봐도 알 수 있었다. 머리는 반백이고 얼굴은 훈제 생선 빛깔인, 걸가이드[22] 파견대나 YWCA 호스텔 같은 곳의 책임자로 꼭 선임되는, 모질어 보이는 나이 든 여자 타입을 아실 것이다. 그녀는 아무튼 군복 같아 보이는 상의와 치마 차림이었는데, 실제로는 안 그래도 멜빵 달린 장교용 혁대를 차고 있는 듯한 인상을 강하게 풍겼다. 나는 그런 유형을 알았다. 전쟁

---

[22] Girl Guides. 걸스카우트 비슷한 조직으로, 1910년 영국에서 창설되었다.

때 육군여성보조부대[23] 소속으로 참전했다가 그 뒤로는 사는 게 영 재미가 없어진 부류 말이다. 그런 그녀에게 공습경보 대비훈련은 신나는 일이었다. 아이들의 행렬이 지나갈 때 나는 그녀가 진짜 주임상사처럼 외치는 소리를 들었다. "모니카! 발 높이 들엇!" 맨 뒷줄에 선 아이들도 테가 빨강, 하양, 파랑의 세 줄인 현수막을 함께 들고 있었는데, 가운데 이렇게 적혀 있었다.

우리는 준비 완료. 여러분은?

"왜 애들을 저렇게 끌고 다니는 걸까요?" 나는 이발사에게 물었다.

"글쎄 말이오. 무슨 선전 같기는 하오만."

물론 나는 알았다. 아이들에게 전쟁을 의식화하려는 것이었다. 그리고 우리 모두에게 전쟁을 벗어날 길은 없으며 폭격기가 크리스마스처럼 확실히 다가올 것이니, 지하실로 내려가 잠자코 있으라는 것이었다. 그때 커다랗고 시커먼 비행기 두 대가 월턴 상공에서 우르릉거리며 날아와 타운 동쪽 끝으로 갔다. 빌어먹을! 이젠 전쟁이 시작되어도 다들 소낙비 오는 것만큼도 놀라지 않을 것이란 생각이 들었다. 첫 폭탄이 떨어지는 소리를 우리는 이미 듣고 있는 셈이었다. 이발사는 미스 토저

---

[23] WAAC(Women's Army Auxiliary Corps). 1차대전 중이던 1917년에 조직되었다가 전후인 1921년에 해체된 부대.

스가 애써준 덕분에 아이들은 벌써 방독면을 지급받았다는 말도 해주었다.

　아무튼 나는 타운을 둘러보기 시작했다. 이틀 동안 나는 내가 알아볼 수 있는 옛 랜드마크 주변만 다니며 보낸 것이었다. 그리고 그 사이 아는 사람과는 단 한 번도 마주치지 않았다. 나는 유령이었다. 실제로 안 보이는 건 아니지만 그런 것만 같았다.

　야릇했다. 말로 할 수 있는 것보다 더 야릇한 느낌이었다. H. G. 웰스의 소설 중에서 두 장소에 동시에 존재하는 사내에 관한 이야기를 읽어보신 적이 있는지? 실제로는 자기 집에 있지만 바다 밑바닥에 있다는 환각 같은 걸 느끼는 사람 이야기 말이다. 그는 방 안을 오가고 있지만, 탁자나 의자 대신에 너울거리는 해초와 그를 잡으려고 다리를 뻗는 커다란 게나 오징어가 보인다. 내가 꼭 그랬다. 몇 시간 동안 나는 지금은 존재하지도 않은 세계를 걸어 다니고 있었던 것이다. 인도를 걷는 동안 나는 걸음 수를 세어가며 이런저런 생각을 했다. '그래, 여기가 무슨무슨 밭이 시작되는 지점이야. 산울타리는 이 길 건너로 이어지다가 저 집을 뚫고 지나가고, 저 주유소 급유기는 실은 느릅나무지. 여긴 주택가 끄트머리고. 그리고 이 길은(집이 몇 채 없는, 고립되다시피 한 적막한 주택가였다) 우리가 케이티 시먼스와 함께 가곤 하던, 양쪽에 개암나무 덤불이 뻗어 있던 좁은 길이지.' 물론 거리야 잘못 쟀겠지만 방향은 대체로 맞았다. 여기서 태어나지 않은 사람이라면 이곳 길들이 불과 20년 전만 해도 밭이었다는 사실을 믿지 않을 것이다. 대도시 교외가 화산처럼 폭발하면서 시골이던 곳이 묻혀버린 것만 같았다. 브루어 영감의 농원이던 곳은 거의 다 공영주택단지에 삼켜지다시피 했다. 물방앗간은 없어졌고, 내가 최초로 물고기를 잡았던 연못은 물을 다 빼고 메운 뒤 건물을 지어놓아 정확한 위치를 도무지 가늠할 수가 없었다. 온통 주택뿐이었던 것이다. 하나같이 똑같고, 쥐똥나무 울타리가 있고, 현관문까지 아스팔트길이 나 있는, 작고 붉은 입방체 벽돌집들 말이다. 공영주택단지 너머로는 타운이 좀 한산해지긴 했지만, 날림집 개발업자들은 최선을 다하고 있었다. 어디든 조그만 땅덩이라도 사들일 수 있는 곳이면 몇 채씩 털썩털썩 부려놓듯 여기저기 집을 지어놓았고, 그 집들까지 이어진 임시 진입로가 있었던 것이다. 건축업자들의 팻말이 박혀 있는 빈터도, 엉겅퀴와 깡통으로 뒤덮인 엉망이 된 밭도 곳곳에서 눈에 띄었다.

그런가 하면 옛 타운의 중심부는 건물만 보자면 크게 변한 게 없었다. 많은 가게들이 이름은 다 바뀌었어도 같은 계통의 장사를 하고 있었던 것이다. 릴리화이트는 여전히 포목점이었고 그다지 잘되는 것 같진 않았다. 그래빗의 푸줏간은 라디오 부품을 파는 가게가 되어 있었다. 휠러 할멈 가게의 작은 진열창은 벽돌로 메워져 있었다. 그래빗의 가게는 여전히 식료품점이었는데, '인터내셔널' 체인에 넘어가 있었다. 그래빗처럼 영리하고 짜디짠 사람도 삼켜버리는 걸 보니, 저 대형 기업연합 체인의 힘을 실감할 수 있었다. 하지만 내가 아는 그래빗이라면(성당 묘지의 거창한 비문은 볼 것도 없다) 시세가 좋을 때 가게를 팔아치워 1000파운드나 1500파운드쯤은 천국으로 가져갔을 게 확실하다. 주인이 안 바뀐 유일한 가게는 아버지를 망하게 한 바로 그 새라진이었다. 새라진은 엄청난 규모로 성장해 있었고, 타운 다른 지구에 또 하나의 거대한 지점이 있었다. 단, 기존의 농업 관련 품목들 말고도 가구나 의약품이나 철물 등도 취급하는 일종의 대형 잡화점으로 변모해 있었다.

나는 이틀 중 태반을 여기저기 다니는 동안 (이따금 그러고 싶기도 했지만) 대형 체인점을 욕하며 투덜거리지는 않았다. 필요 이상으로 술을 마시고 있기도 했다. 거의 로어빈필드에 도착하자마자 취기에 젖어들었고, 그러다 보니 펍이 문 여는 시간이 너무 늦다 싶기만 했다. 매번 개점 반 시간 전 동안은 혀가 입 밖으로 나와 있는 느낌이었다.

그렇다고 내가 늘 같은 기분에 젖어 있었다고 생각하지는 마시기 바란다. 이따금은 로어빈필드가 지워 없어져버렸다 해도 그만인 듯 느끼기도 했던 것이다. 결국 내가 여기 온 이유는 가족으로부터 벗어나 있어보자는 목적 하나뿐이지 않았나? 그러니 원하는 건 무엇이든, 동한다면 낚시라도 못 할 이유가 없었다. 토요일 오후에 나는 하이스트리트에 있는 낚시용품점에도 갔고, 대나무 낚싯대(어릴 적 항상 너무나 갖고 싶었던 것으로 유창목으로 만든 것보다 좀 더 귀하다)와 낚싯바늘과 목줄 등을 샀다. 가게 분위기가 흥을 돋우었다. 다른 건 다 변해도 낚시 도구만은 변하지 않으니, 당연히 물고기 역시 변치 않기 때문이다. 더구나 가게 주인은 낚싯대를 사러 온 뚱뚱한 중년 사내를 이상하게 볼 이유가 없었다. 그러기는커녕, 우리는 템스 강에서의 낚시에 대해, 그리고 전전년도에 누군가 통호밀빵과 꿀과 삶은 토끼고기를 섞어 만든 떡밥으로 잡았다는 큰 처브에 대해 제법 얘기를 나누었다. 나는 그에게서 가장 튼튼한 연어용 목줄과 로치용 5번 바늘 몇 개도 샀다. 무엇 때문에 필요한지 그에게 말하지도 않았고 나 자신 딱히 인정한 것도 아니었지만, 빈필드하우스의 거대한 잉어들이 아직 남아 있을 경우를 염두에 둔 것이었다.

일요일 아침은 속으로 이럴까 저럴까 하느라 금방 지나가버렸다. 낚시를 하러 갈 것인가 말 것인가? 까짓 못 갈 게 뭐냐 싶다가도, 꿈은 꾸지만 절대 안 하게 되는 게 낚시 아닌가 하는 생각이 금세 들곤 했다. 결국 오후가 되자 나는 차를 끌고 나와 버포드위어 쪽으로 몰았다. 우선은 강 구경만 하고 다음 날 날씨가 좋으면 장만한 낚싯대를 챙겨 들고 짐가방에 든 편한 옷을 걸치고서 하루 종일 마음껏 낚시를 할 수도 있겠거니 싶었다. 그러다 동하면 사나흘도 좋을 테고 말이다.

챔포드힐을 넘어가자 내리막 끝에서 샛길이 나타났다. 강둑길과 나란히 뻗어 있는 길이었다. 차에서 내려 걸어보았다. 그런데, 아! 길가 곳곳에 붉거나 흰 작은 방갈로가 몇 채씩 서 있는 것이었다. 물론 예상할 수도 있는 일이었다. 여기저기 자동차도 꽤 서 있는 것 같았다. 강 쪽으로 더 가까이 가자 투당탕탕 소리가 들리기 시작했다. 그렇다! 축음기 소리였다.

굽이를 돌아가니 강둑길이 한눈에 들어왔다. 세상에! 또 한 번의 충격이었다. 강둑에 사람들이 바글바글했던 것이다. 물가의 너른 풀밭이던 곳은 찻집이며 1페니 자동판매기며 간이매점이며 월스 아이스크림 파는 사람들로 가득했다. 마게이트에라도 온 느낌이었다. 옛 강둑길이 어떤 곳이던가. 몇 마일을 걸어도 갑문 관리하는 사람이나 이따금 짐배 끄는 말의 뒤를 설렁설렁 따라가는 사공 말고는 아무도 없던 길이었다. 강가에 낚시를 가면 어디든 우리뿐이었다. 나는 오후 내내 강가에 앉아 있곤 했는데, 50야드쯤 떨어진 얕은 물에 왜가리 한 마리가 서너 시간씩 한 자리에 있어도, 놀라 달아나게 할 사람 하나 지나가지 않을 때가 많았다. 그런데 내가 성인 남자는 낚시를 하러 다니지 않는다는 생각을 대체 어떻게 하게 되었을까? 강둑 아래위 양방향으로 내 시야에 드는 한도껏, 남자 어른들이 끊임없이(5야드에 한 명꼴로) 자리를 잡고 있었던 것이다. 나는 도대체 저 많은 사람들이 어떻게 다 거기까지 오게 되었을지 몹시 궁금해하다가 결국 낚시 동호회 같은 데 사람들이라는 생각을 하게 되었다. 그뿐만 아니라 강에는 배들이 빼곡 차 있었다. 배는 양쪽에 고정된 노로 젓는 것에서부터 카누, 삿대로 밀어 움직이는 납작한 배, 모터보트에 이르기까지 갖가지였고, 주로 반쯤 벌거벗은 젊은 바보들이 잔뜩 타고 있었다. 그들은 하나같이 비명을 지르거나 고함을 쳤고, 대부분 축음기까지 틀어놓고 있었다. 낚시를 해보겠다고 온 딱한 인간들의 낚시찌는 모터보트가 일으키는 파도에 요동을 쳤다.

강둑을 좀 걸어보았다. 날이 좋은데 물은 더럽고 출렁거렸다. 아무도 연준모치 한 마리 낚지 못하고 있었다. 그들이 무언가를 낚을 기대라도 하고 있을지가 궁금했다. 그 정도 인파면 강에 있는 모든 물고기를 놀라게 하기에 충분할 터였다. 그런가 하면 떠다니는 아이스크림 용기와 종이봉투 사이에서 요동치는 찌를 보고 있자니, 낚을 물고기가 있기나 할까 싶었다. 템스강에 아직도 물고기가 있긴 할까? 분명히 있기는 할 것이다. 하지만 템스강은 예전과는 확연히 달라졌다. 빛깔부터 사뭇 다르다. 물론 내 상상일 뿐이라고 생각하실지 모르지만, 그렇지 않다고 단언할 수 있다. 물빛이 변했다는 걸 나는 분명히 안다. 내 기억 속의 템스강은 맑은 초록빛이면서 속 깊은 데가 들여다보였고, 갈대 주변으로 데이스 잉어가 유유히 떼 지어 다녔다. 그런데 이제는 몇 인치 물속도 들여다보이지 않는다. 물은 온통 흙빛으로 지저분하고, 담배꽁초나 봉지가 떠다니는 건 말할 것도 없고 모터보트에서 흘러나온 기름이 여기저기 막을 이루고 있다.

조금 뒤 나는 가던 길을 돌아섰다. 축음기 소음을 더 참을 수 없었다. 물론 일요일이긴 하다 싶었다. 평일에는 이만큼 심하지 않을지도 몰랐다. 아무튼 나는 다시 이곳에 오지 않을 것임을 알았다. 더럽혀진 강은 저주받은 그들이나 차지하라지. 내가 낚시를 하러 어디를 가든 템스강만은 아닐 터이니.

인파가 무리를 지어 내 곁을 지나갔다. 너무나 생경한, 거의 다 청춘인 사람들이었다. 청춘 남녀들은 짝을 지어 히히덕거리며 다녔다. 한 무리의 소녀들이 나팔바지에다 미국 해군이 쓰는 것과 비슷한 하얀 모자 차림으로 지나가기도 했다. 모자에는 슬로건이 찍혀 있었는데, 그중 열일곱 살쯤 돼 보이는 소녀의 모자에는 키스해주세요라는 문구가 찍혀 있었다. 그 때문은 아니었을 테지만, 아무튼 나는 충동적으로 갑자기 옆으로 빠져서 1페니짜리 자동 체중계에 몸무게를 달아보았다. 기계 속 어디선가 찰카닥 소리가 나더니(체중뿐만 아니라 운세도 알려주는 기계를 아실 것이다) 글이 타이핑된 카드 한 장이 미끄러져 나왔다.

당신은 특별한 재능의 소유자이지만 지나치게 겸손한 탓에 마땅한 대우를 받지 못합니다. 당신 주변 사람들은 당신의 능력을 과소평가하고 있습니다. 당신은 옆에 물러나 있기를, 그리고 당신이 한 일에 대한 공로를 남이 차지하도록 내버려두기를 너무 좋아합니다. 당신은 세심하고 자애로우며, 언제나 친구들에게 성실합니다. 당신은 이성에게도 대단히 매력적인 대상입니다. 당신의 최대 결점은 너그러움입니다. 하지만 참으십시오. 크게 성공할 테니까요!
체중: 14스톤 11파운드.[24]

지난 사흘 동안 4파운드가 불어난 것이었다. 너무 마신 탓이다.

[24] 약 94킬로그램.

4

조지 주점으로 돌아와 차를 차고에 박아놓고서 늦은 차 한 잔을 마셨다. 일요일이라 바는 한두 시간은 더 있어야 열릴 터였다. 선선한 저녁에 나는 다시 밖으로 나가 성당 쪽으로 슬슬 걸었다.

장터를 막 질러가는데 나보다 조금 앞서 걸어가는 여인이 눈에 띄었다. 그녀를 보자마자 전에 어디선가 본 듯하다는 아주 묘한 느낌이 들었다. 어떤 느낌인지 아실 것이다. 물론 얼굴은 보이지 않았고 뒷모습으로는 딱히 누구인지 구분되지도 않았지만, 아는 사람이라 장담할 수 있을 것만 같았다.

그녀는 하이스트리트를 따라 걷다가 한 샛길에서 오른쪽으로 접어들었다(이지키얼 삼촌의 가게가 있던 곳이었다). 따라가보았다. 딱히 왜인지는 모른다. 호기심도 있고 조심스러운 마음도 있었다. 처음 든 생각은 그 옛날 로어빈필드에서 알고 지내던 사람을 여기서 드디어 만났구나 하는 것이었다. 하지만 거의 동시에 그녀가 웨스트블레츨리에서 온 누군가일 가능성도 있다는 생각이 번뜩 들었다. 그럴 경우 나는 아주 조심해야 했다. 그녀가 내가 여기 있다는 걸 알게 되면 힐다에게 일러바칠지 모를 일이니 말이다. 그래서 나는 그녀를 따라가되, 조심스럽게 안전거리를 유지하는 동시에 그녀의 뒷모습을 최대한 주시했다. 뒤태가 특별히 인상적인 데는 없었다. 키가 크고 약간 뚱뚱한 사오십 대 여인으로, 좀 허름한 검은 옷을 입고 있었다. 잠시 집을 나온 것인지 모자를 쓰지 않았고, 걷는 모양새를 보니 구두 뒤축이 많이 닳은 듯했다. 아무튼 전체적으로 봐서 좀 단정치 못한 인상이었다. 하지만 확실히 누구다 할 만한 게 눈에 띄지는 않았고, 막연히 어디선가 본 듯하다는 느낌만 있을 뿐이었다. 몸동작 어딘가가 익숙해 보였던 것인지도 모른다. 그녀는 곧 사탕과 카드 등을 파는 작은 가게로 들어갔다. 일요일이면 언제나 문을 여는 유의 작은 가게였다. 가게 보는 여인이 문간에서 엽서 진열대를 꾸미고 있었다. 내가 뒤따르던 여인은 잠시 얘기를 나누러 들른 모양이었다.

나 역시 멈춰서야 했기에, 들여다보는 체할 만한 가게 진열창을 어서 찾아내야 했다. 마침 배관·실내장식 가게가 있었고, 창가에 벽지니 화장실 설비용품이니 하는 것들의 샘플이 가득했다. 내가 서 있는 곳에서 두 여인이 있는 곳까지의 거리는 15야드가 되지 않았다. 두 사람이 조잘조잘하는 소리가 들렸다. 잡담하는 것 자체가 목적인, 여자들이 흔히 하는 무의미한 대화였다.

"맞아 맞아, 바로 그거야. 정말 그렇다니깐. 내가 그이한테 말했지. 뭐랬냐면 있지, '아니, 당신이 그거 말고 바라는 게 뭐 있수?' 그랬다니까. 말이 안 되잖아, 그치 응? 근데 그래봤자 뭐 하냐구. 차라리 돌덩이한테 얘기하는 게 낫지. 한심해 죽겠다니까 정말."

뭐 그런 식이었다. 짜증이 나기 시작했다. 내가 뒤따르던 여인 또한 상대와 마찬가지로 작은 가겟집 안주인인 듯했다. 그녀가 로어빈필드에서 내가 알고 지내던 사람이 아닐지도 모른다는 생각을 막 하던 차, 그녀는 내 쪽으로 거의 돌아섰고, 나는 그녀의 얼굴을 4분의 3쯤 보게 되었다. 그런데 세상에! 엘시가 아닌가!

분명히 엘시였다. 잘못 볼 여지가 없었다. 엘시라니! 저 뚱뚱하고 추한 할망구가!

너무 큰 충격이었기에(강조하자면 엘시를 보게 되어서가 아니라 엘시가 그 몰골로 변해서 그렇다는 것이다) 눈앞의 것들이 잠시 빙빙 도는 듯했다. 놋쇠 수도꼭지니 공 모양의 마개니 도자기 세면대니 하는 것들이 멀리 떠내려가는 것만 같았고, 그래서 보면서도 안 보이는 느낌이었다. 그러면서 일순간, 그녀가 나를 알아보면 어쩌나 하는 끔찍한 두려움이 몰려들기도 했다. 그런데 그녀는 내 얼굴을 정면으로 보고서도 아무것도 의식하지 못했다. 잠시 쳐다보더니 방향을 바꾸어, 가던 길을 가는 것이었다. 나는 다시 따라갔다. 내가 미행하고 있다는 사실을 그녀가 눈치채는 바람에 내가 누구인지 의문을 갖기 시작할 수도 있다는 건 위험한 일이었지만, 나는 그녀를 한 번 더 봐야만 했다. 말하자면 그녀는 나에게 아주 고약한 호기심 같은 것을 불러일으켰던 것이다. 그때까지 그녀를 지켜봐온 것과는 사뭇 다른 눈으로 그녀를 살펴보기 시작했다.

끔찍한 일이었지만, 나는 그녀의 뒷모습을 뜯어보면서 과학적인 자극 같은 것을 느꼈다. 24년 세월이 여성에게 끼칠 수 있는 변화는 무시무시하다. 불과 24년 만에, 내가 잘 알던 소녀가, 피부가 하얀 우윳빛이고 입술이 빨갛고 머리가 옅은 금발이던 소녀가, 어깨 통통하고 몸집 푸짐한 할망구가 다 되어, 뒤축이 몹시 닳은 구두를 신고 뒤뚱뒤뚱 가고 있었다. 나는 남자인 게 정말이지 다행이다 싶었다. 남자는 누구라도 절대 그토록 철저히 망가지지는 않는다. 인정하건대, 나는 뚱뚱하다. 원하신다면 내 꼴도 엉망이라고 하겠다. 하지만 적어도 나는 '꼴'은 갖추었다. 그런데 엘시는 특별히 뚱뚱하고 말고 할 것도 없이 그야말로 엉망이었던 것이다. 둔부에는 소름끼치는 변화가 있었고, 허리는 아예 있지도 않았다. 그녀는 흐늘흐늘하면서 통통한 원통과 다를 바 없는, 먹을거리를 담은 자루와도 같은 모습이었다.

나는 그녀를 멀리까지 따라갔다. 옛 타운을 벗어나 처음 보는 작고 구질구질한 길들을 계속해서 지나갔다. 마침내 그녀는 어느 가게 문간으로 접어들었고, 그녀가 들어서는 모양새로

보건대 그녀의 가게인 게 분명해 보였다. 나는 진열창 앞에 잠시 멈춰 섰다. 진열창에는 "사탕과 담배, G. 쿡슨"이라는 상호가 붙어 있었다. 그러니까 엘시는 쿡슨 부인이었다. 가게는 그녀가 잠시 들렀던 가게만큼 조그맣고 초라하되, 더 작으면서 훨씬 지저분했다. 담배와 제일 싸구려인 사탕류 말고는 아무것도 취급하지 않는 듯했다. 나는 시간을 좀 끌어가며 살 수 있는 게 무얼까 궁리해보았다. 그러다 진열창에 싸구려 담배 파이프들이 걸린 걸이 하나가 눈에 띄자, 안으로 들어갔다. 나는 우선 마음을 좀 다잡아야 했다. 혹시 그녀가 나를 알아볼 경우 딱 잡아뗄 필요가 있었던 것이다.

그녀는 가게 뒤편에 있는 방으로 사라졌다가, 내가 카운터를 두드리자 돌아왔다. 그리하여 우리는 다시 얼굴을 마주하게 되었던 것이다. 아아! 알아보는 기색이 없다. 나를 전혀 못 알아보는 것이었다. 대개들 그러듯 날 바라볼 뿐이었다. 작은 가게 주인들이 손님을 어떤 식으로 쳐다보는지 아실 것이다. 도무지 관심이 없는 태도 말이다.

그녀의 얼굴을 온전히 다 본 것은 이때가 처음이었는데, 어느 정도 예상은 했지만 그녀를 처음 알아보던 순간만큼이나 충격이 컸다. 우리는 어떤 젊은 사람, 심지어 어린아이의 얼굴을 보고서 그 얼굴이 늙으면 어떻게 될지를 어느 정도 예상할 수 있다. 문제는 전적으로 골격의 생김새인 것이다. 그런데 내 나이 스물이고 그녀 나이 스물둘일 때 엘시가 마흔일곱 살이 되면 어떤 모습일지를 머릿속으로 그려볼 일이 혹시 있었다고 할 경우, 그녀가 '그' 정도까지 되리라는 상상은 도저히 할 수 없었을 것이다. 그녀는 어떻게 잡아당기기라도 한 듯 온 얼굴이 아래로 처져 있었다. 얼굴이 꼭 불독 같은 중년 여성 타입을 아시는지? 턱은 합죽하고, 입은 양쪽 구석이 아래로 처졌고, 꺼진 눈 밑살은 주머니 달린 듯 처진 얼굴. 불독하고 똑같이 생긴 얼굴 말이다. 그럼에도 그 얼굴은 내가 알던 얼굴과 똑같았고, 수많은 인파 속이었다 해도 내가 알아봤을 얼굴이었다. 머리는 반백이라 할 만큼 세지는 않았지만 좀 지저분한 빛깔이었고, 숱이 훨씬 줄어 있었다. 그녀는 나를 전혀 알아보지 못했다. 나는 그저 생면부지의 한 손님이자 흥미로울 게 전혀 없는 뚱뚱한 남자일 뿐이었다. 살집 한두 인치가 더 두꺼워지는 것의 효과란 참 묘하다. 그녀보다 내가 더 변한 건 아닌지, 그녀가 나를 다시 보게 된다는 생각을 아예 해본 적이 없어서 그런 건 아닌지, 그녀가 내 존재 자체를 잊어버린 건 아닌지(그럴 가능성이 가장 많았다) 나는 알 수 없었다.

"어서 오세요." 그녀는 대개들 그러듯 무관심하게 말했다.

"담배 파이프 있나요." 나는 건조하게 말했다. "찔레나무로 만든 거요."

"파이프요. 어디 좀 볼까요. 파이프가 어디 좀 있기는 한데. 근데 얻다 뒀더라…… 아! 여깄네."[25]

그녀는 카운터 아래 어딘가에서 파이프가 꽉 찬 골판지 박

---

[25] 번역은 "여깄네"라고 했지만, 원문에서 엘시는 "Here we are" 대신 ('h' 발음을 안 하고) "Ere we are"라 말한다.

스를 꺼냈다. 그런데 악센트는 어쩌다 그 모양이 돼버렸나! 아니면 내 기준이 변했기 때문에 그렇다고 생각할 뿐인가? 아니다. 그녀는 아주 "잘난" 편이었던 것이다. 릴리화이트 포목점 아가씨들이 모두 워낙 "잘난" 편인 데다, 그녀는 교구 신부의 독서 서클 회원이기도 했다. 그런 그녀는 'h' 발음을 안 하는 버릇이 맹세코 없었다. 결혼만 했다 하면 이런 여인들이 철저히 망가진다는 건 참 이상한 일이다. 나는 잠시 파이프들을 만지작거리며 살펴보는 시늉을 했다. 마침내 나는 호박琥珀으로 만든 주둥이가 달린 파이프를 달라고 했다.

"호박요? 우리한테 있는지 모르겠네……." 그러면서 그녀는 가게 뒤편을 돌아보더니 외쳤다. "조~지!"

그러니까 다른 친구의 이름도 조지였던 것이다. 가게 뒤편에서 "어어!" 하는 소리가 크게 났다.

"조~지! 파이프 박스 딴거 얻다 뒀수?"

조지가 들어왔다. 그는 땅딸막한 체구에 셔츠 차림의 대머리로, 누런 생강빛 콧수염을 더부룩하게 기르고 있었다. 그는 반추동물처럼 무언가를 씹고 있었다. 티타임 중에 불려 나온 게 분명해 보였다. 두 사람은 다른 파이프 박스를 찾느라 이리저리 뒤지기 시작했다. 사탕병 몇 개가 있는 곳 뒤까지 샅샅이 뒤지는 데 5분은 걸렸을 것이다. 취급하는 물건이 다 해봐야 50파운드 정도밖에 안 될 이런 너저분한 작은 가게에 잡동사니를 그토록 많이 쌓아둘 수 있다는 건 경이로운 일이었다.

나는 나이 먹은 엘시가 잡동사니 속을 뒤지며 혼자 중얼거리는 모습을 지켜보았다. 무언가를 잃어버린 나이 많은 여자가 통통한 어깨를 웅크린 채 이리저리 오가는 몸동작이 어떤지 아시는지? 내가 느낀 바를 설명하려 해봐야 부질없는 짓이다. 몹시 삭막하고 한기가 도는 듯한 그 느낌은 직접 맛보지 않고는 상상할 수 없다. 내가 할 수 있는 말이라곤, 25년 전쯤 좋아하던 여자친구가 있었다면 지금 가서 한번 보라는 것뿐이다. 그러면 내 느낌이 어떤지 아실 것이다.

그런가 하면 그때 주로 든 생각은, 실제 현실은 예상과는 얼마나 다른가 하는 것이었다. 내가 엘시와 함께했던 많은 시간들! 밤나무 아래에서 함께 보내던 7월 밤들! 그런 사이라면 감정의 찌꺼기 같은 것이라도 남아 있으리라 생각지 않으시는지? 그런데 둘 사이에 그야말로 아무런 감정도 남지 않을 때가 오리라는 상상을 누가 할 수 있었으랴? 여기 내가 있고 그녀가 있으며 둘 사이의 거리가 1야드밖에 안 되건만, 우리는 전혀 만나본 적 없는 사이인 듯 남남이었다. 그리고 그녀의 경우, 나를 아예 알아보지도 못했던 것이다. 내가 누구라고 말한다고 해도 그녀는 기억도 못 할 가능성이 다분했다. 그렇다면 혹시 기억을 할 경우 그녀의 심정은 어떨까? 아무 감정도 없을 것이다. 내가 그녀에게 못난 짓을 했다고 해서 나한테 화가 나 있지도 않을 것이다. 마치 그 모든 일이 아예 일어나지도 않은 것이나 마찬가지였다.

그건 그렇고 엘시가 결국 지금처럼 되고 말리라는 예상을 누구인들 할 수 있었을까? 그녀는 신세 망치기 딱 좋아 보이던 타입의 처녀였다. 그녀에겐 나와 관계를 맺기 전에 적어도 다른 남자가 하나는 있었으며, 나와 두 번째 조지 사이에는 몇 명이 더 있었다는 데 내기를 걸어도 좋을 것이다. 그녀와 어울린 남자가 여남은 명은 되었다는 것을 알게 된다 해도 나는 놀라지 않을 것이다. 내가 그녀에게 잘못했다는 건 의문의 여지가 없는 사실이고, 그 때문에 나는 반 시간쯤 마음이 불편할 때가 많았다. 그녀가 결국은 거리의 여자가 되거나 가스 오븐에 머리를 처박는 신세가 되리라는 생각이 들곤 했던 것이다. 그렇게 나 자신이 좀 비열한처럼 느껴질 때가 있는가 하면, 내가 아니었어도 다른 누군가가 그랬으리라는 생각이 들기도 했다(그게 사실이기도 했다). 그런데 세상살이가 실제로는 어떤가. 흐리멍덩 종잡을 수 없이 흘러간다는 걸 아실 것이다. 정말 거리의 여자가 되는 경우가 실은 얼마나 되는가? 그보다 훨씬 많은 여인들은 결국 탈수기 손잡이를 돌리고 있는 주부가 된다. 엘시는 못된 것도 잘된 것도 아니었다. 그냥 남들처럼, 여보라 부르는 생강빛 콧수염의 조지와 함께 작고 너저분한 가게를 겨우겨우 유지해나가는 늙고 뚱뚱한 여인네가 된 것이었다. 아이들도 줄줄이 달렸을지 모른다. 조지 쿡슨 부인. 살아서는 존경받고 죽어서는 애도받는 이 말이다(운이 좋으면 파산법원에 가기 전에 죽을 수도 있을 것이다).

그들은 파이프 박스를 찾아냈다. 물론 호박으로 만든 주둥이 달린 파이프가 있을 리 없었다.

"지금 당장은 호박으로 된 게 있는지 모르겠네요, 손님. 호박은 아니고요. 경질고무로 된 건 좋은 게 좀 있는데."

"호박으로 된 게 필요한데요." 내가 말했다.

"다른 것도 좋은 게 좀 있어요." 그녀가 하나를 내보였다. "자, 이것도 좋은 거예요. 반 크라운짜리."

나는 받아들었다. 서로 손가락이 살짝 닿았다. 아무 감흥도, 아무 반응도 없다. 몸이 기억을 못 한다. 내가 옛정을 생각해서, 엘시의 호주머니에 반 크라운을 보태주기 위해서, 파이프를 샀다고 생각하실 줄로 안다. 천만의 말씀이다. 필요하지 않은 물건이었다. 나는 파이프 담배를 피우지 않으며, 가게에 들어간 구실로 파이프를 달라고 한 것뿐이었다. 나는 파이프를 손에 한번 굴려본 다음 카운터에 내려놓았다.

"아니면, 좀 그렇네요." 내가 말했다. "그냥 플레이어스 작은 걸로 한 갑 주세요."

그 난리를 피웠으니 뭘 사긴 해야 했다. 두 번째 조지, 혹은 서너 번째일지도 모를 조지는 더부룩한 콧수염 뒤로 여전히 무언가를 되새김질하며 아래를 더듬더니 플레이어스 한 갑을 뽑아냈다. 나 때문에 티타임 도중에 공연히 불려 나온 셈이어서 부루퉁했다. 하지만 반 크라운을 낭비한다는 건 너무나 어리석은 짓 같았다. 담뱃값을 치르고 가게를 나왔고, 엘시를 본 건 그것으로 마지막이었다.

조지 주점으로 돌아가 저녁을 먹었다. 식사 후엔 어디 극장 연 데가 있으면 영화라도 볼까 하는 막연한 마음으로 외출을 했는데, 결과적으론 타운의 새 지구에 있는 시끄러운 대형 펍

한 곳에 들어가게 되었다. 나는 거기서 스태퍼드셔에서 온 철물 출장 외판원 두 사람을 만나 업계 돌아가는 얘기를 나누게 되었고, 함께 다트 놀이도 하고 기네스 맥주도 마셨다. 펍이 문을 닫을 무렵 둘 다 너무 취해 있었고, 나 자신 꽤나 취한 상태이면서도 택시로 그들을 숙소에 데려다줘야 했다. 다음 날 아침에 깨어보니 그 어느 때보다 머리가 지끈거렸다.

5

 그래도 빈필드하우스의 못에는 가봐야 했다.
 그날 아침은 정말 몸 상태가 좋지 않았다. 아닌 게 아니라 나는 로어빈필드에 도착한 이후로 매일같이 펍이 여는 시간부터 닫는 시간까지 줄기차게 마셔댔던 것이다. 이유라고 한다면(그것도 이제 막 떠올랐다) 다른 건 정말이지 할 게 없다는 데 있었다. 그래서 이제까지 이 여행은 결과적으로 사흘 내리 잔뜩 마셨다는 것 말고는 아무 한 일이 없는 여행이었다.
 다른 날과 다를 바 없이, 나는 느릿느릿 창가로 다가가 이리저리 서둘러 가는 중산모들과 학생모들을 지켜보았다. 나의 적들. 타운을 침탈하고 폐허를 담배꽁초와 종이봉투로 덮어버린 점령군들. 그런 생각과 더불어 내가 왜 거기에 마음을 쓰나 하는 의문도 들었다. 감히 말하건대, 혹시 이렇게 생각하시진 않는지? 로어빈필드가 대거넘[26] 비슷하게 팽창해버린 것을 보고 내가 충격을 받은 건, 단지 빈 땅에 무엇이 점점 들어차고 시골이 타운으로 변해가는 걸 보기 싫어하기 때문이 아니냐고 말이다. 전혀 그렇지 않다. 나는 타운이 성장하되 식탁보에 떨어진 고기국물처럼 번지지만 않는다면, 타운의 성장을 싫어하지 않는다. 사람들이 어딘가에는 살아야 하며, 공장이 한 곳에 있지 않으면 다른 곳에 있어야 한다는 것도 안다. 그런가 하면 그림 같은 무엇, 가짜로 시골스러운 것, 모조 참나무 벽널, 백랍 접시, 구리 워밍팬 같은 것들은 메스껍기만 할 뿐이다. 옛 시절 우리가 살던 모습이 어떤 것이었든 간에, 그것은 그림 같지 않았다. 웬디가 지금 우리 집에다 가득 채워놓은 골동품을 어머니가 본다면 대체 뭘 하자는 거냐고 할 것이다. 어머니는 접히는 탁자를 좋아하지 않았다("남의 다리 붙드는" 것이라 했다). 백랍 접시 같은 건 "기름때 끼는 고약한 것"이라며 집에 들여놓으려 하질 않았다. 그렇긴 해도, 뭐라고 하실지 모르지만, 그 시절 우리에겐 지금은 없는 무언가가, 라디오를 막 틀어놓은 유선형의 밀크 바에는 있을 수 없는 무언가가 있었다. 나는 그런 것을 찾으러 온 것이었고, 찾지를 못했다. 그리고 그때에도, 틀니를 아직 끼우지 않았고 뱃속에선 아스피린과 차 한 잔을 달라고 아우성치는 그 순간에도, 그것의 존재를 반쯤은 믿고 있

---

26 Dagenham. 런던 동부의 대형 교외지구. 농촌이었으나 1921년에 대규모 주택단지가 건설된 뒤로 인구가 급증했다. 지금은 런던 광역도시권의 일부로, 공장지대도 있으나 주로 주거지역이다.

었다.

그런 생각을 하고 있자니 빈필드하우스의 못이 다시 떠올랐다. 타운이 변해버린 꼴을 본 뒤, 내게는 그 못이 아직도 남아 있는지 보러 가기를 두려워한다 할 만한 마음이 어느 정도 있었다. 하지만 못이 아직 남아 있을지도 모르니, 가보지 않고선 모를 일이었다. 타운은 빨간 벽돌에 묻혀버렸고, 우리 집은 웬디와 그녀의 잡동사니로 꽉 차버렸고, 템스강은 모터 기름과 봉지 때문에 못쓰게 되어버렸다. 하지만 그 못은 아직 그대로 있을지도, 그리고 그 커다란 검은 물고기들도 아직 거기서 유유히 헤엄쳐 다니고 있을지도 모를 일이었다. 심지어 못이 그날 이후로 지금까지 아무에게도 발견되지 않아 아직도 숲속에 감춰져 있을지도 몰랐다. 그럴 가능성이 꽤 있었다. 숲에서도 그 부근은 몹시 울창하기도 하거니와 가시나무와 썩어가는 잔가지들이 가득해서(너도밤나무가 점점 참나무에게 자리를 내주고 있는 천이 단계여서 키 작은 떨기나무들이 더 빽빽했다) 대부분의 사람들은 굳이 헤집고 들어갈 엄두를 내지 않을 곳이었다. 게다가 더 희한한 일들도 일어나곤 하는 법이니.

나는 오후 늦게 숙소를 나섰다. 4시 30분은 되어서야 차를 빼내 어퍼빈필드 가는 길로 몰았다. 언덕을 반쯤 올라가니 집들이 드문드문해지다 사라졌고 너도밤나무들이 나타나기 시작했다. 그 어름에 갈림길이 나와서 나는 오른쪽 길을 택했는데, 빙 둘러 가다가 빈필드하우스 앞길로 돌아올 셈이었다. 나는 곧 작은 숲으로 접어들었고, 차를 세우고 살펴봐야 했다. 세상에, 예전하고 어쩌면 그리 똑같은지! 차를 후진해서 석회암 비탈 아래 길가의 조그만 풀밭에 댄 다음 내려서 걸어보았다. 예전 그대로였다. 고요한 것도, 해마다 썩지도 않고 쌓이기만 하는 것 같던 낙엽 푹신한 숲 바닥도 그대로였다. 나무 꼭대기의 보이지도 않는 작은 새들 말고는 움직이는 소리를 내는 게 하나도 없었다. 그토록 엉망이고 시끄럽던 타운이 채 3마일 거리도 안 된다는 게 잘 믿기지 않았다. 나는 그 작은 숲을 통해서 빈필드하우스 쪽으로 가기 시작했다. 가다 보니 숲길이 어떻게 이어지는지 어렴풋이 기억이 났다. 그리고 세상에! 햐! 그 바위틈이 있었다! 검은손 일당이 가서 새총을 쏘고 시드 러브그로브가 우리한테 아기가 어떻게 태어나는지를 말해주던 바위틈 말이다. 그것도 거의 40년 전, 내가 처음으로 물고기를 잡던 날에!

나무들이 드문드문해지자 다시 다른 길이 보이기 시작했고, 빈필드하우스의 벽도 보였다. 물론 그 옛날의 썩어가던 나무 울타리는 없어졌고, 정신병원 둘레에 으레 있을 만한, 위에 대못이 박힌 벽돌담이 세워져 있었다. 잠시 나는 빈필드하우스에 어떻게 들어갈지 고민하다가, 아내가 제정신이 아니어서 맡아줄 곳을 찾고 있노라고 말하기만 하면 된다는 생각을 하게 되었다. 그러면 병원에선 기꺼이 나를 구내로 안내해줄 터였다. 아마도 새 옷을 입은 나는 아내를 사설 요양원에 보내기 충분할 만큼 성공한 사람으로 보일 것이었다. 그런데 정문에 다다르자 못이 아직도 구내에 있을까 하는 의문이 그제야 들기 시작했다.

빈필드하우스의 구내는 본래 50에이커는 되었지 싶은데, 정신병원은 5~10에이커 이상으로는 보이지 않았던 것이다. 병원에선 환자들이 빠져 죽기 딱 좋은 커다란 못을 원치 않았을 터였다. 호지스 영감이 살던 사택은 그대로였는데, 노란 벽돌 담과 아주 큰 철창 대문은 새로운 것이었다. 철창 대문 사이로 언뜻 보이는 구내는 몰라볼 만큼 변해 있었다. 생소한 자갈길과 화단과 잔디밭이 곳곳에 있고, 아무 목적도 없어 보이는 타입의 사람들 약간이(환자들이지 싶었다) 어슬렁거리고 있었다. 나는 길 오른쪽으로 슬슬 걸어보았다. 못은(내가 물고기를 낚곤 하던 큰 못 말이다) 본래 저택 뒤편으로 몇백 야드 떨어진 곳에 있었다. 내가 걷는 방향으로 100야드를 더 가면 벽 모퉁이이니 못은 병원 밖에 있을 터였다. 나무들이 갈수록 드문드문하더니 아이들 소리가 들리기 시작했다. 그리고, 앗! 못이 있었다.

나는 잠시 선 채로 어찌 된 영문인지 몰라 어리둥절히 있었다. 그러다 곧 못 가장자리의 나무들이 다 없어져버렸다는 걸 알 수 있었다. 주변이 다 헐벗으니 너무 생소했고, 켄징턴가든의 라운드폰드처럼 별나 보였다.[27] 못 가장자리에는 빼곡하게 아이들이 모형 배를 띄워놓고 놀고 있었고, 가운데에는 좀 더 큰 아이들 몇몇이 노가 고정된 작은 카누를 저어가며 빠르게 떠다니고 있었다. 사초 사이로 다 썩어가는 보트하우스가 있던

---

[27] Kensington Gardens은 런던의 하이드파크 바로 서쪽에 있는 왕립공원으로 켄징턴궁의 정원이던 곳(면적은 약 33만 평). Round Pond는 켄징턴궁 바로 앞에 있는 거대한 못으로, 이름처럼 둥글지는 않으며, 아이들이 모형 배를 띄우고 놀기 좋아하던 곳으로 유명하다.

왼쪽에는 정자 비슷한 것과 매점이 있었고, 하얀 글씨로 크게 '어퍼빈필드 모형 요트 클럽'이라 써놓은 벽보가 눈에 띄었다.

오른쪽으로 둘러보니 온통 집이었다. 교외 외곽의 주택단지에라도 와 있는 듯한 느낌이 들었다. 못 너머로 울창하던, 너무 빽빽해서 열대 밀림 같기도 하던 숲은 면도질을 당한 듯 납작하게 밀려버린 뒤였다. 집들 주변으로 나무들이 한 무더기씩 서 있는 데가 약간 있을 뿐이었다. 집들은 겉멋을 부린 스타일로, 첫날 챔포드힐 정상에서 보았던 것들과 비슷하되 정도가 더 심한 모조 튜더양식[28] 촌을 이루고 있었다. 이곳 숲이 아직 그대로인가 했던 내가 얼마나 얼간이였나! 착각한 이유를 알 수 있었다. 숲 중에서 잘리지 않고 약간이나마 남은 부분이 딱 한 군데 있었고(6에이커 정도였다) 내가 거기를 거쳐 온 건 순전히 우연이었던 것이다. 예전에는 이름뿐이던 어퍼빈필드가 이제는 웬만한 크기의 타운이 되어 있었다. 사실상 로어빈필드의 큰 일부가 외곽에 떨어져 있는 것이나 마찬가지였다.

못 가장자리 쪽으로 천천히 가보았다. 아이들이 물을 튀기며 지독히도 떠들어대고 있었다. 많이도 와 있었다. 물은 죽어 있는 것 같았다. 물고기 같은 건 없었다. 아이들을 지키는 사내 하나가 서 있었다. 하얀 머리숱이 약간 남아 있는 대머리고 볕에 많이 그을린 얼굴에 코안경을 걸친 늙수그레한 사람이었다.

---

[28] 영국 튜더왕조 시대(1485~1603)와 관련이 있는 건축양식으로, 외벽을 욋가지에 흙을 바르고 회칠로 마감하는 것이 그중 하나다. 20세기에 튜더양식을 모방한 간소한 복고풍 양식이 유행한 바 있다.

그의 외모는 어딘가 좀 별난 데가 있었다. 반바지와 샌들에 목단추를 풀어놓은 합성섬유 셔츠 차림인데, 그보다 더 강렬한 인상을 주는 건 눈빛이었다. 그의 아주 파란 눈은 안경 뒤에서 반짝이듯 했다. 나는 그가 어른이 되어본 적이 없는 늙은이 타입임을 알아볼 수 있었다. 그들은 언제나 건강식품 열광자 아니면 보이스카우트와 모종의 관련이 있는 사람이며, 어느 쪽이든 자연생활과 야외활동에 공을 많이 들인다. 그가 나를 바라보고 있었고 얘기를 좀 나누고 싶은 눈치였다.

"어퍼빈필드가 아주 많이 성장했네요." 내가 먼저 말했다.

나를 보는 그의 눈이 반짝였다.

"성장요! 우린 어퍼빈필드가 성장하는 걸 절대 용납하지 않는답니다. 아시다시피 이 언덕에 사는 우리는 좀 예외적인 것에 자부심을 느끼지요. 우리만의 마을을 이루고 있고, 침입자는 사절이지요…… 크크!"

"전쟁 전에 비해서 그렇다는 뜻이었습니다." 내가 말했다. "어릴 때 여기 살았거든요."

"아아, 그러시군요. 물론 제가 오기 전이었네요. 하지만 어퍼빈필드 주택단지는 아시다시피 주택단지치고 좀 특별한 곳이지요. 설계를 전부 젊은 건축가 에드워드 왓킨이 했지요. 물론 들어보셨겠지요. 여기 우리는 자연 한가운데에 살고 있지요. 저 아래 타운하고는 완전히 딴 데죠."(그는 로어빈필드 쪽으로 손짓을 하며 말했다.) "저 악마의 시커먼 공장들[29]하곤 말이에요…… 크크!"

그는 악의 없이 상투적으로 키득거리고, 토끼처럼 얼굴 주름을 짓는 버릇이 있었다. 그는 내가 묻기라도 한 듯 어퍼빈필드 주택단지와 젊은 건축가 에드워드 왓킨의 모든 것에 대해 말해주기 시작했다. 그 건축가는 튜더양식에 대한 감식안이 워낙 뛰어나고, 오래된 농가에서 진짜 엘리자베스 시대 들보를 찾아내어 터무니없는 가격에 사들일 정도로 대단한 친구라고 했다. 또한 나체주의자 모임의 핵심 인물로 활동할 정도로 재밌는 젊은이라고도 했다. 대머리 사내는 어퍼빈필드에 사는 자신들이 로어빈필드 사람들과는 사뭇 다른 대단히 특별한 존재이고, 시골을 더럽히는 게 아니라 풍요롭게 하기로 결의했으며(나는 지금 그의 표현 그대로 적고 있다), 주택단지 안에 펍이 하나도 없다는 말을 몇 번이나 했다.

"전원도시 자랑들을 하는데, 우린 어퍼빈필드를 숲속 도시라 부르지요…… 크크! 자연 그대로요!" 그는 남은 나무들을 가리키며 말했다. "원시림이 우리 주변을 뒤덮고 있지요. 이곳 아이들은 자연미 가득한 환경 속에서 자라고 있어요. 물론 여기 우리는 거의 다 계몽된 사람들이죠. 이곳 주민의 4분의 3이 채식주의자라고 하면 믿으시겠습니까? 이 지역 푸줏간들이 우릴 별로 안 좋아하지요…… 크크! 그리고 여기엔 상당히 저명한 분들도 살아요. 소설가 미스 헬레나 설로. 물론 들어보셨겠

---

29 dark Satanic mills. 영국 낭만주의 시인 블레이크(1757~1827)가 시에서 처음 쓰면서 유명해진 문구. 시의 화자는 예수의 재림으로 세워진 예루살렘(천국)이 "푸르른" 땅이 아니라 "악마의 시커먼 공장들" 가운데 있겠느냐고 묻는다.

지요. 그리고 심령 연구가 워드 교수. 얼마나 시적인 양반인지! 그분은 하도 숲속을 돌아다녀서 식사 때 가족들이 찾지를 못할 정도지요. 요즘은 요정들 사이로 걸어 다닌다고 합니다. 요정을 믿으시나요? 저로 말하자면…… 크크! 좀 냉소적인 사람인데요. 그래도 그분 사진을 보면 안 믿기가 어렵지요."

나는 그가 빈필드하우스를 탈출한 사람은 아닌가 하는 의문이 들기 시작했다. 하지만 그 정도는 아니었다. 그는 그런대로 꽤 멀쩡한 사람이었다. 나는 그런 타입을 알았다. 채식주의, 간소한 생활, 시, 자연숭배, 아침식사 전에 이슬에 흠뻑 젖기. 여러 해 전 일링에 살 때 그런 부류를 몇몇 만나본 적 있었던 것이다. 그는 내게 단지를 안내해주기 시작했다. 숲은 남아 있는 데가 없었다. 오로지 주택뿐이었는데, 그게 또 어떤 주택이던지! 물결치는 지붕에 아무것도 떠받치지 않는 부벽扶壁이라는 것을 댄 가짜 튜더양식 주택을 아실는지? 돌덩이를 잔뜩 모아둔 정원에 콘크리트 새 목욕통이니 꽃 가게에서 살 수 있는 석고 엘프니 하는 것들이 있는 주택 말이다. 그런 단지에 모여 사는, 연소득 1000파운드에 건강식 열광자이거나 유령 탐구자이거나 간소한 생활자인 끔찍한 사람들을 마음의 눈으로 보실 수 있을 것이다. 도로도 그렇게 이상할 수가 없었다. 나는 그를 더 따라다닐 수 없었다. 어떤 집들의 경우는, 주머니에 수류탄이 있었으면 싶게 할 정도였다. 나는 그의 기를 한풀 꺾어볼 요량으로 사람들이 정신병원이 그토록 가까이 있는 것을 반대하지는 않느냐고 물어봤지만 별 효과가 없었다. 결국 나는 멈춰 선

다음 말했다.

"큰 못 말고 못이 하나 더 있었지요. 여기서 멀지 않았는데."

"못이 또 있다고요? 아, 그럴 리가요. 도저히 못이 하나 더 있었을 것 같지는 않은데요."

"물을 빼버렸는지도 모르죠." 내가 말했다. "꽤 깊은 못이었어요. 물을 뺐다면 큰 구덩이가 남았을 텐데."

그러자 그는 처음으로 좀 불편한 표정을 지었고, 코를 문지르며 말했다.

"아, 네. 이 언덕에 사는 우리의 생활이 어떤 면에선 재래식이라는 걸 물론 이해하실 줄로 압니다. 아시다시피 간소한 생활이지요. 우린 그게 더 좋습니다. 그런데 타운하고 멀리 떨어져 있다 보니 물론 불편한 점도 있지요. 위생 문제는 전적으로 만족스럽지는 않습니다. 쓰레기차는 한 달에 한 번만 오지 싶네요."

"그렇다면 그 못이 쓰레기매립장으로 변했다는 말씀이신가요?"

"아아, 그게 본질적으론 그런 점이 있긴 있는데……" 그는 쓰레기매립장이란 말을 쓰기 꺼렸다. "물론 우리도 깡통이니 하는 것들을 처리하긴 해야 합니다. 저기에, 저 나무들 뒤에요."

우리는 그쪽으로 가보았다. 거기를 가리기 위해 나무 몇 그루는 남아 있었다. 아무튼, 거기에 있었다. 나의 못이 거기 있었다. 하지만 물을 다 빼서 커다랗고 둥그런 구덩이가 되어 있었다. 깊이가 20~30피트는 되는 거대한 우물 구멍 같았다. 그리고 이미 반쯤은 깡통이 가득했다.

나는 깡통 구덩이를 물끄러미 내려다보며 서 있었다.

"물을 다 뺐다니 유감이네요." 내가 말했다. "저 못에 커다란 물고기들이 살았거든요."

"물고기요? 음, 그런 얘기는 전혀 못 들어봤네요. 물론 여기 주택들 때문에 물 있는 못을 두기는 거의 불가능하지요. 아시다시피 모기 때문에요. 아무튼 그건 제가 오기 전 일이네요."

"이 집들이 지어진 게 꽤 오래됐나 보군요." 내가 말했다.

"아, 10년이나 15년은 됐을 겁니다."

"저는 전쟁 전 여기 모습을 알지요." 내가 말했다. "그땐 전부 숲이었어요. 빈필드하우스 말고는 집이라곤 하나도 없었죠. 그런데 저기 저 조그만 숲 한 조각은 변하지 않았네요. 아까 저 길 거쳐서 왔거든요."

"아, 저기요! 저긴 신성불가침이지요. 우리는 저기엔 아무것도 짓지 않기로 결정했어요. 아이들한텐 신성한 곳이지요. 아시다시피 자연 그 자체죠." 그는 눈을 반짝이며 나를 바라보았다. 내게 작은 비밀을 털어놓기라도 하는 듯한 표정이었다. "우린 저기를 **픽시 글렌**[30]이라 부른답니다."

픽시 글렌이라. 나는 그와 헤어져 차로 돌아간 다음 로어빈필드로 갔다. 픽시 글렌이라니. 그러면서 내 못을 깡통으로 메워버리다니. 썩을 것들! 뭐라고 하셔도, 어리석다고 유치하다

---

30 Pixy Glen. 픽시는 켈트족(아일랜드, 스코틀랜드, 웨일스 계통) 신화에 나오는 장난기 많은 꼬마 요정. 글렌은 스코틀랜드나 아일랜드의 깊은 산골짜기.

고 하셔도 좋다. 하지만 저들이 영국에다 하고 있는 짓들을 보면 이따금 욕지기가 나지 않는가? 너도밤나무 숲이던 곳을 밀어버리고선, 새 목욕통이니 석고 엘프니 픽시니 깡통이니 하는 것으로 더럽히는 짓들 말이다.

감상적이라고 하셨나? 반사회적이라고? 사람보다 나무를 좋아해선 안 된다고? 어떤 나무 어떤 사람이냐에 따라 다르다고 말하겠다. 아무튼 그렇다고 내가 할 수 있는 건 없다. 그들이 염병이나 걸리길 바라는 것밖에는.

차를 몰고 언덕을 내려오며 생각한 것 하나. 이제 과거로 돌아가본다는 생각일랑은 끝이다. 소년시절 추억의 장소에 다시 가본들 무슨 소용이란 말인가? 그런 건 존재하지도 않는다. 숨 쉬러 나가다니! 숨 쉴 공기가 없는데. 우리가 살고 있는 쓰레기통 세상의 오염은 성층권에까지 도달해 있다. 아무렴 어떤가. 나는 특별히 신경 쓰지 않기로 했다. 아무튼 내겐 사흘이 더 남아 있었던 것이다. 나는 약간의 평화와 정적을 누릴 것이며, 로어빈필드가 어떻게 되어버렸니 하는 것에 연연하지 않기로 했다. 낚시를 하러 간다는 생각—그거야 물론 없던 일이 되어버렸다. 아니, 낚시라니! 내 나이에! 힐다 말이 정말 맞았다.

나는 차를 조지 주점 주차장에 박아놓고 라운지에 들어섰다. 6시였다. 누가 라디오 스위치를 켜뒀는지 뉴스 방송이 시작되고 있었다. 문을 지나 막 들어섰을 때 SOS[31]의 마지막 몇 마디

---

31 여기서는 방송에서 사람을 찾는 긴급 호출이다.

가 들렸는데, 솔직히 약간은 충격을 느꼈다. 이런 소리가 들렸던 것이다.

"……아내인 힐다 볼링이 위독하다는 소식입니다."

성량 풍부한 목소리가 바로 이어졌다. "다른 SOS입니다. 월 퍼시벌 츄트, 마지막 행적이 알려진 지가……." 나는 잘 들으려고 멈춰 서거나 하지 않고 곧장 걸었다. 나중에 생각해보니 스스로 제법 대견스러운 건, 확성기에서 그런 소리가 들리는데도 속눈썹 하나 까딱하지 않았다는 점이다. 주인의 아내가 라운지에 있었고, 숙박부에서 봐서 내 이름이 볼링인지 알고 있었던 것이다. 그녀 말고 거기 있던 사람은 조지 주점에 묵고 있으면서 나를 전혀 알지 못하는 사내 몇몇뿐이었다. 그래도 나는 침착을 잃지 않았고, 아무에게도 내색하지 않았다. 그리고 막 문을 연 프라이빗 바로 태연히 들어가 늘 하던 대로 맥주를 주문했다.

곰곰이 생각해봐야 했다. 맥주를 반 잔쯤 마셨을 무렵 어떤 상황인지 감이 잡히기 시작했다. 우선, 힐다는 위독이든 아니든 아픈 게 절대 아니었다. 나는 알았다. 집에 가보면 그녀는 전혀 아팠던 게 아닐 테고, 그 무렵이 독감이니 뭐니 하는 게 도는 때도 아니었던 것이다. 그녀는 시늉을 하고 있었던 것이다. 그렇다면 왜?

그녀의 또다른 속임수일 뿐인 게 분명했다. 뻔한 일이었다. 그녀는 내가 버밍엄에 있는 게 아니라는 사실을 어떻게든 눈치챘고(힐다가 누군가!) 나를 집으로 돌아오게 하려고 수를 쓰는 것이었다. 내가 다른 여자와 함께 있다는 생각에 더 참을 수 없었던 것이다. 물론 그녀는 내가 다른 여자와 있는 것을 당연시했다. 다른 동기는 생각할 수 없다. 그리고 그녀가 아프다는 소식을 듣자마자 내가 당연히 집으로 달려오리라 생각했던 것이다.

'하지만 넌 바로 거기서 잘못 짚은 거야.' 잔을 비우면서 나는 그렇게 생각했다. 그런 식으로 잡힐 만큼 둔한 내가 아니다. 나는 그녀가 전에 어떤 속임수들을 써먹었는지, 나를 잡아내기 위해 얼마나 각별한 수고를 다했는지 기억하고 있었다. 내가 석연찮은 여행을 떠나면, 오로지 내가 말한 노정路程이 다 맞는지 알아보기 위해 브래드쇼[32]와 도로 지도를 전부 확인해보는 그녀였다. 한번은 콜체스터까지 나를 따라와 호텔에 난입을 하기도 했다. 안타깝게도 그때는 그녀의 직감이 어쩌다 맞았다(딱히 맞힌 것도 아니었지만 정황상 그녀가 맞힌 것처럼 되어버렸다). 나는 그녀가 아프다는 소식을 조금도 믿지 않았다. 어떻게 안다고 딱히 말할 수야 없지만, 아프지 않다는 게 사실임을 알았다.

한 잔을 더 마시니 상황이 더 나아 보였다. 물론 집에 돌아가면 싸우게 될 것이고, 어차피 어딜 다녀오면 한 번은 싸우게 되어 있었다. 그건 그렇고 내 앞에는 기막힌 사흘이 남아 있었다. 이상하게도 내가 기대하던 것들이 다 없어진 것을 알고 나니

---

[32] Bradshaw. 영국 전국 철도 시간표. 1839년부터 1961년까지 해마다 발행되었다.

나만의 휴가를 좀 가져보자는 생각이 더더욱 마음을 끌었다. 집을 떠나 있다는 것, 그건 대단한 일이었다. 사랑하는 이들 멀리 있으니 평화 더없는 평화. 찬송가 그대로다.[33] 갑자기 나는 동하면 여자를 꼭 구해보리라 마음먹기도 했다. 그게 고약한 마음을 먹은 힐다에 대한 마땅한 대우일 터였다. 게다가 힐다가 아프다는 게 사실이 아닐 경우, 의심만 받고 말면 나만 손해 아닌가?

둘째 잔이 효력을 발휘하자 상황은 제법 재밌게 느껴졌다. 넘어가진 않았지만, 힐다의 술수는 대단히 독창적이었다. 그녀가 어떻게 SOS를 이용할 궁리를 해냈을까 싶었다. 어떻게 신청을 하면 되는지 궁금했다. 의사의 진단서가 있어야 하나? 그냥 이름만 알려주면 되나? 휠러란 여자가 힐다를 부추긴 게 거의 확실할 듯했다. 그렇다면 나도 휠러만큼 재주가 있는 셈이었다.

아무튼 얼마나 뻔뻔스러운가! 여자들에게 불가능한 건 과연 어디까지일까? 이따금 여자들의 그런 능력에 탄복하지 않을 수가 없다.

---

[33] 가사를 살짝 비틀었다. 본래는 다음과 같다. '사랑하는 이들 멀리 있으니 그 평화 더없는 평화론가? / 주님의 가호 안에서 우리도 그들도 안전하도다(Peace, perfect peace, with loved ones far away? / In Jesus' keeping we are safe, and they).'

6

아침을 먹고서 장터로 슬슬 나가보았다. 멋진 아침이었다. 제법 선선하면서 바람도 없고, 백포도주 같은 엷은 노란빛이 모든 것을 적시고 있는 듯했다. 상큼한 아침 공기가 내 시가 향과 섞였다. 그런데 집들 뒤쪽에서 우르릉 소리가 나더니, 갑자기 크고 시커먼 폭격기 한 개 편대가 슈우웅 다가오는 것이었다. 보고 있자니 어느새 내 머리 위를 지나고 있었.

다음 순간 무슨 소리가 났다. 그리고 거의 동시에, 그 자리에 있었던 사람이라면 조건반사라고 하는 것의 흥미로운 일례를 목격했을 것이다. 내가 들은 소리는(실수란 있을 수 없었다) 폭탄이 획 떨어지는 소리였다. 20년 동안 못 들어본 소리지만, 그렇다고 어떤 것이라고 누가 말해줄 필요는 없는 소리였다. 나는 아무것도 생각할 것 없이 마땅히 할 바를 했다. 몸을 내던지

듯 납작 엎어졌던 것이다.

그런 내 꼴을 못 보신 게 나로서는 고마운 일이다. 내 모습이 기품 있어 보이지는 않았으리라. 나는 문짝에 깔린 쥐처럼 길바닥에 납작 엎어져 있었던 것이다. 누구도 그 반만큼도 빠를 수 없었다. 나는 폭탄이 휘익 떨어지는 그 짧은 순간 워낙 빨리 움직이는 바람에, 엉뚱한 실수로 괜한 웃음거리가 된 건 아닌가 걱정할 짬까지 있었다.

하지만 다음 순간— 어어!

쿠웅— 쐐르르르르!

최후의 심판 날 같은 굉음이 들리더니, 함석판에 석탄 한 톤이 떨어지는 듯한 소음이 났다. 벽돌 떨어지는 소리였다. 나는 길바닥에 녹아 붙은 듯했다. '시작이구나.' 나는 생각했다. '그럴 줄 알았다! 히틀러란 자는 기다리지 않았어. 선전포고 없이 그냥 폭격기들을 날려 보낸 거야.'

그런데 묘한 게 하나 있었다. 귀를 먹먹하게 만드는, 머리끝부터 발끝까지 얼어붙게 만드는 듯한 그 무시무시한 폭발음이 메아리치는 와중에도, 큼직한 발사체가 터진다는 것에 거창한 일면이 있다는 생각을 할 겨를이 있었던 것이다. 어떤 소리라고 딱히 말하기는 어렵다. 소리도 소리지만 듣는 사람이 우선 공포감에 휩싸여 있기 때문이다. 소리보다는 금속이 폭발하는 것의 이미지가 압도적이라는 느낌이다. 거대한 철판이 터지며 흩어지는 모습이 보이는 듯하다. 그런데 여기서 묘하다는 건 갑자기 떠밀려 현실에 부딪치는 느낌이 든다는 것이다. 누가 물을 한 통 끼얹는 바람에 갑자기 깬 느낌이다. 금속이 터져 나는 굉음과 더불어 꿈 밖으로 끌려 나온 기분이다.

비명과 외침이 들리고, 갑자기 브레이크를 밟는 자동차 소리도 들렸다. 내가 기다리고 있던 두 번째 폭탄은 아직 떨어지지 않았다. 고개를 좀 들어보았다. 어딜 보나 허둥지둥 내닫고 비명 지르는 사람들이 있었다. 차 한 대는 길을 사선으로 가르며 미끄러지고 있었다. 한 여인의 찢어지듯 외치는 소리가 들렸다. "독일군이야! 독일군!" 오른쪽에 한 사내가 서 있었다. 그는 구겨진 봉지를 좀 닮은 허옇고 통통한 얼굴로 날 내려다보며 어쩔 줄을 몰랐다.

"이게 뭐요? 무슨 일이 난 거요? 뭣들 하고 있는 거지?"

"시작됐어요." 내가 말했다. "폭탄이에요. 어서 엎드려요!"

하지만 두 번째 폭탄은 아직 떨어지지 않았다. 15초쯤 있다가 나는 다시 고개를 들어보았다. 허둥지둥 내닫는 사람들이 아직 있고, 땅바닥에 눌어붙은 듯 서 있는 사람들도 있었다. 주택가 뒤쪽 어디선가 먼지가 안개처럼 자욱하게 피어오르고, 그 사이로 시커먼 연기가 치솟는 게 보였다. 이윽고 괴이한 광경이 눈에 띄었다. 장터 반대편 끝에 하이스트리트가 약간 오르막을 이루는 지점에서 돼지들 한 무리가 마구 달려 내려오고 있었던 것이다. 돼지 얼굴들이 거대한 물결을 이루듯 했다. 물론 다음 순간 나는 그게 무언지 알 수 있었다. 그건 돼지들이 아니라 방독면을 쓴 학동들이었던 것이다. 공습이 있을 때 대피하기로 되어 있었던 지하실 어딘가로 달려가는 중인 듯했다.

아이들 뒤로는 키가 훨씬 큰 돼지가 눈에 띄었는데, 아마도 미스 토저스일 터였다. 잠시지만 그들은 정말이지 돼지 떼처럼 보이기만 했다.

나는 일어서서 장터를 건너갔다. 사람들은 이미 침착을 되찾아가고 있었고, 폭탄이 떨어진 곳 쪽으로 많이들 몰려들고 있었다.

그렇다. 물론 당신이 옳았다. 비행기는 독일군 소속이 아니었고, 전쟁이 난 것도 아니었다. 사고일 뿐이었다. 폭격 훈련을 하러 가던 비행기들이라 폭탄을 싣고 있었고, 누군가 실수로 레버에 손을 댄 것이었다. 아마 그는 톡톡히 혼찌검이 날 것이었다. 우체국장이 런던에 전화를 걸어 전쟁이 난 거냐고 물어보고 아니라는 대답을 듣고 나서야, 모두들 사고였다는 것을 알게 되었다. 하지만 수천 명이 전쟁이 시작된 줄로만 알았던 시간이 1분에서 5분쯤 됐을 것이다. 그보다 길어지지 않은 건 다행이었다. 그런 상태가 15분만 더 지속되었다면 우린 맨 처음 지목한 스파이에게 린치를 가했을지도 모른다.

나는 몰려가는 사람들을 따라갔다. 폭탄은 하이스트리트와 통하는 작은 샛길에 떨어졌다. 이지키얼 삼촌이 가게를 하던 길이었고, 그 가게 자리와 50야드 거리도 안 되는 지점이었다. 모퉁이를 돌자 사람들의 "어……!" 하는 낮은 탄성이 들렸다. 큰 놀라움과 두려움이 배어 있는 소리였다. 운 좋게도 나는 앰뷸런스와 소방차가 오기 몇 분 전에 도착해서, 앞에 이미 50명 남짓한 사람들이 모여 있었음에도, 모든 걸 볼 수 있었다.

처음에는 하늘에서 벽돌과 채소가 비 뿌리듯 떨어진 줄 알았다. 사방에 양배추잎이 널려 있었다. 폭탄은 청과물 가게를 흔적도 없다시피 날려버렸다. 가게 오른쪽 집은 지붕이 거의 날아가고 남은 지붕뼈대가 불타고 있었으며, 주변 집들 모두 어느 정도 부서지고 창이 깨진 상태였다. 그런데 사람들 모두가 바라보고 있는 것은 왼쪽 집이었다. 그 집은 청과물 가게와 인접한 벽이 누가 칼로 도려내기라도 한 듯 깨끗이 잘려나간 상태였다. 희한한 건 위층의 방들이 전혀 다치지 않았다는 점이었다. 꼭 인형의 집을 들여다보는 것 같았다. 서랍장, 침실 의자, 바랜 벽지, 정돈 안 된 침대, 침대 밑 요강―, 벽이 날아갔을 뿐 모든 게 살던 그대로였다. 하지만 아래층 방들에는 폭발의 영향이 있었다. 벽돌이며 벽토, 의자 다리, 산산조각이 되어버린 찬장, 식탁보 조각, 깨진 접시 무더기, 싱크대 파편 같은 것들로 엉망이었다. 마멀레이드 단지 하나가 바닥을 구르며 쏟아놓은 마멀레이드가 긴 띠를 이루고 있었고, 그것과 나란히 흐르는 핏물이 있었다. 그리고 깨진 그릇들 사이에 사람 다리 하나가 쓰러져 있었다. 그냥 다리 한쪽뿐이었고, 바지 차림에 고무 밑창이 달린 검은 부츠를 신은 채였다. 사람들이 "어……아……" 소리를 낸 건 그 때문이었다.

나는 그 현장을 생생히 목격했다. 핏물이 마멀레이드와 섞이기 시작하는 것도 보았다. 소방차가 도착하자 나는 숙소로 돌아가 짐을 꾸리기 위해 자리를 떴다.

이것으로 로어빈필드와는 끝이다, 하는 생각이 들었다. 집에 가야겠다. 그렇다고 당장 떠나버린 것은 물론 아니었다. 그렇게는 안 되는 법이다. 그런 일이 벌어지면 사람들은 반드시 삼삼오오 모여서 몇 시간이고 이러쿵저러쿵 얘기를 나누게 된다. 그날 로어빈필드 구시장 주변에서는 모두들 일은 거의 하지 않고 폭탄 얘기를 하느라 바빴다. 소리가 어땠는지, 그 소리를 들을 때 어떤 생각이 들었는지 하는 얘기들이었다. 조지 주점의 여성 바텐더는 어깨가 후들후들 떨리더라고 했다. 다시는 침대에서 곤히 잠들지 못할 것이며, 폭탄 때문에 앞으로 또 무슨 일이 벌어질지 모르겠다고도 했다. 폭발로 털썩할 때 자기 혀를 깨무는 바람에 혀가 좀 잘려 나간 여인도 있었다고 한다. 타운 이쪽 편에서는 모두가 폭발을 독일군의 공습으로 생각했는가 하면, 저쪽 편에서는 스타킹 공장에서 무슨 사고가 난 줄로만 알았다고도 한다. 나중에 (신문을 보고 안 사실이다) 공군성에서는 피해 상황을 조사하러 사람을 보냈고, 폭탄의 파괴력이 "실망스럽다"는 발표를 했다. 그도 그럴 것이 이 폭발로 인한 사망자는 청과점 주인(이름이 페롯이었다)에다 옆집의 노부부까지 해서 세 사람뿐이었던 것이다. 노부인은 몸이 크게 절단되거나 하지는 않았고, 남편은 부츠를 보고서야 확인이 되었으며, 페롯은 흔적을 아예 찾을 수 없었다. 장례식 때 조사弔詞를 낭독할 대상으로 쓸 바지 단추 하나도 발견되지 않았다.

오후에 나는 숙박료를 치르고 숙소를 마지막으로 로어빈필드를 떠나버렸다. 값을 다 치르고 나니 남은 건 3파운드 남짓뿐이었다. 잘 꾸민 이런 시골 호텔들은 손님의 주머니를 세련되게 털 줄 알거니와, 나도 술이니 뭐니 하는 것들에 꽤나 후하게 지갑을 열었다. 장만한 낚싯대와 그 밖의 낚시용품들은 침실에 놔두고 나와버렸다. 가질 사람이 가지라지. 나한텐 필요 없으니. 교훈을 얻는 대가로 낭비해버린 1파운드일 뿐이었다. 그래도 그만큼 톡톡히 배운 게 있었다. 마흔다섯 먹은 뚱보는 낚시를 해서는 안 된다는 것 말이다. 그런 건 더 이상 있을 수 없는, 꿈같은 일이다. 죽기 전까지 낚시를 하게 될 일은 다시는 없으리라.

큰 충격의 영향도 차츰 수그러드는 걸 보면 신기하다. 폭탄이 터질 때의 기분이 어떠했던가? 물론 폭발하던 순간에는 혼이 빠질 정도로 두려웠는데, 박살 난 집과 노인의 다리를 볼 때는 자동차 사고 현장을 구경할 때의 은근한 흥분 같은 걸 느낄 수 있었다. 물론 역겹긴 했다. 명색이 휴가라는 이번 여행이 지긋지긋해질 정도였다. 하지만 딱히 대단한 인상이 남는 건 아니었다.

그러다 로어빈필드 외곽을 벗어나 동쪽으로 차를 몰 무렵, 모든 게 되살아나기 시작했다. 혼자 차를 몰고 가는 게 어떤 건지 아실 것이다. 산울타리가 획획 지나가서인지, 엔진의 울림 때문인지, 생각이 일정한 리듬을 타게 되는 것이다. 기차를 타고 갈 때에도 비슷한 느낌을 갖게 된다. 그것은 사태를 보다 나은 구도構圖로 조망할 수 있을 때의 느낌이다. 차에서 혼자 있으니 의심스럽던 온갖 것들이 자못 확실하게 느껴지기 시작했다. 먼저, 나는 로어빈필드에 오면서 어떤 의문을 품고 있었다. 우리에게 닥칠 것은 무엇인가? 게임은 정말 시작되었나? 우리는 예전의 삶으로 돌아갈 수 있을까, 아니면 그 세계는 영영 사라져버린 것일까? 그리고 그런 의문에 대한 답을 얻게 되었다. 옛 시절은 끝나버렸고, 그걸 다시 찾으러 다닌다는 건 시간 낭비일 뿐이었다. 로어빈필드로 돌아갈 길은 없다. 요나를 다시 고래 뱃속으로 집어넣을 수는 없는 노릇이다.[34] 내 생각을 따라오시라 기대하는 건 아니지만, 나는 이제 분명히 알아버렸다. 오랫동안 로어빈필드는 내 마음 한구석 어딘가에, 동할 때 다시 찾아볼 수 있는 한적한 구석에 감춰져 있다가, 마침내 다시 찾아보니 사라져버린 존재였다. 나는 내 꿈에다 수류탄을 투척한 것이었고, 실수가 없도록 공군이 따라와 500파운드짜리 TNT를 떨어뜨린 것이었다.

전쟁이 다가오고 있다. 1941년이라고들 한다. 전쟁이 시작되면 깨진 그릇도, 궤짝 뜯겨 나가듯 벽이 날아가버린 집들도, 할부로 구입 중이던 피아노에 덕지덕지 흩어진 회계사무소 직원의 내장도 넘쳐날 것이다. 그런데 그런 게 대체 왜 중요하단 말인가? 로어빈필드에 있으면서 배운 것 하나를 말하자면 이렇다. '어떤 일이든 다 벌어지고 말리라.' 우리가 마음 한구석에 두고 있는 일들, 끔찍이 두려워하는 일들, 악몽일 뿐이거나 외

---

[34] 구약성경(요나서)의 요나는 선지자가 되라는 야훼의 뜻을 거부하다 풍랑을 만나 배 밖으로 던져진다. 큰 물고기가 요나를 삼켜 토하기까지 고래 뱃속에서 사흘을 지내면서 뉘우치고 거듭난 요나는 육지로 나오는데, 나중에 다시 야훼에게 순종하지 않다가 고초를 당한다. 오웰의 에세이 「고래 뱃속에서」에 따르면, 고래 뱃속은 어른이 가혹한 현실과 무관하게 안락을 꿈꿀 수 있는, 어머니 뱃속의 상징이다.

국에서나 있는 사건이라고 자위하는 일들이 전부 벌어질 것이다. 폭탄, 식량배급줄, 경찰봉, 철조망, 무슨 색 셔츠단, 슬로건, 거대한 얼굴 포스터, 침실 창밖으로 갈겨대는 기관총. 그 모든 일이 일어나고 말 것이다. 나는 안다. 아무튼 그때 난 알 수 있었다. 헤어날 길이 없다는 것을. 원한다면 맞서 싸울 수도 있고, 고개를 돌려버리거나 못 본 척할 수도 있고, 스패너를 들고 나가 사람들과 누군가의 얼굴을 내려칠 수도 있다. 하지만 벗어날 길은 없다. 일어날 수밖에 없는 일인 것이다.

가속 페달을 힘껏 밟자 고물차는 작은 언덕들을 부지런히 오르내리며 달렸다. 소나 느릅나무나 밀밭이 획획 지나가도록, 엔진이 뻘겋게 달아오를 정도로 쌩쌩 내달렸다. 스트랜드 길을 걷던 1월 그날, 새 틀니를 하던 그날 느꼈던 기분과 아주 비슷한 느낌이 들었다. 예언력을 부여받기라도 한 느낌이었다. 영국 전체가, 영국에 사는 모든 사람들이, 그들 모두에게 일어날 모든 일들이 보이는 듯했다. 물론 그때에도 약간의 의심이 들곤 하긴 했다. 차를 몰고 가노라면 세상이 아주 넓게 느껴지곤 하며, 그래서 한편으론 안심이 되기도 한다. 영국의 어느 시골 한구석을 지나갈 때 연이어서 펼쳐지는 넓디넓은 땅을 생각해보라. 시베리아처럼 넓게 느껴진다. 들판과 너도밤나무 숲, 농가와 성당, 조그만 청과물 가게들과 지자체 사무소와 풀밭을 돌아다니는 오리들이 있는 마을이 계속해서 나타난다. 그런 것들이 다 변하기에는 세상이 확실히 너무 크지 않나? 그러니 어느 정도 그대로 남을 수밖에 없다는 생각이 든다. 이윽고 나는 런던 외곽으로 진입하기 시작했고, 억스브리지로드를 따라 사우스올까지 갔다. 몇 마일씩을 가도 흉한 주택들이 줄줄이 나타났다. 번듯해 보일지는 몰라도 거기 사는 사람들은 무기력한 삶을 살고 있을 것이다. 거기서 더 가면 런던 시내가 끝도 없이 펼쳐질 터였다. 도로와 광장, 뒷골목과 단독주택, 아파트단지, 펍, 생선튀김 가게, 영화관 등등이 20마일에 걸쳐 뻗어 있을 것이며, 바꾸고 싶은 마음이 없는 소소한 사생활을 이어가는 800만 인구가 있을 터였다. 폭탄이 그런 것들을 모두 박살 내 없애버리지는 못할 것이다. 얼마나 복잡다단한 사회인가! 그 많은 사람들의 삶은 또 얼마나 개인적인가? 축구 복권을 끊은 존 스미스, 이발소에서 얘기를 주고받는 빌 윌리엄스, 저녁에 마실 맥주를 사 오는 존스 부인―. 그런 이들이 800만 명이나 된다! 폭탄이 떨어지든 말든 그들은 지금껏 해오던 생활을 그럭저럭 어떻게든 유지해나가지 않을까?

웬 놈의 망상! 무슨 헛소린가! 인구가 아무리 많아도 소용없다. 모두에게 닥칠 일이니. 험악한 시절이 다가오고 있고, 유선형의 인간들도 밀려들 것이다. 무슨 일들이 닥칠지는 나도 모르고, 관심도 거의 없다. 내가 아는 건, 조금이라도 마음 쓰는 게 있다면 지금이라도 작별을 고하는 게 낫다는 것뿐이다. 우리가 알아온 모든 게 오물구덩이에 처박히고 말 테니. 드르륵 기관총 갈겨대는 소리와 함께 계속해서 말이다.

7

 그런데 교외로 돌아오면서부터 갑자기 기분이 바뀌었다.
 불현듯 힐다가 정말 아플지도 모른다는 생각이 들었던 것이다(그 직전까지만 해도 스쳐 간 적도 없던 생각이었다).
 아시겠지만 환경 때문이었다. 로어빈필드에 있을 때는 그녀가 아픈 게 아니며 나를 집에 오게 하려고 수를 쓰는 것일 뿐이라고 확신하다시피 했다. 왠지는 모르지만 그때는 그게 자연스러워 보이기만 했다. 그런데 웨스트블레츨리로 접어들어 헤스페리데스 주택단지가 붉은 벽돌 감옥처럼 나를 둘러싸자(실제로도 그렇지만) 평소의 사고방식이 되살아난 것이었다. 모든 게 암울하고 민감하게만 느껴지는, 월요일 아침 같은 기분이 들었던 것이다. 무슨 놈의 헛짓이었나 싶었다. 지난 닷새를 고스란히 허비하게 만든 일 말이다. 몰래 로어빈필드로 가서 과거를 되찾아보려 하고, 집에 돌아오는 길에는 미래에 관해 엉터리 예언자처럼 엉뚱한 생각만 잔뜩 하고 있다니! 미래라니! 미래가 당신이나 나 같은 사람하고 무슨 상관이 있단 말인가! 일자리나 지키고 있는 것, 그게 우리의 미래다. 힐다에 대해 말하자면, 폭탄이 떨어지는 순간에도 버터값 생각을 하고 있을 것이다.

그러다 문득 나는 그녀가 그런 일을 벌일 것이라 생각한 내가 얼마나 바보였는지 알게 되었다. SOS는 당연히 가짜가 아니었던 것이다! 그녀가 그런 상상을 할 수 있으리라 생각하다니! 그것은 냉엄한 사실일 뿐이었던 것이다. 아 그렇다면! 지금 이 순간 그녀는 무시무시한 고통을 느끼며 어디엔가 누워 있는 것인지도 모른다. 아니면 벌써 죽었는지도 모른다. 그런 생각과 더불어 나는 더없이 지독한 격통과도 같은 공포가 나를 관통하는 느낌을 받았다. 뱃속에서 몹시 불쾌하고 서늘한 기운이 느껴지는 것만 같았다. 나는 엘즈미어로드를 거의 시속 40마일로 내달렸고, 차를 평소처럼 차고에 넣지 않고 집 밖에 댄 다음 뛰쳐나갔다.

그러니 결국 내가 힐다를 좋아하는 것이라고 말하실지 모르겠다. 나는 그럴 경우의 '좋아한다'는 게 무슨 뜻인지 모르겠다. 당신은 자기 얼굴을 좋아하시는지? 아마도 아닐 것이다. 하지만 얼굴 없는 자신을 상상할 순 없으리라. 얼굴은 자신의 일부이니 말이다. 힐다에 대한 나의 감정은 그런 것이다. 아무 일 없을 때는 그녀를 보는 것도 못 참아줄 정도지만, 그녀가 죽는다거나 심지어 아플지도 모른다는 생각이 들면 오한이 느껴지는 것이다.

열쇠를 더듬어 꺼내 문을 따니 친숙한 매킨토시[35] 냄새가 났다.

"힐다!" 나는 외쳤다. "힐다!"

대답이 없었다. 잠시 동안 나는 아무 소리도 안 나는 공간에다 "힐다! 힐다!" 하고 외쳐댔다. 식은땀이 등을 타고 내렸다. 그녀는 이미 병원으로 실려 갔는지도 모른다. 아니면 빈집 위층에 시체가 되어 누워 있는지도 모른다.

나는 위층으로 뛰어오르기 시작했고, 동시에 두 아이가 잠옷 바람으로 각자의 방에서 계단 쪽으로 나오는 게 보였다. 8시나 9시쯤이었을 것이다. 아무튼 바깥은 막 어두워지고 있었다. 로나가 계단 난간에 기댄 채 말했다.

"어, 아빠! 와아, 아빠다! 왜 오늘 왔어? 엄마가 금요일은 돼야 온다고 했는데."

"엄마 어딨니?" 내가 말했다.

"엄만 나갔어. 휠러 부인하고. 근데 왜 오늘 왔어, 아빠?"

"그럼 엄마가 아팠던 게 아니냐?"

"왜? 누가 아프대? 아빠! 아빠, 버밍엄에 있었던 거 맞아?"

"그래. 자, 들어가 자거라. 감기 걸리겠다."

"그런데 아빠, 우리 선물은?"

"무슨 선물?"

---

[35] mackintosh. 비옷, 또는 비옷을 만드는 고무 섞인 방수천.

"버밍엄에서 사 온 우리 선물."

"내일 아침에 보면 알 거다." 내가 말했다.

"아아, 아빠! 오늘 밤에 보면 안 돼?"

"안 돼. 이제 그만. 어서 가서 자. 안 그러면 둘 다 혼나."

그렇다면 결국 그녀는 아픈 게 아니었다. 아픈 척을 한 것이었다. 반길 일인지 유감스러워할 일인지 도무지 알 수가 없었다. 열어둔 현관문 쪽으로 돌아서는데, 정말 멀쩡한 힐다가 마당길을 또박또박 걸어오는 것이었다.

마지막 어스름한 빛에 내 쪽으로 다가오는 그녀가 보였다. 3분 전만 해도 그토록 애를 태웠다고 생각하니 야릇했다. 그녀가 죽었을지도 모른다는 생각에 진짜 식은땀이 흐르지 않았나. 아무튼 그녀는 죽은 게 아니었고, 여느 때와 다를 바 전혀 없었다. 여윈 어깨에 수심 가득한 얼굴의 힐다, 가스 요금과 학비, 매킨토시 냄새, 월요일 출근……. 모두 내가 되돌아와 어김없이 대면해야 할 엄연한 현실이요, 포티어스가 말하는 영원한 진리였다. 힐다는 심기가 좀 불편해 보였다. 그녀는 심중에 무언가가 있을 때 종종 그러듯 제법 날카로운 시선을 던졌다. 족제비 같은, 좀 호리호리한 동물이 잘 던지는 그런 눈빛이었다. 아무튼 그녀는 내가 돌아온 게 놀랍지 않은 표정이었다.

"일찍 돌아온 거네?" 그녀가 말했다.

내가 돌아온 건 꽤나 명백한 일 같아 대답하지 않았다. 그녀는 키스를 할 기색이 없어 보였다.

"저녁거리가 없는데." 그녀는 바로 그렇게 말했다. 과연 힐다였다. 집에 발을 들여놓자마자 언제나 우울한 소리부터 꼭 하고 만다. "올 줄 몰랐지. 빵하고 치즈밖에 먹을 게 없는데…… 치즈가 있나 모르겠네."

나는 그녀를 따라 안으로, 매킨토시 냄새가 나는 실내로 들어갔다. 우린 거실로 갔다. 내가 문을 닫고 불을 켰다. 나는 먼저 말을 할 작정이었다. 애초부터 강하게 나가야 유리하다는 걸 알았기 때문이다.

"그런데 말야." 내가 말했다. "그런 속임수로 도대체 뭘 어쩌겠다는 거지?"

그녀는 라디오 위에 백을 내려놓다가 잠시 정말 놀란 눈으로 날 쳐다봤다.

"속임수라니? 무슨 말이지?"

"SOS 보낸 것 말야!"

"SOS라니? 무슨 소릴 하는 거야, 조지?"

"당신 지금 남들 시켜서 당신 위독하다는 SOS 내보낸 게 아니라는 말을 하려는 거야?"

"물론이지! 내가 어떻게! 난 아프지도 않았는데, 내가 그런 짓을 뭣 하러 해?"

나는 설명을 시작하려다 그 직전에 진상을 알아차리고 말았다. 완전히 실수였다. 나는 SOS의 마지막 몇 마디만 들었고, 그건 분명 다른 어느 힐다 볼링이었던 것이다. 주소록을 찾아보면 힐다 볼링이란 이름이 수십 명은 있을 것이다. 저지르기 쉬운 뻔하고 아둔한 실수를 한 것이었다. 힐다는 내가 그녀의 술수인 줄로 알았던 것을 상상도 한 적이 없었다. 이 대단한 사건에서 유일하게 흥미로운 대목은, 내가 5분 남짓 동안 그녀가 죽은 줄로만 알고 결국 애를 태웠다는 부분이었다. 하지만 그것도 그로써 끝이었다. 내가 설명하는 동안 그녀는 나를 살펴보았는데, 어딘가 불편한 기색이 눈빛에 나타나기 시작했다. 그러더니 그녀는 내가 취조 음성이라 부르는 소리로 질문을 던지기 시작했다. 화를 내거나 들볶는 소리로 예상하실지 모르겠는데, 그게 아니고 차분하면서 주의 깊은 그런 목소리를 말한다.

"그렇다면 그런 SOS를 버밍엄의 호텔에서 들었다는 말인가?"

"그래. 어젯밤에. 전국방송에서."

"그럼 버밍엄을 떠난 건 언제지?"

"물론 오늘 아침이지." (나는 빠져나올 거짓말이 필요한 상황에 대비해서 심중으로 가짜 여행 계획을 다 짜둔 바 있었다. 10시에 출발해 코벤트리에서 점심을 먹고, 베드퍼드에서 티타임을 갖는다, 하는 식으로 다 계산을 해두었던 것이다.)

"그럼 어젯밤에 내가 위독하다고 들었으면서 오늘 아침이 돼서야 떠난 거네?"

"당신이 아픈 게 아니라고 생각했다는 거 아냐. 내가 말하지 않았어? 당신이 또 수를 쓴다고 생각했지. 훨씬 더 그럴듯하게 들리긴 했지만."

"그러시다면 떠나긴 했다는 게 제법 놀라운 일이네!" 목소리가 사뭇 시큼해지는 걸로 봐서 더한 게 오겠다 싶었다. 하지만 그녀는 더 차분하게 말했다. "그래서 오늘 떠난 거라구?"

"그래. 10시쯤 떠났지. 코벤트리에서 점심을 먹고……."

"그럼 이건 어떻게 설명하실까?" 그녀는 갑자기 말을 뱉는 동시에 백을 홱 열더니 종이 한 장을 꺼내 디밀었다. 위조수표쯤 된다는 기세였다.

누구한테 한대 얻어맞은 느낌이었다. 또 이렇게 되나! 결국 잡히고 마는구나. 물증을 잡았다는 것이었다. 뭔지는 몰라도 내가 딴 여자랑 함께 있었다는 사실을 증명하는 무엇일 터였다. 속이 철렁하는 느낌이었다. 조금 전만 하더라도 나는 버밍엄에서 공연히 불려 와서 화가 난 척을 하며 그녀를 제법 다그치기까지 했는데, 이제 그녀가 갑자기 전세를 뒤집은 것이었다. 그 순간 내가 어때 보였을지 굳이 말하지 않으셔도 된다. 나도 안다. 커다란 글씨로 유죄라는 판정을 써 붙이고 다니는 꼴이 되고 말았음을. 죄를 짓지도 않았건만! 하지만 그건 습관상의 문제였다. 나는 잘못을 저지른 쪽이 되는 데 워낙 익숙해져 있었던 것이다. 그런 나로서는 100파운드가 걸려 있다 해도 대답할 때의 목소리에서 떳떳지 못한 기미를 지우지 못했을 것이다.

"무슨 말이야? 그게 뭔데?"

"직접 읽어봐. 보면 알 테니까."

종이를 받아 들었다. 변호사 사무실 같은 데서 보낸 편지인 듯했고, 주소의 길 이름이 로보텀 호텔이 있는 곳과 같았다. 편지를 읽어보았다.

"친애하는 부인께. 보내주신 이달 18일 자 서신에 대한 답신입니다. 무슨 착오가 있었던 게 분명해 보입니다. 로보텀 호텔은 2년 전에 문을 닫은 뒤 사무용 건물로 개조되었습니다. 남편께서 여기에 오셨다는 부인의 말씀에 대해 답변해줄 이가 아무도 없는 상황입니다. 어쩌면……."

나는 더 읽지 않았다. 물론 순식간에 알아차릴 수 있었다. 나는 약간 지나치게 머리를 쓰다 낭패를 본 것이었다. 그래도 한 줄기 희미한 희망의 빛이 남아 있긴 했다. 내가 로보텀 호텔 주소를 발신지로 쓴 편지를 손더스란 친구가 깜빡하고 부치지 않았다면, 뻔뻔히 우길 수 있는 여지가 남아 있을 터였다. 그러나 힐다는 마지막 가능성마저 차단해버렸다.

"조지, 편지에 뭐라고 돼 있는지 봤지? 당신이 여길 떠난 날 내가 로보텀 호텔에다 편지를 했어. 뭐, 잘 도착했는지 안부 묻는 짧은 편지. 그런데 온 답장이 그거야! 로보텀 호텔 같은 데는 있지도 않다니! 그리고 같은 날, 같은 주소로, 당신이 호텔에 있다는 편지가 왔어. 당신이 누군가에게 부쳐달라고 했겠지. **그게** 당신이 버밍엄에 갈 일이었다구."

"그런데 말야, 힐다! 당신은 완전히 잘못 알고 있어. 당신 생각처럼 그런 게 전혀 아냐. 당신은 전혀 잘못 알고 있어."

"아니, 어째서. 내가 **정확히** 알고 있는 거지."

"하지만 말야, 힐다……."

물론 소용없었다. 제대로 걸린 거였다. 눈을 마주칠 수도 없었다. 돌아서서 문 쪽으로 갈 참이었다.

"차를 차고에 대야겠어." 내가 말했다.

"아니, 조지! 그런 식으로 피하지 마. 당신은 내 얘기 좀 들어야 돼. 우선 좀 들어봐."

"에이, 참! 차 라이트 켜야지! 점등시간[36] 지난 것 몰라? 벌금 내고 싶진 않겠지?"

그러자 그녀는 말이 없었고, 나는 나가서 차 라이트를 켜둔 다음 돌아왔다. 그녀는 운명의 심판자처럼 그 자리에 버티고 서 있었다. 내 편지와 변호사의 편지를 자기 앞 테이블에 두고 서 말이다. 나는 정신을 좀 가다듬고 다시 시도해보았다.

"이봐, 힐다. 당신은 지금 완전히 오해를 하고 있어. 어떻게 된 건지 다 해명할 수 있다구."

"**물론** 해명하실 수 있겠지, 조지. 하지만 문제는 내가 당신을 믿느냐야."

"당신은 지금 결론부터 내려놓고 있어! 그나저나, 호텔에다 편지는 왜 했지?"

"휠러 부인의 아이디어였지. 결론적으로 아주 좋은 아이디어였고."

"허, 역시나 휠러 부인이었군! 당신은 그 지겨운 여편네가 우리 사생활에 끼어드는 게 불쾌하지도 않아?"

"끼어든 게 아니라, 당신이 이번 주에 뭘 하려는 건지 알아

---

36 lighting-up time. 영국에서 19세기부터 지금까지 이어져온 법으로, 일몰 후부터 일출 전까지 정해진 시간 동안 주차하지 않은 자동차(자전거도 마찬가지다)는 전후방 등을 켜야 한다.

보라고 조언해준 거지. 감이 이상하다고 했어. 당신도 알다시피 그녀가 옳았고. 그녀는 당신에 대해 다 알아, 조지. **꼭** 당신 같은 남편이 있었단 말야."

"하지만, 힐다……."

힐다의 얼굴은 피부 속까지 새하얘질 정도로 변해 있었다. 내가 딴 여자와 있다는 생각을 할 때면 그렇게 된다. 여자라니. 그게 사실이기라도 하다면야!

그리고, 젠장! 당장 앞으로 어쩐단 말인가! 어떻게 될지 아실 것이다. 몇 주씩이나 지독히도 들볶고 앵돌아져 있을 것이고, 평화 협정이 맺어졌다 싶어도 계속 사나운 말을 해댈 것이고, 식사는 매번 늦어질 것이며, 아이들은 대체 무슨 일이 있었는지 알려고 할 것이다. 그런데 나를 정말 의기소침하게 만드는 것은 말할 수 없이 너저분한 심경이었다. 내가 로어빈필드에 간 진짜 이유를 그녀가 결코 이해하지도, 믿어주지도 못할 것임을 아는 심경 말이다. 그게 그 순간 나에게 가장 크게 다가오는 것이었다. 힐다에게 내가 '왜' 로어빈필드에 갔는지를 1주일 내내 설명한다 한들, 그녀는 절대 이해하지 못할 터였다. 하기야 여기 엘즈미어로드에 사는 '누군들' 이해를 하겠는가? 젠장할! 우선 나부터도 나 자신을 이해하는가? 모든 게 희미하게 흐려져가는 듯했다. 나는 왜 로어빈필드에 갔던가? 내가 거길 '가긴' 갔나? 그런 심경으론 사실이야 아무런 의미가 없어 보였다. 엘즈미어로드에선 가스 요금이나 학비, 삶은 양배추, 월요일 출근 말고는 모든 게 가짜였다.

한 번 더 시도해보자.

"그런데 말야, 힐다! 당신 생각은 이해해. 하지만 당신은 완전히 잘못 알고 있어. 맹세코 당신은 오해하고 있다구."

"무슨 소릴 하시나. 내가 오해하고 있다면, 당신은 왜 처음부터 끝까지 속인거지?"

물론 헤어날 길이 없다.

한두 걸음 왔다 갔다 해보았다. 해묵은 매킨토시 냄새가 아주 강했다. 나는 왜 그런 식으로 벗어나려 했던가? 미래도 과거도 나와는 아무 상관이 없다는 걸 알면서도, 왜 미래와 과거에 연연했던가? 동기가 무엇이었든 간에, 이제는 거의 기억할 수도 없었다. 로어빈필드에서의 옛 시절, 전쟁과 전후, 히틀러와 스탈린, 폭탄과 기관총, 식량배급줄과 경찰봉—그 모든 게 점점 더 희미해져갔다. 해묵은 매킨토시 냄새 속에 지겹고 한심한 입씨름 말고는 아무것도 남아 있지 않았다.

한 번만 더.

"힐다! 잠시만 들어줘. 자, 당신은 내가 이번 주에 어디 있었는지 모르잖아, 응?"

"당신이 어디 있었는지는 알고 싶지 않아. 당신이 **뭘** 했는지는 아니까. 난 그걸로 충분해."

"하지만, 젠장……"

물론 아무 소용이 없었다. 그녀는 나의 잘못을 적발했고, 이제 나에 대한 생각을 늘어놓기 시작할 터였다. 몇 시간이 걸릴지 몰랐다. 그리고 그다음엔 더 곤란한 문제가 불쑥 닥쳐올 것이다. 힐다는 내가 이번 여행에 쓴 돈이 어디서 난 것인지 곧 궁금해질 것이고, 내가 17파운드를 숨기고 있었다는 걸 알아낼 테니 말이다. 정말이지 이런 입씨름은 새벽 3시까지 가지 말란 법이 없었다. 흠집 난 결백을 주장해봐야 부질없는 짓. 내가 바랄 수 있는 것이라곤 가장 말썽이 적을 노선을 택하는 것뿐이었다. 그런 생각과 더불어 당장 세 가지 가능성이 떠올랐다.

A. 힐다에게 정말 뭘 했는지 말해주고 아무쪼록 믿게 만든다.
B. 기억이 잘 안 난다는 둥 구태의연하게 능글거리며 버틴다.
C. 딴 여자랑 있었다고 생각하게 놔두고 받을 벌을 받는다.

젠장할! 셋 중에 어느 쪽을 택해야 하는지 나는 알고 있었다.

| 옮긴이의 말 |

100년의 '발전'과 오늘의 탈로脫路

1

　조지 오웰 얘기를 하자니 역시 『1984』와 『동물농장』에서 출발하지 않을 수 없다. 기념비적인 두 소설 외에 수기인 『카탈로니아 찬가』가 꽤 알려진 것 말고는, 오웰이라는 큰 작가가 우리 독서계에서 다소 화석화되어 있는 게 아닌가, 하고 개인적으로 느낀 바 있었다. 그래서 오웰을 새롭게 조명해줄 만한 작품을 찾아보았고, 그 결과물로 내놓은 번역서가 첫째로 르포 『위건 부두로 가는 길』이고, 둘째로 에세이집 『나는 왜 쓰는가』이며(정확히는 편역 선집이다), 셋째가 이번에 소개하는 소설 『숨 쉬러 나가다』이다. 고맙게도 르포와 에세이집은 기대 이상의 호응이 있었고, 이 소설은 2011년 첫 출간 이듬해 연극으로 각색

되어 적지 않은 호응을 얻기도 했다. 그만큼 오웰의 작품들은 그 수준이 고르게 뛰어나며, 덜 알려진 소설들(두 대표작 외에 네 편의 소설이 더 있다) 중에서도 이 작품이 지금 우리에게 시사하는 바가 크기 때문이다.

이 소설이 특별한 것 한 가지는, 오웰의 문학 인생에서 큰 전환점이 되었던 1936년 이후에 쓴 첫 소설이자 획기적인 문제작 『동물농장』(1945)을 내놓기 전에 쓴 마지막 소설이라는 사실이다. 소설가이면서 탁월한 에세이스트였던 오웰은 에세이 「나는 왜 쓰는가」(1946)에서 1936년 이후로는 "정치적인 글쓰기를 예술로 만드는" 작업에 힘써왔다고 술회한 바 있다. 1936년은 작가로서 어느 정도 이름을 알린 33세의 오웰이 헌책방 점원 시절의 경험을 살려 쓴 세 번째 소설 『엽란을 날려라』를 탈고하고, 한 진보단체의 의뢰로 탄광지대 노동자들의 실상을 취재하여 르포르타주 『위건 부두로 가는 길』을 완성한 뒤, 곧장 반파시스트 의용군으로서 스페인내전에 뛰어든 해인 것이다.

좀 거칠게 말하자면, 당시 오웰은 순수문학적인 작가에서 보다 정치적인 작가로 거듭나던 중이었다. 그리고 세계적인 공황의 여파와 파시즘의 발흥, 또 한 번의 세계대전의 위협이라는 시대 분위기 속에서, 한때 다시는 소설을 쓸 수 없을 것만 같고 수용소에 끌려갈 준비나 하는 게 낫겠다던 오웰이 절망과 자조를 딛고 써낸 작품이 이 소설 『숨 쉬러 나가다』(1939)이다. 그런 맥락에서 볼 때, 이 소설은 오웰이 남긴 소설 여섯 편 가운데 순문학에 가까운 작품 셋과 보다 정치적인 대표작 둘을 잇는 가교架橋라 볼 수 있으며, 그만큼 그 둘에 비해 감성적인 면모가 돋보이는 작품이다.

여기서 집필 배경과 출간 전후 사정을 간단히 소개할 필요가 있다. 1938년, 오웰은 길지 않은 그의 평생을 괴롭힌 폐병을 심하게 앓아 거듭 요양원 신세를 지다가 겨울을 따뜻하게 지내라는 의사의 권고에 따라 지인의 도움으로 9월부터 프랑스령 모로코에서 6개월간 요양을 하게 되었다(그야말로 '숨 쉬러' 나간 것이다). 아내와 함께 마라케시에 거처를 정한 오웰은 구상 중이던 소설 집필에 바로 착수하여 3개월 만에 초고를 완성했고, 이듬해인 1939년 3월 말에 귀국하자마자 원고를 넘겼으며, 책은 불과 두 달여 만인 6월 초에 출간되었다. 평단과 독자 일반의 반응이 두루 좋았으나 이 소설은 발표 직후인 9월 초에 발발한 2차대전으로 묻히다시피 했다. 그럼에도 이 작품은 전후인 1948년, 오웰의 두 베스트셀러 이외의 작품들을 재발간하는 시리즈의 첫 권을 장식했을 정도로 비중이 크다.

그렇다면 오웰이 이 소설을 통해 하고 싶었던 이야기는 무엇일까? 구성과 각 부분에 대한 소개는 조금 뒤에 하기로 하고, 먼저 내용과 주제를 간단히 짚고 넘어가는 게 좋겠다. 주인공은 중년에 뚱보인 보험회사 세일즈맨이다. 교외 주택단지에 거주하며 겨우 먹고살 만한 형편은 되고(하류 중산층쯤 된다), 돈 걱정에 벌벌 떨고 쟁쟁대기만 하는 아내와 성가신 아이 둘을 둔 애정 없는 결혼생활을 하고 있다. 그의 이름은 조지 볼링. 이름보다 대개 '패티(뚱보)'라 불리는 그는, 늘 발랄하면서도 쉽게 체념하는 성격이다. 앞만 보고 달려온 그는 가족에 대한 책임 같은 것도 이제는 지겨워졌는데, 현실은 임박한 전쟁에 대한 공포로 잠을 설칠 만큼 질식할 듯하다. 그런 그가 우연히 경마로 작은 횡재를 하고, 그 돈을 야무지게 쓸 궁리를 하던 끝에, 갑자기 20년이 넘도록 못 가본 고향을 떠올려 급기야 남몰래 거기 가서 일주일을 지낼 계획을 세운다. 돌아가신 부모님이 평생을 가꾸다 넘겨버린 가겟집이 있고, 청년시절의 연인이 있으며, '거대한 물고기'가 사는 자기만의 비밀의 연못이 있던 고향! 그곳으로 '숨 쉬러' 나가기로 한 것이다! 결과가 어떨지, 그가 받을 충격이 어떨지, 충분히 짐작할 만하다. 1인칭 화자가 들려주는 독백에 가까운 단선적인 이야기라 자칫 지루할 법도 하다. 하지만 아주 심각한 얘기를 아주 코믹하게 할 수 있는 오웰은, 특유의 유머와 독설 가득한 통찰을 곳곳에다 성찬盛饌처럼 가득 차려놓았다.

좋았던 옛 시절로, 황금시대로 다시 돌아갈 수 없다는 주제는 문학에서 흔히 다뤄지는 중요한 개념 중 하나다. 조금 다르긴 해도 미국에선 『그대 다시는 고향에 가지 못하리』(1940)[1] 같

---

1 『You Can't Go Home Again』. 토머스 울프Wolfe(1900~1938)의 작품. 소설가인 주인공 조지 웨버가 고향을 자주 언급하는 책을 써서 성공을 거두지만 고향 주민들로부터 왜곡이 심하다며 협박 편지를 받기에 이른다는 이야기. 울프의 사후에 발표된 이 소설의 제목은 피날레 부분인 "옛 고향의 가족에게로 (…) 한때는 영원해 보였지만 계속해서 변하고 있는 세계로, 시간과 추억의 탈출구로 돌아갈 수 없으리니"에서 따왔다. 미국인들의 회화에서 "You can't go home again"이라는 표현은 고향인 시골을 떠나 도회지로 나온 사람이 실패하지 않는 이상 돌아갈 수 없다는 경계의 뜻으로 쓰이기도 한다.

은 소설이 유명해져, 이 주제는 하나의 흐름으로 자리를 잡았다. 우리의 경우엔 일찍이 백석의 시 「북방에서」(1940)[2]가 있고, 1970년 시작된 새마을운동으로 초가지붕이 한창 뜯겨 나가던 무렵에 나온 이문구의 소설 『관촌수필』(1977)[3]이 있다. 오웰의 이 소설은 2차대전 직전의 시점에서 그린, 20세기 초 영국의 모습이 큰 비중을 차지하고 있는데, 보다 인간다운 세계가 파괴된 것에 대한 분노와 절망이 있는 만큼, 보다 이상향에 가까운 옛 세계에 대한 향수를 자극함으로써 상실의 아픔을 더 절절하게 하는 효과를 거둔다. 그렇다고 독자가 쉽사리 감상에 젖도록 놔두는 오웰이 아니다. 감성적인 얘기를 하되 감상에 빠질 우려가 있으면 그러지 말라고 환기시켜주는 배려를 곳곳에 깔아두고 있다. 또한 오웰은 상실의 의미를 돋보이게 할 의도였다는 듯 기억 속 따스한 정경情景을 복원하는 데 공을 들여놓았고, 그래서 주인공의 작은 천국이 파괴되어가는 과정은 무지막지한 '현대'라는 괴물의 탄생을 목도하는 느낌을 준다.

---

2 「北方에서」는 평북 정주定州에서 태어난 백석(1912~1995)이 서울 생활을 완전히 접고 만주에 거주하던 시절에 쓴 시. "범과 사슴과 너구리를 배반하고 / 송어와 메기와 개구리를 속이고" 떠난 화자가 아침에 "지나가는 사람마다에게 절을 하면서도" 부끄러운 줄 모르는 생활을 하다가 "한울로 땅으로", 그의 "태반"으로 돌아왔으나 조상도, 형제도, 일가친척도, 정다운 이웃도, 그리운 것도, 사랑하는 것도 다 없어져버린 쓸쓸함을 노래하고 있다.

3 1972년부터 1977년까지 발표한 중단편 8편을 묶은 연작소설. 첫 편인 「일락서산」은 시작부터 주인공인 '나'가 13년 만에 고향 마을을 찾았다가 옛 모습이 남아있지 않은 광경을(특히 왕소나무가 사라져버린 것을) 보고 가슴 아파하는 게 오웰의 소설과 닮았다. 1인칭 화자의 독백체로 된 이 연작들을 '수필'이라 칭한 점도, 오웰의 이 소설에 에세이적인 느낌을 주는 부분이 많다는 점과 통하는 바가 있다.

2

여기서는 이 소설의 구성 및 각 부분에 대해 소개하고자 한다. 이 작품은 크게 4부로 구성되어 있고, 1부와 3부는 전쟁이 임박한 영국의 숨 막히는 현실을, 2부는 좋았던 옛 시절을 (가장 많은 지면을 할애하여 따뜻하게 그려내고 있다), 4부는 과거가 현재에 매몰돼버린 파괴의 현장을 그리고 있다. 시간적으로는 1893년부터 1938년까지를 오가며, 숫자 넷이 같은데 이는 1948년에 『1984』를 쓴 오웰의 기지를 다시금 확인할 수 있는 사례다. 말하자면 그는 2차대전 후인 1948년에 1984년의 암울한 미래상을 그렸듯, 2차대전 직전인 1938년에는 1893년부터 1차대전 직전까지의 따스한 과거상을 그린 셈이다.

먼저 현재를 다루는 네 개의 장으로 구성된 1부는 새 틀니를 하기 위해 하루 쉬게 된 주인공 화자가 모처럼 느긋하게 상념에 젖은 채 거리를 다니다가, 신문 광고 포스터에서 본 이름과 후각이 일으키는 연상 작용으로 단번에 어린 시절의 일요일 성당으로 되돌아가기까지를 이야기한다. 오웰의 파격적인 스타일은 소설 첫 문장에서부터 단적으로 잘 드러나는데("그 생각이 딱 떠오른 건 새 틀니를 하던 날이었다.") 간결하면서도 세련된 문체가 소설 전체를 일관한다. 화자가 좀 시무룩하면서도 차분하게, 그러면서 코믹하게 묘사하는 1938년도 런던 안팎의 풍경은 무겁고 답답한 시대 분위기를 잘 반영해주고 있다.

엘즈미어로드 같은 곳의 본질이 과연 무엇인가 하는 의문이 드는 것이다. 이곳은 감방들이 줄줄이 늘어서 있는 감옥일 뿐이다. 한 주에 5에서 10파운드 벌이인 가련한 인생들이 덜덜 떨며 지내는, 거의 붙어 있다시피 한 고문실들이 줄지어 있는 감옥 말이다. 그들은 하나같이 못되게 구는 상사가 있고, 악몽처럼 괴롭히는 마누라가 있고, 거머리처럼 피를 빠는 아이들이 있는 가장이다. (…) 잠자리에 누워 해고 걱정을 하는 막일꾼을 본 적이 있는가? 프롤레타리아는 몸은 고생을 해도 일하지 않는 동안엔 자유인이다. 그에 비해 치장 벽토를 바른, 획일적이고 작은 교외 주택에는 집집마다 '언제나' 자유롭지 못한 가련한 가장이 있다. 예외적인 순간이라곤 깊이 잠들어 있거나, 상사를 우물에 처박고 석탄 덩어리를 마구 던져 넣어 메워버리는 꿈을 꿀 때뿐이다.

오웰이 하류 중산층 사람들의 정신적 불안을 더 딱하게 여기는 것은, 몸소 부랑자 생활을 해보기도 하고(『파리와 런던의 밑바닥 생활』) 탄광촌 체험을 해보기도 하면서(『위건 부두로 가는 길』) 밑바닥 인생들의 현실에 일가견이 있기 때문인데 그렇기에 이런 말을 감히 할 수 있는 것이다. 주인공이 대형 슈퍼에 들렀다가 계산 실수로 매니저에게 무참하게 면박당하는 어린 여직원에게 연민을 느끼지만 그녀가 오히려 주인공을 미워하는 장면은 희극적인 진실을 간파한 작가의 통찰이 돋보이는 대목이다("비누 계산대의 그 아가씨는 가게 문을 나서는 나를 주시하고 있었다. 그녀는 할 수만 있었다면 나를 살해했을 것이다. 그녀는 내가 그 모든 것을 보았다는 이유로 나를 얼마나 미워했는가! 플로어 매니저보다 내가 훨씬 더 미웠던 것이다"). 주인공이 라디오 소리 요란하고 장식이 경박한 간이식당에서 가짜 소시지를 베어 물 때의 상념은 이미 이 시대가 매우 고약하고 못된 시절임을 짐작케 해준다("덕분에 나는 현대 세계를 깨물어보고 그게 정말 무엇으로 만들어져 있는지 알게 된 느낌이었다. 요즘 우리 사는 꼴이 그런 식이다. 모든 게 매끈매끈하고 유선형이며, 모든 게 엉뚱한 무엇인가로 만들어지는 것이다").

2부는 본격적인 과거 이야기다. 오웰이 전체 24개 장 중에서 10개의 장을 배치할 만큼 비중을 둔 부분이다. 오웰은 소설이라는 형식을 빌려 세계대전 이전의 좋았던 시절을 마음껏 되살려보고 싶었던 것인지도 모른다. 아닌 게 아니라 그는 2부에서 큰 비중을 차지하고 있는 화자의 낚시에 대한 열정에 대해, 다른 장르로는 그리기 애매한 자신의 경험 중 하나였다고 밝힌 바 있다. 템스강을 낀 작은 타운 로어빈필드에서 곡물과 종자를 파는 가겟집의 작은아들인 화자는 수완은 없지만 늘 곡식 가루를 뒤집어쓰고 다니는 성실한 아버지와 집 안 살림밖에 모르는 순박한 어머니, 그리고 어릴 때부터 말썽쟁이였던 형을 두었다. 어린 조지 볼링을 사로잡은 것은 낚시였고, 형이 어울리는 패거리가 수업을 빼먹고 물방앗간 연못에 낚시를 갈 때 매를 맞아가며 따라가 처음으로 진짜 손맛을 보며 패거리의 일원이 된다. 어엿한 소년이 되는 것이다. 소년은 타운에서 좀 떨어진 언덕 위에 있는 비어 있는 대저택의 숲에서 아무도 모를 못을 발견하게 되고, 거기 사는 거대한 잉어들을 보고 황홀해한다. 하지만 소년은 다시는 그곳에 가지 못한다. "그것 말고는 무엇이든 할 시간이 있었"던 것이다.

우리를 끊임없이 이런저런 백치 같은 짓만 하도록 내모는 악마가 우리 안에 있기 때문이다. 가치 있는 중요한 일 말고는 무엇이든 할 시간이 있는 것이다. 당신이 정말 좋아하는 일을 생각해보라. 그리고 당신이 살아오면서 그 일을 하기 위해 실제로 보낸 시간이 당신 인생에서 차지하는 몫을 계산해보라. 그러고 나서 면도하고, 버스로 여기저기 다니고, 기차 환승역에서 기다리고, 지저분한 이야기를 주고받고, 신문 읽느라 보낸 시간을 계산해보라.

정말 그렇다. 우리는 정말 하고 싶은 일은 언제나 미래에(그것도 꽤 먼 미래에) 미뤄두고 산다. 여기서 이야기는 낚시를 매개로 몇 해를 건너뛰어 전쟁에 나가 후방에서 동료와 하루 탈영을 하여 낚시를 하려는 장면으로 넘어가는데, 주인공이 모든 준비를 끝낸 이튿날 아침 부대 이동 명령이 떨어지며 낚시와의 인연은 아예 끊겨버린다. 입대 전에 어려운 가게 형편 때문에 학교를 그만두고 식료품점에서 일하게 되었던 조지는 열심히 일을 배우며 어엿한 청년으로 성장해가고, 포목점에서 일하는 아가씨와 연애도 한다. 전쟁 직전이던 이 무렵을 회고하는 장면은 그의 황금시절 막바지라 더 애틋하다("1913년! 아, 1913년이라니! 그 평온함, 초록빛 물, 낮은 댐을 넘쳐흐르는 물살! 다시는 오지 않으리라. 1913년이 다시 오지 않는다는 게 아니다. 당신 안의 그 느낌, 서두를 것 없고 두려울 것 없던 그 느낌, 당신이 겪어봐서 말해주지 않아도 알거나 겪어본 적 없어 알 길이 없는 그 느낌이 그렇다는 것이다"). 마을에 대형 체인점이 들어서며 가게는 날로 기울어가고, 그러던 1914년 여름에 전쟁이 터지며 조지는 입대하게 된다. 그로써 전쟁 이전의 좋았던 시절은 사실상 끝나버린다.

전쟁 중에 아버지가 돌아가시고(기나긴 참호전에 지쳐 있을 때라 가보지도 못하는 정도가 아니라 슬픔도 느끼지 못한다), 부상을 당한 뒤 어쩌다 장교 훈련을 받던 중 어머니마저 돌아가시자 조지는 장례 때문에 마지막으로 어퍼빈필드에 와보게 된다. 장교가 되고 얼마 뒤에는 행정상의 착오 비슷한 계기로 오지로 파견된 뒤 늙은 사병 한 사람과 함께 종전이 되기까지 아무 일 없이 독서로 소일하는 생활을 한다. 여기서 조지는 닥치는 대로 책을 읽으며 많은 교양을 쌓는다. 제대 후에는 모아둔 돈으로 가게를 차릴 생각은 접어둔 채, 장교 출신으로서 번듯한 일자리를 찾아보다 종전 후의 현실이 터무니없음을 깨닫고서 출장 외판원 생활을 시작하고, 우연히 군대 상관이던 귀족 신사를 만나 보험회사에 취직하게 된다. 그리고 힐다라는 인도 주재원 집안의 딸과 결혼을 한다. 그리고 소년시절의 열정은 일과 결혼생활과 세월에 점점 묻혀 질식당하고 만다.

3부는 다시 현재로 돌아와 조지 볼링이 새 틀니를 하던 그날

378

저녁, 심란한 마음에 아내를 따라 레프트 북클럽 강연에 가서 반파시스트 연사와 파시즘에 맞서 싸우자는 공산주의자들의 증오심이 파시스트 못지않은 것에 염증을 느끼고, 위안을 얻고자 친구인 포티어스를 찾아갔다가 그리스 로마 고전의 시대에만 안주하며 현실을 도무지 볼 줄 모르는 태도에 실망하게 되며, 봄날에 출장을 가던 시골길에서 고향으로 가보자는 생각을 하고, 알리바이를 꾸며 마침내 고향으로 떠나가는 장면까지의 이야기다. 3부 1장은 『1984』를 읽은 독자라면 대번에 아주 비슷하다고 여길 대목들이 나오는 것으로 유명하다.

증오하라, 증오하라, 증오하라. 모두 뭉쳐서 한껏 증오해보자. 그런 메시지가 계속해서 반복됐다. 무언가가 머리통 속에 들어와 뇌에 망치질을 해대는 느낌이었다. 그 와중에 잠시, 여전히 눈을 감은 채 나는 역공을 취해봤다. 내가 '그'의 머리통 속으로 들어가본 것이었다. 묘한 감흥이 일었다. 잠시나마 나는 그의 머릿속에 들어가 있었으니, '거의' 그 사람이 되었다고 해도 좋았다. 아무튼 나는 그의 기분을 느낄 수 있었다.

한 평자[4]에 따르면, 온화해야 할 반파시스트 세력이 공포의 대상이 될 수 있음을 보여주는(오웰 자신이 스페인내전에 참전하

---

[4] 30년 가까이 고전 위주의 인기 서평 웹사이트(www.brothersjudd.com)를 운영해온 독서인 Orrin Corson Judd.

여 공산주의 세력에게 배신과 탄압을 당한 바 있었다) 이 대목은, 『1984』에서 윈스턴이 줄리아를 배신하고, 『동물농장』에서 다른 동물들이 돼지들의 지배에 협조하는, 즉 낫다 싶은 사람들이 공포정치의 공범이 된다는 오웰 특유의 성찰이 돋보이는 부분이다. 현대 정치에서는 의도는 좋았던 세력이 괴물이 되어 끔찍한 일을 저지를 수 있다는 것인데, 그런 일은 2차대전 당시뿐만이 아니라 지금도 계속해서 반복되고 있다. 인간이란 본래 그런 존재인가. 『1984』의 전조가 되는 대목은 그뿐이 아닙니다.

> 비밀스러운 골방에는 밤낮으로 전깃불이 밝혀져 있을 것이며, 형사들은 우리가 자는 동안에도 감시를 할 것이다. 숱한 행진, 거대한 얼굴 포스터, 그리고 한결같이 영도자를 환호하는 100만 인파. 그들은 딴소리엔 귀를 막고 살다시피 하여 그를 정말 숭배한다고 착각할 정도가 되겠지만, 혼자서는 늘 구역질이 나도록 그를 혐오할 것이다. (…) 하지만 우리에게 익숙하던 옛 시절이 뿌리부터 잘려나가고 있다는 것을 감지할 만큼의 지각은 내게도 있다. 나는 그런 일이 벌어지고 있다는 것을 느끼고 있다. 다가올 전쟁이, 전후戰後와 식량배급줄과 비밀경찰이, 생각할 것을 지시해주는 확성기가 눈에 선하다.

포티어스에 대한 실망감을 표현한 대목 중에는 책 앞부분의 인용구인 대중가요의 한 구절("그는 죽었네. 하지만 누워 있지 않으려 하네")을 떠올리게 한다. 책 제목을 설명하는 듯한 대목도 눈에 띈다.

이 사립학교 출신이라는 사람들은 참 재밌다. 언제까지나 학창시절에 사로잡혀 있다. 평생 모교 언저리를 맴돌고, 라틴어나 그리스어나 시의 파편들로부터 헤어나지 못한다. 불현듯 내가 포티어스의 집에 처음 왔을 무렵 그가 똑같은 시를 읽어주었다는 기억이 났다. (…) 문뜩 괴이한 생각이 떠올랐다. '그는 죽었다.' 유령이다. 그런 사람들은 모두 죽은 것이다. (…) 숨 쉬러 나간다는 것! 커다란 바다거북이 열심히 사지를 저어 수면으로 올라가 코를 쑥 내밀고 숨을 한껏 들이마신 다음, 해초와 문어들이 있는 물 밑으로 다시 내려오듯 말이다. 우리는 모두 쓰레기통 밑바닥에서 질식할 듯 지내고 있는데, 나는 밖으로 나갈 길을 찾은 것이었다. 로어빈필드로 돌아가는 것 말이다!

마지막인 4부는 본격적인 파괴 장면이다. 타운 초입인 언덕 위에 서서 보니, "세상에!" 고향은 꽤 큰 공업타운으로 변해 있고, 집이라곤 없던 외곽 비탈이 온통 주택단지가 되어 있다. 말구유가 있던 장터는 물어물어 찾아가야 하는 "구시장"이다. 장날이면 농민들이 게워가며 술을 마시던 주점은 고급스러운 호텔로 변모했다. 조지 볼링의 생가이던 가겟집은 멋 부린 찻집으로 변했고, 유일하게 변치 않은 성당의 신부는 주인공을 알아보지도 못한다. 성당 묘지의 비석엔 모르는 이름이 태반이다. 비밀의 연못이 있던 대저택은 정신병원이라고 한다. 연못은 남아 있을까? 호젓하게 낚시를 즐기던 인적 드물던 템스강은 사람들이 북적이고 물고기가 살 수 없도록 탁하다. 뒤태가 왠지 익숙한 듯한 통통한 중년 여인을 따라가보았더니…… 옛 연인 엘시다! 추한 몰골로 변해버린 그녀는 그를 봐도, 말을 주고받아도 알아보지를 못한다. 비밀의 못 주변 숲은 자연주의자라는 이들의 주택단지가 되어 있고, 못은…… 쓰레기매립장이 되었다. 아내가 위독하다는 라디오 방송을 들은 조지는 속임수일 것이라며 하룻밤을 넘기고, 이튿날 이제는 옛적일랑 다 잊고 즐겨보리라 나갔다가 폭격기가 폭탄 떨어뜨린 현장을 목격하고는(작품 곳곳에서 무거운 공기를 더 짓누르듯 떠다니며 암울한 분위기를 연출하던 위협이 현실화된 것이다) 아무 미련 없이 그곳을 떠나버린다.

 감옥 같은 집으로 되돌아오며 조지는 불현듯 아내가 위독하다는 게 사실일지도 모른다는 공포감에 휩싸인다. 와보니 힐다는 아픈 게 아니었고, 라디오 방송의 힐다는 동명이인이었다. 대신, 힐다는 조지가 자기를 속이고 딴 여자와 놀아난 것이라며 다그친다. 조지가 너무 억울하지만 고향에 몰래 다녀왔다는 사실을 설명할 길 없이 자포자기하는 심정이 되는 게 소설의 마지막 부분이다("내가 바랄 수 있는 것이라곤 가장 말썽이 적을 노선을 택하는 것뿐이었다. 그런 생각과 더불어 당장 세 가지 가능성이 떠올랐다. / A. 힐다에게 정말 뭘 했는지 말해주고 아무쪼록 믿게 만든다. / B. 기억이 잘 안 난다는 등 구태의연하게 능글거리며 버틴다. / C. 딴 여자랑 있었다고 생각하게 놔두고 받을 벌을 받는다. / 젠장할! 셋 중에 어느 쪽을 택해야 하는지 나는 알고 있었다").

3

 오웰은 또 한 번의 세계대전이 임박한 암담한 현실에서 왜 이런 소설을 썼을까? 소설이라는 형식을 통해 가장 평균적인 중년 남자의 입장이 되어 시대와 문명의 위기를 짚어보고 싶었는지도 모른다. 주인공의 시선을 통해 펼쳐지는 당대의 현실은 매우 암울하다. 오웰은 지금 이대로는 나아갈 길이 없고 그렇다고 좋았던 옛 시절로 돌아갈 수도 없는 비극적인 상황을 코믹한 터치로 그린다. 고향은 무참하게 파괴된 지 오래였고, 주인공이 결국 돌아간 곳은 '고향'이 아니라 처자식이 있는 현실의 집이었다. 질식할 듯한 현실에서의 탈주는 결국 실패한 것이다. '숨 쉬러' 나갈 곳은 도저히 없는 걸까? 문학작품은 답을 제시하려는 시도는 아닐 것이다. 그런 점에서 이 소설은 예리한 상황 인식만으로도 충분한 공로가 있다고 할 것이다. 더구나 오웰이 이 소설 곳곳에서 보여주는 예언적인 성찰은 소설 발표 뒤 3개월도 안 돼 발발한 2차대전의 살상과 아우슈비츠의 처참한 대학살로 현실화되었다.

이 소설을 통해 100여 년 전의 보다 인간적이던 세계가 근대화로 파괴되는 모습을 보며, 우리는 지금의 우리 현실이 2차대전 직전보다 낫다고 확신할 수 없을 것이다. 지난 100년의 '발전'이 우리에게 가져다준 것은 과연 무엇인가? 초가집을 뜯고 산천을 허물어 초고층 빌딩을 짓고 거기에 갇혀 사는 것인가. 소, 돼지, 닭, 오리를 목숨 붙은 가축이 아니라 병든 고깃덩이로만 보고 마구 생매장하는 것인가. 유구히 흘러온 젖줄 같은 강과 수변을 마구 파 뒤집는 것인가. 아이들이 집 밖에 마음대로 나다닐 수 없고, 사육당하듯 길러지는 것인가. 물리적인 수명은 자꾸 길어진다지만, 과연 우리는 진짜 살고 있는 것인가. 우리야말로 모두 죽은 존재들이 아닌가. 더더구나 이 땅의 슬픈 역사에 봉인된 줄 알았던 '계엄', '사살', '고문'이라는 단어가 망령으로 부활하여 숱한 사람들의 밤잠을 설치게 만드는 게 오늘의 현실이 되어버렸고, 이제 한반도에서 전쟁은 더 이상 먼 과거의 얘기가 아닐지도 모른다는 불안이 엄습한다.

그런 현실을 냉정하게 돌아본다면, 우리는 주인공 조지 볼링보다 훨씬 불안하고 딱한 처지에 놓였는지도 모른다. 더구나 우리는 유년시절의 행복한 기억 속에서 구원을 찾을 꿈을 꾸는 것조차도 어려워진 현실을 살고 있다. 끊임없는 변화와 효율과 경쟁을 요구하는 산업문명이 발전해온 결과, 지금은 고향이란 개념 자체가 점점 희미해져갈 정도인 상황이다. 향수나 실향이란 말이 와닿지 않는, 아니면 아예 무슨 말인지도 모르는 사람들이 많아져가고 있는 것이다. 1990년대 이후 일산, 분당, 평촌 같은 거대 아파트촌에서 나고 자란 세대에게, 천편일률적이고 동서남북도 분간하기 어려운 아파트촌이 기억 속의 정겨운 고향이나마 될 수 있을까?

그렇다면 오웰의 시대보다 더 앞뒤가 꽉 막혀버린 오늘의 세계에서 우리가 할 수 있는 건 무얼까? 변화무쌍한 파괴와 속도의 시대를 살고 있기에, 느리고 순하고 소박하던 옛 세계의 상실은 더 아프게 느껴진다. 하지만 그럴수록 꿈이라도 자꾸 꿔봐야 하지 않을까? 그것이 우리에게 탈로脫路가 될 수 있을지도 모른다. 물리적인 고향이 있든 없든, 그 고향이 옛 모습을 얼마나 간직하고 있든 말든, 근원적인 것에 대한 알 수 없는 그리움을 느끼는 존재가 또한 인간인지도 모른다. 모태를 무의식적으로 그리워하는 근원적 향수 같은 것이 모든 인간에게 잠재되어 있다는 걸 믿고 싶다. 그리고 폐허 같은 현실 속에서 이상향을 꿈꿀 수 있는 심성을 잃지 않도록 해주는 게 문학이, 소설이 할 수 있는 일 중 하나가 아닐까 생각해본다. 이 책이 그런 꿈을 꾸고 인간 본연의 근원적 감각을 상상하는 데 작은 보탬이라도 된다면 옮긴이로서 큰 보람일 것이다.

끝으로 각주에 관해 군말 하나 덧붙일까 한다. 소설이니 본문만으로 술술 다 읽힐 수 있다면야 얼마나 좋으련만, 이 이야기는 오웰이 80여 년 전에 쓴 20세기 초의 영국이 무대다. 거기 등장하는 소품들, 그리고 시대, 역사, 지리, 문화적 배경에 대한 설명이 있어야 이야기를 더 재밌게 이해할 수 있기에, 각주를 자제한다고 하면서 단 게 페이지마다 하나꼴이 되고 말았다.

물론 각주 없이 술술 읽어볼 수도 있을 테고, 꼼꼼히 봐가며 문학수업 하는 기분을 낼 수도 있을 것이다. 각주를 보다가 몇 개라도 유익하다며 즐거워할 분들을 생각하며 꽤 욕심을 냈는데, 매우 고되긴 해도 공부가 되는 작업이었다. 첫 출간 이후 벌써 10여 년 세월이 흐른 시점에 반가운 개정판을 꾸며주신 한겨레출판 여러분께 다시 감사의 마음을 전하며 긴 글을 맺는다.

2025년 4월
이한중

숨 쉬러 나가다

초판   1쇄 발행   2011년 4월 11일
초판   2쇄 발행   2011년 10월 10일
개정판 1쇄 발행   2025년 5월 1일

지은이 조지 오웰
옮긴이 이한중
펴낸이 유강문
편집2팀 이윤주 김지하
마케팅 김한성 조재성 박신영 김애린 오민정
펴낸곳 (주)한겨레엔 www.hanibook.co.kr
등록 2006년 1월 4일 제313-2006-00003호
주소 서울시 마포구 창전로 70 (신수동) 화수목빌딩 5층
전화 02-6383-1602~3 **팩스** 02-6383-1610
대표메일 book@hanien.co.kr

ISBN 979-11-7213-241-5   04840
       979-11-7213-238-5   (세트)

- 값은 뒤표지에 있습니다.
- 파본은 구입하신 서점에서 바꾸어 드립니다.
- 이 책의 내용 일부 또는 전부를 재사용하려면 반드시 저작권자와 (주)한겨레엔 양측의 동의를 얻어야 합니다.